Il Re Vampiro

Vampiro

Alleanza di Sangue

Traduzione italiana:
Claudia Sartori
A cura di:
Erika Vennarucci

Autrice di bestseller per Usa Today

Lexi C. Foss

Titolo originale: *Kingly Bitten*

Copyright © 2021 Lexi C. Foss

Traduzione italiana: Claudia Sartori

A cura di: Erika Vennarucci

Design di copertina: Julie Nicholls

Fotografia in copertina: Lindee Robinson

Modelli di copertina: Jordan e Mairi

Edito da: Ninja Newt Publishing, LLC

ISBN eBook: 978-1-68530-064-7

ISBN stampa: 978-1-68530-079-1

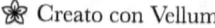 Creato con Vellum

A Lola, la mia piccolina. Ti amiamo tantissimo. Vola in alto. Insegui le nuvole. Gioca nel bel cielo azzurro. E nuota lassù con gli angeli. Sei stata così forte. Così coraggiosa. La migliore. Adesso sei libera dal dolore e vivrai per sempre nei nostri cuori.

Ti voglio bene, mia dolce Lola.

Sempre.

IL RE
VAMPIRO

ALLEANZA DI SANGUE
LIBRO CINQUE

IL RE
VAMPIRO

Un tempo, il genere umano governava il mondo, mentre vampiri e licantropi vivevano nell'ombra.
Ma ora non è più così.

Calina

Mi restano trentasei ore da vivere.
Trentasei ore per trovare una soluzione.
Trentasei ore per ucciderli tutti.

I miei amici. La mia famiglia. I miei soggetti.

È il destino crudele che mi ha inflitto la mia creatrice più di un secolo fa, quando mi ha rinchiusa in questo inferno. Ho imparato che la libertà è un'illusione. Che non c'è via di fuga. Non sono nient'altro che una bomba a orologeria sul punto di esplodere.

Finché dall'alto non è apparso *lui*. Un vampiro. Un dio con gli occhi di ghiaccio. Afferma di essere la nostra salvezza. Ma io lo vedo per chi realmente è: il demonio sotto mentite spoglie.

Jace

Non voglio essere re. Ma lo diventerò, se significa che

posso avere *lei*. La splendida regina di ghiaccio che ho trovato ad aspettarmi nel laboratorio di Lilith. Si dice indifferente, sostiene che non sortisco alcun effetto su di lei. Ma vedo le braci ardere nei suoi meravigliosi occhi nocciola.

Ma il suo bel viso nasconde molto di più.
Non è né un vampiro, né un licantropo.
È un'immortale impossibile da classificare.
Un segreto che devo tenere a bada in un mondo che sta precipitando nel caos.

Benvenuti nel nuovo inizio.
Io sono Jace, il re. Permettetemi di farvi da guida...

NOTA DELL'AUTRICE

Caro lettore,

l'avventura di Jace e Calina è un po' diversa dalle altre storie della serie. Ne *Il re vampiro* ci sono molte informazioni che contribuiscono a delineare ulteriormente il mondo dell'Alleanza di sangue, inclusi elementi sulle origini dei vampiri e dei licantropi. Inoltre, Calina è la più forte tra le mie eroine, ma non nel modo che ti aspetteresti.

Nonostante questa storia sia stata concepita come un romanzo autoconclusivo, ci sono molti elementi che si sovrappongono ai libri precedenti. E *Il re vampiro* porta con decisione al sesto libro.

Ora siamo nel cuore del mondo dell'Alleanza di sangue. La rivoluzione sta arrivando.

Spero.

Per essere al passo con me e il mio processo di scrittura, unisciti al gruppo Facebook *Foss's Night Owls*. Passo di lì almeno una volta al giorno, anche solo per commentare i post.

Buona lettura! <3

Un abbraccio,
Lexi

PS: Iscriviti alla mia newsletter per estratti esclusivi, notizie sulle nuove uscite e altro ancora!

Un tempo,
il genere umano governava il mondo, mentre vampiri e
licantropi vivevano nell'ombra.

Ma ora non è più così.
Benvenuti nel futuro, in cui a dettar legge sono le stirpi
superiori.

Procedete a vostro rischio e pericolo.

L'ALLEANZA DI SANGUE

La legge internazionale sostituisce ogni governo nazionale e sarà amministrata dall'Alleanza di sangue, un consiglio composto in egual misura da vampiri e licantropi.

Tutte le risorse devono essere distribuite equamente tra vampiri e licantropi, compresi i territori e gli schiavi. La posizione sociale e la ricchezza, tuttavia, saranno a discrezione di ogni casata o branco.

Uccidere, ferire o provocare un essere superiore è punibile con la morte. Tutte le controversie devono essere presentate all'Alleanza di sangue per il giudizio finale.

Le relazioni sessuali tra vampiri e licantropi sono strettamente proibite. Le collaborazioni commerciali, se appropriate e fruttuose, sono invece permesse.

Gli umani sono considerati beni di proprietà e non hanno alcun diritto legale. Ognuno sarà giudicato attraverso un sistema basato su merito, intelligenza, ascendenza, abilità e bellezza. La classificazione sarà effettuata alla nascita e finalizzata nel Giorno del sangue.

Ogni anno, dodici mortali saranno selezionati

dall'Alleanza di sangue e dovranno competere per l'immortalità. Di questi dodici, due riceveranno il morso che li sottrarrà allo scorrere del tempo. Gli altri soccomberanno. Creare un vampiro o un licantropo al di fuori di questo processo è illegale e punibile con la morte.

Tutte le altre leggi sono a discrezione dei branchi e dei reali, ma non devono sfidare l'Alleanza di sangue.

PROLOGO

LILITH

È l'anno centodiciassette dell'era dell'Alleanza di sangue.

Purtroppo, se state vedendo questo, qualcosa è andato terribilmente storto e sono state attivate le necessarie procedure di sicurezza. Inclusa quella che state sperimentando adesso.

Farò del mio meglio per aggiornarvi il più velocemente possibile, ma sappiate che ci sono almeno sette giorni di dati da visionare. Anche quelli fanno parte dei protocolli che avete lasciato in vigore; spero solo che servano al loro scopo.

Per cominciare, ci sono diciassette regioni governate dai reali vampiri e diciassette dai clan dei licantropi. Ho mantenuto anche la mia regione. Ma dato che sono alla guida del consiglio, come da vostra raccomandazione, non la annovero tra i territori dei vampiri.

Ho anche assunto il ruolo di Dea, come avete suggerito, e ho fatto del mio meglio per offrire ai mortali un simbolo di speranza.

Ogni anno, il Torneo dell'immortalità regala a due umani l'opportunità di unirsi alle schiere di vampiri e licantropi. È una competizione spietata, progettata per garantire l'immortalità solo ai migliori. I giochi hanno anche lo scopo di intrattenere i mortali, che competono per l'occasione più importante della loro vita.

Letteralmente. E, come da programma, non mancano di imparare lezioni importanti.

I licantropi e i vampiri sono generalmente soddisfatti con il Giorno del sangue. Ai reali vengono dati nuovi membri per i loro harem, schiavi da dissanguare e lavoratori che coprono vari servizi nelle loro regioni. I licantropi ottengono nuovi partecipanti per le loro cacce della luna e per i programmi di riproduzione, nonché umani attraenti per gli harem degli alfa.

La distribuzione è uniforme, proprio come avete suggerito. Ha anche riunito i vampiri e i licantropi in una squisita armonia, permettendoci di regnare incontrastati sugli esseri inferiori.

Alcuni, però, sono scontenti del mio modo di governare.

Il che è probabilmente il motivo per cui sono stati attivati i protocolli di emergenza.

Perché se adesso state vedendo questo filmato, significa che sono morta.

Non temete, mio caro sovrano. Sono caduta per la causa.

Ma è giunto ufficialmente il momento che assumiate il ruolo che vi spetta, rivendicando il trono a cui siete stato destinato.

Benvenuto nel nuovo mondo, mio re.

Che possa essere tutto ciò che desideravate e anche di più.

Clicca sulla freccia per iniziare a visionare le registrazioni.

Fine della trasmissione.

CALINA

TRENTASEI ORE ALL'AUTODISTRUZIONE. Effettua i dovuti preparativi, e grazie per il tuo impegno.

Il messaggio risuonò nella stanza e mi strappò al sonno. La voce di Lilith mi riecheggiò nella mente, esigendo la mia attenzione.

35:59:59.

35:59:58.

35:59:57.

Fissai l'immagine sul muro a bocca aperta, leggendo i numeri con cui era iniziato il conto alla rovescia. Gli stessi numeri apparvero sul mio orologio da polso, la cui vibrazione mi costrinse a tornare in me, ricordandomi di quello che stava per accadere.

«Merda» boccheggiai, passandomi le dita tra i capelli. «*Merda*».

Era il protocollo "Giorno del giudizio", il che significava che era successo qualcosa a Lilith. E che avrei dovuto inviare tutte le ricerche attraverso i canali appropriati, prima che le prove si autodistruggessero.

Dovevo anche assicurarmi che non restasse niente da trovare, nel caso del personale non autorizzato venisse a controllare.

Lilith si aspettava che uccidessi tutti. Me compresa.

Forse era tutto un modo per testare la mia lealtà e la mia volontà di seguire le procedure richieste.

O forse stava succedendo davvero.

Il che significava che la mia superiore era morta.

Provai a cercarla attraverso i collegamenti mentali, ma fu tutto inutile. La programmazione e i test avevano indebolito la nostra connessione. Era passato così tanto tempo, che non potevo fidarmi del vuoto che percepivo attraverso il nostro legame.

Per giunta, ero ancora viva. Quindi avrebbe potuto esserlo anche lei.

Se non altro, una delle mie connessioni era ancora lì. Mi sentivo bene. Immortale. In salute.

Per via di Lilith o del mio legame con….?

Il ticchettio sul muro mi distrasse dai miei pensieri, fornendomi una migliore rappresentazione della realtà. I miei legami non avevano importanza. Solo il mio dovere ne aveva.

A meno che non sia morta davvero.

Scossi la testa. Irrilevante. Avevo dei compiti da svolgere.

Invia i file. Uccidili tutti.

Un brivido mi corse lungo la schiena. Né il senso del dovere né alcun ragionamento logico sarebbero riusciti a prepararmi per il mio ultimo incarico. Quei soggetti erano diventati miei amici. Erano… erano come la mia *famiglia*… e rappresentavano i pochi e miseri legami che mi erano rimasti con il genere umano.

Concentrati, mi dissi. *Forse è solo un test per vedere le mie reazioni. Segui le procedure. Fingi di essere pronta.*

Serrai la mascella e annuii, costringendomi a dedicarmi alla mia routine mattutina. Parte del processo era non farsi prendere dal panico. Avevo abbastanza tempo per completare tutti i miei compiti, senza dover fare le cose di fretta.

Doccia.

Asciugarmi i capelli e raccoglierli in uno chignon.

Indossare il tradizionale camice blu e metterci sopra anche quello bianco da laboratorio.

Dopo aver spuntato tutte le voci dalla mia lista mentale, lanciai un'occhiata allo specchio per controllare le mie iridi. Quel giorno gli anelli nocciola erano blu, suggerendo che i legami con il mio lato materno erano più forti del normale. Ciò significava che l'animale racchiuso dentro di me voleva il dominio.

Le mie labbra si distesero in una linea severa. Beh, se una parte di me doveva proprio prendere il sopravvento, era meglio che fosse quella più violenta. Forse la bestia mi avrebbe aiutata a uccidere tutti.

Il solo pensiero mi fece rabbrividire. Poi mi concessi un ultimo sospiro e controllai di nuovo l'orologio.

35:32:17.

Bene. Aprii la porta di quercia chiara e mi lasciai alle spalle il mio alloggio immacolato.

Nel corridoio vuoto non c'erano conti alla rovescia né persone in preda al panico, e l'area di marmo in cui terminava era tranquilla e deserta come al solito.

Perché nessun altro sapeva del protocollo in corso. Solo io.

«Buongiorno, dottoressa» mi salutò l'agente Gerald mentre le porte dell'ascensore si aprivano automaticamente. La sua squadra doveva averlo avvertito, dopo avermi vista percorrere il corridoio nei filmati di sicurezza. E di conseguenza l'aveva mandato su a prendermi.

Ai membri dello staff non era permesso azionare gli ascensori.

Nemmeno a me, la ricercatrice capo del bunker 47.

«Buongiorno, agente» gli risposi con lo stesso tono di sempre. Annoiato. Piatto. Privo di emozioni. L'avevo perfezionato negli ultimi cento e più anni.

Quando entrai, mi fece un cenno. Poi digitò la mia destinazione: l'ala dov'erano presenti il mio ufficio e i laboratori.

Eravamo già sotto terra, ma, prima di riaprirsi, la gabbia intorno a noi precipitò ancora più in basso, fino nelle profondità dell'inferno.

«Buona giornata, raggio di sole» disse l'agente Gerald quando uscii dall'ascensore, facendo un passo sul pavimento di ossidiana.

Non era un saluto insolito; usava quel nomignolo ogni giorno, per via dei miei capelli biondi. Ma quella volta lo guardai, chiedendomi se sapesse cosa stava per succedere là sotto.

I suoi occhi grigi non rivelarono nulla. Delle piccole rughe comparvero ai lati, come sempre.

Era un vigilante, un umano addestrato a proteggere i suoi superiori immortali. Non avevo mai capito come i mortali potessero essere talmente sciocchi da accettare un compito così ridicolo. Vampiri e licantropi non avevano bisogno di protezione. A loro serviva che gli umani si controllassero a vicenda, per assicurarsi di mantenere il dominio. E i mortali come Gerald erano caduti dritti dritti nella loro trappola.

Lilith gli avrebbe risparmiato la vita? Ne dubitavo. Non avrebbe risparmiato nemmeno la mia. E io ero una delle sue preziose creazioni. Per lei, l'agente Gerald era soltanto un numero. Almeno io avevo un nome.

Le porte dell'ascensore si chiusero prima che potessi rispondergli. Il vigilante stava già andando a prelevare uno dei miei tecnici di laboratorio. Probabilmente James.

Studiai le pareti bianche che mi circondavano, in netto contrasto con le piastrelle nere come la pece, sotto le mie scarpe da ginnastica.

Sono in piedi su una carica di esplosivo?, mi chiesi, osservando il pavimento. *O quelle si trovano ancora più in profondità?*

Percepii una leggera vibrazione sul polso, che mi ricordò che non avevo tempo di preoccuparmene. Era già passata mezz'ora dall'inizio del conto alla rovescia; mi restavano trentacinque ore e trenta minuti.

Prima le ricerche, decisi, avviandomi verso il mio ufficio per iniziare a caricare tutti i file sul server. Che noia. Solo quel compito avrebbe richiesto delle ore per essere portato a termine. E dovevo assicurarmi che venisse trasferito tutto, senza errori.

Quel giorno non ci sarebbero stati test.

Usai l'orologio per aprire il mio ufficio. Le luci si accesero mentre entravo, gli schermi presero vita con un caldo benvenuto. «Salve, dottoressa Calina» mi salutarono tutte le apparecchiature.

Restai in silenzio, come al solito. La tecnologia non aveva bisogno di formalità o parole rassicuranti. Al contrario, apprezzava i comandi. Così ne digitai alcuni, dicendogli di iniziare a scaricare tutti i dati.

Le password che avevo memorizzato molti anni prima riaffiorarono alla mia mente, spingendo le mie dita a volteggiare sulla tastiera.

Sapevo cosa doveva essere fatto.

Tuttavia, presi a digitare sempre più lentamente, man mano che mi avvicinavo alla mia penultima lista mentale.

Se Lilith voleva solo mettere alla prova la mia lealtà, allora tutto sarebbe finito non appena avessi premuto quel pulsante. O forse avrebbe aspettato finché non avessi ucciso almeno qualche soggetto.

Ma se fosse stata veramente morta...

Chiusi gli occhi, cercando di relegare quel pensiero fuori dalla mia mente. *Le scelte sono solo false speranze,* mi dissi. *Fa' quello che ti viene detto. Solo così potrai sopravvivere.*

Con un altro respiro profondo, continuai il mio compito. La mia determinazione sembrava rafforzarsi a ogni battuta.

Finché non raggiunsi l'ultima sequenza di comandi.

Quella che mi avrebbe mostrato il collegamento video con il laboratorio e avvelenato chiunque fosse presente. I due tecnici principali erano gli unici che avrebbero potuto fermarmi, quindi dovevano essere neutralizzati per primi.

I miei più cari amici in quell'inferno.

La mia unica vera famiglia.

Non tanto perché ci piacevamo o passavamo spesso del tempo insieme, ma perché eravamo tutti cresciuti lì. Capivamo quel luogo, il nostro scopo e la ricerca che le nostre vite contribuivano a perpetuare.

Io ero stata creata quasi sessant'anni prima di loro. Di conseguenza, spesso sceglievo di starmene per conto mio.

Ma James e Gretchen... loro avevano preferito una strada diversa. Si intuiva dalle loro azioni: in quel momento, infatti, stavano aiutando uno dei cuccioli di licantropo a salire su un tavolo. Il piccolo leccò la guancia di James, facendolo sorridere in quel modo infantile che prediligeva. Gretchen li guardava con un luccichio adorante negli occhi scuri, quasi a mandorla.

I due erano innamorati. Lilith lo sapeva e lo permetteva, perché li rendeva ancora più dediti alla loro ricerca. E il prodotto del loro amore era seduto sul tavolo del laboratorio.

Un bambino.

Una piccola palla di pelo bianco.

Che Lilith voleva che ammazzassi premendo un tasto.

Deglutii e chiusi di nuovo gli occhi. La mia mente recitò tutte le sequenze del protocollo "Giorno del giudizio" che mi erano state inculcate nell'ultimo secolo. Anzi, di più. Il laboratorio era stato creato prima della rivoluzione.

Metà del mio staff era composta da soggetti immortali diventati ricercatori. James e Gretchen erano gli unici che consideravo la mia famiglia, ma anche gli altri erano ancora parte della mia vita. Significavano qualcosa per me, a un livello che non riuscivo a definire.

Da un certo punto di vista, ucciderli li avrebbe protetti. Gli esplosivi forse non sarebbero riusciti a completare il lavoro, ma il siero che tenevo nel mio arsenale ce l'avrebbe fatta di sicuro. Eravamo tutti difficili da uccidere, visto che la maggior parte di noi era legata a un immortale. Un immortale che non conoscevamo nemmeno.

I nostri compagni. Il più grande segreto di Lilith.

Strinsi i denti, esaminando le nostre opzioni.

Nel corso della mia vita, Lilith mi aveva messa alla prova molte volte, ma mai con un'esperienza del genere. Era crudele, certo, ma anche pragmatica. Distruggere tutte le sue creazioni sarebbe stato un po' troppo, perfino per lei.

Il che suggeriva, ancora una volta, che era morta davvero.

E che in effetti *avevo* delle opzioni da prendere in considerazione.

Tamburellando con le unghie sulla scrivania, osservai i file in attesa nella cartella in uscita. Si stavano ancora caricando, e l'ultima sequenza di tasti avrebbe attivato la procedura per spedirli.

Dopo aver neutralizzato Gretchen e James.

Mi lasciai cadere sullo schienale della sedia da ufficio e studiai lo schermo, poi lanciai l'ennesima occhiata al video di sorveglianza del laboratorio.

Il mio polso vibrò di nuovo. *Trentacinque ore*, pensai, rendendomi conto che stavo sprecando tempo prezioso. Ma non riuscivo a muovermi. Era come se il destino mi avesse legato le mani ai braccioli della sedia, impedendomi di eseguire l'ultimo ordine.

Così, mormorai un comando che attivò i collegamenti video dell'intero complesso, per monitorare gli altri laboratori sotto il mio controllo. Le cose stavano andando come al solito; tutti erano intenti a testare i loro risultati e catalogare le loro scoperte. Alcuni socializzavano con disinvoltura. Altri erano in silenzio, preferendo starsene per conto loro.

Nessuno di noi era lì per scelta, ma eravamo tutti consapevoli che le nostre vite, all'interno del bunker, erano molto più confortevoli di quanto lo sarebbero state all'esterno. Là fuori, gli umani erano trattati come giocattoli che esistevano puramente per compiacere vampiri e licantropi. Un po' come degli animali domestici, ma decisamente meno amati.

Nel bunker, eravamo in qualche modo rispettati. Le nostre conoscenze e le nostre abilità ci rendevano degni di essere considerati qualcosa di più che semplice *bestiame*.

Certo, potevamo mantenere quello status solo seguendo le regole. E in quel momento, senza premere quel maledetto pulsante, stavo infrangendo la più importante di tutte.

Avrebbero potuto uccidermi per aver disobbedito. Eppure, mi stavano comunque chiedendo di morire. Quindi, qual era la differenza? Un'opzione mi avrebbe fornito un briciolo di dignità, permettendomi di andarmene sapendo di aver fatto la cosa giusta. L'altra, invece, mi avrebbe spedita alla tomba come una discepola onorevole e obbediente che non aveva mai vissuto davvero.

Le mie mani si strinsero a pugno.

Lilith mi aveva tolto tutto: la mia libertà, la mia possibilità di scegliere, la mia *vita*. Le avevo obbedito al meglio delle mie capacità. Ma sarei stata in grado di farlo di nuovo? *Volevo* farlo di nuovo?

Un'altra vibrazione. *Trentaquattro ore e trenta minuti.*

Che poi diventarono trentaquattro.

Trentatré.

Trentadue.

Mi aspettavo che da un momento all'altro Lilith irrompesse nell'ufficio e mi punisse per aver fallito il suo test. Solo che non venne mai.

Se Lilith è veramente morta, allora cos'ho da perdere?, mi ritrovai a domandarmi. Con il passare dei minuti, quella riflessione si tramutò in una miriade di idee. Perché non successe assolutamente nulla. Non arrivò nessun vigilante a scortarmi fuori per la mia esecuzione, cosa di cui Lilith mi aveva minacciata innumerevoli volte nel corso della mia lunga esistenza.

"Sai com'è morire e poi tornare?" mi aveva chiesto una volta, dolcemente. Per poi tagliarmi la gola.

Ero annegata nel mio stesso sangue.

Solo per risvegliarmi dopo un tempo indefinito, con il ricordo di quello che era successo impresso a fuoco nella mente.

Morire faceva male.

Ma tornare era ancora peggio.

E l'episodio non era nemmeno una punizione, bensì il frutto di alcune sue riflessioni.

Oh, avevo anche subìto svariati castighi, che prevedevano tutti la mia morte e la successiva rinascita. Non erano nient'altro che piccole lezioni sulla sua superiorità, finalizzate a ricordarmi quale fosse il mio posto.

A volte mi aveva uccisa solo per dimostrarmi che poteva.

Altre per testare la mia immortalità.

E a volte fingeva di amarmi, solo per giocare con la mia mente.

Ma quello non funzionava mai. Diceva che era una delle cose che le piacevano di me.

"Sei meravigliosamente resistente, Calina. La mia creazione perfetta. Spero che non cambi mai".

Fissando lo schermo, mi domandai se fosse proprio quello il punto. Distruggere tutto ciò che avevo creato solo per vedere se sarei riuscita a sopportarlo.

Lilith amava i giochetti mentali.

Io partecipavo *molto* raramente.

Cosa succederebbe se adesso ti sfidassi, mia regina?

Mi avrebbe senza dubbio uccisa. Ma sarebbe stata una condizione permanente?

No.

Non poteva permettersi di perdere me e tutto quello che sapevo.

Ma se fosse vero?

Non riuscivo a mettere a tacere la parte della mia mente che continuava a rimuginare sulla possibilità che fosse davvero morta. Che quello non fosse soltanto un test, ma che stesse realmente accadendo.

Passarono altri minuti.

Che trascorsi immobile, a fissare lo schermo.

A riflettere.

A considerare la faccenda da ogni angolazione.

In attesa che facesse la sua comparsa e mi rimproverasse per la mia insolenza. Che mi massacrasse.

Passò ancora più tempo, portando il conto alla rovescia a trentuno ore.

Eppure, nessuno venne a disturbarmi. Nessuno

chiamò. Nessun ordine si animò sullo schermo. C'era soltanto la richiesta di procedere che lampeggiava imperterrita.

Il mondo non aveva smesso di girare.

Ma l'orologio continuava a ticchettare.

La vibrazione indicò che ero arrivata a trenta ore. Avevo passato praticamente ogni secondo delle ultime sei nel mio ufficio, seduta a fissare gli schermi. Era quasi impossibile da concepire; era come se fossi caduta in una sorta di stato catatonico, mentre consideravo tutte le alternative.

La mia mente non aveva smesso un istante di lavorare, calcolando ogni mossa e ogni rischio. Ogni contromisura che avrei potuto adottare. Ogni potenziale conseguenza del disobbedire a una direttiva.

I tecnici erano ancora nei loro laboratori. I vigilanti erano tutti occupati a supervisionare il complesso nei loro uffici di sopra. E io ero stanca di guardare il conto alla rovescia proseguire indisturbato sul mio polso.

«Al diavolo le procedure» dissi, guardando lo schermo. «Al diavolo tutto».

Annullai tutti gli ordini, poi ne aggiunsi di miei. Avendo trascorso tutta la vita in quel laboratorio, ne conoscevo la tecnologia per filo e per segno. Nel corso degli anni, avevo addirittura piazzato delle piccole trappole, in modo da essere avvertita nel caso in cui il protocollo "Giorno del giudizio" fosse stato attivato a mia insaputa.

Verificai che fossero tutte ancora attive e le rafforzai. Poi presi il controllo di tutti i monitor all'interno della struttura. Nessuno avrebbe potuto approfittarsi della situazione senza il mio permesso.

Agli esplosivi, però, non avevo accesso. Ciò significava che avrebbero potuto essere attivati anche dall'esterno.

Dovevo assolutamente fingere di eseguire gli ordini, nel caso qualcuno stesse controllando.

La mia mente agì in fretta, formulando un piano che era sempre stato lì. Un piano di cui non mi ero mai aspettata di aver bisogno. Eppure, in qualche modo, un piano che avevo sempre desiderato usare.

L'idea di fuggire mi aveva sempre allettata. Solo che non avevo mai saputo quando fare la mia mossa. A quanto sembrava, era giunto il momento. E avevo meno di trenta ore per metterla in pratica.

Okay.

Richiamai il server di destinazione dei documenti e aprii un canale di comunicazione meno sicuro del necessario per distribuire i dati. Avrebbe causato delle difficoltà con la sicurezza dall'altro lato, perché i file criptati sarebbero arrivati da un tunnel inaspettato.

Chiunque li avesse ricevuti, avrebbe dovuto armeggiare un po' con i parametri per determinare la fonte. Non appena avessero capito che erano dei file legittimi, avrebbero iniziato a scaricarli.

Ma nel frattempo avremmo guadagnato qualche ora.

E poi avrebbero dovuto mettere tutti i file insieme come in una specie di gigantesco puzzle, dandoci ancora più tempo.

Quando si fossero resi conto di cosa avevo mandato, sarebbe stato troppo tardi per ricontattarci per i veri documenti. Tutti quei dati erano vecchi e incomprensibili. Inutili. Il tipo di informazioni che li avrebbe riportati indietro di cinquant'anni.

La mia mossa metteva a rischio anche il bunker 47; il nuovo canale di comunicazione ci collocava sulla mappa digitale. Se ci avessero cercati usando i satelliti o degli scanner di dati, sarebbero riusciti a individuare la nostra posizione.

Ma era un rischio che ero disposta a correre.

Perché ci avrebbe dato più tempo per trovare una soluzione. *Per scappare.*

Osservai di nuovo lo schermo del laboratorio, mordicchiandomi il labbro.

"Malfunzionamento della tossina", digitai. "Me ne occuperò immediatamente. — Dr. C."

Schiacciai il pulsante di invio, consapevole del fatto che il messaggio sarebbe arrivato alla base prima di tutti i file. Ma forse avrebbero pensato che ero troppo impegnata a gestire il problema per notare i documenti non sicuri in uscita.

Aspettai una reazione. Se Lilith mi stava osservando, me lo avrebbe fatto sapere in quel momento; sarebbe stata furiosa per la mia lampante violazione delle procedure.

I minuti passarono e non accadde nulla.

Niente allarmi. Niente telefonate. Nessuna tossina nell'aria.

La regina è morta. Era l'unica spiegazione possibile. Non mi avrebbe mai permesso di spingermi fino a quel punto senza mostrare le sue carte.

E se era ancora viva, beh, me ne sarei preoccupata più tardi.

Perché avevamo meno di trenta ore per fuggire da quell'inferno.

O saremmo stati tutti sepolti vivi.

Mi alzai in piedi e corsi nel corridoio vuoto.

Nessuno mi fermò, e nessuna sirena cominciò a suonare.

Avrei dovuto testare i limiti del piano molte ore prima, per determinare le reali intenzioni di Lilith. Ma non avrei perso altro tempo a rimuginare su quanto ci avessi messo a prendere quella decisione.

Nessuno scienziato sarebbe mai saltato a una

conclusione senza pesare tutte le prove delle sue osservazioni.

Anche i miei ricercatori avrebbero capito e condiviso quel ragionamento.

Mi fiondai nel loro laboratorio, trovando la palla di pelo accoccolata in grembo a Gretchen. Lei mi guardò con un'espressione sorpresa, poi sorrise. «Ciao, Calina. Cosa...».

«Lilith è morta e dobbiamo andarcene». Alzai la manica per esporre il polso. «Questo posto si autodistruggerà in meno di trenta ore».

JACE

Tracciai delle linee sulla mappa, studiando l'area nota
come la regione di Lilith. Quel nome sarebbe cambiato
presto. In meglio, secondo me.

La regione di Jace.

Tecnicamente, un territorio lo avevo già. Ma sarebbe
diventato di Darius. Ammesso che l'antico vampiro
accanto a me accettasse.

«Ti rendi conto che adesso sei un reale, sì?» gli chiesi
senza staccare gli occhi dalla mappa. «L'Alleanza di
sangue forse non lo sa ancora, ma ciò non lo rende meno
vero».

«Prima un sovrano e adesso un reale» mormorò il mio
vecchio amico, la cui cadenza inglese rivaleggiava con la
mia. «Che emozione».

Soppressi una risatina. A Darius non era mai piaciuta
la politica.

«Potresti dare la regione a Ivan» suggerii.

Per tutta risposta, grugnì. «È troppo giovane. Le sfide
lo distrarrebbero dal portare a termine qualsiasi cosa».

«Vero» concordai, osservando con attenzione Lilith
City. Nell'era degli umani, era conosciuta come Chicago.
La Dea ormai defunta, però, l'aveva rivendicata e
battezzata col suo nome.

E tutti gli alfa e i reali avevano seguito il suo esempio.

San Francisco divenne Jace City, la mia casa.

Kylan reclamò Vancouver, rinominandola Kylan City.

La lista continuava così in tutto il mondo, suddiviso in diciassette regioni assegnate ai licantropi e diciotto ai vampiri. Lilith si appropriò di una vasta sezione del Midwest, che si estendeva a nord fino al territorio del clan Majestic, che era composto dai vecchi stati settentrionali quali Wisconsin, Minnesota, North Dakota e Montana.

«Non penso proprio che i laboratori siano qui» dissi, indicando Lilith City. Era troppo densamente popolata. «Sicuramente Lilith voleva avere tutto a portata di mano, ma non troppo vicino da essere scoperta».

«Già» concordò Darius, per poi bere un sorso di caffè. Era corretto con il sangue della sua *erosita*, cosa di cui mi ero accorto nel momento stesso in cui era entrato.

Non osai chiedergli un assaggio.

Darius era solito condividere tutto. Ma quando Juliet entrò nella sua vita, quel lato di lui cambiò. Lo rispettavo, almeno quando eravamo in privato. In pubblico, però, dovevamo sempre fingere, per proteggere lui e i suoi interessi. Ed ero sicuro che anche lui mi avrebbe coperto le spalle, se mai ne avessi avuto bisogno.

«Doveva aver affidato il comando a qualcuno, in sua assenza» continuai. «Se riuscissimo a trovare quella persona, potremmo torturarla finché non ci rivelerà la posizione del laboratorio». Spostai la mia attenzione dalla mappa alla lista degli alleati di Lilith.

L'avevamo compilata dopo aver esaminato il contenuto del suo telefono. Ogni contatto cadeva in una delle due categorie: simpatizzante di Lilith, o potenziale rivoluzionario.

«Nessuno dei suoi file suggerisce che ci sia un partner

di qualsiasi tipo» rispose Darius. «Ma sono d'accordo. Ci sta sfuggendo qualcosa».

Aprii una cartella di foto, proiettandole sul muro nel modo in cui ci aveva insegnato Damien. Eravamo ancora nella regione di Ryder; avevamo deciso di restare qualche giorno in più per analizzare tutti i dati che aveva raccolto su Lilith. Si era rivelata un'ottima mossa, dato che Damien, il secondo di Ryder, ci aveva dato molti giocattoli divertenti da usare.

«Non si sarebbe mai fidata di un licantropo» decisi ad alta voce, spingendo di lato tutte le foto dei sostenitori di Lilith con origini lupesche. Lasciai cinque reali sulla parete.

Era un numero sorprendentemente basso.

Eravamo convinti che ce ne fossero molti di più. Ma, a quanto sembrava, diversi reali avevano messo in dubbio la leadership di Lilith nel corso degli anni.

Kylan, il famigerato reale con la propensione a sfidare e far incazzare Lilith, li stava contattando uno a uno per saperne di più. Nel frattempo, Edon, Luka e Logan, gli alfa nostri alleati, stavano avvicinando tutti i capi clan noti per non avere grande simpatia nei confronti di Lilith.

Io e Darius ci stavamo impegnando a localizzare il laboratorio dove teneva prigioniero Cam. Cam era mio cugino e anche il creatore di Darius, dei rapporti che ci rendevano le persone più adatte a individuare dove fosse finito il re vampiro. Molti lo credevano morto per mano di Lilith. Ma noi sapevamo che non era vero. Altrimenti, anche la sua *erosita* sarebbe morta con lui. E Izzy era ancora decisamente viva.

«Beh, sicuramente non si tratta di Helias» disse Darius, tracciando una linea sull'immagine sorridente del vampiro biondo con gli occhi neri. «È troppo arrogante per mettersi in società con qualcuno. Ha accettato tutte queste buffonate solo perché lei gli ha dato Zurigo».

Abbassai il mento in un cenno d'assenso. «Sarebbe stato un buon partner solo se Lilith avesse concesso anche a lui di atteggiarsi a divinità». Allungai una mano e toccai la foto di un maschio dalla carnagione olivastra e i lineamenti taglienti. «Scommetto che è Ayaz. È sempre stato un sostenitore del dominio indiscusso a livello globale e dell'asservimento del genere umano. È per quello che si è infilato tra i ranghi dell'Impero Ottomano, tanti secoli fa».

«Non che gli sia andata troppo bene» commentò Darius.

«Perché ha lasciato gli umani a combattere al posto suo». Uno dei tanti motivi per cui affermava che i mortali fossero inutili, a parte il loro valore come sacche di sangue ambulanti.

«Potrebbe trattarsi anche di Lajos o Sofia. Sono entrambi famosi per la loro crudeltà. Negli ultimi sei anni, Lajos ha fatto fuori nove schiavi da cui avrebbe dovuto soltanto nutrirsi. È un ingordo e non gli importa nulla di sprecare gruppi sanguigni preziosi. E hai visto le condizioni di vita che Jasmine mantiene nella sua stessa capitale».

«Non che sia stato un grosso sforzo per lei, considerando com'erano ridotte le Filippine dopo la guerra» gli feci notare, rabbrividendo al solo ricordo.

«Beh, di sicuro non ha fatto niente per migliorare la situazione».

«Vero» concordai, sfregandomi la mascella coperta da una barba corta. Erano passati già un po' di giorni dall'ultima volta che mi ero rasato.

Anche Darius era in uno stato simile; i suoi capelli scuri erano insolitamente lunghi, arrivando quasi a lambirgli le orecchie. Di norma, aveva sempre un aspetto ordinato; indossava completi eleganti, proprio come me, e teneva i capelli corti. Mi chiesi se fosse Juliet a preferirli in quel modo, o se invece avesse deciso di abbracciare lo stile dei nostri tempi. Rasoi elettrici e appuntamenti dal barbiere non erano così comuni, tremila anni prima.

Si passò le dita tra le ciocche corvine e avvicinò la tazza alle labbra per un altro sorso. Il rossore sulle sue guance mi rivelò quanto ne apprezzasse il sapore. «Sai, bere direttamente dalla vena è molto più soddisfacente».

I suoi occhi verdi lampeggiarono. «L'ho già fatto stamattina, prima di venire da te. E lo farò di nuovo non appena avremo finito qui».

«Stai cercando di farmi ingelosire?». Avevo lasciato il mio harem a Jace City. Non che fossi più particolarmente interessato a loro. Tutti gli intrighi politici e la possibilità di una rivoluzione avevano avuto un grosso impatto sul mio desiderio sessuale.

Erano passate settimane dall'ultima volta che avevo scopato. Ma cercavo di non preoccuparmene più del dovuto. Forse perché era stata un'esperienza abbastanza soddisfacente. O più probabilmente perché avevo troppe cose per la testa, in quel momento, per prendere in considerazione l'idea di giocare.

«Crea dipendenza» mormorò Darius con un'espressione intensa. «Quindi sì, dovresti essere geloso».

«Come tuo reale, potrei ordinarti di darmi un assaggio».

«Ma non lo farai» ribatté.

«Ma non lo farò» ammisi. «Qualcosa che tu...».

«Dovete vedere questo» intervenne una voce profonda che avevo imparato a conoscere molto bene nelle ultime settimane.

E a proposito della mia ultima conquista sessuale, pensai, mentre Damien entrava nella stanza.

Avevamo passato molti giorni a letto con Tracey, la sua attuale compagna di giochi. L'esperienza mi era piaciuta particolarmente, ma Damien era piuttosto possessivo nei confronti della ragazza. Così avevo preferito tirarmi indietro. Non amavo sottomettermi, e sospettavo che prima o poi lui l'avrebbe preteso.

In ogni caso, erano state delle giornate illuminanti.

Damien aveva dei talenti che qualunque maschio o femmina avrebbe apprezzato.

I suoi occhi ambrati incontrarono i miei. Ma non brillavano di lussuria, quanto di determinazione. Premette un paio di tasti sul suo telefono e fece sparire le foto dalla parete, rimpiazzandole con una piccola sfera rotante. Alcune icone di documenti le fluttuarono attorno, riunendosi in una cartella luminosa.

«Che diavolo è quello?» domandai.

«Il contenuto del telefono di Lilith» spiegò. «Qualche ora fa è iniziata una specie di conto alla rovescia, di cui ho cercato di rintracciare la fonte. E poi, dieci minuti fa, ho trovato quel flusso di dati in transito attraverso una connessione non sicura. Ho già iniziato a scaricarne delle copie sui nostri server».

«Cosa c'è nei file?» chiese Darius.

«Non lo so». Damien sembrava frustrato. «Sono criptati, e non sarò in grado di raccoglierli tutti finché il download non sarà completato. Il che, secondo l'orologio, richiederà almeno un giorno. Ma quello che mi preoccupa di più è il conto alla rovescia». Cliccò su un'icona in alto a sinistra, che fece apparire la schermata in questione.

"Trentasei ore all'autodistruzione. Effettua i dovuti preparativi, e grazie per il tuo impegno".

Quando lessi il messaggio, spalancai gli occhi.

«Penso si tratti del laboratorio di Lilith» disse Damien, prima ancora che potessi fare domande. «O qualcuno sa che è morta e ha attivato una procedura per distruggere tutte le prove, o è stata la sua morte stessa a causarla. E poi c'è questo».

Comparve un altro messaggio.

"Malfunzionamento della tossina. Me ne occuperò immediatamente. — Dr. C."

«Quel messaggio è il modo in cui ho trovato i file. Penso che siano collegati, perché provengono dalla stessa fonte». Sfogliò di nuovo le immagini e fece apparire una mappa. «Sembra che "Dr. C." si trovi in quello che un tempo era il Michigan, che è anche il punto di origine dei file».

«La regione di Lilith» mormorai.

«È anche a un breve volo di distanza da Chicago» aggiunse Darius, guardandomi negli occhi. «È lì che si trova il laboratorio».

Sulla parete comparve di nuovo l'orologio col conto alla rovescia, sceso a ventinove ore.

Solo che poi si bloccò, e un nuovo messaggio iniziò a lampeggiare.

Protocollo di rilevamento attivato.

Corrugai la fronte. «Rilevamento? Sta... sta parlando di noi?».

10:00:00.

«Oh, cazzo» boccheggiai. «Abbiamo appena perso venti ore».

«Deve aver individuato la mia traccia digitale» borbottò Damien. «*Merda*». Chiuse tutto, poi mi guardò. «Vengo con voi. Qualsiasi trappola abbia lasciato nel laboratorio, sarà sicuramente di natura tecnologica. Avrete bisogno di me».

Non feci obiezioni. «Sì». Tutta la situazione puzzava della passione di Lilith per la strategia. Probabilmente aveva una specie di sistema di sicurezza legato alla sua essenza, che innescava una serie di misure protettive in caso di morte.

E una di esse avrebbe portato alla distruzione di Cam.

«Quando partiamo?» chiesi.

«Rick sta già preparando un aereo per il decollo» rispose Damien. «Devo solo prendere un po' di strumenti e possiamo andare».

Mi rivolsi a Darius. «Juliet resta qui o viene con noi?».

«Viene anche lei» rispose senza esitazione. «La sto ancora addestrando, ma diventa ogni giorno più forte. Non le farebbe bene restare qui, quando potrebbe imparare qualcosa là fuori».

Ero d'accordo, ma sentii il bisogno di dire: «Sarà pericoloso».

«Tutto quello che facciamo è pericoloso» ribatté.

«Va bene». Guardai Damien. «Facci strada, esperto».

CALINA

Qualche minuto prima

MOSTRAI l'orologio a James e Gretchen.

29:32:47.

Osservarono il conto alla rovescia scendere di tre secondi, poi mi fissarono a bocca aperta. «Tutto il bunker?» chiese James.

«Sì. È il protocollo "Giorno del giudizio"».

«Non ne ho mai sentito parlare» rispose lui.

«Perché implica la tua morte» gli spiegai. «Il mio compito è quello di uccidere tutti, in modo permanente, e inviare le copie delle nostre ricerche a un server presente in un altro bunker».

Gretchen aggrottò la fronte. «E non verrà distrutto anche quello?».

«Non lo so» ammisi. «I miei ordini sono di inviare i file e ammazzare chiunque si trovi all'interno. Tutto qui».

James lanciò un'occhiata alle mie mani, prive di armi, e inarcò un sopracciglio. «Come?».

«C'è una tossina progettata per mettere tutti al tappeto. E nel mio ufficio ho un siero che farà il resto». Un siero che avevo lasciato chiuso in cassaforte. Solo il mio orologio poteva aprirla. A meno che qualcun altro non avesse accesso alle procedure di emergenza, nel qual caso... «Devo distruggerlo. Dobbiamo distruggerlo». Perché non ci avevo pensato prima? «Se qualcun altro fosse avvertito dell'attivazione del protocollo, potrebbe usarlo contro di noi».

Non aspettai una loro reazione. I miei piedi si stavano già muovendo. Ma non appena raggiunsi il mio ufficio, un allarme risuonò nei corridoi.

La mia mano si bloccò sulla maniglia, mentre la voce di Lilith riecheggiò tutto attorno a me. «Protocollo di rilevamento attivato. Tutte le prove devono essere distrutte. Vigilanti, in azione».

Vigilanti, in azione?

Il mio orologio vibrò. Il tempo rimasto lampeggiò sullo schermo. *10:00:00.*

«Dieci ore» esalai. Cosa diavolo era appena successo? Una conseguenza per non aver eseguito gli ordini in modo appropriato?

No. La versione robotica della voce di Lilith aveva detto "Protocollo di rilevamento attivato".

Il che significava che qualcuno, all'esterno, era venuto a conoscenza della nostra posizione.

Probabilmente a causa della connessione dati non sicura che avevo creato.

Feci per passarmi le dita tra i capelli, ricordandomi solo dopo qualche istante che li avevo raccolti in uno chignon.

James e Gretchen furono al mio fianco qualche secondo più tardi. «Cosa intendeva con "Vigilanti, in azione"?».

Scossi la testa. «Non conosco questa procedura. Ma posso indovinare cosa implica».

Premetti l'orologio sulla serratura del mio ufficio, ma non accadde nulla.

Perché ero stata chiusa fuori.

La procedura di emergenza aveva sostituito il protocollo "Giorno del giudizio".

Ma che i vigilanti lo sappiano?, mi chiesi, pensando al comportamento dell'agente Gerald qualche ora prima. Era assolutamente calmo. Nessun segno esteriore che stesse per succedere qualcosa. Forse era un attore eccellente. Ma ne dubitavo.

Il che significava che forse avevo una carta da giocare.

«Mostrami il tuo orologio». Mi ero rivolta a James, dato che aveva le braccia libere. A differenza di Gretchen, che stava tenendo loro figlio.

James non esitò a obbedire; in quel luogo, la mia parola era legge.

Un'altra carta da giocare, pensai. La mia mente stava elaborando un piano, quasi alla velocità della luce.

Il suo schermo non mostrava nulla.

Controllai il mio e vidi che il conto alla rovescia era ancora lì: il sistema di sicurezza che avevo inserito prima stava funzionando.

Bene. Posso usarlo.

«Comportatevi normalmente e lasciate fare a me». Non avevo ancora finito di parlare, che le porte dell'ascensore in fondo al corridoio si aprirono con un trillo.

C'era solo un modo per entrare o uscire dal piano, ed era attraverso l'ascensore.

Il che significava che stava arrivando un vigilante.

Raddrizzai la schiena e mi dipinsi un'espressione annoiata sul viso, lanciando un'occhiata al cucciolo tra le braccia di Gretchen.

Funzionerà, mi rassicurai schiarendomi la voce. La recitazione non era tra le mie doti principali, quindi avrei dovuto ripiegare su ciò in cui eccellevo: comandare.

«Certo, possiamo permetterlo» dissi ad alta voce, assicurandomi che le mie parole raggiungessero il fondo del corridoio. «Ma capite cosa dovrà essere fatto in seguito». Abbassai il tono quasi a un sussurro e aggiunsi: «Rispondete: "Sì, dottoressa Calina. Sappiamo cosa dovrà essere fatto". E cercate di sembrare sicuri di voi».

Gretchen fece esattamente come le avevo detto.

James la seguì a ruota proprio mentre l'agente Gerald svoltava l'angolo. Ignorai la pistola che teneva al fianco e inarcai un sopracciglio, emulando l'espressione che Lilith aveva rifilato a tutti almeno un milione di volte. «Sei qui per proteggermi mentre compio le operazioni necessarie?» gli chiesi, usando il mio solito tono privo di emozione.

Si bloccò; i suoi capelli d'argento brillavano nella luce soffusa. Quando aveva iniziato, erano neri e folti. Ma, come tutti i vigilanti, anche lui era invecchiato. Nel frattempo, il mio viso era rimasto congelato per sempre a ventidue anni. Doveva essersene sicuramente accorto.

«Beh?» lo esortai quando non rispose. «Non ho molto tempo per finire, agente. O sei la mia guardia, o non lo sei. È per questo che sei qui, giusto? Per provare la tua lealtà usando il tuo orologio?».

Il piano si era formato man mano che parlavo. La mia mente stava correndo all'impazzata per stare un passo avanti a tutti quelli che mi circondavano. Contavo sull'incapacità dell'agente Gerald di capire la mia strategia. Considerando che aveva subito il lavaggio del cervello di Lilith e i suoi seguaci, forse il mio piano avrebbe funzionato.

«Non restare lì con le mani in mano» continuai, infarcendo il mio tono di impazienza. «Ho già messo alla prova Gretchen e James. I loro orologi sono riusciti ad aprire la porta del mio ufficio, il che significa che hanno ricevuto l'approvazione per aiutarmi a eseguire le operazioni necessarie per completare il protocollo "Giorno del giudizio". Ora devo verificare che anche il tuo orologio funzioni. Poi potremo iniziare, mentre tu farai la guardia alla porta».

Mi fissò con un'espressione diffidente. «La procedura prevede di uccidere chiunque sia presente nell'edificio».

«Sì, lo so» sbottai, fingendo di perdere la pazienza. «Il siero è nel mio ufficio. Ma non può essere distribuito finché tutti i compiti non saranno stati portati a termine».

«Quali compiti?» chiese.

«Se non conosci la risposta, allora non sei autorizzato a saperlo» dissi a denti stretti. Poi gli mostrai il conto alla rovescia sul mio polso. «Questo è iniziato stamattina, quando mi sono svegliata. Perché sono io che comando. Chi pensi che abbia avviato il protocollo di rilevamento? *Io*».

Non era una bugia, visto che probabilmente era stata proprio la connessione poco sicura che avevo creato a mettere qualcuno sulle nostre tracce.

«No, solo la Dea ha il potere di attivare quel protocollo, raggio di sole». Alzò la pistola. «Conosco il mio lavoro».

Lo fulminai con lo sguardo. «E quale sarebbe? Spararmi prima che abbia finito di trasmettere i file coi risultati delle nostre ricerche? Certo. Fa' pure».

Mi studiò per qualche istante. «Quali file?».

«Il mio compito, agente».

«Davvero?». Iniziò ad abbassare la pistola. «Hai delle prove di quello che dici?».

«Sì, nel mio ufficio».

«Mostramele».

Scossi la testa. «Prima devi dimostrarmi che sei autorizzato a vederle. Usa il tuo orologio per aprire la porta del mio ufficio. Solo così saprò che sei stato mandato qui per aiutarmi a completare il lavoro».

«Io non devo provare proprio un bel niente».

L'agente Gerald non era mai stato la mia guardia preferita. E non solo perché riteneva opportuno chiamarmi "raggio di sole", anche se in realtà il sole non l'avevo nemmeno mai visto.

«Sembra che tu ti sia dimenticato chi comanda qui, agente. Sono la ricercatrice capo del bunker 47. Tu sei un membro del *mio* staff. Certo, la Dea Lilith è superiore a noi da qualsiasi punto di vista, ma io sono la sua creazione. Io sono quella che ha lasciato a capo dell'operazione. E la mia parola è legge, è come se parlassi a suo nome. Quindi ora apri questa cazzo di porta o chiamerò Lilith io stessa».

Alzai il polso con l'orologio e finsi di cercare il suo contatto.

I vigilanti non avevano il suo numero.

Ma io sì.

Proprio come avevo un marchio sul collo che mi qualificava come proprietà personale di Lilith. Un marchio che misi in bella mostra inclinando la testa.

«Non sono solo una dipendente del laboratorio, agente. Sono a capo di tutte le ricerche. Obbedisci ai miei ordini o affronta le conseguenze». Lo dissi con tutta la sicurezza che riuscii a racimolare, sperando che fosse sufficiente.

Avvicinai le dita all'orologio e seppi dall'espressione dell'agente Gerald che avevo vinto. La sua pelle abbronzata impallidì visibilmente. Poi lasciò cadere la mano con la pistola lungo il fianco. «Mi dispiace, dottoressa Calina. Probabilmente non… non sono molto esperto con questa parte della procedura».

Sospirai. «Beh, spero sia davvero quello il motivo. Altrimenti, non appena la mia guardia designata sarà qui, ti ucciderà». Indicai la porta con un cenno della mano. «Se adesso potessi fare quello che ti ho chiesto, te ne sarei profondamente grata. Perché devo assolutamente riprendere a inviare i file».

Guardò James e Gretchen con un'espressione diffidente. «E loro?».

«Come ho già detto, sono stati incaricati di assistermi. Ecco perché siamo corsi qui dal laboratorio, qualche minuto fa». Aggiunsi l'ultima parte perché sapevo dove fossero posizionate le telecamere.

Devo smantellare tutto il sistema di sorveglianza, pensai, elencando mentalmente tutto quello che dovevo fare. *Me ne occuperò non appena potrò rientrare nell'ufficio.*

«E il bastardo?» chiese Gerald, guadagnandosi una condanna a morte. Perché James non avrebbe mai permesso a un vigilante, per non parlare di un umano, di insultare la luce dei suoi occhi. Ma uno sguardo eloquente da parte mia lo tenne a freno.

Non ancora, gli dissi con quell'occhiata.

«Ho detto a Gretchen che poteva tenere il suo bambino con lei ancora per un po', prima di iniziare con la procedura di sterminio. Ne stavamo parlando proprio quando sei arrivato. Ha accettato le mie condizioni e capisce cosa deve essere fatto. Sto ricompensando la sua lealtà con qualche minuto in più con la sua famiglia».

Mi guardò con evidente sospetto.

Così mi strinsi nelle spalle, fingendomi indifferente. «Finché non mi intralcia, per me non c'è problema» continuai. «Ho un problema, però, col fatto che stai temporeggiando. Perché, agente? Sai che il tuo orologio non funzionerà e fallirai l'ispezione?». Inarcai di nuovo un sopracciglio, proprio come Lilith, facendo del mio meglio per ostentare la mia superiorità.

Sono immortale, gli dissi con lo sguardo. *Tu no.*

Il vigilante deglutì. «Sto solo cercando di assicurarmi che stiamo tutti seguendo le regole» disse, riponendo la pistola nella fondina.

«Ma certo» gli concessi, spostandomi verso destra. In quel modo, mi sarei trovata sullo stesso lato della sua pistola, nel caso in cui il test non avesse funzionato. Non sapevo se il suo orologio avrebbe bypassato il mio e sarebbe stato in grado di farci tornare dentro.

Se non l'avesse fatto, mi sarei fiondata sulla sua arma.

Se invece fosse riuscito ad aprire la porta, beh, forse avrei cercato comunque di prendergli la pistola. Dipendeva tutto da quello che avrei trovato all'interno del mio ufficio.

Avanzò con decisione. La sua espressione non lasciava trasparire nulla, ma colsi un leggero velo di sudore sul suo collo. Aveva paura di quello che avrei potuto fargli se avesse fallito.

Bene.

Perché significava che aveva paura di *me*.

Alzai il mento quel tanto che bastava per mantenere un'aria di superiorità. Un'impresa non da poco, considerando che il suo metro e novanta torreggiava sul mio metro e sessanta. Attesi con un'espressione fredda che testasse il suo orologio sulla serratura.

La porta si aprì, facendogli tirare un sospiro di sollievo.

«Eccellente» dissi con lo stesso tono sicuro di prima, come a suggerire che mi aspettavo che avrebbe funzionato. Poi gli feci cenno di spostarsi «Tu resterai qui. Io andrò a spedire i file».

L'ennesima occhiata dubbiosa. «Voglio delle prove».

Lo fissai con aria sbalordita. «Chiedo scusa? Non sei autorizzato a chiedere *prove*, agente».

«Niente di tutto questo è nel mio manuale».

Alzai gli occhi al cielo. «Non aver memorizzato o

studiato a fondo il tuo *manuale* non è una giustificazione per violare le procedure».

Per tutta risposta, sbuffò.

Mi limitai a inarcare le sopracciglia per la terza volta e a lanciargli un'occhiata distaccata. «Smettila di farmi perdere tempo, agente. È molto prezioso,» dissi alzando il polso per mostrargli il conto alla rovescia «come ben sai».

Strinse i denti.

Attesi, ben consapevole di ogni sua mossa. Se avesse preso la pistola, avrei agito. Sarà stato anche addestrato nel combattimento, ma io avevo più di un secolo di esperienza, contro i suoi miseri quaranta o cinquant'anni. E solo perché indossavo un camice, non significava che non sapessi maneggiare un'arma.

Vampiri affamati e licantropi feroci erano tra i rischi del mestiere. Di conseguenza, Lilith mi aveva istruita accuratamente a gestirli. Dopotutto, non poteva permettersi di perdere una delle sue risorse più preziose.

Un vigilante non sarebbe stato un problema.

A meno che i suoi proiettili non siano carichi di siero, ricordai a me stessa.

«Va bene» disse infine. «Ma sbrigati, cazzo».

«Attento a come parli» replicai. «Sono ancora la tua superiore, agente».

Ringhiò qualcosa di incomprensibile a mezza voce. La sua irritazione era palpabile.

Bene. Significava che ero riuscita a ingannarlo.

Feci segno a James e Gretchen di entrare per primi, poi li seguii. «Le fiale di cui abbiamo bisogno sono nella cassaforte, dietro quel quadro» dissi, indicando un enorme ritratto di Lilith. L'aveva messo lì molto tempo prima. "Ti terrò d'occhio", sembrava voler significare.

Ma lo stai facendo ancora?, mi domandai. *Non penso proprio.*

Usai la mia password per avviare il computer e vidi che mi era stato revocato l'accesso.

Ripiegai su un codice secondario, impostato per accedere a una backdoor che avevo creato anni prima. Un sorriso minacciò di affiorarmi sulle labbra quando lo schermo prese vita.

Quello era il vantaggio di essere al comando: avevo accesso a tutto, compreso il sistema di sicurezza e i server del database.

Avevo creato quelle porte secondarie per accedere ai miei file nel caso in cui un riavvio del sistema avesse causato dei problemi. Non avevo mai considerato la necessità di fare irruzione a causa di una procedura che superava la mia autorità. Quei codici erano pensati per riprendere il controllo nel caso di una situazione errata, non intenzionale.

Anche se forse avevo sempre saputo che sarebbe stato necessario. Era una di quelle mosse strategiche presenti da qualche parte nella mia mente, frutto del mio istinto di sopravvivenza.

O, pensai, guardando James e Gretchen, *del bisogno di salvare i miei unici amici.*

Diedi loro le informazioni necessarie per aprire la cassaforte. «All'interno, sul ripiano superiore, c'è un manuale. Andate al capitolo quattro e leggete le istruzioni su come rilasciare correttamente il siero».

Il capitolo quattro forniva dettagli su come caricare le armi presenti nella scatola accanto alle fiale. Ne avremmo avuto bisogno, non appena avessi finito il mio lavoro al computer.

Presi posto sulla mia sedia da ufficio e aprii tutti i video di sorveglianza, ricapitolando mentalmente tutto quello che dovevo fare.

Solo che le immagini sullo schermo catturarono la mia

attenzione, e il mio cuore mancò un battito alla vista del massacro avvenuto in quattro dei sette laboratori.

Oh, no…

I vigilanti non avevano perso tempo a uccidere tutti i ricercatori presenti nel bunker. E il bagliore rossastro cristallizzato su alcuni dei tecnici confermò che anche i vigilanti erano in possesso del siero.

Mi si rivoltò lo stomaco.

I proiettili solidificavano il sangue, immobilizzando la vittima ed essenzialmente disintegrandone l'essenza immortale. Ci erano voluti molti anni per perfezionare quella sostanza. Molti di quelli che avevano contribuito a crearla ne stavano sperimentando l'effetto… e stavano morendo.

Vedendo quello che stava accadendo, mi resi conto che non sarei mai stata in grado di portare a termine il mio compito. Anche Lilith doveva averlo saputo. Eppure, c'era un motivo se mi aveva messa al comando.

Aggrottai la fronte, cercando di capire il suo ragionamento.

Poi un quinto laboratorio comparve sul mio schermo, mostrandomi i vigilanti che stavano entrando a distruggerne gli occupanti.

Non mi resta più molto tempo, capii. Le mie membra paralizzate tornarono in vita.

Richiamai i video dei piani di cui si erano già occupati i vigilanti e iniziai a registrare, creando un loop che avrebbe ingannato chiunque guardasse i filmati di sorveglianza. Tre minuti mi sembrarono sufficienti per una ripetizione credibile.

Quando ebbi finito, anche il quinto laboratorio sembrava il set di un film dell'orrore.

Ma invece di concentrarmi sulla macabra scena, iniziai un'altra registrazione per impostare un loop anche per quel piano. Nel frattempo, i vigilanti si stavano dirigendo verso il sesto laboratorio. Non registrai nulla, preferendo occuparmi del laboratorio sul piano in cui lavoravano James e Gretchen. Solo quando ebbi creato un loop anche per quello, tornai al massacro più recente per fare lo stesso.

Un trillo in fondo al corridoio mi informò che c'erano altri vigilanti in arrivo, probabilmente venuti a controllare l'opera dell'agente Gerald.

Incontrai lo sguardo di James e vi lessi una domanda.

Aveva già assemblato alcune pistole, ma Gretchen stava ancora tenendo il loro piccolo tra le braccia.

Gli risposi scuotendo la testa, poi digitai un'altra serie di comandi sul computer. Il loop di sessanta secondi per la nostra zona avrebbe dovuto essere sufficiente per ingannare chiunque stesse guardando, perché eravamo fuori tempo massimo. E, fortunatamente, il mio ufficio era sprovvisto di telecamere.

Le mie dita volarono sulla tastiera, mentre una serie di mormorii iniziò a trapelare dal corridoio.

Un vigilante chiese all'agente Gerald cosa stesse facendo.

Chiaramente a disagio, rispose che si stava occupando della mia protezione, mentre completavo gli ultimi incarichi.

«Cosa? Non è parte del protocollo» sbottò una voce profonda. «Devono morire tutti. Non puoi essere tenero con lei solo perché è bella».

Li ignorai. La mia sequenza era quasi completa.

Uno scalpiccio di stivali si fece sempre più vicino.

Cinque, contai. *Quattro*.

Premetti il pulsante di invio.

Tre.

Inserii il comando finale.

Due.

Premetti di nuovo il pulsante di invio.

Ora.

Feci un cenno a James, che alzò la pistola proprio mentre Gerald e il suo amico irrompevano nel mio ufficio. I suoi colpi andarono a segno, centrando entrambi i vigilanti in testa prima ancora che avessero la possibilità di reagire.

Dei passi concitati risuonarono nel corridoio, solo per bloccarsi all'improvviso, quando un ringhio feroce riecheggiò in tutto il piano. «Che cazzo è stato?» chiese una voce burbera.

Un licantropo selvaggio, gli risposi mentalmente. Poi scattai per aiutare James a trascinare dentro i due vigilanti morti.

Conosceva quel suono bene quanto me. Fu per quello che reagì così in fretta. Aiutato dalla velocità donatagli dai suoi geni da licantropo, si sbatté la porta del mio ufficio alle spalle e ci chiuse dentro.

Delle urla si levarono nel corridoio. Urla agonizzanti che mi fecero trasalire.

«Hai liberato Louis» mormorò James, con gli occhi turchesi spalancati per lo shock.

Scossi la testa. «No. Li ho liberati tutti».

Ogni vampiro e licantropo presente nel complesso. I vigilanti avranno pure avuto i proiettili arricchiti col siero, ma non avevano nessuna possibilità.

Era stata una decisione affrettata, ma almeno ci avrebbe aiutati a eliminare la minaccia più immediata.

«E adesso?» chiese James. Il suo viso si contorse in una smorfia quando Louis emise un ruggito rabbioso. La bestia tirò un pugno sulla porta del mio ufficio, facendola tremare. Era un forte licantropo alfa.

Per fortuna, non forte abbastanza da abbatterla.

«Aspettiamo» dissi piano, tornando alla mia sedia per visionare i video di sorveglianza reali, non in loop.

Se qualcuno poteva fuggire da quell'inferno, era un'orda di vampiri e licantropi inferociti. Non appena avessero scoperto una via d'uscita, li avremmo seguiti.

Speravo solo che la trovassero prima che il conto alla rovescia raggiungesse lo zero.

CALINA

IL SANGUE TINGEVA le pareti e i pavimenti, avvolgendo il bunker in un'atmosfera di morte.

I vampiri e i licantropi avevano distrutto il piccolo esercito di vigilanti, per poi dirigersi verso i laboratori e affrontare i loro aguzzini. Per fortuna, però, i tecnici e i ricercatori erano già morti, vittime del siero contenuto nei proiettili.

Le immagini cruente mi fecero venire i brividi.

Osservai attentamente ogni singolo minuto dei video di sorveglianza, in attesa del momento in cui le creature avessero iniziato a impegnarsi a trovare una via di fuga. Ci vollero ore. La loro sete di vendetta era palpabile anche attraverso lo schermo. Avevano fatto a pezzi ogni cosa sul loro cammino: umani, tavoli, fiale, attrezzature mediche, finestre di osservazione e persino alcuni cadaveri.

Potevo solo immaginare cosa avrebbero fatto a me, in quanto ricercatrice capo.

Tutto quello che facevamo lì sotto era per ordine di Lilith. Il nostro scopo era trovare il modo di aumentare l'aspettativa di vita degli umani rendendoli immortali, ma senza che ci fosse alcun legame fisico o emotivo con i nostri superiori. Eravamo anche incaricati di soffocare qualsiasi abilità aggiuntiva al di fuori dell'immortalità.

In poche parole, Lilith voleva degli schiavi che potessero sopportare sofferenze immani ed esperienze letali, rigenerandosi in continuazione. E con sangue umano nelle vene.

Desiderava una scorta infinita di sangue. Una scorta che non potesse morire, né ribellarsi.

Quello sarebbe dovuto essere il mio futuro. Ma l'esperimento era fallito, perché avevo ereditato certe abilità. Come i miei riflessi e la mia inclinazione a ragionare strategicamente. Certo, ciò non le aveva mai impedito di mordermi ogni volta che veniva nel bunker. Il mio sangue la attirava, come faceva con la maggior parte degli altri vampiri presenti nel laboratorio.

James, un altro esperimento fallito, era principalmente un licantropo. Non riusciva a trasformarsi completamente, ma possedeva una forza soprannaturale e dei veri artigli da lupo.

Gretchen era uno dei casi di maggior successo. La sua immortalità la rendeva difficile da uccidere, e non aveva praticamente nessun'altra caratteristica degna di nota. Quello era il motivo principale per cui Lilith le aveva permesso di procreare con James.

Ma il figlio era un licantropo che preferiva la forma di lupo.

Anche se il test fu un fallimento, Lilith aveva intenzione di lasciar crescere il bambino e in seguito usarlo per sostituire Louis. Gretchen e James non erano a conoscenza di quella parte del piano, e fortunatamente non avrebbero mai dovuto saperlo.

Posto che riuscissimo a scappare.

I soggetti si erano divisi in gruppi. I loro movimenti all'interno del bunker mi ricordavano quelli dei topi che cercavano di uscire da un labirinto.

Solo che erano predatori, non prede.

Qualche ora prima, Louis si era fermato davanti alla mia porta. Sembrava voler trovare un modo di entrare. Non c'erano cartelli o segni di nessun tipo che indicassero che quello era il mio ufficio. Il che significava che aveva sentito il mio odore. E il bagliore omicida nel suo sguardo mi rivelò cosa aveva intenzione di farmi.

O forse stava cercando James e Gretchen.

Eravamo rimasti in silenzio, in attesa, con le pistole puntate verso la porta. Era di acciaio rinforzato, motivo per cui avevo avuto bisogno di Gerald per aprirla col suo orologio.

Alla fine, Louis aveva preso un orologio a uno dei vigilanti morti, si era accorto del conto alla rovescia e se n'era andato con l'ascensore a esplorare un'altra sezione del bunker.

Avendo saziato la loro sete di sangue, i vampiri e i licantropi avevano iniziato a pensare a una tattica. Il video della sorveglianza era privo di audio, ma potevo vedere le loro bocche muoversi. Si stavano raggruppando sui vari livelli e avevano cominciato a esaminare gli orologi rubati.

Non ci volle molto perché capissero che si era attivato un protocollo di qualche tipo. E, da come si stavano affrettando lungo i corridoi, avevano capito anche di non voler essere nel bunker, quando il conto alla rovescia avesse raggiunto lo zero.

Gruppi diversi si imbattevano gli uni negli altri a ogni piano, fermandosi sempre per discutere degli orologi e delle potenziali vie di fuga.

Poi si sparpagliavano di nuovo per continuare a cercare.

Li osservavo con interesse, in attesa che riuscissero a scoprire l'unica cosa che non mi era mai stata insegnata: come lasciare il bunker.

James era accanto a me e fissava lo schermo con le braccia conserte, in silenzio.

Gretchen era seduta sul divano che spesso usavo per dormire. Il loro piccolo era accoccolato accanto a lei, che lo teneva tranquillo mormorandogli una canzoncina.

Non c'era nessun altro ancora vivo nella nostra sezione. O almeno che noi sapessimo. C'erano altri uffici come i miei, privi di telecamere. Il che mi fece pensare che forse qualcun altro si era nascosto in attesa di sviluppi.

James allungò la mano per cliccare su un'immagine e ingrandirla. Lasciai che prendesse il comando della situazione; la sua energia da alfa era evidente nel suo atteggiamento. Di solito, si piegava alla mia autorità. In quel momento, però, era il più forte tra tutti noi. Alto più di un metro e ottanta e con una solida muscolatura da licantropo, mi sarei affidata a lui senza problemi. Purché ascoltasse i miei piani.

«Qui» disse, indicando il Gruppo Tre, un terzetto di vampiri provenienti dai laboratori al secondo piano. «Hanno trovato qualcosa».

Annuii, notando le espressioni entusiaste con cui cercavano di aprire una delle porte del livello nove.

«C'è modo di attivare il meccanismo di apertura da qui?» chiese James.

Aprii il pannello di controllo che si occupava degli accessi all'interno del bunker, alla ricerca di quello che avrebbe sbloccato la porta di quel livello. Poi mi accigliai e scossi la testa. «Non è nell'elenco». Ciò significava che probabilmente c'erano altre porte come quella, nell'edificio.

Iniziai a catalogarle velocemente, basandomi sulle angolazioni delle telecamere e sulle porte che riuscivo a vedere.

Mentre lavoravo, James rimase in silenzio. Nel

frattempo, osservai il feed e presi nota di tutte le porte che non potevano essere aperte.

«Ce ne sono solo due» conclusi alla fine, dopo aver confrontato le mie liste.

«A che punto sono con la prima porta?» mi chiese; il video di sorveglianza continuava a cambiare, man mano che controllavo ogni sezione del bunker.

Tornai al Gruppo Tre e trovai con loro anche il Gruppo Quattro. Li avevo etichettati tutti così nella mia testa, in modo da poterli tenere sotto controllo. Il Gruppo Quattro era composto da un licantropo e altri due vampiri. Il licantropo si era trasformato e stava usando gli artigli per cercare di avere la meglio sulla porta di acciaio.

Due dei vampiri erano impegnati ad armeggiare con gli orologi sottratti ai vigilanti.

Arricciai le labbra. «Non sembra stiano facendo progressi». Controllai l'orologio e vidi che ci erano rimaste poco più di tre ore.

Doveva esserci qualcosa che potevamo fare per velocizzare i tempi.

Iniziai a consultare le registrazioni delle precedenti visite di Lilith, alla ricerca di qualsiasi cosa che potesse indicarmi una via d'uscita. Protocolli di ingresso. Controlli di sistema. Registri di sicurezza.

Niente.

«Merda» borbottai, frustrata di non essere in grado di trovare una soluzione. Forse era la stanchezza, o forse la tensione del momento, ma l'esame dei file non ci aiutò in alcun modo.

Aprii di nuovo il collegamento con i video di sorveglianza e scoprii che i gruppi Uno e Due si erano uniti al Tre e Quattro. Solo il Gruppo Cinque era irreperibile.

Li trovai all'altra porta priva di un meccanismo di

apertura controllato dal sistema, che si trovava al quindicesimo livello. «Sembra che…».

Un lampo di luce bianca illuminò lo schermo, accecandomi, prima che potessi finire di parlare. James imprecò. Eravamo entrambi momentaneamente storditi. Ma il video si oscurò rapidamente; la visuale di quell'area non era più disponibile.

I miei occhi si ripresero per primi, permettendomi di controllare il feed al nono piano. Erano tutti ignari di quello che era appena successo al quindicesimo; la loro attenzione era rivolta soltanto alla porta.

«Uhm…» mormorai, cercando qualsiasi altra possibile visuale del piano incriminato.

Riuscii finalmente a trovarne una accanto all'ascensore, in cui non si vedevano nient'altro che un cumulo di macerie.

Macerie illuminate dai raggi del sole, mi resi conto dopo qualche istante.

«Quella è…?». A James mancò la voce.

Gretchen ci aveva raggiunti, incuriosita da qualsiasi cosa avesse fatto imprecare e trasalire James. «È luce naturale».

«La luce del giorno» sussurrai.

Ci scambiammo un'occhiata.

Poi riaprii il video di sorveglianza del nono piano per vedere se i vampiri e i licantropi avessero fatto progressi. Non era cambiato nulla. Considerai le nostre opzioni. Potevamo aspettare che finissero la loro esplorazione, oppure tentare la fuga. Controllai l'orologio: ci era rimasta meno di un'ora.

«Dobbiamo raggiungere il quindicesimo piano» dissi in fretta, alzandomi in piedi. «È la nostra unica possibilità».

Gretchen e James annuirono.

Il mio camice da laboratorio non era il massimo per celare la mia identità, né particolarmente utile per infilarci delle armi. Ma non avevamo tempo di cambiarci. E non mi sarei messa l'uniforme di Gerald; sarebbe stata troppo grande e non mi avrebbe resa meno appariscente.

Tanto vale che mi tenga i vestiti con cui mi sento a mio agio, decisi, afferrando due pistole cariche.

James fece lo stesso, con lo sguardo fisso su Gretchen. «Vi proteggerò a qualsiasi costo».

«Lo so» rispose lei.

James si chinò per catturarle la bocca con la sua. Distolsi lo sguardo, ignorando la loro dimostrazione di affetto, e mi concentrai sui vigilanti morti.

Perquisendo Gerald, trovai una granata che avrebbe potuto esserci utile e la infilai in una delle tasche del mio camice. Poi afferrai le manette e le misi nell'altra tasca. Per ultimo, indossai anche il suo orologio e diedi a James quello dell'altro vigilante, dopo che ebbe finito di baciare Gretchen.

«Riusciremo ad andarcene da qui» dissi a entrambi, risoluta. «Pensare il contrario ci farà ammazzare».

Entrambi abbassarono il mento in segno di assenso.

James armò una delle pistole e infilò l'altra nella fondina sottratta al vigilante. «Andiamo».

Controllai un'ultima volta i video della sicurezza, per assicurarmi che i licantropi e i vampiri fossero ancora impegnati al nono piano, poi seguii i miei ricercatori fuori dall'ufficio e verso l'ascensore.

Eravamo stati tutti in un ascensore abbastanza spesso da sapere come attivarlo. Ma James prese in mano la situazione; usò l'orologio del vigilante morto e aggiunse una serie di comandi.

Di certo un licantropo o un vampiro doveva aver

tenuto un vigilante in vita abbastanza a lungo per spiegargli come usare gli orologi, perché altrimenti non l'avrebbero saputo. A meno che quella non fosse una tecnologia standard al di fuori del bunker. Non essendo mai uscita, non ne avevo idea.

La scatola di metallo prese vita intorno a noi, spingendoci verso l'alto. Gretchen si aggrappò a suo figlio. I suoi occhi nocciola brillavano di emozione.

Avvicinai le dita al grilletto delle pistole, ma le tenni puntate a terra.

Quando l'ascensore si fermò e le porte si aprirono, trattenni il respiro.

L'area era colma di polvere e macerie. Ma anche di un odore che non riconobbi. *Forse l'esterno?*

James ringhiò. Fu un suono basso e minaccioso. «Vampiri».

Non aveva alcun senso. Il Gruppo Cinque era composto soltanto da licantropi.

«Uscite sparando e ricambieremo il favore» annunciò una voce profonda.

Texana, riconobbi. Avevo una certa familiarità con i toni e gli accenti del periodo pre-rivoluzionario.

Elencai mentalmente tutti i vampiri presenti nel bunker; nessuno di loro proveniva da quella zona.

Corrugai la fronte e risposi: «Chi sei?».

«Dipende da te, dolcezza» mormorò, trascinando le parole come se avessimo tutto il tempo del mondo per stare lì a discutere. «Potrei essere il tuo salvatore o il tuo carnefice. Cosa preferisci?».

«Non credo nei salvatori» ammisi. L'ascensore emise uno squillo di protesta, informandomi che voleva chiudersi e procedere verso un altro piano. *Merda.*

«Peccato» replicò il vampiro. «Speravo di fare nuove amicizie».

L'ascensore trillò di nuovo, il suo avvertimento era chiaro: potevamo uscire lì, oppure affrontare il nostro destino su un altro piano.

E considerando che tutti gli altri gruppi erano insieme, ero abbastanza sicura di chi l'avesse chiamato.

Il che significava che o affrontavamo quei vampiri sconosciuti lassù, o saremmo stati trascinati di nuovo all'inferno per affrontare i soggetti di ricerca che ci odiavano.

Il vampiro che stava parlando con me non sembrava arrabbiato. Anzi, sembrava divertito.

Quelli di sotto, invece, sarebbero stati sicuramente furibondi e ci avrebbero uccisi senza pensarci due volte.

Le nostre probabilità erano migliori al quindicesimo piano anche per la potenziale via di fuga.

«Stiamo uscendo» dissi, lanciando le pistole davanti a me in segno di resa. «Disarmati».

James grugnì. Chiaramente, non approvava il mio piano. Ma avevo ancora una granata in tasca, e lui un'altra pistola nella fondina. Gli ci volle solo un secondo per seguire il mio esempio. Le sue azioni confermarono che mi stava di nuovo lasciando prendere il comando.

O così, o tornare di sotto.

Preferivo di gran lunga il vampiro chiacchierone.

«Abbiamo anche un bambino con noi» aggiunsi, sperando che quell'informazione ci garantisse una certa clemenza.

Deglutii e feci un passo fuori dall'ascensore.

Gretchen mi seguì, prendendo posizione dietro di me, e James si mise in coda al nostro piccolo gruppo.

L'ascensore lanciò un ultimo avvertimento e le porte si chiusero alle nostre spalle, lasciandoci in una lobby polverosa dove c'era un unico vampiro.

Il suo precedente uso del plurale mi aveva fatto pensare

che ce ne fossero altri, ma riuscivo a vederne soltanto uno, in piedi accanto all'ascensore. Con la pistola puntata verso la mia testa.

«Ciao, dolcezza» mi salutò lentamente con il suo accento del Sud. I suoi occhi ambrati brillavano sotto la luce che sfarfallava sul soffitto. L'illuminazione incostante dava ai suoi splendidi lineamenti un fascino ferino che non riconobbi.

Di certo non era uno dei nostri soggetti. Doveva venire da *fuori*.

Esaminò il mio abbigliamento, sempre tenendo la pistola puntata su di me. Gretchen e James non dissero nulla. Aspettavano entrambi che decidessi la prossima mossa.

«Dottoressa Calina» mormorò il vampiro, leggendo il nome ricamato sul mio camice. «Altresì nota come "Dr. C.", presumo».

"Dr. C." era il nome che usavo in tutte le mie comunicazioni. Che quell'uomo provenisse da un altro laboratorio? Che lavorasse per Lilith?

Mi schiarii la voce, decidendo che non aveva nessuna importanza. Perché se sapeva chi ero, allora sapeva anche che non avevo seguito il protocollo. Di conseguenza, dovevo provargli che possedevamo informazioni preziose, informazioni che ci avrebbero tenuto in vita.

«Sì, sono la dottoressa Calina, ricercatrice capo del bunker 47». Raddrizzai le spalle cercando di sembrare il più altezzosa possibile, proprio come avrebbe fatto Lilith. «E loro sono i miei due principali scienziati, Gretchen e James».

Le sopracciglia scure del maschio si sollevarono verso i folti capelli dello stesso colore. La loro lunghezza mi ricordava l'aspetto tipico dei licantropi, rendendolo ancora più animalesco.

«Capisco». Mi squadrò di nuovo, poi osservò anche Gretchen e James. «Ehi, re Jace!» gridò. «Ho trovato qualcosa che ti piacerà!».

JACE

«RE JACE». Alzai gli occhi al cielo. «Spero davvero che non diventi un'abitudine». A differenza di Lilith, non avevo bisogno di una conferma costante del mio ruolo.

«Meglio che andiamo a vedere cos'ha trovato Damien, *Vostra Altezza*» disse Darius.

Incontrai il suo sguardo smeraldo e inarcai un sopracciglio. «Un titolo che ti verrà rivolto molto spesso in futuro, in qualità di nuovo reale della mia regione».

«Non ricordo di aver accettato il lavoro».

«Non ricordo di averti dato altra scelta» ribattei, avviandomi tra le macerie per entrare attraverso il tunnel d'ingresso. L'avevamo trovato nascosto in una vecchia baracca, con la porta ben chiusa e piena di codici di sicurezza. Piuttosto che hackerarla, l'avevamo fatta saltare in aria.

E dall'altra parte ci aveva accolto un mucchio di licantropi morti.

Damien era entrato per primo. Aveva dato il via libera qualche minuto prima, dicendo che stava cercando di ottenere il controllo dell'ascensore. A quanto sembrava, era l'unica via d'accesso a qualsiasi cosa fosse quel cazzo di posto.

Io e Darius eravamo tornati all'aereo per recuperare

altre armi. E Juliet. Era rimasta a bordo mentre piazzavamo gli esplosivi. Essere l'*erosita* di Darius la rendeva immortale nel senso che non poteva morire, ma non le concedeva la forza tipica dei vampiri.

Attraversai il corridoio. Quel luogo mi ricordava molto l'ala di un ospedale abbandonato. A parte l'odore di sangue fresco. Il mio naso fremette mentre tentavo di individuarne l'origine.

Una parte proveniva dai licantropi morti nell'esplosione, un evento sfortunato che non ci aspettavamo.

Il resto sembrava provenire dal terzetto in piedi davanti a Damien. Lui aveva la pistola puntata sulla donna bionda, mentre gli altri due si nascondevano dietro di lei. Immaginai che fosse quello il motivo per cui mi aveva chiamato.

Confermò la mia ipotesi dicendo: «Re Jace, ti presento "Dr. C."».

Aggrottai la fronte finché non colsi il nome impresso sul camice. *Calina.*

«Afferma di essere lei a comandare, qui» aggiunse. Il suo divertimento era palpabile.

«In realtà, ho detto che sono la ricercatrice capo del bunker 47» lo corresse Calina. La sua voce sensuale aveva un tono regale che mi fece riflettere sulle sue origini. «È Lilith a comandare, non io».

«Lilith» ripetei, incuriosito dal fatto che non si fosse riferita alla defunta reale come alla "Dea". Lilith preferiva che gli umani la chiamassero in quel modo. E Calina era indubbiamente umana.

Eppure, il suo sangue possedeva un dolce potere che era distintamente... *altro.* Mi fece venire l'acquolina in bocca. Abbinato al suo bel viso e alla corporatura snella, la rendeva decisamente appetitosa.

Tranne che per una cosa.

«Lavori per Lilith?» le domandai. Calina aveva usato il presente nel dire che Lilith era a capo dell'operazione, così decisi di fare lo stesso. Soprattutto perché quelli di noi che desideravano la rivoluzione avevano concordato di tenere segreta la scomparsa di Lilith, fino a quando non fossimo stati pronti a informare il mondo della verità.

I brillanti occhi azzurri di Calina incontrarono i miei, stupendomi con la sua audacia. Tuttavia, sotto lo shock c'era un pizzico di meraviglia, perché le sue iridi possedevano un carattere nettamente lupesco.

Affascinante.

E aveva un odore umano. Anzi, il suo profumo mi ricordava un po' quello di Juliet; forse Calina possedeva la rara essenza di una vergine di sangue. Fremetti all'idea di darle un morso, ma sapevo che sarebbe stato meglio non agire impulsivamente.

Tuttavia, avrei potuto benissimo concedermelo più tardi.

Sì, pensai. *Sì, è esattamente ciò che farò con te, mia cara.*

Prima il lavoro, poi il piacere.

«Chi sei?» mi domandò. «Non conosco nessun *re Jace*».

«Preferisco essere chiamato semplicemente Jace» risposi, ancora più affascinato dalla bellezza che avevo davanti. *Un'umana che tiene testa a un reale?* «Ma credo che la vera domanda sia chi sei *tu*, dottoressa Calina. Come sei finita a lavorare per Lilith?».

Mi studiò. «Se non lo sai, allora non lavori per Lilith».

«Già, è proprio così» replicai. «Ma resto comunque un tuo superiore».

Un guizzo di diffidenza si insinuò nel suo sguardo, e le due creature dietro di lei si mossero nervosamente. Lanciai un'occhiata ai due e mi accorsi del fagottino di pelo tra le braccia della femmina. Si strinse il lupacchiotto ancora più forte al petto, in un gesto chiaramente materno. Il cucciolo doveva essere suo figlio.

Che fosse un qualche centro per la riproduzione?

Osservai di nuovo Calina, indugiando sul suo addome piatto. Di certo aveva dei fianchi perfetti per scopare, ma per il resto non sembrava adatta alla riproduzione dei licantropi.

No, questa qui è stata concepita per servire un vampiro, decisi. Il suo profumo era come una droga. Anche Damien ne era influenzato; le sue narici si allargarono mentre inspirava profondamente.

Qualcosa vibrò, facendo abbassare lo sguardo di Calina sul suo orologio. Trasalì leggendo i numeri che stavano scorrendo sul quadrante. «Dobbiamo allontanarci il più possibile da questo posto» disse con urgenza. «Si autodistruggerà in meno di quindici minuti».

Tenendo la pistola puntata verso la dottoressa, Damien si sfilò dalla tasca il telefono di Lilith per mostrarmi lo stesso conto alla rovescia. Corrispondeva.

«Perché si autodistruggerà?» le chiesi. «Chi ha avviato questo protocollo?».

«Se fossi veramente un mio superiore, lo sapresti già» rispose con lo stesso tono regale usato in precedenza, come se fosse lei a comandare me e non il contrario. «Ma sappi che se non ce ne andiamo, moriremo tutti».

Le mie sopracciglia si sollevarono. «Non c'è molto che possa uccidere qualcuno di antico come me».

«Allora vivrai in agonia sotto le macerie di questo bunker per tutta l'eternità» rispose lei, senza perdere un colpo. «Se questo è il destino che hai scelto, allora così sia. Ma io preferirei morire per un proiettile».

Si mosse in avanti, ignorando la pistola puntata alla sua testa.

Damien mi lanciò un'occhiata. La sua sorpresa era evidente.

«Dove stai andando?» chiesi alla donna.

Indicò l'uscita con la mano e continuò a camminare. Quando arrivò accanto a me, le afferrai il fianco e la bloccai. «Quale parte di "sono un tuo superiore" ti è sfuggita?».

«Quella in cui me l'hai dimostrato» replicò, incontrando di nuovo il mio sguardo. «E dato che sono chiaramente io quella che ne sa di più, in questa particolare situazione, ciò fa di me il capo. Non tu».

Damien ridacchiò, abbassando la pistola. «Penso che lascerò che te ne occupi tu».

Lo ignorai, concentrato unicamente su quella donna fin troppo sicura di sé. «Vuoi una lezione sulla mia superiorità?» le domandai con un tono sinistramente calmo.

Chiunque altro avrebbe saputo che era il caso di inchinarsi.

Ma non lei.

No, lei si limitò a inarcare un sopracciglio. I suoi begli occhi azzurri mi scoccarono uno sguardo carico di sfida, invitandomi ad agire.

Sorrisi. «Va bene, dottoressa». Accentuai la presa sul suo fianco e la strattonai verso di me. Con l'altra mano, invece, le afferrai la nuca. «Ora...».

Ding.

«Louis» disse il maschio dietro Calina.

Lei trasalì e cercò di divincolarsi dalla mia stretta. «*Correte*» ordinò ai suoi collaboratori.

Il maschio e la femmina col cucciolo di licantropo tra le braccia si lanciarono verso l'uscita. Damien alzò subito la pistola e prese la mira.

«No». La parola mi sfuggì dalle labbra istintivamente.

Rivolsi tutta la mia attenzione alle porte dell'ascensore, che stavano per aprirsi.

Damien fece lo stesso, con la pistola puntata. «Gettate…».

Non ebbe la possibilità di finire di pronunciare il suo ordine. Le creature all'interno dell'ascensore si stavano già riversando tra le macerie del corridoio. Non erano armati, se non di zanne, e il loro obiettivo sembrava essere la dottoressa Calina.

Dei ringhi rimbombarono nel corridoio. La sentii irrigidirsi.

«Merda» mormorò Damien, abbassando l'arma. «*Zack*?».

Un vampiro dai tratti ferini fulminò Damien con lo sguardo. Ma poi le sue sopracciglia scure si sollevarono. «*Damien*?».

Ci fu una pausa imbarazzante, in cui tutti si osservarono.

E, scioccato, riconobbi l'unico licantropo del gruppo. «Louis». Il tecnico, in effetti, l'aveva nominato, facendo sì che Calina intimasse loro di fuggire. Ma non mi ero soffermato su quanto potesse essermi familiare quel nome. Qualche secolo prima, era molto popolare.

«Jace» rispose lui. Il suo sguardo furibondo si sciolse in un'espressione sorpresa. «Cosa cazzo ci fai qui?».

«Sto cercando Cam». Era un'affermazione che il licantropo avrebbe sicuramente compreso, considerando che in teoria era stato ucciso per essersi mostrato d'accordo con le opinioni di Cam sulla rivoluzione. «È qui?».

«Cam?». Louis si accigliò. «Non lo vedo da… da molto tempo. Non credo sia qui. Ma non sono nemmeno sicuro di dove sia, "qui", o per quanto a lungo…». Gli morì la voce, e la sua attenzione tornò su Calina. «Se qualcuno sa qualcosa su questo fottuto bunker, è *lei*».

«Perché è al comando» mormorai, stringendo la presa sul suo collo per farle capire cosa ne pensassi del suo essere *al comando*.

«È il diavolo» ringhiò Louis.

«Un diavolo che al momento mi serve vivo» gli risposi. «Dobbiamo trovare Cam».

«Che anno è?» chiese uno dei vampiri. I suoi occhi lampeggiavano di una furia selvaggia, trattenuta a stento.

«Siamo nell'anno centodiciassette della nuova era» dissi. Poi cercai di dargli altri riferimenti temporali, finché un barlume di comprensione non gli attraversò il viso.

Calina trasalì quando il suo orologio vibrò di nuovo. «Cinque minuti» sussurrò.

Louis alzò un orologio simile e ringhiò. «Questo posto sta per autodistruggersi».

«Perché?» chiesi.

«Per colpa *sua*» sbottò il licantropo, riferendosi alla dottoressa.

Calina non commentò, ma percepii la sua esitazione. Era come se volesse correggerlo. Più tardi avrei dovuto indagare.

In quel momento, avevo una domanda molto più importante da farle. «Cam è qui sotto da qualche parte?» le chiesi, fidandomi della parola di Louis che quella donna fosse veramente al comando. Si era anche definita la ricercatrice capo e il suo nome era collegato al messaggio intercettato da Damien. Tutto indicava che fosse lei ad avere le risposte di cui avevo bisogno.

«Non sono autorizzata a rivelare…».

Affondai le zanne nel suo collo, mettendo bene in chiaro chi fosse l'essere superiore in quella situazione. Mi aveva accusato di non avergliene dato prova. Beh, me ne sarei occupato subito. E quella piccola insolente avrebbe ceduto.

Solo che il suo sangue era completamente diverso da qualsiasi altro avessi mai assaggiato.

Dannatamente squisito.

Meglio di quello di una vergine di sangue. O forse alla pari. Non avrei saputo dirlo. Tutto quello che sapevo era che quella donna mi aveva appena mostrato uno scorcio di paradiso.

Mi ci volle uno sforzo notevole per fermarmi, per non dissanguarla completamente. Ma millenni di esperienza mi tennero concentrato sull'unica cosa importante.

Trovare Cam.

Lasciai andare la sua gola bruscamente, lacerandole la pelle. Poi premetti le labbra sul suo orecchio. «Ti basta come prova della mia superiorità, *umana?*».

Esalò un respiro spezzato. Il suo corpo tremava per aver perso tanto sangue così in fretta.

Bene.

Ma non rispose lo stesso.

«Piccola ribelle» le mormorai all'orecchio. La sfida che quella donna poneva mi lasciò al tempo stesso elettrizzato e furioso. «Se scopro che Cam è laggiù e tu hai lasciato che questo dannato bunker gli esplodesse attorno, ti farò scavare finché non lo avrai liberato».

Non reagì. Continuò ad ansimare, per una combinazione della paura che provava e della spossatezza causata dal mio attacco improvviso.

«Sessanta secondi» rantolò quando quel maledetto aggeggio vibrò di nuovo.

A quanto sembrava, avevo perso più tempo di quanto pensassi banchettando col suo collo. Non c'era da stupirsi che stesse tremando; probabilmente avevo preso troppo sangue. Ma non mi interessava. Mio cugino avrebbe potuto essere là sotto, da qualche parte, e stava per perdere la vita in un'esplosione destinata a distruggere tutto ciò che c'era nel bunker.

Damien e gli altri stavano già correndo verso l'uscita.

Fui sul punto di lasciar andare Calina e costringerla a cavarsela da sola, ma la sua debolezza era tale che sicuramente non ce l'avrebbe fatta. E mi serviva viva; avevo bisogno di risposte.

Ero anche stato assolutamente sincero quando l'avevo minacciata. Se avessi scoperto che Cam era effettivamente lì, mi avrebbe aiutato a liberarlo. Poi gliel'avrei offerta come spuntino per rimettersi in forze.

Le liberai il collo e la strattonai per andarcene. Durò due passi soltanto, poi inciampò e quasi mi fece cadere con lei.

«Dovrei lasciarti qui» le dissi. Era più una minaccia che una promessa.

«Dovrei morire qui» rispose in un sussurro. «Sono sempre stata destinata a morire qui».

Sembravano le parole di un ubriaco; era come se non avesse veramente voluto pronunciarle ad alta voce, ma fosse stata troppo delirante per fermarsi. Udirle, però, mi fece riflettere su come fosse finita lì.

Sembrava spezzata. Triste. Come se non le fosse mai stata concessa la possibilità di vivere. Eppure mi aveva affrontato con lo spirito e la forza di un essere superiore.

Mi affascinava.

Mi piegai e la presi tra le braccia. Si lasciò cadere a peso morto. Stavo per rimproverarla, ma mi accorsi che aveva chiuso gli occhi e non era più cosciente.

La perdita di sangue, capii, osservando il suo collo.

Non solo ne avevo preso troppo, ma la ferita che le avevo inflitto era ancora aperta e non accennava a smettere di sanguinare.

Serrai la mascella, indeciso se aiutarla o meno.

Ho bisogno di risposte, pensai, iniziando a camminare. *Di conseguenza, ho bisogno che sopravviva.*

Ma non potevo guarirla subito. Prima dovevamo essere fuori pericolo.

Così cominciai a correre, tenendola stretta al petto e sfruttando le mie doti da vampiro per percorrere il corridoio in un soffio.

Varcammo la soglia e i raggi del sole pomeridiano mi sferzarono gli occhi, strappandomi una smorfia.

La luce del sole non era letale per i vampiri, ma non significava che ci piacesse. I nostri sensi erano troppo acuti per sopportare lunghi periodi all'aperto durante il giorno. Di solito ci nascondevamo nell'oscurità, curando e ringiovanendo le nostre anime immortali.

Ma a parte il fastidio, le mie abilità erano rimaste intatte. Con l'aiuto dell'età e della mia forza soprannaturale, mi mossi con grazia e precisione, portandoci a più di cento metri dall'ingresso del bunker prima che la terra mi tremasse sotto i piedi.

Qualcuno doveva aver avvertito Rick, perché l'aereo era già in aria. E sospettavo che Darius e Juliet fossero anche loro lassù. Forse addirittura con i due ricercatori che erano fuggiti all'arrivo di Louis.

Mi guardai attorno e scorsi Damien qualche metro alla mia sinistra. Louis e il vampiro di nome Zack erano con lui. Gli altri due vampiri erano più vicini al sito, stesi a terra. Ma indubbiamente vivi.

Lo stesso non poteva dirsi degli altri.

Una fiammata si levò nell'aria, incenerendo chiunque e qualsiasi cosa sul suo percorso.

Calina non ne aveva parlato. Mi domandai se me l'avesse tenuto nascosto di proposito, o se anche lei non avesse idea di che tipo di esplosione aspettarsi.

Perché era impossibile sfuggire a quel tipo di fuoco, perfino per un immortale antico quanto me.

Il che significava che se Cam era là sotto, a quel punto sarebbe stato certamente morto.

«Spero per il tuo bene che Cam non fosse tra i tuoi soggetti, *dottoressa*» mormorai alla femmina esanime che ancora cingevo tra le braccia. «O finirai per desiderare di essere morta anche tu».

Spostai tutto il suo peso su un braccio, stringendomela al petto, e alzai il polso opposto. Lo morsi e premetti la ferita sulle sue labbra.

«Bevi, Calina» le dissi, forzando la mia essenza nella sua bocca. Il suo corpo avrebbe automaticamente fatto il resto, anche se era incosciente. «Quando ti sveglierai, ci aspetta una lunga chiacchierata».

LILITH

BUNKER 47.

La vostra idea di creare dei perfetti schiavi umani, vale a dire esseri che non possono morire e che ci forniscono cibo in eterno, è stata perfezionata nel corso dell'ultimo secolo.

Purtroppo, stiamo ancora faticando a scindere il legame tra la fonte di vita immortale e lo schiavo umano. Ma sento che siamo vicini a una svolta.

Sono in arrivo ulteriori dettagli sui risultati delle ricerche. La dottoressa Calina era tra i migliori. È un peccato che sia morta in seguito all'attivazione dei protocolli di sicurezza. Ma, come sappiamo entrambi, a mali estremi, estremi rimedi. Ha servito il suo scopo, e lo ha fatto bene.

CLICCA SULLA FRECCIA VERDE PER CONTINUARE.

GRAZIE. IL TUO ASSISTENTE TI RAGGIUNGERÀ IMMEDIATAMENTE PER CONSEGNARTI I RISULTATI DELLE RICERCHE DEL BUNKER 47.

FINE DELLA TRASMISSIONE.

JACE

Aprii i video di sorveglianza del mio alloggio temporaneo, e sorrisi nel trovare Calina finalmente sveglia. Era rimasta incosciente per quasi dieci ore. Il che era stato un bene, considerando tutto quello che era successo nel frattempo.

Invece di dirigerci verso la mia regione, eravamo tornati in quella di Ryder. Principalmente perché Damien aveva già preso il controllo di tutte le telecamere del territorio, rendendo più facile trasferire il nostro gruppo numeroso senza che nessuno se ne accorgesse.

Ryder non era stato entusiasta, né particolarmente accogliente. E adesso era ancora più incazzato, dato che il cucciolo di licantropo stava monopolizzando tutte le attenzioni di Willow. Ma aveva concesso una stanza a Darius e Juliet per rilassarsi, mentre io avevo scelto di soggiornare nella suite reale nell'attico con Damien e i nostri nuovi prigionieri.

Il volo di ritorno era stato molto istruttivo: Louis, Zack e i loro compagni sopravvissuti ci avevano raccontato tutto del tempo trascorso nel bunker.

A quanto pareva, erano rimasti in molti a bruciare là sotto. Zack e altri tre erano saliti al quindicesimo piano come ultima spiaggia, sapendo che il posto stava per saltare in aria. Altri, invece, avevano continuato a cercare una via di fuga in un'altra zona del complesso.

Poveretti, pensai con una smorfia. Era impossibile che fossero sopravvissuti a quelle fiamme.

Fortunatamente, sembrava che tutti i soggetti fossero scappati dalle loro celle, e nessuno di loro era Cam.

Gretchen e James, i cui nomi avevo appreso da un furibondo Louis, erano i ricercatori che avevano fatto esperimenti su di lui. Calina, il giocattolo personale di Lilith, li supervisionava.

Ed era stata lì fin dall'inizio.

Il che significava che la mia piccola umana non era mortale.

Trascinai le dita sullo schermo del telefono per zoomare sul suo bel viso. Nonostante fosse nuda e legata a una sedia, aveva un'espressione impassibile.

Gli altri due ricercatori erano in uno stato simile, svestiti anch'essi, ma in stanze diverse. Gretchen era in fondo al corridoio, mentre James era seduto a un paio di metri da me.

Beh, non proprio seduto, quanto piuttosto accasciato.

Era stato Damien a occuparsi di lui. Aveva interrogato il mezzosangue minacciandolo di fare del male al cucciolo, se non avesse collaborato. Non saremmo mai andati realmente fino in fondo, ma James non lo sapeva.

Le minacce funzionarono alla perfezione.

Purtroppo, però, rispose a molte domande dicendo di non aver mai avuto l'autorizzazione di conoscere questo o quell'altro aspetto, ma che di certo Calina lo avrebbe saputo.

Sfiorai di nuovo l'immagine della bionda sul mio dispositivo, con mille idee che mi si rincorrevano nella mente su come strapparle le risposte di cui avevo bisogno. *Cosa sei?*

Da quello che avevano detto James e Louis, i progetti nel bunker 47 erano rivolti all'aumentare la longevità umana per avere una fonte di cibo più duratura e sostenibile.

Al di là dei difetti di Lilith, quel particolare obiettivo lo capivo. La nostra specie era diventata troppo ingorda, distruggendo così le nostre scorte di cibo. E lei aveva cercato di creare un modo per rafforzare gli umani rimasti e renderli delle sacche di sangue immortali.

Certo, il fatto che comprendessi il suo obiettivo non significava che fossi d'accordo.

C'erano altri modi per migliorare la qualità del cibo e la durata del prodotto.

Damien fece un passo indietro, incrociando le braccia sul maglione nero. «La sua metà licantropa lo sta aiutando a guarire» osservò, indicando i lividi sulla mascella di James.

«Anche Calina è in parte lupo?» chiesi al ricercatore.

«Dal lato materno» rispose con voce roca. «Il padre era umano».

Corrugai la fronte. «Allora sarebbe dovuta essere una licantropa purosangue».

La genetica della madre avrebbe preso il sopravvento sulla parte mortale dell'equazione già nel grembo. Era così che funzionava nei campi di riproduzione dei licantropi, solo che erano i maschi licantropi ad accoppiarsi con le femmine umane. La maggior parte delle madri umane moriva perché i loro corpi non erano in grado di gestire la creatura immortale che cresceva dentro di loro. Ma alcune sopravvivevano, almeno fino al parto.

James iniziò a scuotere la testa, ma il dolore lo fece desistere. «È stata... come dire, ospitata in un'umana. Una sorta di incubatrice». Deglutì. Il suo occhio ancora sano trovò i miei. «È successo prima che arrivassi io. So solo quello che mi ha detto».

Il che significava che forse gli aveva mentito.

La studiai ancora una volta sullo schermo, poi riposi il telefono in tasca. Avrei dovuto interrogarla io stesso.

Presa la mia decisione, feci per alzarmi. Ma James aggiunse: «Se le dici che non lavori per Lilith, sarà molto più collaborativa».

Le sue parole erano a malapena un sussurro; il suo corpo si stava ancora riprendendo dall'interrogatorio di Damien. Il mio udito soprannaturale, però, mi permise di sentirle chiaramente.

Mi risistemai sulla sedia e mi chinai in avanti, appoggiando i gomiti sulle ginocchia. O James aveva intuito che non lavoravamo per Lilith, o ci aveva sentito parlare con i sopravvissuti, quando eravamo sull'aereo.

«Perché quell'informazione renderebbe Calina più collaborativa?» chiesi, genuinamente interessato. Quando avevo confermato di non lavorare per Lilith, si era sottratta alle mie domande. Aveva anche insinuato che, di conseguenza, ero inferiore. Allora perché James pensava che ciò avrebbe potuto aiutarmi?

«Non ha seguito il protocollo» rispose con un rantolo. «Ha cercato di salvarci, disobbedendo agli ordini di Lilith».

«Intendi il protocollo di rilevamento?» chiese Damien.

«No». James tossì. Aveva un'espressione sofferente, ma proseguì lo stesso, nonostante il suo evidente malessere. «Quello denominato "Giorno del giudizio". Avrebbe… avrebbe dovuto uccidere tutti i presenti nel bunker. Ma non l'ha fatto. La procedura di rilevamento è subentrata solo in seguito, forse perché ha fallito. Non lo so».

Io e Damien ci scambiammo un'occhiata. Sembrava che la bella dottoressa avesse disobbedito agli ordini della sua padrona. Il che suggeriva che non era l'animaletto obbediente descritto da Zack e Louis.

Tutti e quattro i sopravvissuti stavano riposando in un'altra stanza, dopo essersi concessi una cena di nove portate. Di conseguenza, Louis e Zack non sarebbero stati presenti per ascoltare o commentare l'interrogatorio di Calina. E a me andava benissimo così.

Un segnale di avviso attirò Damien verso i computer. Aveva deciso di sistemare James nelle sue stanze per l'interrogatorio, affermando che sarebbe stata la scelta più efficiente. Ciò gli avrebbe permesso di fare domande e contemporaneamente controllare lo scaricamento dei file.

Speravamo che i documenti inviati da Calina ci avrebbero rivelato qualcosa su Cam. Perché nessuno sembrava saperne nulla, né tantomeno conoscerlo. A parte Louis, ovviamente.

«Cosa diavolo...?». La voce di Damien si spense. Il vampiro si sedette alla scrivania, con lo sguardo che rimbalzava da uno schermo all'altro e le dita che volavano sulla tastiera.

La tecnologia non era mai stata la mia specialità, probabilmente perché ero nato in tutt'altra epoca. Ma ero comunque in grado di usare un computer.

«Questi file sono solo una montagna di cazzate criptate» borbottò Damien. Le sue sopracciglia scure erano affondate dalla frustrazione. «O il mio programma di intercettazione è difettoso, o l'esportazione dei dati è stata gestita male intenzionalmente».

«È Calina» mormorò James. «Deve aver caricato dei vecchi file per distrarre il destinatario... per... per fingere di seguire il protocollo». Si schiarì la voce. Quel gesto gli strappò una smorfia di dolore, ma notai che le sue ferite stavano continuando a guarire.

Un ibrido immortale, mezzo umano e mezzo licantropo. Era

davvero uno spettacolo sorprendente. Ma non così stupefacente come quello che riposava nella mia stanza.

«È per questo che ha inviato i file su una rete non sicura?» chiese Damien, rivolgendosi al mezzosangue. «Per ritardare la trasmissione dei file?».

«Avrebbero dovuto mettere i file in sicurezza, prima di scaricarli» rispose James. «Probabilmente è per quello che ha fatto così».

«Quindi attingere a quel flusso di dati è ciò che ha fatto scattare il protocollo di rilevamento» concluse Damien.

«Sì» concordò James.

Poi tacque, facendomi capire che non mi sarebbe più stato di nessun aiuto.

«Bene». Guardai Damien. «Il suo destino è nelle tue mani. Louis lo vuole morto, ma forse James riuscirà a convincerti a risparmiarlo». Era una specie di tattica, che avrebbe dato al mezzosangue la possibilità di provarci il suo valore da vivo.

«Ne dubito» commentò Damien, stando al gioco e fingendo che non gliene importasse nulla.

O forse non gli importava davvero.

Mi alzai in piedi e incontrai il suo sguardo. «Vado a fare una chiacchierata con la dottoressa C., per vedere se può fornirci qualche dettaglio utile sui veri file e sulla loro destinazione». Da quello che aveva detto Damien, i segni identificativi del destinatario erano impossibili da rintracciare. Di conseguenza, sarebbe stato altrettanto impossibile determinarne la posizione e l'identità.

«Tra poco mi dedicherò all'altra ricercatrice» disse Damien con aria assente, continuando con il suo atteggiamento indifferente nei confronti dell'interrogatorio. «Non ci sono regole, giusto?».

«Nessuna» risposi, già sulla soglia. «Assicurati solo di

pulire tutto. Ho sentito che Ryder non apprezza inutili spargimenti di sangue».

E con quello uscii dalla stanza, sorridendo per il ringhio con cui James accolse il mio commento. Aggiunse qualcosa che suonava come una minaccia, di cui ero certo Damien avrebbe riso.

Sapevamo benissimo che i ricercatori valevano più da vivi che da morti. Erano la testimonianza di ciò che Lilith aveva fatto alla sua stessa specie attraverso la ricerca e la manipolazione genetica. Tra le dichiarazioni di Louis e la prova fisica che James era chiaramente un suo discendente, creato con la forza in laboratorio, non ci sarebbero stati dubbi sulla colpevolezza di Lilith.

Le storie che ci avevano raccontato Louis e Zack sul loro trattamento mi avevano fatto gelare il sangue.

Eppure, la loro situazione non era così diversa da quella degli umani, considerati dalla società allo stesso livello del bestiame.

Doveva esserci una soluzione migliore. Una che permettesse a vampiri e licantropi di mantenere il dominio, ma collaborando al tempo stesso con gli umani per assicurarsi che i bisogni di ogni specie fossero soddisfatti.

Era lì che entrava in gioco mio cugino. Cam aveva una visione, un piano d'azione che volevo vedere realizzato.

Dovevo assolutamente trovarlo.

Camminai lungo il corridoio, fino alla suite che mi aveva assegnato Damien. Era un alloggio progettato per un reale. Tecnicamente, sarebbero dovute essere le stanze di Ryder, ma lui non aveva alcun interesse a ereditare la sistemazione del suo predecessore. Aveva preferito scegliersi una suite a caso su un piano inferiore, lasciando che Damien si appropriasse dell'attico e lo ristrutturasse per le sue esigenze.

Ryder aveva dato a Damien anche quello che avrebbe

dovuto essere il suo harem. Visto che si era messo con Willow, non aveva bisogno che qualcun altro lo intrattenesse.

Anch'io avevo perso l'interesse verso il mio harem, di recente. Infatti avevo lasciato tutti gli umani nella mia regione.

L'intera faccenda dell'harem era stata concepita come un ulteriore beneficio concesso a chi era al comando. Personalmente, l'avevo sempre trovata una seccatura, dato che richiedeva un notevole dispendio di tempo ed energie. E ultimamente non avevo più voglia di indulgere nei miei bisogni più elementari. Almeno non con un gruppo di umani troppo disponibili.

Grazie alle buffonate di Lilith, non c'era più il gusto della sfida.

Anche se la femmina che mi scoccò un'occhiata omicida non appena entrai nella mia suite sembrava suggerire il contrario.

E vedere uno sguardo simile sul volto di una bella donna mi affascinava.

Niente suppliche. Niente inchini. Niente "mio signore" o "Vostra Altezza". Solo un'espressione ricolma di fastidio. Era al tempo stesso una ventata d'aria fresca e motivo di irritazione.

Mi chiusi la porta alle spalle, serratura compresa. «Salve, dottoressa» mormorai. «Dormito bene?».

Non rispose. I suoi occhi azzurri… anzi, no. In quel momento le sue iridi erano verde acqua, con piccole chiazze marroni. *Che meraviglia*. Un'altra caratteristica di cui volevo sapere di più.

Andai verso di lei. Nel tragitto, presi una sedia e gliela misi davanti. Poi mi accomodai in una posizione rilassata, appoggiando la caviglia sul ginocchio opposto. La vidi serrare i denti.

«Sembri ben riposata» continuai, lasciando che il mio sguardo danzasse sul suo corpo nudo. «E anche eccitata». Stando all'aria, i suoi capezzoli si erano induriti, trasformandosi in piccoli picchi rosati che imploravano una carezza della mia lingua.

Forse gliel'avrei concessa.

Ma solo se prima mi avesse dato quello che volevo.

«James ha detto che saresti più disponibile a parlare, se ti confermassi che non lavoro per Lilith. Ma ho già tentato quella strada, e tu mi hai praticamente definito una creatura inferiore». Inclinai la testa di lato. «La vedi ancora così?».

Le sue narici fremettero. «Cos'hai fatto a James?».

Inarcai un sopracciglio, colpito e irritato dal suo tono altezzoso. «Forse non sono stato chiaro. Sono io che ti sto interrogando, non il contrario».

«Ti servo viva per quello che so» disse. «E a me serve sapere che James sta bene».

«E se così non fosse?» le domandai, effettivamente curioso.

«Allora puoi anche ammazzarmi, perché non ti dirò un bel niente» replicò.

A quel punto, entrambe le mie sopracciglia schizzarono verso l'alto. Che avessi interpretato il loro legame in modo errato? Avevo dato per scontato che James stesse con la madre del cucciolo, ma forse lui e Calina erano innamorati. Ma no, non aveva alcun senso. Non avevo percepito nessuna chimica tra di loro, nel bunker. Lui si era limitato a obbedire ai suoi ordini. E non era preoccupato per il benessere di Calina, ma per quello di Gretchen e di loro figlio.

«Stai cercando di negoziare?» le chiesi, tentando di capire la sua strategia.

«Ti sto dicendo che collaborerò, ma solo se non farai del male a James e Gretchen».

«Troppo tardi per quello» ammisi.

«Allora è troppo tardi anche per negoziare» concluse lei.

Esaminai la sua espressione alla ricerca di una traccia di vulnerabilità, ma non trovai nulla.

Faceva sul serio.

«Non so neanche se valga la pena negoziare con te» aggiunsi. «Hai inviato dei file. Oltre a quello, però, non ho nessuna prova che tu possa offrirmi qualcosa di utile. Non sai nemmeno dirmi niente di Cam».

La stavo provocando, e il bagliore nel suo sguardo mi disse che lo sapeva.

Ma invece di reagire, mi valutò nello stesso modo in cui avevo osservato lei. «Re Jace» disse lentamente, come assaporando il mio titolo e il mio nome. «Non ho mai sentito parlare di te». Si guardò rapidamente attorno. «E questa non è la tua stanza».

«Come lo sai?».

«Il tuo odore è troppo fresco» rispose quasi distrattamente. «Se vivessi qui, il tuo aroma legnoso impregnerebbe la stanza come fosse parte dell'arredamento». I suoi occhi multicolore tornarono su di me. «James e Gretchen sono ancora vivi. Se resteranno tali, ti dirò tutto quello che so. Ma prima dovrai liberarli. Questi sono i miei termini; prendere o lasciare».

CALINA

RE JACE.

Il titolo si addiceva al vampiro che mi stava davanti. I suoi occhi azzurro argenteo e i suoi lineamenti cesellati erano il ritratto della regalità. Irradiava anche potere ed esperienza, dicendomi senza parlare che era uno dei più antichi.

Lilith non aveva mai menzionato i nomi dei reali e degli alfa che aveva messo a capo delle varie regioni. Ma ero abbastanza sicura che quello splendido vampiro fosse un reale. Era troppo antico e potente per non essere tra i leader della sua specie. E il modo in cui stava valutando apertamente me e la situazione mi rivelò tutto ciò che avevo bisogno di sapere sulle sue abilità strategiche.

Sarebbe stato un degno avversario in una partita a scacchi.

Allora giochiamo, pensai, in attesa che facesse la sua mossa. Avevo disposto le mie pedine, ora toccava a lui.

«Come faccio a sapere che le tue informazioni abbiano qualche valore?» chiese.

«Se non pensassi che ce l'hanno, non mi avresti dato il tuo sangue». Avevo riconosciuto i postumi dell'assunzione del sangue di vampiro. E la potenza del suo impatto sui miei sensi mi aveva anche confermato la sua età avanzata.

«Ti ho salvata solo perché voglio risposte. Ma se non hai intenzione di darmele, allora ti divorerò, come lo spuntino che sei sempre stata destinata a essere».

Mi strinsi nelle spalle. «Se è questo che ti serve per affermare il tuo dominio, accomodati». Inclinai la testa di lato per offrirgli un migliore accesso alla mia giugulare. «È quello che Lilith farebbe e ha fatto innumerevoli volte».

Quello che non aveva *mai* fatto era offrirmi il suo sangue per riportarmi indietro. Che Jace ci avesse pensato lo rendeva... diverso. E non ero sicura se quella diversità mi piacesse o meno.

«Una sacca di sangue immortale» commentò. «Saporita, tra l'altro». Spostò la caviglia dal ginocchio opposto e si sporse in avanti, appoggiando gli avambracci sulle cosce.

Vestito completamente di nero, era una presenza ostile. Eppure, i suoi occhi racchiudevano un bagliore divertito nelle loro profondità argentee. Un bagliore che mi fece sentire più a mio agio, come se la nostra fosse una lotta puramente verbale.

Oh, non avevo dubbi che quel predatore mi avrebbe divorata, potendo. E a differenza di ciò di cui mi aveva accusata, non mi consideravo superiore a lui.

Ma chiaramente possedevo qualcosa che desiderava.

Informazioni.

Quello che non riuscivo a capire era perché le desiderasse. Aveva parlato di un certo Cam, un nome che non conoscevo. Ma non aveva rivelato molto altro.

«Cosa vuoi sapere davvero?» chiesi, incuriosita. «Minacciarmi lascia il tempo che trova. Sono nuda, legata a una sedia, di fronte a un vampiro millenario. Sono ben consapevole della tua *superiorità* in questa situazione. Quindi, invece di atteggiarti, dimmi semplicemente cosa vuoi. Ti dirò se posso dartelo. Poi possiamo negoziare da lì».

«Stai dando per scontato che voglia negoziare. Come mi hai fatto notare, sei chiaramente in una posizione di inferiorità».

«Vero. Ma ho sopportato più di un secolo di torture, *re Jace*. Non c'è molto che tu possa infliggermi, che non abbia già subito». Cercai di rilassarmi sulla sedia come meglio potevo, legata com'ero. «Ma sentiti libero di provarci».

«Jace» mi corresse. «Non sono Lilith. Non ho bisogno di un titolo per sentirmi importante».

Lo immaginavo. Irradiava sicurezza, sempre accompagnata da quella corrente sotterranea di età ed esperienza.

«E non voglio torturarti, Calina. Ma ho bisogno di risposte, e farò tutto il necessario per ottenerle».

«Interessante, visto che non mi hai ancora chiesto nulla di importante» mormorai. «Vuoi che ti dimostri il mio valore, ma non mi stai dando la possibilità di farlo».

«Perché vuoi negoziare».

«È vero. Ma voglio anche che tutti i nostri pezzi siano disposti sulla scacchiera. Non lavori per Lilith, eppure ti sei presentato nel suo bunker. Come hai fatto?».

«E tu come ci sei finita in quel bunker?» ribatté, schivando la mia domanda.

Glielo concessi, perché la mia risposta non aveva nessun valore. «Lilith mi ha creata e mi ha messa a capo del bunker 47. Un luogo top-secret, aggiungerei, che tu hai misteriosamente trovato. Eppure affermi di non lavorare per lei».

«Non lavoro per lei».

«Lavori *con* lei?» riformulai. «Hai ereditato il suo ruolo, ora che è morta? È per quello che gli altri vampiri ti chiamano "re Jace"?».

Mi guardò con sospetto. «Come fai a sapere che è morta?».

«Il protocollo "Giorno del giudizio" poteva essere attivato solo alla sua morte. E visto che sono ancora quasi del tutto illesa, anche dopo aver ignorato le sue direttive, posso tranquillamente supporre che sia morta davvero. Il che mi porta a domandarmi se tu sia il suo sostituto. Ciò spiegherebbe il mio stato di salute. Hai bisogno che sia viva e cosciente per consegnarti i risultati delle ricerche che avrei dovuto inviare». Avevo pronunciato le parole man mano che le pensavo, ma alla fine le mie labbra si arricciarono.

Perché non era possibile che le cose stessero così. Quando era arrivato nel bunker 47, mi era sembrato all'oscuro di tutto.

Lilith non avrebbe mai lasciato la sua controparte o il suo successore senza almeno alcuni dettagli chiave.

«Uhm… beh, se non lavori con o per lei,» continuai, rimuginando ad alta voce sulla situazione «allora sei contro di lei. Un qualche tipo di avversario. Nel qual caso, vuoi rubare le sue ricerche e sfruttarle per i tuoi scopi. Un gioco di potere? Un modo di assumere il controllo del consiglio?».

Forse non era realmente un re, ma lo sarebbe stato.

Scrutai la sua espressione alla ricerca di un indizio.

Ma lui si limitò a sorridere.

«Non sei niente male» commentò. «E se ti dicessi che voglio sostituire Lilith e rivoluzionare la società?».

«Ti chiederei cosa c'entro io» risposi.

«Dipende da quanto puoi dirmi sulle operazioni di Lilith. Considerando che eri a capo delle sue ricerche, immagino che tu sappia molto. Il che ti rende decisamente utile. Soprattutto perché i file che mi hai trasmesso erano privi di informazioni rilevanti».

Mi irrigidii. «Come fai a saperlo?». Solo il destinatario previsto da Lilith avrebbe potuto decriptare i file, trovandoli pieni di dati obsoleti e insignificanti. Quella considerazione mi riportò al mio precedente sospetto, che fosse un sostituto di qualche tipo.

«Li abbiamo intercettati» spiegò. «È anche il modo in cui abbiamo trovato il laboratorio».

Le mie labbra si schiusero in un sospiro affranto. «Quindi è stata colpa mia...». Le parole mi sfuggirono senza volerlo. «Eri tu l'intruso rilevato dal sistema, è per quello che la procedura si è aggiornata... tutto a causa del mio trasferimento di file non sicuro».

Sentii il cuore incrinarsi.

Merda. Tutte quelle vite...

Mi si strinse il petto, ma decisi di affogare l'emozione crescente nel mio respiro successivo.

È inutile che mi senta in colpa. Era stata Lilith a progettare tutte quelle misure di sicurezza, non io. E avevo tentato di aiutare i miei ricercatori, non di far loro del male.

Lilith era semplicemente riuscita a raggirarmi con tutte le sue contromisure.

E come avrei potuto sapere che c'erano altre persone che volevano individuare la nostra posizione?

Quel pensiero mi fece accigliare. «Come facevi a sapere che c'era qualcosa da cercare?». Ma già mentre glielo stavo chiedendo, tutti i pezzi del puzzle andarono al loro posto, facendomi spalancare gli occhi. «Perché hai ucciso Lilith. Ecco perché gli altri vampiri ti chiamano "re". Stavi cercando i laboratori per... per prendere il posto di Lilith».

Il che lo rendeva il mio nuovo padrone.

Lo guardai. «Sei un rivoluzionario». Avevo udito quel termine un po' di volte, nel laboratorio, soprattutto durante le visite di Lilith. Quando tormentava alcuni dei soggetti con le novità sul fallimento della rivoluzione. «Ma eravate tutti morti». O almeno quello era ciò che Lilith aveva detto a Louis, ricordandogli costantemente di una femmina di nome Lydia.

"Il ricordo delle sue urla ancora mi eccita" diceva. "Ho scopato con Michael in una vasca piena del suo sangue. Ho le foto. Uno di questi giorni te le mostro".

«Sai della rivoluzione?» chiese Jace, riportandomi al presente.

«Solo quello che Lilith diceva ai soggetti dei nostri test».

La sua espressione si incupì. «Intendi Louis. E forse anche Cam?».

Ebbi l'impressione che quel nome fosse molto importante per lui. Avrei potuto usarlo come merce di scambio, ma anche come dimostrazione di buona fede.

A volte, la chiave per negoziare era concedere qualcosa per agganciare il soggetto. E sapere che Jace non lavorava per o con Lilith mi aveva resa decisamente più caritatevole.

«Nel mio bunker non c'era nessun soggetto di nome Cam» gli dissi.

Mi fissò, vagamente incerto. «Sarà meglio che tu non mi stia mentendo».

«Non ho bisogno di mentire» ribattei. «E poi, posso provarlo».

Inarcò le sopracciglia. «Ah sì? Come?».

«Scaricando le informazioni sulle ricerche» risposi.

«Sono spazzatura».

«I file che ho inviato fingendo di rispettare il protocollo lo sono, certo. Ma caricavo dei backup giornalieri in una server farm». Se avesse lavorato con Lilith, l'avrebbe saputo. Ma mi rivolse un'espressione sorpresa. «Portami lì e ti darò le prove di cui hai bisogno, oltre a tutta una serie di informazioni». Catturai il suo sguardo e lo trattenni. «Ovviamente, prima dovrai soddisfare la mia richiesta».

Le sue labbra fremettero. «Rieccoci al punto di partenza».

«Non abbiamo mai concluso le nostre negoziazioni» gli feci notare. «Ma hai chiesto prova del mio valore e io te l'ho data. Ora voglio che Gretchen e James vengano liberati».

Mi osservò per qualche istante, senza che le sue iridi di ghiaccio lasciassero trapelare niente. «Quanto conosci il nuovo mondo?» mi chiese. Il suo cambio di argomento mi lasciò interdetta. «Hai visto come vengono trattati gli umani?».

«So del Giorno del sangue e delle assegnazioni ai diversi campi».

Annuì. «E pensi che i tuoi amici possano sopravvivere ai campi? Perché è lì che verranno mandati. O forse subiranno un destino anche peggiore, considerando che sono immortali. Non sono nient'altro che sacche di sangue ambulanti, Calina. Proprio come te. E in questa società gli esseri superiori non sono gentili con il loro cibo».

Me ne diede subito una dimostrazione, violando col suo sguardo ogni centimetro del mio corpo nudo. I suoi occhi brillavano, famelici. E sapevo che non era solo il mio sangue che desiderava, ma *me*.

Rabbrividii. La prospettiva di diventare il suo nuovo giocattolo mi fece rivoltare lo stomaco.

Lilith mi aveva usata spesso per il mio sangue, ma mai per il sesso. Però avevo assistito all'atto un'infinità di volte. Spesso gettava degli umani nelle celle per far giocare i vampiri e i licantropi. Era una forma di ricompensa per la loro accondiscendenza durante i nostri studi. Chi sceglieva di non obbedire, invece, veniva sottoposto a delle torture mentali finché non si sottometteva agli ordini di Lilith.

E faceva lo stesso anche con i ricercatori e i tecnici che si comportavano male: li chiudeva nelle celle in modo che gli esseri superiori dessero loro una bella lezione.

Io non ero mai stata sottoposta a quel trattamento. Le sue punizioni nei miei confronti erano di natura molto più personale.

«Non posso liberarli» continuò Jace. «E non lascerò andare neanche te. Ma posso rendere le loro vite, e anche la tua, molto più confortevoli. Se mi aiuterai».

Non si preoccupò di dar voce all'alternativa. Era già ben chiara nel suo tono.

Se non mi aiuterai, la tua vita sarà decisamente poco confortevole, pensai, con una pessima imitazione del suo accento inglese. La sua voce era signorile ed elegante. La mia, invece, quella di un'americana del Midwest. O comunque del territorio che un tempo era chiamato così.

Lanciai un'occhiata verso la finestra che si trovava qualche metro più in là, notando il balcone su cui si affacciava e il cielo scuro che avvolgeva tutto quanto. Lì, l'umidità era diversa; rendeva la mia pelle sudata e appiccicosa, nonostante l'aria fresca che la accarezzava.

Mi domandai dove mi avesse portata. Una curiosità di poco conto, data la mia situazione.

Jace si alzò e andò verso il bar nell'angolo accanto alle alte finestre. O aveva frainteso cosa stessi guardando, o gli era venuta sete. Riempì un bicchiere con del liquido ambrato, ne bevve un sorso e tornò verso di me.

«Apri la bocca» mormorò, premendo il bordo del bicchiere sulle mie labbra.

Tentai di dirgli che non avevo bisogno di bere, ma lui mi rovesciò il contenuto sulla lingua, costringendomi a deglutire. L'alcol mi bruciò la gola e il petto, facendomi venire un conato di vomito.

Jace sorrise. «Dovremo lavorarci sopra».

«Perché?» chiesi con voce roca.

«Perché sarà utile in futuro» rispose, bevendo un altro sorso dallo stesso punto in cui avevo posato la bocca io.

Rabbrividii ancora una volta, ma per un motivo completamente diverso. Sembrava un gesto così intimo. Era come se avessimo appena fatto un patto.

Il che era assolutamente improponibile e inspiegabile. Non gli avevo promesso niente. Né avevo accettato un singolo termine.

Il bordo del bicchiere incontrò di nuovo le mie labbra. Le schiusi e deglutii senza che mi venisse la nausea. Un bagliore oscurò lambì i suoi occhi argentei.

«Stai già imparando» commentò, allontanando il bicchiere dalla mia bocca e abbassandolo.

Il vetro freddo mi sfiorò un capezzolo, ed ebbi l'impressione di essere attraversata da una scarica elettrica. Lui seguì il movimento del bicchiere con lo sguardo; mi resi conto che quel gesto era stato del tutto intenzionale, perché lo ripeté anche sull'altro seno.

Era una qualche tecnica perversa di interrogatorio? O era semplicemente un predatore che giocava con la sua vittima?

«Quasi spero che rifiuti di obbedire» mormorò. «Sono sicuro che il rossore stia meravigliosamente sulla tua pelle chiara. E mi divertirei molto a tentare di strapparti una reazione».

Trascinò di nuovo il bicchiere su di me, ma fece anche qualcosa di più: ne rovesciò il contenuto sul mio seno.

Mi venne la pelle d'oca.

Poi si chinò per catturare le gocce ambrate con la lingua, togliendomi il respiro.

Il calore mi accarezzò la pelle. La sua bocca fu come un bacio inaspettato per i miei sensi.

Ooh...

Un fremito violento mi scosse il ventre, sprigionando scintille verso ogni terminazione nervosa. Scintille che divennero fiamme nel momento in cui le sue zanne affondarono attorno al mio capezzolo.

Gridai, più di sorpresa che di dolore, per poi bloccarmi quando avvicinò il bicchiere alla ferita.

«Come dicevo» sussurrò, incatenando il mio sguardo. «Posso rendere la tua vita confortevole. O assolutamente miserabile».

Inclinò il bicchiere e l'alcol gocciolò di nuovo sul mio petto.

La piacevole sensazione di calore si trasformò in un bruciore infernale. Mi strappò un sibilo, frutto dello shock e del dolore.

La sua lingua inseguì il mio tormento, leccando via il sangue intriso di alcol e alleviando l'ustione.

Durò solo un secondo.

Ma il messaggio era chiaro.

Ora sono io il tuo padrone. Collabora con me e sarai ricompensata. Ostacolami, e ti distruggerò.

JACE

Il sibilo di Calina mi rimbalzò nella mente a ripetizione. Volevo strapparle di nuovo quel suono, affondando dentro di lei.

Ero stato sincero quando le avevo detto che speravo non collaborasse. Non perché volessi farle del male, ma perché desideravo darle una lezione sull'autorità.

La bella ricercatrice si considerava mia pari. E per quanto ammirassi la sua tenacia, non era decisamente al mio livello.

Ma avrebbe potuto esserlo.

Era da molto tempo che non consideravo l'idea di una progenie, ma lo spirito di Calina aveva chiamato il mio. La sua presenza era un'ebbrezza seducente in cui non vedevo l'ora di annegare.

Era forte. Coraggiosa. Testarda. E, caratteristica ancora più importante, ragionava da stratega.

Ero riuscito a cogliere tutte quelle qualità in un'unica conversazione, perché si era presentata come un libro aperto. E l'aveva fatto volontariamente, sapendo che era la sua migliore possibilità di sopravvivenza.

E aveva cercato anche di manipolarmi, conducendo la conversazione come una campionessa di arguzia.

Le mie labbra si incresparono in un sorriso divertito.

Avevo voglia di assecondarla e godermi un altro giro. Ma il tempo non era dalla nostra parte.

Così, lasciai Calina legata alla sedia e andai a cercare Damien, per aggiornarlo sulla server farm.

"Riflettici sopra" le avevo detto prima di uscire dalla stanza. "Al mio ritorno, voglio una risposta".

Non mi premurai di curarle la ferita sul seno. Si sarebbe rimarginata da sola, un processo che la sua intrigante genetica avrebbe accelerato.

In più, mi piaceva l'idea di averle lasciato un marchio. Era quasi come se l'avessi rivendicata come mia.

Un morso al collo. Uno al seno. Forse il prossimo assaggio sarebbe stato sulla sua coscia vellutata.

Sì, senza dubbio, pensai, visualizzando chiaramente l'immagine nella mia testa.

«Sei ubriaco?» chiese una voce profonda, facendomi trasalire. «O la vecchiaia ti sta dando problemi alla vista?».

Mi voltai e trovai Ryder appoggiato al muro, che mi osservava con un'espressione incuriosita. «Dovrei farti un inchino?» gli domandai, evitando di rispondere al suo commento.

Perché, a quanto sembrava, gli ero passato accanto senza accorgermene.

Forse significava che avevo smesso di considerarlo una minaccia. O forse essere concentrato su questioni più piacevoli mi aveva distratto dalla pericolosità della situazione in cui mi trovavo.

«Mi risulta che i protocolli sociali richiedano almeno un saluto di qualche tipo».

«Capisco» risposi. «Allora… ciao, Ryder. Che bella sorpresa. Cosa ti porta al piano di Damien?».

I suoi occhi neri brillavano di un'intenzione letale. «Nell'ultimo rapporto, ha parlato di prigionieri e interrogatori. Credo che volesse soltanto tenermi informato, ma l'ho preso come un invito».

«Non possiamo ucciderli» dissi subito, consapevole della propensione di Ryder a massacrare prima e a fare domande dopo. Era così che la testa di Lilith era finita in un congelatore. «Sono la prova che Lilith usava creature immortali per le sue ricerche».

«E abbiamo bisogno di tutti e tre per dimostrarlo perché…?».

«Una delle prigioniere era la ricercatrice a capo del bunker. Ci è utile da viva. E abbiamo bisogno degli altri due scienziati perché li considera suoi amici; di conseguenza, possiamo sfruttarli per far leva sulla sua collaborazione».

«E il cucciolo di licantropo di cui la mia compagna si sta innamorando al piano di sotto?» insistette.

«Merce di scambio per far parlare la coppia» rispose Damien, unendosi a noi nel corridoio. «O almeno lo era, finché James non vi ha sentito discutere con il suo udito da licantropo». Indicò con un cenno del mento la porta da cui era appena uscito. «Le stanze non sono insonorizzate. Il che è interessante, considerando l'uso che faceva Silvano di questi alloggi. Ma sto divagando». Mi guardò. «Com'è andata con la dottoressa C.?».

«Sta valutando le sue opzioni». Non riuscii a trattenere una nota di divertimento. Che entrambi i maschi colsero immediatamente.

«E quelle opzioni includono…?» chiese Damien.

«Una server farm» risposi, cambiando argomento ed evitando di ripercorrere il mio duello verbale con Calina. «Sostiene che tutti i rapporti sono stati aggiornati quotidianamente, e che può anche aiutarci a rintracciarne la fonte».

«Oppure può usare le nostre risorse per inviare un messaggio al destinatario di quei file».

«Vero» gli concessi. «Ma c'è un motivo se ha inviato una montagna di dati inutili a quella persona. Ha infranto il protocollo. Non mi sembra desiderosa di riallacciare i rapporti con l'ex partner di Lilith. Ammesso che ne avesse uno».

«Ha nominato qualcuno di interessante?» chiese Ryder.

«Non ancora» ammisi. «Ma vedrò se qualche foto le rinfrescherà la memoria». O, più precisamente, volevo vedere la sua reazione a determinate foto. Perché qualcosa mi diceva che un piccolo morso non sarebbe stato sufficiente per convincerla a collaborare. Ma non era un problema. Potevo fare di peggio, riuscendo comunque a concederle un po' di piacere.

«Bene, quindi questi ricercatori hanno fatto esperimenti su vampiri e licantropi per più di un secolo, e la nostra soluzione è di tenerli in vita per una presentazione» riassunse Ryder.

«Quindi hai letto i miei appunti» disse Damien. «Buono a sapersi».

«Hai intenzione di farli mangiare ai membri dell'Alleanza, dopo le loro testimonianze?» domandò Ryder, ignorando il commento del suo nuovo sovrano. «Sarò costretto a fare da padre a questo cucciolo per l'eternità? Perché ora la mia compagna non permetterà a nessuno di ucciderlo. E io non ho intenzione di spezzarle il cuore».

Si tolse un dispositivo dalla tasca e ci mostrò un video di uno splendido lupo bianco accoccolato attorno a una piccola palla di pelo dello stesso colore.

Damien ghignò e diede una pacca sulla spalla a Ryder.

«Congratulazioni. Sei appena diventato papà. Vuoi un abbraccio?».

«No».

«Bene». Damien abbassò la mano e mi guardò. «Dimmi della server farm».

«Non posso. Calina non ha ancora accettato di aiutarci».

Spalancò gli occhi. «E allora perché cazzo sei qui?».

Inarcai un sopracciglio, non apprezzando affatto il suo tono irrispettoso.

Si schiarì la voce. «Scusa, re. Sono solo emozionato alla prospettiva di giocare con una server farm».

«Smettila di chiamarmi così e ti perdono».

«Ma suona così bene» intervenne Ryder.

Lo ignorai. «Sto dando a Calina qualche minuto per decidere cosa fare. Nel frattempo, volevo condividere la novità con te, in modo che tu possa lavorare con James o Gretchen per corroborare le sue informazioni».

«Va bene» mormorò Damien. «Vedrò cosa posso fare».

«E io ti aiuterò» si offrì Ryder.

«No» dissi immediatamente.

Ryder mi guardò a bocca aperta. «Scusa?». Sembrava davvero scioccato, come se nessuno gli avesse mai negato qualcosa.

«Quando avremo bisogno che tu uccida qualcuno, ti chiameremo» gli promisi. «In questo momento, però, i ricercatori devono rimanere vivi e in salute. E, francamente, non mi fido di te per gestire la cosa».

«Francamente, non me ne frega un cazzo» ribatté.

«Ryder». Mi misi sulla sua strada prima che potesse dirigersi verso Calina. «Questi ricercatori potrebbero avere informazioni che ci porteranno a Cam. Non voglio correre rischi».

«Ancora non vedo in che modo quel vampiro sia la

chiave per risolvere tutti i nostri problemi» rispose Ryder con un tono leggermente meno tagliente. «Ma starò al gioco. Per Izzy».

Pronunciare il nome della donna lo fece addolcire un po'. Ryder conosceva bene Izzy, perché era la sorella di Damien, la sua progenie.

Ed era anche l'*erosita* di Cam.

La sua stessa esistenza confermava che lui era ancora vivo, perché la sua immortalità era ciò che la teneva in vita. Se fosse morto, lei sarebbe morta con lui. Eppure, negli ultimi mille anni, l'umana non era invecchiata di un singolo giorno.

«Willow vuole sapere il nome del cucciolo e se si è mai trasformato in forma umana. Scoprilo e tornerò di sotto». Ryder parlò con un tono annoiato, ma colsi uno strano bagliore nei suoi occhi scuri. Il vecchio vampiro era innamorato.

«L'amore ti dona» dissi dolcemente.

«E una corona donerebbe a te» replicò. «*Re Jace*».

Mi trattenni dall'alzare gli occhi al cielo. Per il momento avevamo chiacchierato abbastanza.

Senza aggiungere altro, ripercorsi il corridoio per tornare da Calina e il suo profumo invitante.

È ora del secondo round.

Tocca a te, dolcezza.

LILITH

Ci sono tre server farm principali situate strategicamente in tutto il mondo, come da programma.

Ogni struttura è sorvegliata da circuiti elettronici. Il dispositivo al vostro polso vi avviserà dell'attivazione di uno di questi meccanismi di sicurezza. Nella remota possibilità che succeda qualcosa, vi verrà presentata una serie di codici. La scelta di come procedere dipenderà da voi.

Se in qualsiasi momento doveste avere bisogno di assistenza, cliccate il pulsante rosso sullo schermo e qualcuno sarà subito da voi.

Per quanto riguarda le server farm, contengono i dettagli delle ricerche di tutti i bunker sotto il vostro controllo.

Il bunker 7, dove vi trovate adesso, è il principale.

Il bunker 17 è focalizzato sulle tecniche di coercizione. Il bunker è completamente operativo. I file sono in arrivo.

Il bunker 27 è focalizzato sulla stimolazione mentale e sulla tecnologia legata alla psiche collettiva. Il bunker è completamente operativo. I file sono in arrivo.

Il bunker 37 è focalizzato sul potere del sangue e del legame di accoppiamento. Il bunker è completamente operativo. I file sono in arrivo.

Il bunker 47 era focalizzato sulla longevità dei mortali.

Se i protocolli hanno funzionato correttamente, il bunker adesso è distrutto e dovreste essere in possesso dei file. In caso contrario, è necessario un viaggio alla server farm.

CLICCA SULLA FRECCIA VERDE PER CONTINUARE. O CLICCA SULLA X ROSSA PER MAGGIORI DETTAGLI SULLA POSIZIONE DELLE SERVER FARM.

GRAZIE DELLA SCELTA. IL TUO ASSISTENTE TI RAGGIUNGERÀ IMMEDIATAMENTE.

FINE DELLA TRASMISSIONE.

CALINA

Percepii il ritorno di Jace prima ancora di vederlo. La mia pelle formicolò; la sua energia regale era come una frustata per i miei sensi. Non mi degnò di uno sguardo, né mi parlò. Si limitò a dirigersi di nuovo verso il bar e versarsi un altro bicchiere.

Lo osservai mentre si piegava sul mobiletto, notando il modo in cui i jeans neri gli avvolgevano le cosce e il sedere. I vampiri erano sempre stati delle creature affascinanti. Il loro potere era uno strumento di seduzione, che usavano per attirare le prede. La mia attrazione nei suoi confronti era radicata nel mio essere. Sarebbe stato impossibile resistere al capolavoro davanti a me. Se mi avesse detto di inginocchiarmi, l'avrei fatto. Perché il mio stesso corpo mi avrebbe costretta a obbedire.

Ma ciò non significava che potesse avere la mia mente.

Si raddrizzò tenendo qualcosa in mano e tornò verso di me. Incontrai il suo sguardo e lo sostenni, dicendogli senza parlare che non avevo paura di lui. Lilith aveva cercato di instillare in me un terrore assoluto nei confronti dei miei superiori. Ma tutti i suoi sforzi si erano rivelati vani. Anzi, non fecero altro che dimostrarmi quanto fossi in grado di sopportare senza spezzarmi.

Avvolse le dita attorno all'oggetto che aveva recuperato

dal bar; era una bottiglia d'acqua. Me la avvicinò alle labbra. Non mi ero nemmeno resa conto di quanto fossi assetata finché non iniziai a deglutire. L'alcol di prima mi aveva lasciato un bruciore in gola che fu presto placato. Sospirai, grata.

Lui non disse nulla, limitandosi ad aiutarmi a bere finché non ebbi svuotato tutta la bottiglia. A quel punto, la ripose e si mise dietro di me.

Sentii le sue dita sulle spalle, ma resistetti all'impulso di voltarmi e guardarlo. «Hai preso una decisione?» mi chiese. La sua voce era una carezza vellutata per le mie orecchie. «Vuoi collaborare con me?».

Iniziò a massaggiarmi i muscoli irrigiditi, rilasciando la tensione lungo le mie braccia e facendomi fremere fin nel profondo. Lottai per non gemere sotto il suo tocco ipnotico e sapiente. Individuò tutti i punti in cui le mie membra dolevano, applicando una pressione sufficiente per sciogliere i nodi peggiori.

Ero rimasta legata alla sedia troppo a lungo, con le braccia e le gambe immobili.

Ma quel tocco irresistibile mi fece sentire di nuovo viva, ringiovanita, integra.

«O preferisci che usi le maniere forti?» continuò. Il suo pollice affondò in un punto di pressione sul mio collo, facendomi sussultare dal dolore. «Di' qualcosa, Calina» mormorò con le labbra premute sul mio orecchio. «O sarò costretto a indovinare».

Quando riprese a massaggiarmi, stavo ancora tremando. Ma il mio corpo si abbandonò immediatamente a lui. Ormai mi possedeva, non c'era alcun dubbio. Ma avrei collaborato di mia spontanea volontà?

«Ho bisogno di sapere che James e Gretchen sono al sicuro» dissi con un sussulto, sobbalzando quando tornò sul punto di pressione. «Se sono feriti, non ti aiuterò» annunciai a denti stretti, per poi sospirare. Aveva ricominciato a tormentarmi con quei deliziosi movimenti circolari sulla pelle nuda.

Voleva spezzare la mia mente. Voleva che mi piegassi a lui esteriormente, mentre dentro di me gridavo con tutte le mie forze. Lo sentivo nel modo in cui mi toccava. Era un degno avversario.

Proprio come Lilith.

Anche lei era sempre stata una fine stratega.

«Stanno bene» rispose. «E continueranno a esserlo, se collaborerai».

Ossia, li avrebbe tenuti in vita per fare leva su di me.

«Ma mi servono vivi per testimoniare, quindi non li lascerò andare. Cosa di cui dovresti ringraziarmi, Calina, perché in questo mondo non sopravvivrebbero un giorno senza la mia protezione». Le sue mani scivolarono lungo le mie braccia, come a voler memorizzare la sensazione della mia pelle. Mi diede un piccolo morso alla gola, senza affondare i denti, poi aggiunse: «E neanche tu».

Le sue nocche mi sfiorarono i lati del seno, facendomi correre un brivido lungo la spina dorsale. Il suo calore dietro di me era un conforto che il mio corpo bramava ben più della mia mente.

Ma non potei negare di sentirmi stranamente protetta. Nonostante la minaccia decisamente reale dei suoi denti premuti sulla gola.

«Collabora con me» sussurrò. «Aiutami a distruggere l'impero di Lilith».

Deglutii. «È davvero questo il tuo obiettivo?».

«Sì» ammise. «Voglio radere al suolo tutto quello che ha creato. Per farlo, però, devo trovare Cam. Ho anche bisogno di sapere con chi stava lavorando, dov'erano diretti i tuoi file e quali altri documenti potrebbero trovarsi nelle server farm. Ammesso che esistano davvero».

«Esistono davvero».

«Quella sarà la prima cosa che ti chiederò di provarmi».

«Proprio come vedere Gretchen e James sarà la mia prima richiesta» replicai.

«Non sei esattamente nella posizione di avanzare richieste, piccola stratega» mormorò. «Ma questa te la concederò, a patto che tu mi dia qualcosa in cambio».

«Cosa vuoi?».

«I tuoi occhi». Mi baciò il collo e indietreggiò. L'aria fredda lambì tutto d'un tratto la mia pelle rovente, facendomi rabbrividire.

Mi sentii improvvisamente sola e abbandonata. La presenza di Jace era come una coperta che non volevo desiderare. Ma non potevo combattere l'attrazione che provavo per lui. Lui, l'essere superiore, il predatore. In quanto umana, ero destinata a sottomettermi al suo potere.

«Ti lascerò vedere Gretchen e James, ma solo dopo che avrai dimostrato la tua disponibilità a sostenere la mia causa». Mi girò attorno, posizionandosi davanti a me. Teneva in mano un dispositivo che mi ricordava un vecchio telefono o un tablet di qualche tipo. Ma mentre lo accendeva, capii che era molto di più.

Degli ologrammi riempirono lo spazio tra di noi. Ognuno mostrava un volto con sotto un nome e un titolo. Quello più vicino a me apparteneva alla persona che mi aveva legata alla sedia.

"Vampiro reale. Regione di Jace".

«Cos'è la regione di Jace?» gli domandai. «O meglio, dov'è?». Sapevo che Lilith aveva diviso il mondo in diversi regni assegnati a vampiri e licantropi. Ma non conoscevo i nomi dei territori, né la posizione che occupavano.

«Stati Uniti nord-occidentali» rispose, studiandomi. «Jace City è la versione aggiornata di San Francisco».

Aprii la bocca, sorpresa, poi annuii. «Lilith si è presa Chicago». Non ne avevo mai avuto la conferma, ma l'avevo indovinato sulla base di ciò che vedevo alle spalle di Lilith durante le nostre videochiamate.

Mi aveva volutamente tenuta all'oscuro del nuovo ordine per indebolire ulteriormente le mie possibilità di fuga. Non che ne avessi mai avuta una.

E come mi aveva fatto notare Jace, probabilmente non sarei sopravvissuta a lungo nel nuovo mondo. O, peggio ancora, avrei desiderato la morte senza mai poterla incontrare.

«Il bunker 47 era nella parte settentrionale del Michigan» mormorò, continuando a osservarmi.

«Questo conferma che Lilith vivesse a Chicago» risposi con un cenno d'assenso. «Non sarebbe mai stata troppo distante».

«Già». Mi scrutò per qualche altro secondo, poi cambiò immagine. «Voglio che tu mi dica se qualcuno ti sembra familiare. Qualcuno che è venuto in laboratorio, o che hai visto parlare con Lilith. Qualsiasi cosa».

«Non ho incontrato molti vampiri o licantropi fuori dalle loro gabbie» lo avvertii.

«Se ne riconosci anche soltanto uno, ci sarà comunque utile per determinare i prossimi passi». Mi guardò per l'ennesima volta e sorrise. «Ho l'impressione che apprezzi la cultura, quindi man mano che ti mostrerò le foto dei governanti ti spiegherò anche in che zona si trovano i loro territori. Per esempio, questo è Kylan. La sua regione include Columbia Britannica, Yukon, Alaska, tutta quell'area. La sua capitale è a Vancouver».

Studiai lo splendido reale dagli occhi scuri e i capelli dello stesso colore. «Non l'ho mai visto». Aveva il tipo di viso che una donna si sarebbe ricordata di certo. Proprio come Jace.

Che, dopo un breve cenno d'assenso, fece apparire il vampiro successivo.

Claude. Anche la sua regione copriva una parte del Canada: Québec, Terranova, Nuova Scozia e qualche altra area al nord. Non riconobbi nemmeno lui.

Poi fu il turno di Silvano. Vampiro. Morto e sostituito da Ryder. La loro regione comprendeva il Texas, il Messico e diversi paesi dell'America centrale.

«In questo momento siamo in Costa Rica. Per la precisione, a San José».

«Ecco spiegata l'umidità» risposi, consapevole della nostra vicinanza all'equatore e del caldo tipico di quella zona del mondo.

Nei suoi occhi di ghiaccio lampeggiò qualcosa che non riuscii a cogliere. Poi mi mostrò l'immagine successiva, che ci riportò negli Stati Uniti, con il clan Clemente. I lupi occupavano gran parte del Sud. Al comando c'era l'alfa Edon.

«Non lo conosco» dissi.

Tra di noi balenò la didascalia "Alfa Luka, clan Majestic", corredata di foto. Mi accigliai. Non avevo riconosciuto il licantropo, ma il clan sì. «Ho sentito nominare quel territorio». Solo che non riuscivo a ricordare il contesto in cui era successo.

«È nel nord degli Stati Uniti. Montana, Nord Dakota, Wisconsin…». Si interruppe, aspettando che dicessi qualcosa.

Frugai tra i ricordi e scossi la testa. «Non sono sicura del perché mi sia familiare. Dovremo controllare i registri. Forse uno dei licantropi veniva da lì». Avrebbe avuto senso, considerando la vicinanza di quella zona con la regione di Lilith.

«I nomi "Izzy" o "Ismerelda" ti dicono qualcosa?».

Ripetei i nomi e scossi di nuovo il capo. «No».

Ancora quel qualcosa nei suoi occhi che non riuscivo a definire. Poi cambiò immagine. Un altro licantropo. Brandt. Clan Calgary. Il suo territorio corrispondeva alla zona del Canada in cui si trovava la città da cui il clan aveva preso il nome, includendo quindi la provincia dell'Alberta e quelle che la circondavano.

Quando Jace passò all'Europa, gli domandai di New York e del nord-est degli Stati Uniti in generale.

«Erano tutti di proprietà di Lilith» mormorò.

«Oh». Feci per invitarlo a proseguire con un cenno, ma mi ricordai che i miei polsi erano ancora legati alla sedia.

E quello fu anche più o meno il momento in cui mi resi conto che non riuscivo più a sentire le dita, perché le corde mi avevano bloccato la circolazione.

Jace seguì il mio sguardo, e le immagini svanirono temporaneamente. «Quando hai mangiato l'ultima volta?».

Aprii la bocca per rispondere, ma mi bloccai subito dopo. Non ne avevo idea. «Quando mi hai dato il tuo sangue?» azzardai. Mi aveva completamente rigenerata, soddisfando qualsiasi fame potessi avere.

Anche se, pensandoci bene, avvertivo un leggero dolore allo stomaco. Simile a quello che avevo sentito alla gola quando mi aveva dato l'acqua.

Jace incrociò le braccia, tendendo così il maglione nero sul suo ampio petto, e mi osservò.

«Okay, genietto. Adesso ti libererò e ti darò da mangiare. Ma se tenterai di scappare, finirai legata al letto e ti insegnerò a non provarci più. Ci siamo capiti?».

Legata al letto, non alla sedia. Una differenza che non mi era sfuggita.

Si sfilò un coltello dalla tasca, facendomi rabbrividire. Schiusi le labbra per confermargli che avevo capito e non avevo bisogno di nessuna lezione. Ma lui si stava già muovendo, così le parole mi rimasero strozzate in gola.

Tutto quello che fece, però, fu tagliare la corda che legava il mio polso sinistro, poi quella del destro. Non mi mossi. Il cuore mi rimbombava nel petto. Lui si inginocchiò per liberarmi anche le caviglie.

Non riuscivo a sentire nulla.

Finché improvvisamente non sentii tutto. Le sue mani. Le sue dita. Il calore del suo tocco che mi sfiorava i polpacci, risalendo lungo le ginocchia e infine sulle cosce.

I suoi occhi d'argento cercarono i miei. Le sue pupille si dilatarono. «Il tuo sangue...». Si interruppe, senza completare la frase. Ma sapevo già cosa stava per dire.

Ero stata creata per essere irresistibile. Un'umana con proprietà uniche, che non poteva essere uccisa facilmente. La droga preferita di Lilith.

«La mia essenza è stata affinata dalla mia incubatrice» sussurrai. «Con un tipo di sangue molto raro».

«Una vergine di sangue».

«Qualcosa del genere» risposi, consapevole degli umani allevati appositamente per saziare coloro che potevano permetterseli. Era Lilith a gestire l'Organizzazione, che li ospitava e li educava fino al momento dell'asta. I soldi andavano principalmente a sovvenzionare i suoi progetti. Come il bunker 47.

Sapevo queste cose perché ne aveva parlato apertamente davanti a me. La sua arroganza non le avrebbe mai permesso di prevedere quella situazione. Non aveva dubbi che avrei seguito il protocollo, uccidendomi molto prima che qualcuno riuscisse a trovarmi. E nella remota possibilità che non l'avessi fatto, molto probabilmente aveva predisposto un piano di riserva.

Solo che aveva fallito.

Perché ero finita nelle grinfie di re Jace. E non mi

sentivo particolarmente propensa a custodire i segreti di Lilith.

Quella bizzarra negoziazione era comunque molto illuminante.

«Il mio sangue è in parte licantropo e in parte erosita, perfezionato all'interno di un'incubatrice che apparteneva a un raro tipo umano che non esiste più. I vostri vergini di sangue sono i sostituti geneticamente modificati di una razza estinta durante la rivoluzione».

«E tu hai contribuito a creare una cosa del genere?».

«No. Un altro laboratorio è specializzato nei gruppi sanguigni e nel legame d'accoppiamento. Non ne so molto, ma potrebbero esserci dei dettagli al riguardo nella server farm».

«È stata distrutta come il bunker 47?».

«Ne dubito» risposi. «Ma con Lilith, non si sa mai».

«Quindi non sai fino a che punto è arrivato il protocollo?».

«Io dovevo gestire e supervisionare il bunker 47. Tutte le informazioni al di fuori di quel laboratorio non erano di mia competenza».

«Allora come fai a sapere del laboratorio specializzato in gruppi sanguigni?».

«Perché sono nata là. Prima della rivoluzione». Lo guardai. «E so delle loro ricerche perché Lilith si divertiva a raccontarmi delle sue vittorie. Lo faceva perché mi sentissi una fallita per non aver lavorato più in fretta. Ma i nostri laboratori erano molto diversi, quindi non l'ho mai presa sul personale». E a lei non piaceva.

«Quanti anni hai?» chiese piano. I suoi polpastrelli sfiorarono delicatamente le mie cosce, mentre mi osservava dalla sua posiziona inginocchiata.

Gli diedi il mio anno di nascita sulla base del calendario precedente alla rivoluzione. «Presumo quindi di avere centotrentanove anni. O centoquaranta. Ma ho smesso di invecchiare intorno ai ventidue anni».

«Per via dei tuoi geni da licantropo».

«E all'essere in parte erosita. Almeno per quanto riguarda il sangue che mi scorre nelle vene».

Corrugò la fronte. «Sei la compagna di un vampiro?».

«Non esattamente». Riflettei per qualche istante su come spiegargli il mio legame con l'immortalità. «Mio padre lo era. Ma non è stato sufficiente perché lo diventassi anch'io. La mia nascita era un esperimento: Lilith voleva assicurare l'immortalità agli umani senza i requisiti associati al legame di accoppiamento».

«Uhm… questo spiega perché ha sempre screditato l'idea di avere un'erosita. Ma ancora non mi dice come tu possa essere immortale».

«Il legame che collega un'erosita al compagno esiste nella stessa sezione del cervello in cui giace la psiche collettiva dei licantropi. I ricercatori di Lilith hanno esplorato quella parte della mente per quasi duecento anni. E l'hanno inserita nella mia durante la mia creazione».

Inclinò la testa. «Quindi tu sei stata un successo. Una gustosa sacca di sangue che non può morire».

Una descrizione cruda, ma accurata. «Per te, certo. Ma non per Lilith».

«Che difetto ha riscontrato?».

«Quello che l'ha fatta diventare possessiva nei miei confronti». Le mie dita iniziarono a formicolare; il sangue stava finalmente tornando a circolare. «È il motivo per cui mi ha tenuta lontano dalle mie altre connessioni con l'immortalità».

«Hai più di un… compagno?».

«Le considero delle connessioni, non dei compagni. Però sì, ne ho almeno tre. Una era Lilith. E dato che sono ancora viva, presumo lo siano anche le altre due».

«Chi sono?» domandò.

«Lilith non me l'ha mai detto, quindi non lo so». Trattenni il suo sguardo e decisi di offrirgli un accenno di leva che avrebbe assicurato la mia collaborazione. «Non potevo accedere a quel genere di informazioni. Ma forse riuscirò a trovare delle risposte nelle server farm».

La sua espressione di addolcì, e i suoi occhi brillarono di divertimento. «Mi stai dando un motivo per fidarmi di te».

«Già».

«Mmh». Iniziò un lento esame del mio corpo, appiattendo i palmi sulle mie cosce. «Mi stai anche fornendo una potenziale pista, perché chiunque sia collegato a te stava ovviamente lavorando con Lilith».

«Sì».

«Ingegnosa» mormorò, posando un bacio sul mio ginocchio. Un gesto decisamente intimo, vista anche la sua posizione.

Rabbrividii quando il suo tocco si spostò verso l'alto. La sua bocca percorse un sentiero diretto alla mia arteria femorale.

«Se Lilith era possessiva, immagino che non ti abbia mai condivisa» sussurrò. I suoi occhi di ghiaccio cercarono i miei. «Giusto?».

Deglutii e mi costrinsi ad annuire. «Mi minacciava spesso di farlo, ma non è mai andata fino in fondo». L'avevo scoperto molto tempo prima, e quella consapevolezza mi aveva aiutata a non aver paura di tali minacce.

D'altro canto, non era lì, in quel momento.

E io non avevo idea di cosa aspettarmi dal potente vampiro inginocchiato davanti a me.

«Ciò significa che sei ancora inviolata?». Il suo sguardo si abbassò sul punto in cui le mie cosce si congiungevano.

«Sono stata usata, una volta» gli dissi. «Per vedere se fossi rimasta immortale anche dopo averlo fatto con qualcun altro».

«Quindi è stato qualcuno a cui non eri legata?».

«Già, uno dei nostri soggetti. Un licantropo» risposi. Mi si strinse lo stomaco al ricordo di quell'esperienza.

Era successo il giorno del mio trentesimo compleanno. Ogni anno dovevo fornire un campione di sangue e altro materiale biologico per verificare se ci fossero segni di invecchiamento o altri cambiamenti nella mia crescita. Quando i risultati rimasero invariati per un decennio, Lilith si era detta soddisfatta e non mi aveva più sottoposto a quel genere di prove.

«In seguito uccise il licantropo, poi mi massacrò di botte per averla fatta reagire in quel modo» aggiunsi. Ricordavo l'incidente con dovizia di particolari, visto che era tornato spesso a tormentarmi nei sogni.

L'esperienza era stata ancora peggiore della scopata col licantropo.

«Sono morta». Il mio tono piatto mancava delle emozioni che avevo vissuto in quel giorno fatale. «Ma le mie connessioni con l'immortalità mi hanno portata indietro... lentamente».

Un ultimo test.

Che purtroppo avevo superato.

Scossi la testa e lo guardai ancora una volta negli occhi. «Quella fu l'unica volta in cui Lilith permise a qualcun altro di toccarmi. A parte lei».

Inarcò un sopracciglio. Sospettai che volesse chiedermi cosa intendessi, ma non insistette. E una parte di me ne fu felice. Non c'era motivo di esaminare in dettaglio le brutali abitudini alimentari di Lilith.

Del resto, se avessimo trovato i documenti, avrebbe saputo tutto comunque.

Mi baciò di nuovo, ma sull'interno coscia. Poi si alzò con un movimento fluido e andò verso un pannello accanto alla porta. Non fui in grado di vedere come avesse acceso il dispositivo, ma udii la voce femminile tubare nell'interfono. «Buonasera, mio principe».

«Ciao, gattina» rispose lui, con un tono quasi affettuoso. «Mi chiedevo se potessi aiutarmi con un pasto. Per un umano».

«Ma certo, mio principe. Qualche preferenza?».

Mi guardò. «Hai voglia di qualcosa in particolare, genietto?».

Ricambiai la sua occhiata con un'espressione stupita. «Voglia di qualcosa?». Non capivo. Il cibo esisteva unicamente per nutrirsi, niente di più.

Le sue labbra si incurvarono in un sorrisetto maligno. «Prendi una penna, Tracey. Ti faccio una lista».

JACE

Non diedi nessun vestito a Calina. Principalmente perché mi piaceva vederla nuda. Ma anche per restare in una posizione di vantaggio, nel caso avesse trovato una via di fuga.

Era seduta a tavola, di fronte a me, con la schiena ritta e una forchetta in mano. Stava organizzando in quadranti il contenuto del suo piatto.

Era un'operazione metodica e intrigante. Aveva posizionato la carne nell'angolo in basso a destra, con sopra le verdure. A sinistra, invece, c'erano la pasta e il purè di patate. «Non è un pasto equilibrato» annunciò.

«No, non lo è» concordai. «Ma lo mangerai lo stesso».

Le sue labbra carnose si piegarono in un'espressione ai limiti del disgusto. «Qual è lo scopo della pasta gialla?».

«Sono maccheroni al formaggio» la corressi. «E il loro scopo è essere deliziosi».

«Quali sono gli ingredienti chiave?».

«Il formaggio» risposi con un sospiro. «Mangia».

Arricciò il naso, ma obbedì. Iniziò con le verdure al vapore, poi si spostò sul filetto. A ogni morso, sembrava accigliarsi sempre di più. «Questo ha un sapore diverso».

«È condito».

«Con cosa?».

«Ha importanza?».

«Sto cercando di capire che risultato dovrebbe avere».

«Rendere tutto più saporito» le dissi. «È una questione di *gusto*».

«E questo?». Indicò la sostanza biancastra sul lato sinistro del piatto.

«Purè di patate. Molto salutare per l'anima».

La sua espressione suggeriva che non era d'accordo, ma lo mangiò ugualmente. C'erano diversi altri piatti, tra cui una varietà di dolci, che aspettavano in cucina. Quando finì il primo, però, mi accorsi che le sue guance avevano assunto un colorito verdastro. Decisi di non insistere oltre.

Lilith era ossessionata dal fatto che gli umani dovessero avere un determinato aspetto, il che significava imporre loro una dieta molto rigida fin dalla nascita. Eppure Calina non era affatto umana, quindi le stesse regole non avrebbero dovuto essere applicate anche a lei.

«Posso usare il bagno?» chiese.

Annuii e le indicai la porta su un lato della camera da letto. Da lì non c'era alcuna via d'uscita, di conseguenza non sentii il bisogno di sorvegliarla.

Si alzò e si allontanò senza dire una parola.

Ne approfittai per pulire il tavolo e la cucina, poi misi gli avanzi in frigo per finirli più tardi. Quando ebbi terminato, Calina non era ancora tornata. Cercai di cogliere qualche rumore.

Niente.

Accigliato, andai in bagno e la trovai raggomitolata sul pavimento, pallida e sofferente.

Cazzo.

Aveva chiaramente rigettato la maggior parte del

contenuto del suo stomaco, ma il dolore non si era ancora placato.

«Non sei abituata a questo tipo di alimenti» dissi piano, sospirando. «Pensavo fossi in grado di gestirli grazie alla tua genetica immortale, ma a quanto pare mi sbagliavo di grosso».

Scusarsi non avrebbe risolto il problema; aveva bisogno di comfort. Le avevo promesso che glielo avrei concesso, se mi avesse aiutato. E fino a quel momento si era mostrata collaborativa.

Mi avvicinai alla doccia e la aprii. «Un po' di acqua calda ti aiuterà» le dissi.

Mi rispose rannicchiandosi ancora di più in una palla e borbottando una risposta che suonava molto come: "Lasciami in pace". La povera Calina sembrava così piccola e fragile in quelle condizioni. Il mio tenace genietto era svanito dietro a un guscio mortale che avrei potuto frantumare con un dito.

Osservai per qualche istante lei e quello che ci circondava, poi mi spogliai fino a rimanere con addosso soltanto un paio di boxer.

Sbirciò nella mia direzione. Aveva un colorito cinereo.

Mi accovacciai davanti a lei. «Tieni». Mi morsi il polso e glielo avvicinai alle labbra. «Bevi».

Lei arricciò il naso, nello stesso modo in cui aveva reagito alla cena.

«Era un ordine, dottoressa» aggiunsi, instillando nel mio tono un accenno di comando. «Non offro il mio sangue a chiunque. E rifiutarlo non è molto saggio».

Sapevo che ingurgitare la mia essenza era probabilmente l'ultima cosa che voleva fare, ma avrebbe fatto sparire la sua nausea in modo rapido ed efficiente. Poi avrei potuto darle una ripulita e metterla a letto. Non per scopare, ma per dormire. Ero in piedi da quasi due giorni, e non ero dell'umore per sopportare un'altra dose di sole della Costa Rica.

Schiuse le labbra. Lo presi come un assenso e le premetti il polso sulla bocca. Accarezzò la mia pelle con la lingua, esitando quando incontrò i segni lasciati dalle mie zanne.

Poi iniziò a succhiare, in quella che fu probabilmente la visione più erotica della mia vita.

Forse era il suo profumo seducente, o il mio stato d'animo. O forse anche il fatto che quella femmina mi aveva offerto la prima vera sfida in più di un secolo. Ma guardarla nutrirsi dal mio polso me lo fece diventare duro all'istante.

Ero rapito. Completamente affascinato. Incantato dal piccolo gemito di soddisfazione che le sfuggì dalle labbra.

Le sue palpebre si chiusero, le sue guance ripresero colore.

Non le dissi di fermarsi. Avrei dovuto. *L'avrei fatto*. Ma non subito. *Solo qualche altro istante*, pensai, accarezzandole i capelli con la mano libera. Le sue ciocche bionde erano tutte annodate, confermando il suo bisogno di una doccia e ricordandomi dell'acqua che scrosciava poco più in là.

Le staccai il polso dalla bocca e la presi tra le braccia, poi la portai nella doccia.

Alzò lo sguardo su di me, palesemente confusa. Notai che, in quel momento, la sfumatura predominante nei suoi occhi era il verde. Non dissi nulla, limitandomi a farla sedere sulla panchina all'interno del box. Afferrai uno dei soffioni. Gli altri due continuarono a riversare sulla mia schiena dei rilassanti getti di acqua calda, mentre usavo il terzo per bagnarle i capelli.

Non reagì, restando semplicemente a osservarmi.

Quando tutte le sue ciocche furono umide a

sufficienza, le passai il soffione e presi una contenitore dal ripiano interno.

Lei diresse il getto d'acqua verso di sé, ma non si mosse molto. Tutta la sua concentrazione era rivolta su di me e le mie dita, con cui presi a massaggiarle una generosa quantità di shampoo sullo scalpo.

Quando abbassai le mani, me le lavò. Poi ripresi il soffione e le sciacquai via la schiuma dalla testa.

Ripetemmo le stesse azioni col balsamo.

«Alzati» le dissi non appena ebbi finito, certo che il mio sangue le avesse fatto sparire la nausea.

Lei obbedì.

Rimisi il soffione sul suo supporto e presi una saponetta.

Le sue pupille si dilatarono quando iniziai a trascinargliela lungo il braccio. E poi sulla spalla, sulla clavicola e sul braccio opposto.

Aspettai che dicesse qualcosa, che desse voce a una qualsiasi delle domande che le affollavano lo sguardo. Ma rimase completamente immobile, mentre le insaponavo la pelle.

«Ti è permesso parlare» mormorai, tornando con la saponetta verso il suo petto e scendendo lungo l'addome.

Rabbrividì, e i suoi capezzoli si inturgidirono in due splendidi boccioli rosati. Li evitai, coprendo tutto il suo ventre di schiuma e spostandomi verso i fianchi.

Poi toccò alle cosce, alle ginocchia e ai polpacci. Risalendo di nuovo, mi concentrai sulla peluria bionda ben curata sul suo inguine.

«Sei eccitata» sussurrai, cogliendo il profumo del suo desiderio e osservandone la prova luccicare tra le sue cosce. Fui travolto dalla voglia di morderla. Forse più tardi l'avrei scopata, dopotutto.

«Un predatore dotato di caratteristiche altamente

seduttive, concepite proprio per soggiogare la preda, mi sta accarezzando. Ovvio che sono eccitata».

Il tono piatto con cui aveva risposto attirò la mia attenzione sul suo viso. Aveva parlato come se l'attrazione che c'era tra di noi fosse un qualcosa di assolutamente normale, standard quasi. Come se qualsiasi altro vampiro avrebbe potuto suscitarle la stessa reazione.

Mi alzai, ma tenendo ancora la mano sul suo sesso. Le accarezzai dolcemente il clitoride. Sussultò, esalando un piccolo gemito.

«E quello?» le chiesi. «Anche quello è frutto delle mie "caratteristiche seduttive"?».

«Sì». Nessuna emozione. Nessuna elaborazione. Solo una secca conferma. Era genuinamente convinta che fosse tutto il risultato del mio essere un vampiro.

«Mi sembra una visione abbastanza ingenua» commentai, danzando con le dita attorno al suo punto più sensibile con una precisione coltivata in più di tremila anni. «Non tutti i vampiri si distinguono nell'arte del sesso».

«Non devono farlo» replicò. «Gli umani si piegano per natura, rendendo l'abilità in campo sessuale del tutto irrilevante».

«Tu non ti pieghi» le feci notare.

«Non mi hai chiesto di farlo».

Fui quasi sul punto di dirglielo in quel momento; il desiderio di darle una bella lezione stava aumentando di secondo in secondo.

Ma decisi che un altro tipo di dimostrazione sarebbe stata la scelta più prudente, nella nostra situazione.

Posai la saponetta e mi sciacquai le mani sotto il getto d'acqua.

Poi spinsi Calina contro la parete della doccia.

Nel suo sguardo balenò un lampo di incertezza, ma non lo distolse dal mio. Nemmeno quando feci scivolare una coscia tra le sue. Poi le strinsi i fianchi e la ingabbiai tra il mio corpo e le piastrelle.

Tremò.

Io sorrisi.

«Sei convinta che la seduzione sia un principio chiave nella caccia alla preda. Che sia naturale per te sentirti eccitata in mia presenza per quello che sono, non per chi sono. Giusto?».

«Sì». La conferma uscì in un mormorio che si infranse sul mio mento.

«E il piacere?» continuai. «Pensi che gli umani lo provino solo come reazione *naturale* alla potenza del predatore?».

Aggrottò la fronte. «Intendi mentre muoiono?».

Una risposta rivelatrice, che mi spinse a serrare la presa sui suoi fianchi. «È quello l'unico momento in cui un umano prova piacere, quando è in compagnia di un essere superiore?».

«Lo scopo è quello di ammaliare la preda. Quindi suppongo che nel processo sia coinvolta una certa dose di endorfine».

«È questo che senti ora?» le chiesi, sfiorandole la guancia con le labbra e disegnando un sentiero di baci fino al suo orecchio. «L'effetto di una certa dose di endorfine?».

«Sento… sì. Quello».

Ero incuriosito dalla sua interpretazione di come il suo corpo stesse reagendo. Suggeriva come non avesse mai sperimentato il brivido della passione.

Non ne fui sorpreso, visto quello che mi aveva raccontato sul suo unico rapporto sessuale.

Il che rendeva quell'esperimento ancora più divertente.

Ma mi restavano ancora da definire alcuni parametri, prima che potessimo realmente iniziare. In quanto scienziata, avrebbe apprezzato che le esponessi chiaramente tutti i fatti. E farla impazzire sarebbe stato infinitamente più dolce.

«Sei venuta quando il licantropo ti ha scopato?» le chiesi. Era una domanda cruda, ma Calina non reagiva emotivamente. Preferiva la logica ai sentimenti.

Infatti, non esitò a rispondere: «No».

«E con Lilith? Ti ha mai fatta venire?» insistetti. Lambii il suo lobo con i denti, mentre al solo pensiero il mio battito accelerò. Non era l'idea di Lilith che usava Calina a eccitarmi, ma il coinvolgimento stesso della bella dottoressa.

Una rivelazione bizzarra, considerando che la conoscevo a malapena.

Eppure, mi sentivo miracolosamente possessivo nei suoi confronti.

Era una conseguenza diretta della sua stessa esistenza? Aveva detto che anche Lilith era stata vittima di quella strana sorta di gelosia. Forse aveva qualcosa a che fare con la sua creazione in laboratorio?

«Certo che no» rispose, confermando che Lilith non le aveva mai concesso un orgasmo. «La mia gratificazione personale non aveva nessuna utilità, quando si nutriva. Desiderava solo sottomettermi e farmi soffrire».

«Che è quello che pensi stia succedendo adesso. Credi che stia sfruttando il mio fascino per spingerti ad arrenderti».

Sentii il suo battito accelerare sotto le mie labbra. Ebbi l'impressione che i suoi fremiti riverberassero sulla mia pelle. «S... sì?».

«Non mi sembri molto convinta» mormorai flettendo la coscia, ancora affondata tra le sue. «Va tutto bene, genietto. Ti aiuterò a vedere la luce. Dammi solo qualche minuto».

«La luce?».

Trascinai i denti verso l'alto, accostando di nuovo la bocca al suo orecchio. «Sì, mia dolce stratega. *La luce*». Il mio palmo le risalii il fianco, andando a posarsi sul suo seno. Lì, presi ad accarezzarle il capezzolo eretto con lenti movimenti circolari. «È vero che i vampiri e i licantropi sono creature sessuali. Possiamo attrarre le nostre prede e sottometterle con facilità. Ma c'è molto di più da considerare, dottoressa».

Spostai anche l'altra mano, accarezzandole il ventre fino a sfiorare la peluria bionda tra le sue cosce.

«Abbiamo preferenze e capacità diverse» continuai a sussurrarle all'orecchio, pizzicandole un capezzolo e strappandole un piccolo gemito. «Quindi non si tratta di quello che siamo». Scivolai con le dita verso il suo calore. «Si tratta di *chi* siamo».

Esplorai il suo intimo e il mio pollice trovò il punto dove più mi desiderava. Un altro gemito le sfuggì dalle labbra; suonò quasi strozzato, come se stesse lottando contro le reazioni del suo corpo al mio tocco.

Mi fece sorridere. «Mia dolce fanciulla» sussurrai, mordicchiandole il lobo. «Non sono un vampiro qualsiasi. Sono un fottuto *re*. E ora stai per scoprirne il motivo».

La penetrai con due dita, continuando ad accarezzarla col pollice sul suo punto più sensibile. Gridò in risposta, e il mio sorriso si allargò.

E cedetti all'impulso di morderla.

Le mie zanne perforarono la sua bella gola, trafiggendole con facilità la vena. Un gesto che la gettò oltre il limite, in un orgasmo che la fece trasalire dalla sorpresa.

Mi afferrò le braccia, reggendosi a me come se ne andasse della sua stessa vita. Il suo corpo, stretto al mio, fu scosso dagli spasmi. Fu quasi come se decenni di piacere negato fossero culminati tutti in quel momento, con lei serrata attorno alle mie dita.

Non la lasciai andare, anzi, la spronai a continuare. Non smisi di spingere le dita dentro di lei, non smisi di accarezzarle il clitoride neanche per un istante.

Urlò e mi conficcò le unghie nella carne, precipitando in un altro intenso orgasmo.

Il sapore del suo sangue mi fece quasi impazzire. Il mio desiderio di prosciugarla tentava in ogni modo di prendere il sopravvento sulla mia mente. Ma riuscii a tener duro, godendomi il suo sapore e giocando alla perfezione col suo corpo.

Il mio nome lasciò la sua bocca in un tono di supplica. Ma sentirla rantolare "Jace" non fece che incoraggiarmi.

E fu così che le riservai altre succhiate.

Altre carezze.

La pizzicai ancora sul capezzolo, per poi cambiare seno e mano.

La tormentai tra le gambe, dentro e fuori.

La gettai in una spirale d'estasi che ridefinì la sua realtà, rigandole le guance di lacrime. Le sue labbra si schiusero senza emettere alcun suono. Il suo corpo si sciolse tra le mie mani.

E riprese a contorcersi.

Bevvi solo quanto bastava per mantenerla in quello stato di beatitudine. Il mio scopo era dimostrarle il reale potere di un vampiro.

Fui abbastanza sicuro che avesse imparato la lezione. Una lezione che non smisi di impartirle finché non venne così forte e così a lungo da collassare su di me.

Solo allora sfilai le zanne dal suo bel collo, attento a non lacerarle la pelle, e la presi tra le braccia. Le posai un bacio sulla testa e sciacquai entrambi, poi la avvolsi in un ampio telo di cotone.

A un certo punto riaprì gli occhi, le cui iridi non erano nient'altro che linee sottili attorno alle pupille dilatate a dismisura.

«Non vedo l'ora di sentire il resto dei tuoi studi sulla mia specie, dottoressa» le dissi dolcemente mentre la portavo a letto. «E mi aspetto un rapporto dettagliato su quello che è appena successo».

LILITH

PROTOCOLLO SERVER FARM ATTIVATO.

IL TUO TEAM VERRÀ INVIATO A RECUPERARE I FILE NECESSARI ENTRO VENTIQUATTRO ORE.

CLICCA SULLA FRECCIA VERDE PER CONTINUARE A VISUALIZZARE LE REGISTRAZIONI.

LA PROSSIMA REGISTRAZIONE INIZIERÀ TRA TRE... DUE...

Primo anno. Primo giorno.

Salve, mio signore, e benvenuto nella nuova era. Ho compilato questi rapporti annuali in modo che possiate osservare come procede il vostro piano. Spero si dimostrino utili nel caso in cui dovessi morire.

Iniziamo.

Il novanta per cento della razza umana è stato sterminato, come avete suggerito.

Cinquecentomila umani sono stati selezionati manualmente per iniziare il processo di riproduzione. I loro gruppi sanguigni dovrebbero rivelarsi fruttuosi per le generazioni future. Altri centomila sono stati messi nelle riserve per essere testati sulla loro capacità di sopravvivenza.

Tutti i mortali sotto i diciotto anni sono stati inseriti nel sistema universitario, con l'eccezione dei più deboli. Loro sono stati offerti ai reali che amano il sangue giovane.

Il resto del genere umano è stato suddiviso in regioni. A ogni reale e a ogni alfa è stato assegnato lo stesso numero di mortali. La maggior parte sarà probabilmente usata come fonte di cibo, ma i più utili potranno far parte degli harem, oppure potranno essere sfruttati per qualsiasi operazione utile al funzionamento delle città. Altri ancora saranno riservati ai campi di riproduzione dei licantropi, alle cacce della luna e ad altri passatempi amati dagli immortali.

Le procedure del Giorno del sangue sono quasi finalizzate. Il magistrato è stato votato dalla parte licantropa dell'Alleanza. Avremo la prima cerimonia del Giorno del sangue a un anno da oggi. Gli umani lotteranno per il diritto di unirsi ai nostri ranghi. Ne saranno selezionati solo due.

Tutto questo sta seguendo esattamente le istruzioni delineate nel vostro progetto. Spero solo di dimostrarmi all'altezza delle vostre aspettative, mentre riposate.

Dormite bene, mio re.

Vi avviserò quando sarà il momento di svegliarvi.

CLICCA SULLA FRECCIA VERDE PER PASSARE ALLA PROSSIMA REGISTRAZIONE.

FINE DELLA TRASMISSIONE.

CALINA

TUTTO IL MIO CORPO FORMICOLAVA. La mia pelle era rovente e sensibile.

Non era particolarmente piacevole. Anzi, sì.

Corrugai la fronte, incerta su come mi sentissi davvero. *Ringiovanita. Più leggera dell'aria. Come in un sogno.*

Era tutto così nuovo. E strano.

Esattamente come la calda coperta umana dietro di me.

Le sue labbra aleggiavano a un soffio dal mio collo, facendomi rabbrividire. «Ehi, dottoressa. Come ti senti? Forse… soddisfatta?».

Aprii gli occhi. Il sole stava tramontando al di là della finestra. Non riuscivo a ricordare di essermi addormentata.

Anzi, a dire il vero…

Schiusi le labbra.

Oh…

Le mie cosce si strinsero al ricordo di ciò che mi aveva fatto perdere conoscenza.

"Soddisfatta" era un eufemismo.

Jace mi aveva gettata in un vortice d'estasi che mi sembrò quasi irreale. E aveva concluso la nostra sessione intima dicendo che si aspettava un rapporto dettagliato.

Un rapporto dettagliato su cosa?, mi domandai, incapace di ricordare cos'altro avesse detto.

Probabilmente qualcosa sull'abilità dei vampiri nel sottomettere le prede. Un'abilità di cui aveva dato prova sotto la doccia. Perché avrei fatto qualsiasi cosa, pur di continuare a sentirmi in quel modo.

La sua bocca si sigillò sul mio collo, i suoi denti mi sfiorarono la pelle.

Il mio cuore mancò un battito quando mi perforò la vena senza sforzo, come se la mia gola fosse sua. Ringhiò. Il predatore che era in lui godeva del mio sapore.

Poi la sua mano mi accarezzò il fianco, dirigendosi verso il punto in cui le mie cosce si congiungevano.

Aspettai col fiato sospeso e lui non mi deluse. Le sue dita affondarono nel mio calore e ne trassero un piacere indescrivibile.

Sembrava un sogno. Probabilmente lo era. Una fantasia che non sapevo di desiderare. Ma... oh, se ora la desideravo.

Quel vampiro era molto pericoloso. Si era impadronito dei miei pensieri. Mi aveva consumata. Mi aveva posseduta in un modo così diverso che non sapevo come combatterlo.

Predatore, sussurrò la mia mente.

Sì, quello lo sapevo.

Eppure, mi ero comunque arresa al suo tocco.

Forse perché non avevo mai sperimentato niente di simile. Lilith usava le mani solo per infliggere dolore.

Jace... le sue mani... creavano *dipendenza*.

La sua bocca si muoveva sulla mia gola come aveva fatto nella doccia: beveva lentamente, con delle succhiate misurate. Non c'era alcuna violenza nei suoi gesti.

Tutto il contrario di ciò che avevo sperimentato nel bunker 47.

Perché?, avrei voluto chiedergli. *Perché stai facendo questo?*

Ma le mie labbra si rifiutarono.

E l'attimo dopo si schiusero in un gemito, frutto dell'orgasmo che pulsò in ogni parte di me. Sentii Jace sorridere sul mio collo; i suoi denti non erano più conficcati nella mia pelle.

«Perché?» rantolai, cercando di ricordare con esattezza la domanda che volevo porgli. Il mio corpo era in fiamme, scosso dai fremiti.

«Perché?» ripeté con la bocca posata sul mio orecchio. «Perché ti sto dando piacere?».

Cercai di annuire, ma ero ancora troppo preda dell'estasi per riuscire a muovermi. Però lui doveva aver intuito che ci stessi provando, perché sentii il suo sorriso allargarsi.

«Non c'è niente che mi piaccia di più al mondo che sentire una donna gemere in quel modo» mormorò, per poi baciare il punto sensibile sotto il mio orecchio. «Ti ha aiutato nella tua analisi?».

Sbattei le palpebre, confusa. «Analisi?».

«Sì, quella legata alla tua teoria sul perché tu sia così attratta da me». Mi fece stendere sulla schiena con una piccola spinta e si appoggiò sul gomito. Abbassò lo sguardo su di me; i suoi occhi di ghiaccio brillavano di divertimento. «Ieri sera hai affermato che la tua eccitazione è il risultato del mio essere un vampiro. Ricordi?».

Finalmente riuscii almeno ad annuire. Perché sì, ricordavo bene la mia dichiarazione. Ma non capivo perché l'avesse reso così… così… non riuscivo a trovare la parola. Gentile, forse? Premuroso? *Interessato*? Mi aveva già sottomessa, eppure si era a malapena nutrito da me.

Perché?

«Il nostro esperimento ha dimostrato che la tua teoria è

corretta?» mi chiese, riportandomi alla nostra conversazione. «O preferisci rivedere le tue conclusioni?».

Esperimento?, pensai, accigliandomi. *È questo che è? Un esperimento?* «Perché?».

Mi studiò. «Non sono d'accordo con la tua ipotesi e intendo dimostrare che è errata».

«Ma perché?». Perché mai gli importava di una faccenda tanto banale? Ero inferiore a lui. La mia opinione non avrebbe dovuto avere alcuna importanza. A Lilith non era mai interessato nulla di ciò che avevo da dire, a meno che non si trattasse di una scoperta scientifica. E anche in quel caso, difficilmente si fidava unicamente della mia parola. Dovevo sempre ripetere i test davanti a lei.

Il suo palmo risalì dal mio ventre alla mia guancia in una lunga carezza. «Perché trovo offensivo che pensi che la tua attrazione nei miei confronti sia unicamente dovuta al mio essere un vampiro. Può contribuire, certo, ma il resto è tutta opera mia».

«Quindi si tratta della tua arroganza e del tuo orgoglio maschile» tradussi.

Si chinò per premere le labbra sull'angolo della mia bocca. «No, dottoressa. Si tratta della tua ignoranza di umana inesperta». Mi baciò la punta del naso e si mise a sedere. «Ne riparleremo più tardi. Adesso ho bisogno che tu sia ben nutrita e attenta». Scese dal letto e mi tese la mano. «Vieni, genietto. È ora che dimostri ancora una volta il tuo valore».

Facemmo un'altra doccia insieme, ma priva del finale piacevole. D'altro canto, si era tolto i boxer, permettendomi di ammirare ogni centimetro della sua virilità.

Definirlo perfetto sarebbe stato comunque troppo poco.

Mi aspettavo che guidasse la mia mano o la mia bocca

verso il suo sesso, ma si limitò a massaggiarlo pigramente un paio di volte con il palmo insaponato, per poi pulire anche il resto del suo corpo statuario. Si sciacquò e ripeté l'operazione con me.

Alla fine, si avvolse un asciugamano bianco attorno alla vita, lasciando una miriade di goccioline d'acqua a brillare sul suo petto marmoreo e i suoi capelli folti e scuri.

Cinse anche il mio corpo con un telo e mi trascinò nella sala da pranzo della suite, dove trovammo due piatti di uova. Le mie erano strapazzate e servite con pomodori, cipolle e peperoni. Era un piatto molto meno elaborato del nostro ultimo pasto, e riuscii a digerirlo senza problemi.

Le sue uova erano ricoperte da una specie di salsa color tuorlo e disposte su fette di prosciutto.

"Uova alla Benedict", le aveva chiamate.

Al solo vederle mi si era rivoltato lo stomaco. Rifiutai la sua offerta di un assaggio.

Finita la colazione, indossò un paio di pantaloni neri e una camicia scura. Poi mi passò una camicia bianca e mi disse di usarla come se fosse un vestito. Lo feci e lo seguii a piedi nudi fuori dalla suite, con il tessuto che mi sfiorava le cosce.

Non camminammo molto. Percorremmo parte di un corridoio e ci infilammo in una porta poco distante, che ci condusse in uno spazio simile a quello che avevamo appena lasciato. C'erano una sala da pranzo, una cucina e un bagno.

Forse l'intero piano era costituito da suite.

«Beh, era ora che ti facessi vedere» commentò una voce profonda. Il vampiro dai capelli scuri e gli occhi ambrati entrò nella stanza.

Aveva addosso soltanto un paio di pantaloni scuri. Dietro di lui c'era la femmina che ci aveva portato tutto quel cibo qualche ora prima. *Tracey*. Salutò Jace con un piccolo inchino, proprio come aveva fatto in precedenza. Lui la baciò sulla guancia, anche in quel caso lo stesso gesto che le aveva rivolto nella nostra suite. Ma vederglielo fare in quel momento mi fece stringere lo stomaco.

Aggrottai la fronte, stupita dalla mia reazione.

«Calina aveva bisogno di una lezione sul rispetto» mormorò Jace. «Ora le è tutto molto più chiaro».

Il mio cipiglio si fece più profondo. «Già, non avevo idea che i vampiri avessero un ego così fragile». Le parole lasciarono la mia bocca prima che potessi fermarle.

Jace si voltò verso di me con un'espressione sorpresa. Anzi, sconvolta. «Cosa mi hai appena detto?».

Beh, visto che avevo già espresso quello che pensavo, tanto valeva continuare. «Ero convinta che i vampiri avessero un udito eccellente. Ma non dovrei meravigliarmi del tuo difetto, considerando tutto il resto».

Il vampiro con gli occhi ambrati fischiò, poi si rivolse a Tracey. «Scappa, gattina. Non voglio che ti ritrovi inzuppata dal sangue di un'altra umana».

Lei mi lanciò un'occhiata colma di sgomento, poi sparì in fretta dalla suite.

Incontrai lo sguardo furioso di Jace e valutai se fosse il caso di scusarmi o meno. Ma non ero sicura di come formulare le mie scuse, perché le mie affermazioni non erano necessariamente sbagliate. Non si comportava affatto come un normale vampiro. E anche il suo desiderio di testare le mie *teorie* mi confondeva.

Ma d'un tratto la porta si aprì di nuovo, e un terzo vampiro entrò nella stanza. Aveva una presenza regale e chiaramente conosceva bene Jace. Lo seguiva una femmina con un viso dalla carnagione diafana, incorniciato da capelli color mogano.

Umana, capii immediatamente. E il modo in cui era aggrappata al vampiro mi disse che apparteneva a lui.

Il maschio osservò la scena e inarcò un sopracciglio. I suoi occhi verdi avevano un'espressione intensa. «Mi sono perso qualcosa di importante? Il tuo topolino è praticamente corso lungo il corridoio, mentre venivo qui, inchinandosi a malapena al mio passaggio».

«Calina stava giusto insultando re Jace» lo informò il vampiro con l'accento del Sud, incrociando le braccia sul petto. «Ha detto che è *difettoso*».

Non era esattamente quello che avevo detto, ma era abbastanza vicino alla verità.

Jace *era* difettoso, per essere un vampiro. Non faceva niente di quello che mi aspettavo, e aveva perso tempo a cercare di dimostrare le sue prodezze maschili invece di interrogarmi.

A meno che quello non fosse stato il suo metodo di persuasione, un modo per convincermi a collaborare. In tal caso, avrebbe dovuto sfruttare il suo potere su di me quando ancora lo aveva.

Mi catturò il mento tra pollice e indice. I suoi occhi argentei trafissero i miei. «Parlavi così anche con Lilith?» mi domandò con un tono dalla calma letale.

Deglutii. Aver nominato la mia precedente padrona mi ricordò chi avessi davanti. Era lui a possedermi, ormai, e l'avevo appena insultato. Non era stato intenzionale; avevo solo dato voce alle mie osservazioni senza rifletterci sopra. Avrei fatto lo stesso con Lilith? «No». Perché avrei avuto paura di come si sarebbe vendicata.

Jace non suscitava lo stesso tipo di timore in me. *Perché?*

«Eppure mi manchi apertamente di rispetto davanti agli altri. Perché?». Mantenne lo stesso tono serafico e inquietante. Un brivido mi corse lungo la schiena.

La rabbia di Lilith era un inferno. Scoppiava senza preavviso e distruggeva tutto e tutti sul suo cammino.

La rabbia di Jace mi ricordava un'onda dall'aspetto

innocuo, che si gonfiava impercettibilmente e trascinava giù la sua vittima con uno schianto potente.

E io avevo dato il via al lento vortice d'acqua, alimentandolo in un crescendo che mi avrebbe inghiottita completamente, se non avessi fatto ammenda in fretta.

Solo che non riuscivo a trovare le parole. Scusarmi era impossibile. Mi confondeva troppo. «Non ti capisco» balbettai. «Ti comporti sempre in maniera inaspettata».

Sollevò le sopracciglia. «Cosa dovrei fare, invece, secondo te?».

«Dare ordini. Assegnare compiti. Fare domande». *Non offrirmi pasti sofisticati e lavarmi dopo che ho vomitato*, pensai. Ma non lo dissi. «Lilith mi chiedeva i rapporti. Io glieli davo. Lei si nutriva. Io morivo. Poi mi svegliavo e ricominciavo a lavorare, finché non tornava di nuovo». Quella era la mia vita. Il mio scopo. Il mio rituale. E negli ultimi giorni era andato tutto in malora, tra i protocolli e il suo arrivo inaspettato.

Il mio mondo non aveva più alcun senso.

«Voglio vedere James e Gretchen» aggiunsi. Avevo bisogno di un briciolo di normalità. «Per favore».

Mi guardò per un lungo istante, poi si rivolse al vampiro del Sud. «Apri i video di sorveglianza».

Non distolsi lo sguardo da Jace; non potevo. Mi stava stringendo troppo forte. E il modo in cui la sua mascella era serrata mi disse che non mi avrebbe lasciata andare tanto presto. Avevo toccato un nervo scoperto. Ma quando riportò lentamente lo sguardo su di me, mi accorsi che parte delle fiamme avevano abbandonato i suoi occhi.

«Parlami delle server farm».

Deglutii, poi gli dissi tutto quello che sapevo. Solo pronunciare quelle parole ad alta voce mi aiutò a tornare in me, ricordandomi del mio scopo e facendomi sentire immediatamente più a mio agio con me stessa.

Il suo tocco magico mi aveva disorientata e innervosita. Ma illustrargli il sistema di Lilith mi tranquillizzò.

Arrivai perfino a raccontargli della backdoor che avevo creato per me stessa, spiegandogli come mi avesse permesso di aggirare alcuni sistemi del bunker 47 per scavalcare i feed di sorveglianza e accedere ai miei file.

«E la backdoor sfruttava la connessione alla server farm» conclusi.

La sua espressione non mutò.

«Adesso sì che capisco perché eri in ritardo» commentò il vampiro del Sud. «È magnifica».

«Già» rispose Jace, secco e conciso. Poi mi inclinò la testa, in modo che potessi vedere lo schermo sorretto dall'altro vampiro. «James e Gretchen» aggiunse in tono piatto.

Erano in una stanza senza finestre e continuavano a camminare nervosamente avanti e indietro.

Sul tavolo c'era del cibo ancora intatto, e Gretchen aveva chiaramente pianto.

«Dov'è loro figlio?» chiesi, scrutando lo schermo.

«Non era parte della negoziazione» fece notare Jace, trascinando di nuovo il mio sguardo su di lui, con le dita ancora ben serrate attorno al mio mento.

Gli rivolsi un'occhiata omicida. «Gli hai fatto del male?».

«È un tuo diritto saperlo?».

No, ma... «Se vuoi conoscere la posizione di una server farm, allora sì».

«Sai dove si trova?» replicò.

«So come trovarla». Non mi sarebbe stato difficile. E il suo amico con l'accento del Sud aveva chiaramente accesso a della tecnologia all'avanguardia. Era l'unico modo in cui avrebbe potuto tracciare la fonte del mio segnale fino al bunker 47. «Da' a James e Gretchen il loro bambino, e io troverò la server farm».

«Trova la server farm, e io prenderò in considerazione la tua richiesta» rispose, accentuando la presa. «Altrimenti, ucciderò il loro cucciolo e ti costringerò a guardare».

Il mio cuore mancò un battito. Il tono imperturbabile con cui aveva parlato di una violenza del genere mi fece rivoltare lo stomaco. «È un licantropo».

«È un abominio creato in laboratorio» ribatté. «Proprio come te. L'unica differenza è che tu sei utile. Lui no. La scelta è tua, dottoressa».

E affermava di essere diverso da Lilith.

Beh, in un certo senso lo era. Lei avrebbe ucciso il piccolo Petri, il cucciolo, ordinandomi cosa fare. Solo per il divertimento di vederlo sanguinare. Forse lo avrebbe anche usato come spuntino.

Jace, invece, lo stava usando come merce di scambio.

Dal punto di vista delle tattiche di negoziazione, le sue erano molto più efficaci. Lilith governava con la paura. Jace ricorreva a manovre strategiche per ottenere ciò che voleva.

«Ho bisogno di un computer» gli dissi. «E dell'accesso a una rete».

«Sarai sorvegliata costantemente» disse. La sua presa non vacillò un istante. «Non deludermi, Calina, o te ne pentirai». E con quello, finalmente mi lasciò andare. «Damien».

Il vampiro del Sud, che immaginai si chiamasse Damien, sorrise. L'espressione accentuò i suoi lineamenti, donandogli un aspetto molto attraente. Aveva un tatuaggio su un braccio; delle linee vorticanti che mi fecero riflettere sulla sua origine. Ma sapevo che era meglio non fare domande. Così, mi limitai a guardarlo e ad aspettare.

«È il mio turno di giocare?» chiese. La prospettiva sembrava divertirlo.

«Entro certi limiti» replicò Jace, inducendo l'altro ad alzare lo sguardo su di lui.

«Limiti?».

«Sì. Simili a quelli della tua gattina».

«Interessante» mormorò Damien, squadrandomi da capo a piedi. «Bene, cominciamo».

JACE

RESTAI immobile in corridoio con le mani strette a pugno. Il mio desiderio di prendere a botte Damien era decisamente troppo intenso.

Aveva a malapena toccato Calina; le aveva soltanto scostato i capelli biondi oltre la spalla per scoprirle il collo. E io mi ero quasi scagliato su di lui. Piuttosto che dire qualcosa, decisi di lasciare la stanza.

Che cazzo stava succedendo?

La gelosia mi aveva colpito dritto alla bocca dello stomaco. Il bisogno di trascinarla via dall'altro maschio era una sensazione che non avevo mai provato.

Diavolo, solo qualche settimana prima mi ero goduto diverse notti a letto con Tracey e Damien. Preferivo il sesso di gruppo alle esperienze individuali.

Eppure, l'idea di condividere Calina con Damien mi aveva fatto ribollire il sangue.

Mi passai le dita tra i capelli e respirai profondamente. Nel frattempo, Darius e Juliet mi raggiunsero in corridoio.

A proposito di condivisione, pensai. Avevo cercato di andare a letto con quei due fin dal primo momento in cui avevo posato gli occhi su Juliet, ma Darius non ne voleva sapere.

E ora l'idea non mi allettava neanche lontanamente

quanto il pensiero di sbattere Calina sul bancone e scoparla finché non si fosse sottomessa a me.

Quella donna mi sta facendo impazzire, conclusi. *È il suo odore. Quell'aroma da vergine di sangue.*

Rivolsi la mia attenzione a Juliet. Le mie narici si dilatarono.

Di solito, il suo sangue mi attraeva come il canto di una sirena.

Ma non in quel momento.

Cazzo.

Iniziai a camminare avanti e indietro. Darius mi osservò con un sopracciglio inarcato. «Ti ha fatto veramente incazzare, eh?».

«È molto più di quello» sbottai, con entrambe le mani nei capelli, lottando per controllarmi.

Non la conosco nemmeno.

È solo un mezzo per un fine.

Crede che sia difettoso, cazzo.

L'ultimo pensiero mi suscitò un ringhio. Il desiderio di tornare là dentro e mostrarle quanto avesse torto stava prendendo il sopravvento sulla mia capacità di elaborare qualsiasi altra cosa.

Ma Darius si mise sulla mia strada. Aveva un'espressione severa. «Ha già iniziato ad aiutare Damien a trovare la server farm. Lasciala lavorare, la puoi uccidere quando avrà finito».

«Ucciderla?». Esalai una risatina sinistra. «Oh, non ho nessuna intenzione di ucciderla. Voglio scoparla a sangue. Poi mi nutrirò di lei finché non mi implorerà di smettere. O forse farò entrambe le cose contemporaneamente».

Darius mi afferrò la spalla, ma il suono di un campanello interruppe qualsiasi cosa stesse per dire. Ryder entrò nel corridoio con addosso un paio di jeans e una maglietta.

«Sto cominciando a pensare che passiate più tempo in questo corridoio che nelle vostre stanze» commentò avvicinandosi. Willow camminava al suo fianco con un bambino in braccio.

Vedere il piccolo ebbe l'effetto di resettarmi la mente. «È...?». Brillanti occhi turchesi si alzarono verso i miei. Il colore mi ricordò quelli del padre. «Sei riuscita a farlo trasformare».

«Aveva solo bisogno di un po' di persuasione» rispose Willow. I capelli biondi le ricadevano sulla schiena in lunghe ciocche ondulate.

Come quelli di Lilith, realizzai. «Sei qui per un servizio fotografico con Damien».

«Sì» confermò Ryder. «Lilith non si vede da qualche giorno. A meno che tu non abbia cambiato idea sull'annunciare la sua morte alla prossima riunione dell'Alleanza di sangue, abbiamo bisogno di qualche immagine da divulgare».

«Non puoi farlo con un bambino in braccio» fece notare Darius.

«No, e infatti è per questo che l'abbiamo portato qui. Ci serve che Juliet gli faccia da babysitter». Com'era tipico di Ryder, non glielo chiese; glielo ordinò e basta. Considerando che eravamo tutti ospiti nel suo territorio, immaginai che avesse il diritto di farlo.

«Damien è occupato a sorvegliare Calina. Sta cercando la server farm che contiene tutto il suo materiale di ricerca» li informai.

Ryder fece spallucce. «Puoi sorvegliarla tu, mentre lui fa qualche foto».

Digrignai i denti. Soprattutto perché una parte di me era sollevata all'idea di spedire Damien altrove e avere Calina tutta per me.

Dev'essere colpa del suo sangue.

Aveva detto che anche Lilith era molto possessiva nei suoi confronti e aveva collegato quel comportamento al fatto che condividessero un legame. Forse, però, non si trattava del legame, ma di lei.

In ogni caso, mi ritrovai ad annuire alle parole di Ryder e dire: «Okay, me ne occupo io».

Perché non avrei dovuto farlo?

Era mia.

Per il momento.

Temporaneamente.

Merda.

Ingoiai l'impulso di ringhiare e girai attorno a Darius, rendendomi conto solo in quel momento che la sua mano era ancora posata sulla mia spalla. Incontrai il suo sguardo. «Sto bene».

«Sicuro?».

«Sì» scattai. «Lasciami andare».

Aggrottò la fronte, ma non mi trattenne. Disse invece: «Forse dovremmo lasciare che Calina veda il bambino. Come dimostrazione di buona fede. Se è nella stanza mentre lavora, potrebbe motivarla a collaborare. Specialmente con la tua minaccia che pende sulla sua testa».

Ci riflettei sopra per un istante, poi annuii. «Sì».

«Quale minaccia?» chiese Willow.

«Niente che intenda fare sul serio» le promisi. «Ma Calina questo non lo sa». E da quello che avevo osservato, i suoi sensi non erano acuti come quelli di un essere soprannaturale, quindi non avrebbe potuto sentire nulla della nostra conversazione. «Juliet, tesoro, ti dispiace prenderti cura del bambino per un po'?». Addolcii il mio tono con lei. Negli ultimi mesi, la donna si era guadagnata tutto il mio rispetto e la mia ammirazione.

Invece di rispondermi, guardò Darius. Lui le rivolse un

piccolo cenno d'assenso, dicendole senza parole, o forse attraverso la loro connessione mentale, che era d'accordo. «Ma certo, mio signore» mormorò allora lei, alzando per un attimo i suoi splendidi occhi castani sui miei.

La prima volta che ci eravamo incontrati, non riusciva neanche a stare nella stessa stanza con me senza prostrarsi in un inchino. Darius aveva fatto miracoli sulla sua programmazione, fornendole la determinazione necessaria per sopravvivere nell'arena politica.

Juliet fece un passo avanti e allungò le braccia per prendere il bambino.

Willow lanciò un'occhiata a Ryder.

E lui a me. «Se quel bambino dovesse versare anche solo una lacrima in nostra assenza, ti distruggerò per aver turbato la mia compagna».

Normalmente, avrei risposto a tono a una minaccia del genere. Ma ero a corto di battute, così mi limitai a un cenno d'assenso. Perché la mia attenzione non era rivolta al bambino. Era tutta dedicata a Calina.

Non aspettai di assistere allo scambio. Mi diressi verso la stanza di Damien e l'ufficio che aveva ricavato nella sala da pranzo.

La porta era aperta. Calina era seduta alla scrivania, e Damien aleggiava dietro di lei. Non la stava toccando, ma la sua bocca era fin troppo vicina alla gola di lei per i miei gusti.

«Ryder ha bisogno di te in corridoio» dissi con un tono più tagliente di quanto avessi voluto.

Damien si girò verso di me. «Ah sì?».

«È per il servizio fotografico di Lilith».

Le mie parole fecero irrigidire Calina. «Lilith è *qui*?».

«Sì» risposi. «È lì dentro». Lanciai un'occhiata alla porta nascosta che conduceva alla persona in questione. «Mostragliela, Damien».

Lui non cercò nemmeno di opporsi, troppo elettrizzato alla prospettiva di sfoggiare i suoi due trofei.

Premette il palmo sulla parete, rivelando un pannello elettronico che richiese una password molto lunga. Digitò tutti i caratteri, poi fece un passo indietro. Il muro si divise come le porte di un ascensore.

Al di là c'era un freezer, contenente una donna che respirava a malapena, legata a una sedia. «Vedo che non hai ancora tolto l'ascia dallo stomaco di Benita» commentai.

«Oh, l'ho fatto» rispose Damien. «Poi l'ho fatta rimettere a posto da Tracey».

«Preliminari?» tirai a indovinare.

«Qualcosa del genere» disse lui.

Mi girai verso Calina e la trovai a bocca aperta, intenta a fissare la testa sul ripiano. «Come dicevo» mormorai. «Lilith è qui. Solo che è morta».

Calina si alzò, lasciandosi il computer alle spalle, ed entrò nel freezer come fosse in trance.

Damien fece per bloccarla, ma lo fermai con un'occhiata. Ero curioso di vedere cosa avrebbe fatto.

Si avvicinò a Lilith con cautela, come se potesse prendere vita da un momento all'altro. Poi, inclinando il capo, la esaminò.

Ryder entrò nell'ufficio, ma non disse nulla. Calina si chinò e aprì una borsa contenente tutte le parti di Lilith. Le braccia. Le gambe. Il torso. Non le toccò, ma sembrò studiare con lo sguardo le membra della vampira. Dopo qualche istante, riportò la sua attenzione sulla testa mozzata.

Ryder e Damien si scambiarono un'occhiata.

Poi Ryder guardò me.

Li esortai ad andarsene con un cenno del capo,

rassicurandoli tacitamente di avere la situazione perfettamente sotto controllo.

L'espressione di Damien mi disse che avrei fatto meglio a non rovinare i suoi preziosi oggetti.

Se ne andò prima che potessi rispondere, aspettandosi che rispettassi la sua richiesta. Probabilmente perché sapeva di non aver nessuna reale autorità, lì. Potevo fare quel cazzo che volevo. Era per quello che la nuova alleanza mi aveva incoronato re.

Il computer emise un suono prolungato, distogliendo l'attenzione di Calina dalla testa. Tornò nell'ufficio e digitò qualcosa sulla tastiera con un'espressione illeggibile.

Non avevo idea di cosa stesse facendo; non ero esattamente il sorvegliante più adatto al compito. Per quanto ne sapevo, avrebbe potuto inviare un messaggio a uno dei collaboratori di Lilith. «Adesso puoi chiudere il congelatore» disse, sistemandosi sulla sedia. «Grazie di avermi permesso di vederla».

Non risposi, ma andai al pannello e richiusi di nuovo la parete. Damien mi aveva rivelato i codici come dimostrazione di buona fede. Per molti di noi essere alleati era una novità, ma i suoi legami familiari con Izzy lo rendevano degno di fiducia ai miei occhi. Così come i miei con il compagno di Izzy, Cam, mi rendevano meritevole dello stesso rispetto da parte di Damien.

Darius e Juliet entrarono nella suite, ma non nell'ufficio. Calina doveva essere stata troppo assorbita dalle informazioni sullo schermo per notarli, o forse non li aveva sentiti. Quando furono abbastanza vicini da poterci vedere, feci un cenno a Darius per dirgli di non unirsi a noi. Se avessi avuto bisogno del suo aiuto, glielo avrei fatto sapere. Ma fino a quel momento, lui e Juliet sarebbero rimasti nell'altra stanza.

Calina era silenziosa e teneva gli occhi incollati allo schermo.

Studiai il codice ma non riuscii a decifrarlo.

Così, la lasciai digitare e mi misi ad ammirarla. Il suo collo snello. Il modo in cui i suoi capelli erano rimasti raccolti da un lato, oltre la spalla opposta. Il taglio della mia camicia sulla sua pelle nuda. Si era arrotolata le maniche fino ai gomiti e aveva accavallato le gambe, permettendo al tessuto di risalirle lungo le cosce.

Continuava a dondolare nervosamente il piede a mezz'aria; mi chiesi cosa stesse combinando.

Le posai le mani sulle spalle e mi chinai su di lei, premendo le labbra sul suo orecchio.

«Una parte di me spera che tu abbia in mente qualcosa di losco» sussurrai. «Perché mi darebbe una buona ragione per piegarti sulle mie ginocchia e sculacciarti». Le mordicchiai il lobo. Rabbrividì, strappandomi un piccolo ghigno. «Poi ti sbatterei sulla scrivania e ti scoperei a sangue. E se alla fine decidessi di perdonarti, potrei anche darti piacere. Ma visto che sono *difettoso*, probabilmente no».

I suoi respiri si fecero spezzati e tremanti. Premetti il naso sulla sua gola, inalando il suo dolce profumo e ascoltando la rapida cadenza del suo cuore.

«Adesso che hai visto Lilith, sai che quello che ti ho detto è vero» continuai. «Il che ti rende di mia proprietà, Calina. Quindi se stai avvisando qualcuno, sappi che ne sarò estremamente deluso. E non credo che tu voglia sapere cosa faccio, quando sono deluso».

«Uccidi bambini?» suggerì con un tono privo di emozione.

Ridacchiai sulla sua gola. «Completa il lavoro e dimmi dove sono le server farm, e non sarai costretta a scoprirlo».

Le baciai il collo, e lei riprese a digitare. La mia bocca

sembrava dipendente dalla sua pelle. Il suo cuore continuava a mormorare sotto le mie labbra, battendo rapidamente come le ali di una farfalla.

Era riuscita a mascherare il suo tono con l'indifferenza, ma il suo corpo l'aveva tradita.

Era spaventata, una caratteristica che attirava il predatore dentro di me. La volevo timorosa, implorante e *sottomessa*.

Rappresentava una sfida. Una sfida che la parte più oscura di me si stava godendo profondamente. Volevo distruggere la sua facciata impassibile e vederla cadere a pezzi ai miei piedi. Non ero mai stato così ammaliato da qualcuno. Mai.

Forse era la sua resistenza implicita, il fatto che desse la colpa delle sue reazioni a una naturale risposta biologica, invece di riconoscere una potenziale attrazione per me in quanto tale. In quanto Jace.

La maggior parte delle donne si spogliavano a comando perché lo volevano, non perché sentivano la necessità biologica di obbedire a un predatore.

Le donne apprezzavano sinceramente la mia presenza, e io le adoravo alla stessa maniera.

Ma Calina mi parlava con una sicurezza che rasentava l'arroganza. Un atteggiamento che trovavo affascinante, considerata la sua età e l'appartenenza al genere umano.

Avevo voglia di darle una lezione sull'erotismo, renderla dipendente da me e aggiungerla al mio harem. O trasformarla in una progenie da istruire sotto la mia ala.

La concentrazione con cui stava lavorando, nonostante avesse un essere superiore che le aleggiava alle spalle, era l'ennesima prova del suo potenziale. Sarebbe stata una vampira fantastica. Lucida anche sotto pressione. Pragmatica. Intelligente. Strategica.

Le baciai la gola e riflettei sull'unico lato negativo del

trasformarla: il suo sangue avrebbe perso il suo sapore meraviglioso.

E non ero ancora pronto a rinunciare a quella droga.

Mi raddrizzai, con le mani ancora sulle sue spalle, e la osservai aprire una mappa di quella che un tempo era chiamata New York. Digitò delle coordinate, premette il pulsante di invio e mi guardò. «Ecco qua».

«Notevole» mormorò Darius dietro di noi.

Lo avevo sentito entrare mentre raddrizzavo la schiena. Doveva averlo preso come un segnale che stava succedendo qualcosa.

Calina cercò di voltarsi verso Darius, ma la mia mano scivolò dalla sua spalla al suo collo, tenendola ferma dov'era. «Come faccio a sapere che non ci stai mandando dritti in una trappola?».

«Che beneficio ne trarrei?» ribatté. «Le uniche persone che abbia mai considerato una famiglia sono nelle tue mani. Mi hai anche mostrato la testa di Lilith, liberandomi per sempre dal suo controllo. Si potrebbe dire che ti devo un favore».

«E lo dimostri insultandomi di fronte alla mia squadra?» replicai.

«Non… non lo intendevo come un insulto. Fatico a capirti. Sei diverso da tutti i vampiri che conosco».

Pensai a quello che mi aveva raccontato prima su Lilith, a come era solita esigere un resoconto e poi nutrirsi di Calina fino a ucciderla.

«La tua visione della mia specie è distorta» dissi dopo qualche istante. Seguii l'elegante curva del suo collo col pollice, tenendola imprigionata sulla sedia con la testa inclinata all'indietro. «Lilith credeva che gli umani esistessero per essere sfruttati. Alcuni di noi, me compreso, non sono del tutto d'accordo».

Lasciai andare la presa sulla sua gola e feci girare la

sedia da ufficio, in modo che fosse rivolta verso di me. Poi afferrai i braccioli e mi chinai in avanti, piazzando il viso davanti al suo.

«Gli umani sono inferiori perché sono più deboli. Ma resta il fatto che i vampiri dipendono dal sangue dei mortali per sopravvivere. Pertanto, è nostro dovere proteggere la nostra fonte di cibo. Tra l'altro, il fatto che tutti siamo stati mortali, a un certo punto, dovrebbe concederci un minimo di umanità».

Allungai la mano e le accarezzai i capelli ancora umidi.

«A volte, poi, ci sono degli umani preziosi che si distinguono dagli altri. Che sia per l'intelligenza, per un'abilità particolare, o...». Trascinai il pollice sul suo mento, fino all'altro lato del viso e lungo la sua gola. «Una linea di sangue unica che deve essere preservata e riverita».

«Il mio sangue è il motivo per cui ti comporti così?».

«In parte» ammisi. «Ma apprezzo anche quello che c'è qui dentro». Sollevai una mano e le diedi un leggero colpetto sulla testa. «E spero che le informazioni che hai appena trovato siano valide e utili, così potrò continuare ad apprezzarlo. Altrimenti, mi concentrerò sul tuo sangue. E il tuo destino cambierà drasticamente».

Era una falsa minaccia.

Qualcosa mi diceva che se anche avesse tentato di ingannarci, sarei stato ancora troppo affascinato da lei per fare qualcosa di crudele.

Ma Ryder non avrebbe avuto alcuna remora.

E neanche Darius.

E io non li avrei ostacolati.

La cosa più importante era trovare Cam. Nemmeno una donna splendida avrebbe potuto farmi cambiare idea su quello.

Le baciai la tempia e mi alzai di nuovo.

«Sembra che andremo di nuovo a nord» dissi a Darius.

«Voglio essere in volo prima di mezzanotte. Ciò significa che ci aspetterà un'altra lunga giornata di luce solare, al nostro arrivo».

«Mi manca già la luna» rispose Darius.

«Anche a me» mormorai, facendo scivolare le dita sotto il mento di Calina. «Alzati. Hai bisogno di un abbigliamento adatto».

CALINA

PRIMA DI PARTIRE, Jace mi lasciò vedere Gretchen e James. Aveva anche concesso loro un momento con il figlio, facendo sparire qualche solco di preoccupazione dalla fronte di Gretchen.

Almeno fino a quando non lo portarono via di nuovo; allora fu decisamente fuori di sé. Ma era la natura di quel gioco pericoloso.

Era successo tutto a causa mia. Le azioni di Jace erano servite a ricordarmi che li aveva in custodia e che, se mi fossi comportata male, li avrebbe uccisi. E mi aveva anche offerto un'ultima possibilità di salvarli, confessando tutto prima di partire.

Ma non stavo tramando nulla.

Così rimasi in silenzio.

E in silenzio trascorsi anche il lungo volo verso lo stato di New York. O la regione di Lilith, com'era ormai noto il territorio che occupava gran parte di quelli che un tempo furono gli Stati Uniti.

Jace era seduto accanto a me, tutto vestito di nero. Era concentrato sul dispositivo che teneva in mano. Mi ricordava un tablet, ma i messaggi che avrebbero dovuto essere visibili sullo schermo fluttuavano in aria.

Li lessi man mano che apparivano. Non per

ficcanasare, ma perché erano davanti a me. Mi resi conto che stava esaminando gli appelli dei vampiri sotto il suo controllo. Alcuni chiedevano che fossero assegnate determinate posizioni, altri volevano più sangue. C'erano anche degli inviti da parte di vampiri di altre regioni. Molte richieste furono approvate, altre rifiutate con una nota che ne spiegava le ragioni.

"Petizione respinta. Hai superato la tua quota di sangue mensile. Presenta un inventario completo dei beni per la verifica, e potrei riconsiderare la mia posizione. —J"

Inviò il messaggio con un sospiro, poi ne aprì un altro che lo lasciò perplesso. «Jasmine mi ha appena chiesto di incontrarci la prossima settimana. Vuole discutere della possibilità di uno scambio di beni con la mia regione».

«Che tempismo interessante» commentò il vampiro elegante seduto di fronte a lui.

Darius.

Mi ricordava un po' Jace, con il suo fascino signorile, ma l'intensità del suo sguardo smeraldo mi diceva che non era facile al riso.

La femmina seduta accanto a lui era la sua *erosita*. Aveva i capelli raccolti in una coda di cavallo che metteva in mostra il suo collo aggraziato. Collo da cui il suo compagno sembrava particolarmente preso, considerando quanto spesso lo guardasse, indugiando sul punto in cui il battito della donna pulsava.

Erano chiaramente in grado di comunicare mentalmente, perché il vampiro annuì un paio di volte senza che fosse stato detto nulla a voce alta. A un certo punto, Darius allungò la mano e le diede una stretta affettuosa alla coscia, gesto che le fece posare il capo sulla sua spalla.

Un'unione basata sull'amore, capii, riconoscendone i segnali. Erano gli stessi che avevo osservato su Gretchen e

James. Solo che il legame tra Juliet e il suo signore sembrava ancora più intimo. Probabilmente perché lui contava sul sangue di lei per sopravvivere, esattamente come l'umana faceva affidamento sulla protezione del vampiro.

«Ho intenzione di accettare» disse Jace. «Sarà una buona occasione per sondare la sua visione politica».

«È una sadica che fa il bagno nel sangue umano» intervenne Damien, seduto un metro più in là. Si era unito a noi dopo essersi occupato del servizio fotografico per mantenere in vita la figura di Lilith.

Da quello che avevo capito, quei vampiri non volevano ancora che il mondo sapesse della morte di Lilith. Non ero del tutto certa di quali fossero i loro piani, ma le loro intenzioni erano condivisibili. Soprattutto perché volevano smantellare il regime che lei aveva creato.

Mi domandai quali fossero i loro obiettivi a lungo termine, come intendessero ristrutturare la società.

Jace aveva detto che alcuni vampiri capivano l'importanza di proteggere il loro cibo. Era fondamentale per la loro sopravvivenza. Ma cosa avrebbe implicato per gli umani?

Ci riflettei sopra, mentre Jace, Damien e Darius continuavano a discutere di alleati e potenziali nemici. Nessuno dei nomi fatti fino a quel momento mi diceva nulla, così mi immersi nei miei pensieri. Almeno finché Jace non fece comparire altre immagini da esaminare.

Mi mostrò Jasmine. La femmina dalla carnagione olivastra governava sul territorio un tempo occupato dalle Filippine.

Poi toccò ad Aika, che aveva preso possesso del Giappone.

Seguì Lajos, il reale a cui Lilith aveva assegnato le Hawaii. Fu il primo nome che riconobbi. «Ricordo di averlo sentito nominare da Lilith». Ma non avevo altro da aggiungere. «Non l'ho mai incontrato». Aveva degli occhi scuri che irradiavano malvagità; se l'avessi visto, non l'avrei dimenticato tanto facilmente.

Jace annotò qualcosa, poi passò alla fotografia successiva.

Era il turno di Ayaz. Un vampiro dalla pelle scura che aveva conquistato la Turchia, l'Armenia e altri Paesi presenti nell'area. «Lilith aveva parlato anche di lui. Ha detto qualcosa sul fornirgli il sangue di un'*erosita*». Me lo ricordavo perché aveva prelevato uno dei nostri soggetti per accontentarlo. Non la vedemmo mai più.

Darius e Jace si scambiarono un'occhiata, poi Jace continuò con la carrellata di immagini. Non riconobbi nessuno.

Cormac. Khalid. Ankit.

Regno Unito e Irlanda. Paesi del Medio Oriente. Altri Paesi del Medio Oriente con India, Nepal e Sri Lanka.

Conoscevo tutti i luoghi, ma nessuno dei vampiri.

Tornò all'Europa e mi mostrò Sofia e Helias, due reali di cui avevo sentito parlare da Lilith. «La sede principale dell'Organizzazione è sotto la giurisdizione di Sofia» dissi, ricordando quel dettaglio. «Giusto?».

«No, la sede dell'Organizzazione e le aree circostanti sono considerate zone neutrali. Un tempo erano gestite da Lilith» rispose Jace. «Tuttavia, la regione di Sofia confina con quella che un tempo era l'Italia, dove si trova uno dei palazzi dove vengono allevati e addestrati i vergini di sangue».

Juliet tremò visibilmente. Darius le afferrò di nuovo la coscia e le posò un bacio sul collo.

«È una di loro?» domandai.

Jace non alzò lo sguardo dal dispositivo; sapeva a chi

mi stessi riferendo. «Sì». Cambiò immagine. «E di lei cosa mi dici?».

Comparve l'immagine di una donna bionda dagli occhi castani. "Hazel. Vampiro".

«La sua regione comprende Grecia, Macedonia del Nord, Albania, Ungheria e altri paesi dell'Europa orientale» aggiunse, come aveva fatto con tutti gli altri.

«Non la conosco». Aveva uno sguardo gentile. L'esatto opposto della crudeltà che trasudava da quello di Lilith.

«Per quanto stia apprezzando la lezione di geografia, tra cinque minuti atterriamo» si intromise Damien. «Dobbiamo essere pronti».

Jace annuì. Spense il dispositivo e se lo infilò in tasca. «Continueremo quando avremo finito qui».

«Non ho incontrato molti vampiri o licantropi al di fuori dei laboratori» gli ricordai ancora una volta. «Tutto quello che so l'ho scoperto sentendo parlare Lilith».

«Beh, se hai sentito la cosa giusta, potrebbe essere incredibilmente utile» rispose. Allungò la mano e controllò che la mia cintura fosse allacciata. Poi sistemò anche la sua e si rilassò sul sedile. Chiuse gli occhi mentre le tendine dell'aereo iniziarono a salire automaticamente.

Mi voltai subito verso il finestrino accanto a me, restando a bocca aperta alla vista del sole che scintillava là fuori. Le tendine erano rimaste abbassate per tutta la durata del volo, impedendomi di vedere il cielo. Ora che potevo, ero ipnotizzata dal suo splendore.

Quanti anni ho vissuto senza aver mai ammirato nulla del genere?, pensai, incantata.

Rimasi incollata al finestrino per tutta la discesa; la luce era talmente intensa che mi fece lacrimare gli occhi. Ma non mi importava, non riuscivo a smettere di guardare fuori. Era uno spettacolo magnifico. Avevo visto delle foto, certo, ma non rendevano giustizia a quella meraviglia.

Jace mi sfiorò la guancia con un dito e se la portò alle labbra per assaggiare le mie lacrime.

Poi mi slacciò la cintura, premette le labbra sul mio orecchio e sussurrò: «È ora che dimostri il tuo valore, genietto».

Non volevo lasciare il sedile, ma la prospettiva di uscire e vedere il cielo senza filtri mi fece alzare immediatamente.

Jace mi premette una mano sulla schiena e mi condusse lungo il corridoio e verso la scaletta. Juliet e Darius erano già sbarcati. Li vidi sulla pista, vestiti uguali, con pantaloni neri e maglie scure a maniche lunghe.

Scesi la scaletta per unirmi a loro, ma il mio sguardo guizzò immediatamente verso il cielo azzurro e il sole cocente. *Wow*.

«Facendo così, si accecherà da sola» osservò Damien, raggiungendoci con uno zaino che pendeva da una spalla.

Jace mi accarezzò di nuovo la guancia, poi mi afferrò il mento per distogliere il mio sguardo dallo spettacolo abbagliante sopra di noi. Lo guardai, sbattendo le palpebre, ma al posto del suo viso c'era una macchia nera.

«Credo che l'abbia già fatto» mormorò. «Proteggi gli occhi, dottoressa. Ne ho ancora bisogno». Strinse la presa quel tanto che bastava per farmi capire che diceva sul serio, poi mi lasciò andare.

Ogni volta che chiudevo gli occhi, dei puntini danzavano sulle mie palpebre. Mi ricordava quello che succedeva quando fissavo una luce fluorescente troppo a lungo. Solo che era anche peggio.

Continuai a sbattere le palpebre, in attesa che l'effetto svanisse.

Il palmo di Jace trovò di nuovo la mia schiena, esortandomi a camminare con una piccola spinta. Abbassai lo sguardo sull'asfalto per controllare dove stessi mettendo i piedi. Ma quei dannati puntini erano ancora lì. Rischiai di inciampare almeno un paio di volte.

Jace ridacchiò. «Passerà» mi promise. Poi mi avvolse un braccio attorno alla vita per aiutarmi a proseguire.

Damien disse qualcosa in una lingua che non capii, strappando una risatina a Darius. Jace rispose nella stessa lingua.

Quello scambio incomprensibile mi fece rendere conto di quanto fossero antichi quegli esseri. Avendo vissuto per secoli, o addirittura millenni, e avendo assistito alla nascita e alla morte di svariate culture, probabilmente parlavano decine di lingue.

Ebbi l'impressione che Jace fosse il più vecchio, ma tra lui e Darius non doveva esserci molta differenza d'età. Entrambi avevano un'aria antica e regale che grondava di potere e opulenza.

Anche Ryder, che avevo incontrato solo di sfuggita, aveva chiaramente vissuto molto a lungo.

Damien, invece, sembrava più giovane. Non tanto quanto me, ma chiaramente meno esperto degli altri. Gli mancava il potere che irradiavano con la loro sola presenza, ma lo compensava con il suo acume letale. Qualcosa mi diceva che avrebbe potuto tenere testa a un antico e potenzialmente uscirne vincitore, grazie unicamente alle sue abilità.

Il pollice di Jace premette sulla mia schiena. La mia sottile maglia nera faceva ben poco per dissipare il calore emanato dal suo tocco. Aveva trovato un paio di pantaloni anche per me; il tessuto di jeans era così diverso da quello che indossavo di solito. Principalmente camici da laboratorio. E non mi piaceva molto la sensazione di quel materiale sulle parti intime, ma Jace non mi aveva dato nemmeno un paio di slip.

«Aspettate» disse Damien. Jace mi afferrò per il fianco per bloccarmi. «Vediamo cosa posso fare».

Mi ci vollero alcuni minuti per capire cosa intendesse, visto che mi servì più o meno quel lasso di tempo per ricominciare a vedere chiaramente.

Una porta.

Ci trovavamo fuori da un edificio che assomigliava a un magazzino in disuso, ma la serratura elettronica all'ingresso era nuova di zecca. Mi ricordava la tecnologia usata nei nostri laboratori.

«È sicuramente il posto giusto» dissi. Mi guardai attorno alla ricerca di telecamere di sorveglianza. Non ne trovai nessuna.

Strano. Dovrebbero essere qui da qualche parte.

Ero convinta che ci fosse anche un esercito di vigilanti. L'avevo detto a Damien, quando mi aveva chiesto quali misure di sicurezza aspettarsi.

Eppure, il posto sembrava completamente abbandonato.

Forse è tutto sotto terra?, pensai, abbassando lo sguardo.

«Dovremo farlo saltare come l'altro?» chiese Darius.

«Non possiamo» rispose Damien, la cui attenzione era rivolta al dispositivo che teneva in mano. «La tecnologia all'interno è troppo preziosa. E, per quanto ne sappiamo, i computer che ci servono sono appena oltre questa porta».

Analizzai rapidamente le dimensioni dell'edificio che si estendeva davanti a noi e concordai tacitamente con la sua valutazione. Era probabile che i server fossero in superficie; era il posto migliore per loro, dato che richiedevano un raffreddamento costante. In quel caso, non potevamo assolutamente rischiare. Un'esplosione azzardata avrebbe potuto mettere fuori uso anche la fornitura d'aria, distruggendo così la regolazione della temperatura interna. E tutti gli strumenti si sarebbero deteriorati in fretta.

Sbirciando oltre la spalla di Damien, osservai il tablet per capire come stesse cercando di sbloccare la porta. Stava usando una specie di dispositivo di decodifica per trovare la password corretta. Non era una cattiva idea, considerando che non avevamo addosso la pressione di un conto alla rovescia.

Ma c'era un problema.

«Se il software di Lilith rileva questa violazione, è probabile che venga attivato un protocollo, proprio come nel bunker 47».

Senza il mio orologio, non sarei riuscita a scoprire nulla riguardo quella server farm. Non che il mio strumento fosse mai stato connesso a quell'area. Non sapevo nemmeno se funzionasse ancora; qualcuno, probabilmente Jace, me lo aveva portato via mentre ero svenuta.

«Ci ho pensato» rispose Damien, mostrandomi un altro dispositivo. «Ecco perché ho portato il telefono di Lilith».

Questo spiegava come avessero saputo del conto alla rovescia nel bunker 47 e molti altri dettagli.

Damien riportò la sua attenzione sullo schermo, ma iniziò anche a scorrere il telefono di Lilith. Esaminai di nuovo l'edificio. Ero preoccupata. Se avevo imparato qualcosa nel corso degli anni, era che per qualsiasi situazione Lilith aveva un piano di riserva. Anche più di uno.

E non mi piaceva affatto la mancanza di telecamere visibili.

Significava che erano nascoste. O forse che in quell'area usavano un altro tipo di sorveglianza.

Satelliti? Scanner a infrarossi appesi agli alberi?

Mi lanciai un'occhiata alle spalle e osservai la foresta circostante, ricca di vegetazione. Avevano fatto atterrare l'aereo a più di cento metri di distanza, su un pezzo di asfalto che era stato chiaramente concepito come pista di atterraggio per accedere all'edificio.

Per le visite di Lilith.

Non avrebbe voluto atterrare troppo lontano, preferendo entrare e uscire dalle sue strutture in modo rapido ed efficiente.

«Cosa stai cercando, dottoressa?» chiese Jace. Sembrava sospettoso.

«Qualche strumento di sorveglianza». Guardai la porta e poi tre piani più in alto, verso il tetto. «Non ci sono telecamere».

«Non ce n'erano nemmeno fuori dal tuo bunker» rispose.

«Così l'edificio dà meno nell'occhio» aggiunse Damien.

Ripensai alle registrazioni di sorveglianza a cui avevo avuto accesso al bunker 47 e riconobbi che non ce n'era nessuna che dava sull'esterno. Ma non ero d'accordo con il commento di Damien sulle apparenze.

«Questa porta non mi convince». Era fin troppo ovvia come punto d'accesso. «Penso serva solo a farci perdere tempo. Dev'esserci un altro ingresso, da qualche parte».

Sarebbe stato proprio da Lilith progettare la proprietà in quel modo, per attirare i visitatori indesiderati in una trappola.

Damien esitò per qualche istante. Poi ripose il suo dispositivo e si premette un dito nell'orecchio. «Rick. Ho bisogno che mi porti uno dei giocattoli termici di Ryder».

LILITH

La squadra di recupero è stata mobilitata. Aggiornamento previsto entro dodici ore.

Clicca sulla freccia verde per continuare a visualizzare le registrazioni.

La prossima registrazione inizierà tra tre... due...

Quinto anno. Primo giorno.

È appena terminata con successo un'altra cerimonia del Giorno del sangue. Tutti gli umani sono stati distribuiti equamente, come indicato. Diversi candidati all'immortalità sono stati trasferiti nell'arena a combattere per il loro destino. I membri dell'Alleanza si stanno divertendo e stanno già scommettendo sui loro favoriti.

Lajos ha accettato di permettere al clan Stella di scegliere per primo tra i due vincitori. Gli ho dato una vergine di sangue per ringraziarlo di aver semplificato il processo di selezione. Dovrebbe tenerlo buono per un po', finché non troverò un'altra *erosita* da fargli spezzare.

Questo mi ricorda che la vostra idea di svalutare il legame di accoppiamento dei vampiri sta dando ottimi risultati. Presto saremo in grado di introdurre la nuova linea di umani immortali senza troppe interferenze, mentre le vecchie abitudini del nostro mondo continueranno a morire.

C'è, ovviamente, ancora la questione della vostra *erosita*. Ho fatto del mio meglio per attenuare il vostro legame, ma temo che gli istinti possessivi permangano.

Non preoccupatevi. Continuerò la nostra ricerca in materia e condividerò i risultati attraverso le registrazioni.

Ho allegato una foto, nel caso vogliate vederla. È una bella biondina. Innocente e inviolata, proprio come piace a voi.

Ma ho intenzione di testare i limiti del vostro legame.

Ne riparleremo più avanti.

PER INIZIARE A ESAMINARE I FILE DEL PROGETTO "RICLASSIFICAZIONE EROSITA", CLICCA SULLA FRECCIA VERDE.

FINE DELLA TRASMISSIONE.

JACE

Mɪ ʙʀᴜᴄɪᴀᴠᴀɴᴏ ɢʟɪ ᴏᴄᴄʜɪ. Il sole nascente mi stava regalando un mal di testa di proporzioni epiche.

Ebbi l'impressione che la mia sensibilità agli elementi stesse aumentando con l'età. Mi sentii quasi menomato, là in piedi nella radura tra gli alberi e l'edificio che custodiva la server farm.

Damien non sembrava altrettanto infastidito dai raggi del sole. Era concentrato sulle attrezzature che Rick aveva portato dall'aereo. Calina era accanto a me, con le mani sui fianchi formosi, intenta a studiare gli schermi con lui. Tentai di godermi la visuale del suo corpo piegato all'altezza della vita, ma il dolore che mi trapanava il cranio ne smorzava il fascino.

«Fottuta luce del giorno» borbottai.

«Già» concordò Darius.

Avvolse le braccia attorno alla vita di Juliet e la tirò verso di sé, con la schiena di lei poggiata sul suo petto. Si chinò per nascondere il viso nel suo collo. Le labbra piene di Juliet si incresparono in un sorriso, per poi schiudersi quando le zanne del vampiro le perforarono la gola.

Lei fremette su di lui. Una scena che, solo qualche giorno prima, mi avrebbe reso invidioso. Ma mi ritrovai di nuovo a osservare Calina e la linea flessuosa del suo collo.

Bere la sua essenza mi avrebbe fornito un'ottima distrazione dal mio mal di testa.

Ahimè, purtroppo avevo bisogno che restasse concentrata.

E avevo anche bisogno di tornare in me. Il sangue inebriante di Juliet mi aveva sempre attratto, ma ora riuscivo a malapena a percepire la sua dolce fragranza. La mia bocca bramava solo e soltanto Calina.

Perché?, mi domandai.

Certo, aveva un sapore divino. Come la maggior parte delle donne.

Più tardi avrei dovuto chiederle dei chiarimenti sul suo sangue. L'aveva definito raro, dicendo che si era estinto nel corso della rivoluzione. Ma non aveva mai specificato quali proprietà avesse.

Inspirai profondamente e chiusi gli occhi, tentando di attutire l'agonia che...

«Abbiamo compagnia». La voce di Rick mi raggiunse attraverso gli auricolari.

Damien si raddrizzò e alzò gli occhi verso il cielo. Accese il microfono e chiese: «In che direzione?».

«Stanno arrivando da ovest. La loro traiettoria suggerisce che siano diretti qui» rispose Rick. «Direi che abbiamo circa dieci minuti prima che atterrino».

«Sei ancora invisibile ai radar, vero?». Damien si lanciò un'occhiata alle spalle, verso il punto in cui era parcheggiato il jet.

«Non è il mio primo volo» gli fece notare Rick. «Vuoi che liberi la pista d'atterraggio?».

Damien si voltò verso di me e inarcò un sopracciglio. «Sei tu il re».

Lo osservai per qualche istante, poi mi rivolsi a Calina. «Sei in attesa dei soccorsi, tesoro?».

Aggrottò la fronte. «Soccorsi?».

Feci un passo avanti e le afferrai il mento, scrutando la sua espressione. «Menti splendidamente, dottoressa. Ho quasi creduto che ci stessi aiutando. Ma sappiamo entrambi che li hai chiamati tu». E per quanto una parte di me fosse furiosa per il suo tradimento, l'altra era elettrizzata all'idea di punirla.

«Jace, non…».

«Ssh» la zittii, premendo il pollice sulle sue adorabili labbra. «Farò uso della tua bocca quando avremo finito di uccidere i tuoi amichetti». Con l'altra mano, attivai anch'io il microfono presente nell'auricolare. «Sì, liberala. Daremo il benvenuto ai nuovi arrivati da terra».

«Eccellente». I motori stavano già prendendo vita; Rick doveva essersi aspettato quella risposta.

Il jet si librò in aria con grazia e sparì nel cielo, camuffandosi alla vista con una speciale tecnologia mimetica. Mi ricordò un razzo, più che un aereo. «Sono invidioso del giocattolo di Ryder» confessai, ammirando lo splendido velivolo. «Cosa devo fare per averne uno così?».

Ryder aveva passato l'ultimo secolo nel sud del Texas, vivendo come un eremita. Gli erano sempre piaciute le armi, ma il jet era un'aggiunta inaspettata alla sua collezione, visto che non sembrava amare particolarmente le tecnologie moderne.

Quindi doveva essere stato Damien la causa di quel sorprendente miglioramento.

Incontrai il suo sguardo color caramello. «Dimmi quanto vuoi».

Si limitò a sorridere. «Possiamo trattare più tardi».

«Assolutamente» concordai. Calina tentò di nuovo di dire qualcosa, ma spostai la mano sulla sua gola e la strinsi, impedendole di parlare. «Ho bisogno di qualcosa con cui farla tacere. E della corda».

Lei tentò di scuotere la testa, spalancando gli occhi.

La ignorai, rivolgendo invece la mia attenzione al borsone appena aperto da Damien. «Sei preparato a tutto». Se non avessi rispettato Ryder, avrei cercato di portare Damien dalla mia parte e tenerlo con me.

Ma Damien e Ryder erano un'ottima squadra.

Proprio come me e Darius.

Lui e Juliet stavano già andando verso gli alberi; entrambi tenevano in mano una pistola. «Tiro al bersaglio?» gli chiesi.

Non si voltò verso di me, rispondendo semplicemente con un: «Sì».

Annuii e allentai leggermente la presa su Calina, per permetterle di respirare.

Inspirò rumorosamente. Aveva gli occhi lucidi.

«Ti avevo detto di non tradirmi» mormorai, cancellandole con la mano libera la lacrima che le stava scendendo lungo la guancia. Mi portai le dita alla bocca; assaporai il sale sulla pelle con un sorriso. «Ma non posso dire di esserne particolarmente deluso».

«Non ho…».

Le bloccai di nuovo il respiro. «Puoi rifilarmi le tue bugie dopo che avremo risolto il problema che hai creato».

Damien mi lanciò gli oggetti che gli avevo richiesto. La ball gag era chiaramente concepita per la camera da letto. «Proprio preparato a tutto» ribadii, ammirato.

Mi scoccò un ghigno lupesco, poi tornò a concentrarsi sul cielo. «È meglio che ti sbrighi a legarla, re. O ti perderai tutto il divertimento».

«Oh, mi divertirò a prescindere» risposi, incontrando lo sguardo furioso di Calina. «Mi divertirò così fottutamente tanto» aggiunsi con le labbra su quelle di lei, scandendo ogni parola, assicurandomi che le assaporasse una per una.

Poi la lasciai respirare, e lei inspirò di nuovo profondamente.

La spinsi all'indietro verso gli alberi e trovai un buon posto dove legarla, contro un tronco robusto.

«Jace» boccheggiò, facendomi dedicare per prima cosa alla ball gag.

«Apri» le ordinai.

Per tutta risposta, serrò la mascella.

«Non vuoi tentarmi a essere violento proprio adesso, dottoressa» la informai. «Sto cercando di essere gentile. Ma la situazione può cambiare molto rapidamente».

Mi lanciò un'occhiata di sfida, che me lo fece diventare immediatamente duro. Il desiderio di spogliarla e sbatterla contro l'albero stava quasi per prendere il sopravvento.

Questa femmina è pericolosa per il mio stato mentale, mi resi conto. Non riuscivo a ricordare l'ultima volta che una donna mi aveva attratto in un modo così totalizzante. Forse non era mai accaduto.

«Calina». Il suo nome mi uscì in un ringhio. Ma subito dopo udii un suono molto basso, un ronzio quasi impercettibile. Che però continuava ad aumentare.

Motori.

Più di uno.

E non stavano arrivando dal cielo.

Le premetti il palmo sulla bocca e la spinsi addosso alla corteccia, scrutando il bosco.

Di sicuro li avevano sentiti anche Damien e Darius, perciò non sprecai fiato per avvertirli.

Avevo solo una pistola nella fondina appesa attorno al petto. Nient'altro, se non la donna davanti a me e gli strumenti con cui volevo immobilizzarla.

«Se solo provi a muoverti o a emettere un suono, ti spezzo il collo e ti lascio qui» le promisi. «E in base all'umore, potrei anche non tornare più. Il che significa che ti riprenderai tutta sola».

Deglutì visibilmente. Le prime tracce di paura le incupirono i lineamenti.

Era ora, cazzo. Stavo iniziando a pensare che fosse priva di qualsiasi istinto di sopravvivenza.

Abbassai lentamente la mano, osservandola alla ricerca di qualche segno di ribellione. Ma si limitò a guardarmi, restando in attesa dell'ordine successivo.

«Prova a scappare e ti darò la caccia» la minacciai, facendo un passo indietro.

Rimase immobile addosso all'albero.

Gettai la corda e la ball gag sull'erba e sfilai la pistola dalla fondina. Studiai ancora una volta i veicoli in arrivo. I motori erano diventati molto più rumorosi, ed erano accompagnati da un jet che si stagliava nel cielo sopra di noi.

Mi avvicinai all'albero e a Calina, prendendo posto accanto a lei mentre apparivano i primi fuoristrada.

Due veicoli blindati a quattro ruote motrici.

Esterni neri.

Finestrini oscurati.

Mi accovacciai e indicai con un cenno a Calina di fare lo stesso. Obbedì, muovendosi a scatti, come se il suo corpo si fosse dimenticato di come funzionare correttamente. A quanto sembrava, le mie minacce avevano avuto effetto.

I due veicoli si fermarono accanto all'edificio. Non appena i motori furono spenti, si spalancarono le portiere.

Erano tutti umani. *Vigilanti.*

Sbirciai in direzione di Calina e la trovai intenta a fissarmi, in attesa che le dicessi cosa fare. Un comportamento bizzarro, considerando che probabilmente era stata lei a chiamarli, per farsi portare in salvo.

A meno che non lo avesse fatto, e quello non fosse altro che l'ennesimo protocollo di Lilith.

Il modo disinvolto con cui camminavano gli umani suggeriva che non avessero idea della nostra presenza. Si diressero verso la radura per aspettare l'arrivo dell'aereo.

«Li hai chiamati tu?» le chiesi piano, consapevole che gli umani erano troppo lontani per riuscire a sentirmi.

«No» sussurrò lei. «Non sono stata io».

«Hai fatto scattare una qualche procedura di sicurezza, mentre cercavi di individuare la server farm?» insistetti. Ma già nel momento stesso in cui glielo domandai, seppi che non sarebbe stato possibile. Gli umani non erano minimamente in allerta. Se si fossero aspettati la nostra presenza, sarebbero stati molto più cauti, arrivando di soppiatto. E in quel momento sarebbero stati sulla difensiva, non avrebbero passeggiato all'aperto, sotto la luce del sole.

Prima ancora che Calina potesse rispondermi, riferii quella considerazione agli altri attraverso il dispositivo inserito nell'auricolare.

«Sono d'accordo» disse Darius. «Non hanno un odore aggressivo».

«E inviare degli umani a combattere contro un gruppo di vampiri non avrebbe alcun senso» aggiunse Damien.

«Non sanno che siamo qui» concluse Darius.

«A meno che chiunque stia arrivando con quell'aereo non sia un essere superiore» osservai, seguendo con lo sguardo l'atterraggio del velivolo in questione. «E questa non sia nient'altro che una distrazione».

Il riflesso dei raggi del sole sul metallo del jet mi fece bruciare gli occhi. Il mio viso si contorse in una smorfia.

«Hai bisogno di sangue?». La voce morbida di Calina vibrava di un'emozione che percepii anche nel suo battito irregolare. L'avevo innervosita a sufficienza con la mia minaccia di spezzarle il collo. Forse Lilith l'aveva fatto più di qualche volta.

Studiai la sua espressione, notando la sincerità nel suo sguardo. «Mi stai offrendo da bere?».

«Sono consapevole dell'effetto del sole sui tuoi sensi. Traspare a ogni smorfia. E per quanto sappia che i raggi non ti uccideranno, di certo indeboliranno la tua concentrazione, sovrastimolandoti». Deglutì, mostrando ancora una volta il suo nervosismo. «Bere... bere il mio sangue fornirà ai tuoi sensi qualcosa... qualcosa su cui concentrarsi».

«Non sembri molto convinta» mormorai, accorgendomi di come le sue pulsazioni stessero accelerando e di come le parole le uscissero a stento. «Hai paura che ne prenda troppo?».

«Pensi che sia stata io a portarli qui» sussurrò. «Quindi sì, sono preoccupata per il tuo stato d'animo nei miei confronti».

«Eppure mi stai offrendo un morso?». La formulai come una domanda. La mia curiosità aveva preso temporaneamente il sopravvento sulla gravità della situazione.

«Perché sei la mia migliore possibilità di sopravvivere a qualsiasi cosa stia per accadere» rispose. «Darti la concentrazione di cui hai bisogno non solo ti rafforzerà, ma ti dimostrerà anche le mie buone intenzioni. Di conseguenza, sarai meno propenso a spezzarmi il collo e lasciarmi qui a svegliarmi da sola. O almeno spero».

Ah, era stata la seconda parte della mia minaccia a funzionare. Aveva prestato attenzione quando le avevo fatto presente come sarebbe stato il suo futuro, senza un essere superiore a proteggerla. Non solo, ma aveva ascoltato ed elaborato le mie affermazioni abbastanza a fondo da rendersi conto di quanto fossero veritiere.

«Non sei stata tu a chiamarli» dissi, convinto delle mie parole.

Se li avesse avvertiti della nostra presenza, o se avesse inviato una richiesta di soccorso, gli umani sarebbero venuti preparati. Ma non erano minimamente pronti ad affrontarci. Erano tutti sul limitare della radura, in attesa che atterrasse l'aereo.

Che era quasi arrivato. Il lato argentato brillava al sole e mi incendiava i sensi. Darius aveva usato Juliet come distrazione. Calina si era appena offerta di essere la mia.

E non avevo intenzione di rifiutare un regalo tanto gradito.

Le avvolsi la mano libera attorno al collo, tirandola verso di me; l'altra mano, quella che stringeva la pistola, la tenni abbandonata lungo il fianco. «Vediamo quanto ti fidi» sussurrai sulle sue labbra.

Poi mi avventai sulla sua gola, perforandole la vena senza troppa delicatezza.

Mi afferrò le spalle, conficcandomi le unghie nel tessuto della camicia a maniche lunghe. Un gemito sommesso le sfuggì dalle labbra; il suo fisico mortale reagiva alle endorfine instillate dal mio morso.

Le permisi di sentire ogni succhiata. La spinsi contro l'albero, premendo il corpo sul suo. Pronto. Eccitato. *Bramoso*.

Non mi trattenni, lasciandole sperimentare fino all'ultimo goccio della mia forza e del mio potere, mentre la dominavo con la bocca. Calina non lottò. Non gridò. Si sciolse su di me e sfruttò la presa sulle mie spalle per non cadere.

Era una situazione erotica e inebriante. La sua essenza era come una droga che mi infiammava il sangue.

Sentii l'aereo atterrare dietro di me.

Sentii gli umani sbarcare.

Sentii Damien confermare che non ci fosse alcun vampiro tra loro.

Sentii Darius suggerire di osservare i vigilanti e aspettare che ci mostrassero come entrare nell'edificio.

Non mi fermai per dire di sì. Non ne avevo bisogno. In quanto mio secondo, sapeva benissimo come procedere. Così come sapeva anche cosa stessi facendo in quel momento.

Calina aveva ragione: il suo sangue era esattamente ciò che mi serviva. Mi permise di concentrarmi. Attenuò il mio mal di testa. Ma suscitò in me un nuovo tormento: il bisogno spasmodico di spogliarla e scoparla contro l'albero.

La sua presa vacillò, le sue membra presero a tremare. Mi si aggrappò al collo per restare in piedi mentre la divoravo.

Troppo, pensai. *Ne sto prendendo troppo.*

E per il compito successivo avevo bisogno che fosse in sé.

Con estremo sforzo e con il sangue che mi bruciava nelle vene, sfilai le zanne dalla sua carne morbida. Lei mi collassò addosso. La sua prova di fiducia era stata così bella e deliziosa, e così dannatamente sexy, che considerai l'idea di lasciare Darius a occuparsi di tutto.

«Sei irresistibile» la accusai in un sussurro che le si infranse sul collo. Poi mi diedi un morso alla lingua e le leccai la ferita, che iniziò subito a rimarginarsi.

Dopo qualche istante, catturai le sue labbra e le diedi un bacio appassionato.

Lei sussultò per la sorpresa. Il suo shock era un afrodisiaco per i miei sensi da predatore. Mi morsi di nuovo la lingua, riversandole in bocca altro sangue.

Con la mano ancora avvolta attorno alla sua nuca, trascinai il pollice lungo il suo bel collo, esortandola in silenzio a ingoiare la mia essenza.

Obbedì.

E cazzo se non me lo fece venire ancora più duro.

«Stanno entrando». La voce di Damien mi risuonò nell'orecchio. «Hai intenzione di unirti a noi, o preferisci stare là fuori a giocare con la dottoressa?».

Un basso ringhio mi vibrò in gola. L'irritazione per essere stato interrotto offuscò momentaneamente tutto il resto.

«Jace» aggiunse Darius a bassa voce. «Potrai scoparla sull'aereo, dopo che avremo recuperato i file».

Serrai la mascella. Le sue parole mi suscitarono un suono di avvertimento nel petto che fece rabbrividire Calina. La piccola strega mi aveva sedotto con la sua deliziosa essenza. «Più tardi faremo un bel discorsetto sul tuo cazzo di sangue».

Feci un passo indietro, solo per gettarmi di nuovo verso di lei quando fu sul punto di cadere. Aveva le labbra gonfie, tinte di piccole chiazze di sangue. Le leccò via tremando visibilmente, con le pupille dilatate a dismisura.

Sembrava che non fossi l'unico a sperimentare una momentanea mancanza di lucidità.

Fu scossa da uno spasmo violento, che la fece aggrappare al mio braccio per non cadere. Continuai a sostenerla, stringendole i fianchi.

Dopo qualche altro istante, si schiarì la voce. «Sto... sto bene».

Sbuffai. «No, non è vero». Ma almeno riusciva a stare in piedi, e ciò mi bastava. Mi voltai e notai l'assenza di umani nel mio campo visivo. «Dove sono andati?».

«Sono tutti all'interno» mormorò Damien. «Sono entrati attraverso un tunnel sotterraneo sul retro».

Calina vacillò di nuovo. Vidi i suoi capelli biondi fluttuare con la coda dell'occhio. La presi al volo e la strinsi ancora una volta a me. Si afflosciò per il sollievo, poi si irrigidì quando si rese conto della sua reazione.

Lottai contro l'impulso di ridacchiare. L'attrazione che ci legava era un'irresistibile corrente elettrica, affascinante e perfetta. Il fatto che cercasse di combatterla non fece che intrigarmi ancora di più. «Pensi ancora che sia tutto dovuto al mio essere un vampiro?» le domandai.

Non mi rispose.

«Jace» mi incalzò Darius. «Come vuoi procedere?».

«Penso che lo sappiamo entrambi» commentò Damien.

Ignorai il suo tono ironico e mi concentrai nuovamente sull'edificio.

«Sono tutti umani» dissi, ricordandomi delle loro osservazioni mentre stavo banchettando con Calina. «Significa che qualcuno ha ordinato loro di venire. E dato che non si aspettavano di trovarci qui, presumo che quegli ordini siano stati impartiti automaticamente. Probabilmente come parte di un protocollo messo in moto da Lilith, simile agli altri a cui abbiamo assistito».

«Sul suo telefono non è comparso nulla, quindi potrebbe non essere collegato» intervenne Damien.

«Può darsi» gli concessi. «Ma abbiamo l'opportunità di trovare delle risposte, e non solo dai server». Accarezzai la schiena di Calina, constatando dalla sua postura che stava riprendendo le forze.

«Cos'hai in mente?» chiese Darius.

«Un'inquisizione». Abbassai lo sguardo e trovai Calina a fissarmi. Non aveva un auricolare, quindi poteva sentire solo metà della conversazione.

«Gli umani ci considerano degli dei» continuai. «Quindi perché non li portiamo a confessarsi, e vediamo quanti desiderano espiare i propri peccati?». Trattenni lo sguardo della bella dottoressa, a cui rivolsi l'ultimo commento: «Considerala un'introduzione al nuovo regno».

CALINA

LA MIA BOCCA formicolava ancora al ricordo del bacio di Jace.

No, non era stato un bacio.

Era stata una *rivendicazione*.

Aveva conquistato le mie labbra con una ferocia che avevo percepito in ogni angolo del mio essere. Mi ero sentita marchiata fin nel profondo dell'anima.

"Pensi ancora che sia tutto dovuto al mio essere un vampiro?".

Lo seguii verso la server farm con le sue parole che riecheggiavano nella mia testa. Non badai alle rocce, all'erba o al fango. C'era soltanto la sua domanda. E la mia risposta, un sussurro mentale. *No.*

Quando Lilith si nutriva, non mi aveva mai fatta sentire in quel modo. Come se avessi potuto andare a fuoco in quello stesso istante, se non mi avesse toccata. Mi sentivo come sul punto di sciogliermi, desiderando di essere dissanguata solo per soddisfare il suo bisogno.

Era una sensazione travolgente, che mi lasciò sbigottita e disorientata.

Serrai le cosce, smaniosa di sentire ancora le sue dita dentro di me. O qualcos'altro. Qualcosa di più lungo. Più grosso. Più *duro*.

Deglutii, solo per poi ritrovarmi a gemere. Il sapore ammaliante della sua essenza mi aveva lambito ancora una volta la bocca.

Aveva detto che ero irresistibile.

Allora il suo sangue era... *vita*.

Volevo assaggiarne di più. La sua lingua aveva espugnato la mia bocca con una potenza che non poteva essere combattuta. E io l'avevo accettata, perché non c'era alternativa.

Mi aveva dominata.

Rivendicata.

Posseduta.

Ero sua. E non nel modo in cui appartenevo a Lilith, ma in maniera diversa. Sensuale, eccitante.

A meno che non decida di spezzarmi il collo e lasciarmi qui, pensai con un brivido. Aveva pronunciato quella minaccia con una tale chiarezza che non avevo dubitato delle sue intenzioni nemmeno per un istante.

Per lui non ero nient'altro che una sacca di sangue dotata di cervello. Una ricercatrice con una serie di abilità particolari e di conoscenze specializzate.

Conoscenze che stava per scoprire all'interno dell'edificio.

Conoscenze che si sarebbero rivelate obsolete nel giro di pochi minuti.

Cosa avrebbe significato per il mio futuro? Se i vigilanti avessero anche solo accennato alla possibilità che li avessi chiamati io, Jace avrebbe mantenuto la sua promessa di uccidermi e lasciarmi lì a cavarmela da sola.

Sarei stata finalmente libera.

Ma per quanto?

Perché Jace aveva ragione sul mondo in cui vivevamo, nonché su quello che mi sarebbe successo se mi avesse trovata un altro vampiro. Ero una fonte di cibo che non poteva morire.

Almeno lui mi trattava con un briciolo di rispetto. In realtà, tutto sommato, era stato abbastanza gentile con me.

Lilith mi parlava sempre come se fossi importante, ma solo per la ricerca. Per il resto, mi dissanguava finché non morivo, e mi risvegliavo sempre esausta e sola. Stavo male per giorni. Poi la settimana dopo tornava per un aggiornamento, e ricominciava tutto da capo.

Nonostante sapesse della mia immortalità, Jace mi aveva dato la sua essenza. Mi aveva sostenuta con la sua forza.

Studiai la sua schiena muscolosa, le sue spalle ampie e il taglio disordinato dei suoi capelli scuri.

No. Non è solo perché sei un vampiro, decisi. *È perché sei* tu.

Per fortuna non poteva leggermi nella mente. Era anche distratto dall'obiettivo di... di *entrare nell'edificio*.

Mi mancò il respiro quando mi resi conto di averlo seguito all'interno della server farm, del tutto incurante della mia sicurezza o di un potenziale attacco dei vigilanti. Avevo semplicemente trotterellato dietro di lui come un animaletto al guinzaglio, persa nelle mie riflessioni su di lui e il suo bacio travolgente.

Nel mentre, lui era rimasto del tutto indifferente a quello che era successo e concentrato sul compito da svolgere.

Come avrei dovuto fare io.

Esaminai rapidamente l'ambiente circostante, notando le piastrelle tirate a lucido e il ronzio delle luci bluastre che illuminavano i server davanti a noi. Non c'erano lucernari né finestre, e i soffitti erano alti più di tre metri.

Mi venne la pelle d'oca. Non per la paura, ma per la temperatura. Apparecchiature come quelle richiedevano di essere costantemente refrigerate. Anche nel bunker 47 avevamo una stanza dedicata ai computer, ma non era nulla di simile.

Quella era una vera e propria server farm, con file e file di cavi e unità disposte con cura per immagazzinare informazioni.

Lanciai un'occhiata alle mie spalle e vidi Darius e Juliet in fondo al nostro gruppetto. Quindi Damien doveva essere entrato per primo.

E non c'era nessun umano di guardia all'ingresso.

Ciò confermava che non erano lì per un qualche protocollo di emergenza. Dovevano trovarsi nell'edificio per la manutenzione ordinaria. O forse per recuperare i file che non avevo inviato correttamente dal bunker 47.

Non avevano idea che fossimo lì.

A meno che non stessimo cadendo in un'imboscata. *Uhm... no.* Jace se ne sarebbe accorto grazie ai suoi sensi soprannaturali. La sua camminata sicura mi disse che sapeva esattamente dove fossero gli umani. E la pistola riposta nella fondina che non prevedeva che ci avrebbero creato alcun problema.

Come aveva giustamente detto, gli umani consideravano i vampiri degli dei.

I vigilanti avrebbero dovuto essere completamente fuori di testa per attaccarlo. I soldati presenti nel bunker 47 avevano reagito solo perché sapevano che sarebbero morti comunque. Non si erano trovati davanti dei normali esseri superiori, ma dei soggetti di ricerca assetati di vendetta.

I vigilanti che stavamo per affrontare si sarebbero comportati diversamente.

O almeno era quello che speravo.

Potevo sentirli, qualche metro più in là. Le loro voci profonde mi giungevano attutite dalle schiere di server. Era difficile individuare con precisione dove si trovassero. Le apparecchiature erano troppo alte. Dovevano essere almeno due metri e mezzo, il che lasciava circa mezzo metro tra la parte superiore dei server e il soffitto. Abbastanza perché i suoni si diffondessero, ma del tutto inutile per vedere cosa ci fosse al di là.

Fortunatamente, Damien…

«Signori» disse Jace. Il suo tono regale mi accarezzò i sensi, facendomi al tempo stesso trasalire, sorpresa che avesse deciso di annunciare la nostra presenza. «Sono il principe Jace. Nel momento in cui io e il mio seguito gireremo l'angolo, mi aspetto di trovarvi tutti inginocchiati. Qualsiasi resistenza sarà accolta con l'uso della forza».

Principe Jace? Ero convinta che fosse re *Jace.*

Un turbinio di suoni seguì le sue parole. Lo scalpiccio di stivali mi fece temere che forse i vigilanti non avrebbero obbedito.

«Avete cinque secondi» continuò il vampiro. «Coloro che aderiranno alle norme sociali e mi accoglieranno come si deve, saranno ricompensati. Vi ho già anticipato cosa succederà a quelli che non lo faranno».

Il suo atteggiamento sicuro non mutò di una virgola. Si limitò a continuare a camminare con la grazia di un dio. Damien si fermò alla fine della fila di server, aspettando che Jace lo raggiungesse.

Il reale non esitò, svoltando l'angolo con la disinvoltura di chi non ha una preoccupazione al mondo.

Trattenni il respiro, con la paura che mi stringeva lo stomaco.

Solo che nell'aria riecheggiarono dei sussulti, non degli spari.

«Beh, grazie per averci tolto tutto il divertimento» borbottò Damien seguendo il reale. «Avevo voglia di sangue».

«Tu hai *sempre* voglia di sangue» puntualizzò Jace.

Darius e Juliet arrivarono dietro di me. Averli alle spalle

mi suscitava un certo disagio. «Cammina» disse Darius, con le labbra fin troppo vicine al mio orecchio.

Scattai in avanti e trasalii alla vista di nove uomini inginocchiati davanti a Jace. Mi domandai se fosse il caso di unirmi a loro, ma preferii seguire il vampiro e aggrapparmi alla sua camicia.

Una reazione bizzarra. Eppure mi sembrava la cosa giusta da fare.

Altrettanto istintivamente, però, mi resi conto di aver agito a sproposito: avevo toccato il reale come se ne avessi avuto il diritto.

Lasciai andare il tessuto di scatto, come se mi fossi ustionata. La mia mente intimò ai miei piedi di muoversi, ma era troppo tardi.

Jace allungò il braccio dietro di sé e mi afferrò, trascinandomi al suo fianco.

«Riconosci qualcuno, dottoressa?» mi domandò, indicando gli umani con un cenno. Avevano il capo chino, con lo sguardo rispettosamente rivolto al pavimento.

«Non riesco a vederli bene» ammisi in un sussurro. «Ma dubito di conoscerli».

Tutti i vigilanti con cui avevo avuto a che fare erano stati uccisi nel bunker 47. Compresi quelli di cui Lilith non aveva avuto più bisogno, nel corso degli anni. Non appena un umano smetteva di esserle utile, lo dava da mangiare ai vampiri e ai licantropi presenti nella struttura.

Jace annuì, poi diede un'occhiata alla folla. «Chi è l'ufficiale al comando, qui?».

«Io, Vostra Altezza» annunciò un maschio biondo al centro del gruppo. «Vigilante Uno, regione di Lajos».

Jace inarcò le sopracciglia. «Sei della regione di Lajos? Non quella di Lilith?».

«La mia squadra viene dalla regione di Lajos, Vostra Maestà» rispose il vigilante, senza alzare la testa e mantenendo una postura perfettamente asservita. «I vigilanti Sette, Ventidue, Cinquantotto e Sessantuno sono della regione di Lilith, ma per questa operazione sono sotto il mio comando».

«Capisco. E come mai siete qui?» domandò Jace.

«Dobbiamo recuperare i file del bunker 47 e incontrarci con l'unità del bunker 27 tra nove ore per completare il trasferimento delle informazioni. Stiamo anche inviando una copia virtuale ai server del bunker 37».

«Per ordine di chi?» continuò a interrogarlo Jace, mentre io riflettevo sui numeri dei bunker e il loro uso, con cui avevo una certa familiarità.

Ricerche sulla psiche collettiva e test sul legame di accoppiamento.

Il vigilante Uno deglutì. «Del principe Lajos, Vostra Altezza».

«Se gli telefonassi, confermerebbe?» chiese Jace con un tono tagliente e minaccioso.

Di certo i vigilanti dovevano aver percepito il peso delle sue parole, perché reagirono tutti tremando.

Jace era un essere potente. Antico. *Letale.*

Fino a quel momento, non me ne ero resa pienamente conto. La mia esperienza con Lilith mi aveva resa insensibile alla superiorità della loro specie.

Ma vedere la reazione di quegli umani mi aveva fatto capire che Jace non aveva esagerato, parlandomi della sua importanza nella società. Solo sentirlo pronunciare il suo nome era stato sufficiente a ottenere la completa sottomissione di una squadra di umani addestrati a uccidere. Nessuno di loro aveva estratto le armi. Stavano addirittura esponendo il collo, come a invitare Jace a morderli.

«Sì, Vostra Maestà. Me l'ha comunicato direttamente, in quanto capo dell'unità».

«Non attraverso un sovrano o un reggente?». Jace non

si preoccupò di celare la sua sorpresa. «Proprio da Lajos in persona?».

«Sì, Vostra Altezza» rispose il vigilante con un accenno di tremore nella voce. «Posso... posso provare a contattarlo via radio, se...».

«Non sarà necessario. Se ne occuperà il mio sovrano. Giusto, Darius?» suggerì Jace, girandosi verso il punto dove si trovava l'altro vampiro.

«Ma certo, mio signore». Darius chinò leggermente la testa, poi avvolse un braccio attorno alla vita di Juliet e la portò via con sé.

Dubitavo fortemente che intendesse davvero chiamare il principe Lajos, a meno che non fossero amici. Non sapevo molto del reale, a parte il fatto che Lilith sembrava affezionata a lui, e che possedeva il territorio precedentemente noto come Hawaii. E quello l'avevo scoperto grazie alla rassegna di Jace sui leader mondiali e le loro attuali regioni.

Cercai di ricordarmi cosa avesse detto Lilith di lui, ma nulla di importante mi affiorò alla mente.

«Qual è lo scopo della seconda unità?» domandò Jace, riprendendo l'interrogatorio. «Perché entrambe le squadre sono qui?».

«Ci faranno da scorta fino al bunker 27» spiegò il vigilante. «Si trova nel territorio del clan Majestic».

Jace accolse la notizia con un'espressione sconcertata, e lui e Damien si scambiarono un'occhiata.

Gli umani non se ne accorsero, perché stavano ancora fissando il pavimento. Che si chiedessero come avesse fatto Jace a trovarli? O perché fosse lì? Non sembravano minimamente interessati a scoprirlo, né mostravano alcun segno che la sua presenza nell'edificio fosse in questione.

Era come se fossero ricaduti tutti nella modalità servile radicata nel profondo del loro essere. Tutto ciò che importava era obbedire a Jace. Era irrilevante che non fosse il loro reale. Era il principe Jace ed era lì, davanti a loro. Ciò era più che sufficiente per designarlo come loro superiore.

Sapevo che era una mentalità comune nella società post-rivoluzionaria. Ma vederlo con i miei occhi era un'esperienza completamente diversa.

Certo, mi ero sottomessa a Lilith. Ma non così. Non mi ero mai inginocchiata o inchinata. Avevo solo risposto alle sue domande e le avevo offerto il collo. Mi ero comportata in un modo simile anche con Jace, dandogli le informazioni che desiderava, con un po' di contrattazioni strategiche. Non ero spaventata da lui.

Tuttavia, vedendolo in quel momento e rendendomi conto di quanto potere avesse, mi chiesi se non avessi commesso un grave errore di valutazione.

«A che punto siete con il vostro compito?» chiese Jace dopo qualche istante.

«Abbiamo appena iniziato con lo scaricamento, mio principe». Il vigilante indicò lentamente il punto in cui il loro kit era stato connesso al server.

Damien seguì la traiettoria del suo gesto e diede un'occhiata ai comandi. «Avete attivato un feed di trasferimento in diretta».

«Sì, diretto al bunker 37» confermò il vigilante Uno. «Stiamo inviando una copia lì, mentre l'altra la consegneremo a mano al bunker 27».

Anziché rispondere, Damien cominciò ad armeggiare con la connessione, forse alla ricerca di un segnale d'allarme di qualche tipo. Ma dopo un po' guardò Jace e disse: «Da quello che posso vedere, sta dicendo la verità».

«Dov'è il bunker 37?» domandò il reale.

«Nella regione di Lajos» confermò il vigilante. «È la nostra base».

Non gli venne in mente nemmeno una volta di chiedere a Jace come facesse a non conoscere tutte quelle informazioni. Ciò significava che i vigilanti del bunker 37 non erano mai stati istruiti correttamente sui protocolli di sicurezza. Le direttive che avevo ricevuto io erano molto chiare: solo le persone autorizzate a far parte delle operazioni potevano conoscere quei dettagli.

E Jace aveva già dimostrato più volte di non esserlo.

Eppure, quegli umani si erano inchinati a lui e gli stavano dando tutte le risposte senza nemmeno venire minacciati o torturati.

Affascinante.

I vigilante del bunker 47 avrebbero fatto lo stesso?, mi chiesi.

Può darsi.

Avevano ricevuto un diverso tipo di formazione, trascorrendo la giovinezza nelle università sparse in giro per il mondo. Dove combattevano per il privilegio di diventare dei vigilanti. Ottenevano il loro status uccidendo altri esseri umani e dimostrando la loro fedeltà agli immortali che servivano.

Quindi per loro aveva senso piegarsi a qualsiasi richiesta di Jace.

«Cosa succede nel bunker 37?» domandò Jace.

Il vigilante si schiarì la voce. «Non... non siamo autorizzati a saperlo, mio principe. Dovreste chiederlo al principe Lajos».

«Capisco». La mano di Jace si spostò dal mio fianco alla nuca. La strinse e mi guardò. I suoi occhi argentei sembravano due laghi ghiacciati, la sua espressione scolpita nel marmo. «Hai qualcosa da aggiungere, dottoressa?».

«Quello è il laboratorio in cui sono nata» risposi. «Bunker 37. È dove fanno ricerche sui legami di accoppiamento tra vampiri e umani, e sui gruppi sanguigni rari».

«E per quanto riguarda il bunker 27?» insistette.

«Si occupano della tecnologia collegata alla psiche collettiva. Ne ho sentito parlare soltanto perché Lilith la usava per controllare alcuni tra i vampiri più forti presenti nel laboratorio».

«Vampiri come Cam» mormorò Jace, lanciando un'occhiata a Damien e poi riportando la sua attenzione sugli umani. «Qualcuno di voi ha mai incontrato Cam?».

Silenzio.

Poi un vigilante in fondo al gruppo, un maschio dalla pelle scura e lunghi capelli neri, balbettò: «In… intendete il… il vampiro che si era opposto al governo di Lilith?».

«Proprio lui» confermò Jace.

Altro silenzio.

Poi il vigilante Uno disse: «Per… perdonatemi, Vostra Altezza, ma non capisco la domanda. Cam è morto durante la rivoluzione, ucciso da Lilith».

«No, non lo ha ucciso. Ha usato la tecnologia basata sulla psiche collettiva per indebolirlo e catturarlo» lo corresse Jace con un sospiro. «Damien?».

Vidi l'altro vampiro annuire con la coda dell'occhio. «Attiverò la procedura di trasferimento, ma ci vorranno settimane per esaminare tutto».

«Bene». Jace allentò la presa sul mio collo, ma non mi lasciò andare. «Non far nulla col trasferimento iniziato dai vigilanti. Meglio non insospettire nessuno».

«E gli umani?».

«Possono esserci utili. E se mi giureranno fedeltà, resteranno in vita». Alla fine, Jace mi guardò. «Le mie scuse per aver dubitato di te. Adesso fa' la brava e va' ad aiutare Damien, okay?». Mi premette un bacio sull'angolo della bocca, poi mi lasciò andare con un sorriso.

Sbattei più volte le palpebre, sbalordita dalle sue scuse, ma aveva già smesso di prestarmi attenzione. Si rivolse invece ai vigilanti, informandoli che le loro nuove istruzioni erano di fare rapporto direttamente a lui e obbedire ai suoi ordini. Chiunque non fosse stato d'accordo era libero di uscire e trovare un modo per tornare a casa, perché avrebbe requisito il loro jet.

Nessuno se ne andò.

E nessuno si mise nemmeno a discutere.

Ma quando mi voltai verso di loro, potei giurare di aver colto un lampo di sollievo nell'espressione di alcuni. Come se l'idea di lavorare per Jace li mettesse in qualche modo a loro agio.

Riflettei su quella rivelazione camminando verso Damien. E continuai a farlo anche mentre lo aiutavo a scaricare più dati possibili sui dispositivi che aveva portato con sé.

Poi assistetti il vampiro nell'impostare una backdoor, in modo che potesse connettersi in qualsiasi momento e recuperare altri file. Gli avrebbe dato tutte le informazioni che voleva, ammesso che non succedesse nulla agli hard disk fisici.

Ci mettemmo anche a monitorare il feed del bunker 37, e Damien prese l'orologio di uno dei vigilanti per poter essere aggiornati nel caso venisse attivato qualche protocollo di sicurezza.

Non successe nulla. La nostra incursione sembrava proprio essere rimasta un segreto.

Quando finimmo, era calata la notte. E l'incontro al bunker 27 era previsto nel giro di due ore.

«Il tuo alibi è pronto» disse Darius mentre uscivamo dall'edificio, rivolgendosi a Jace. «Ho fatto spargere la voce che ti sei fermato nella mia tenuta, di ritorno dalla visita a Lilith nella regione di Ryder».

«Non è esattamente di strada» gli fece notare Jace.

«Lo so. Ho lasciato intendere che c'entra Juliet. Non appena vedranno Calina, capiranno perché».

«Mi piace vedere due donne a letto insieme».

«Già» concordò Darius. «E questo spiegherà anche perché abbiamo deciso di accompagnarti fino a Jace City».

«Hai organizzato anche quello?».

«Sì» rispose il sovrano. «La partenza dalla mia tenuta è prevista tra quattro ore. Damien ha accennato a qualcosa sul manomettere i dati relativi al volo per corroborare il tutto. Incluso il viaggio dalla regione di Ryder a casa mia».

«È interessante che tu abbia evitato l'arena politica per tutti questi anni» commentò Jace. «Sei straordinariamente bravo con queste cose».

«Inoltre, ti farà piacere sapere che Jasmine ha accettato di incontrarci nella regione di Lajos tra due giorni» aggiunse Darius, ignorando il commento del reale. «E anche Lajos ha accolto con gioia la nostra richiesta di fargli visita».

Jace inarcò un sopracciglio. «Con gioia?».

Gli occhi verde smeraldo di Darius si incupirono. «È elettrizzato dalla prospettiva di incontrare formalmente Juliet».

«Ah, immaginavo che sarebbe stata un'esca perfetta» mormorò Jace. «È da quando l'hai portata alla cerimonia del Giorno del sangue che non vede l'ora di assaggiare la tua *erosita*».

Darius non rispose, ma percepii il suo fastidio nel modo in cui le sue spalle si irrigidirono.

«E Luka?» chiese Jace, senza preoccuparsi dell'espressione severa sul volto dell'altro vampiro.

«Sta radunando un comitato di benvenuto vicino al bunker 27. Resterà in attesa del segnale di Damien».

«Perfetto». Jace si voltò verso il vampiro del Sud con un sorriso. «Suppongo ti vada bene assumere il comando dell'assalto al bunker 27? Dopotutto, avevi voglia di sangue».

Le labbra di Damien si incresparono in un ghigno ferino. «Stai cercando di sedurmi, re Jace? Perché lo sappiamo già entrambi che mi inginocchierei volentieri per te».

Il pensiero di Damien in ginocchio davanti a Jace mi fece avvampare. Sarebbe stato proprio un bello spettacolo.

Jace ricambiò il sorriso. «Cerca di tenere in vita i miei nuovi vigilanti. Presto mi serviranno».

Damien sbuffò. «Cercherò di insegnare loro qualche trucchetto». Si avviò verso la radura, ma Jace gli afferrò la nuca e lo bloccò.

«Mi aspetto che anche tu sopravviva alla missione» aggiunse Jace. «Se hai il dubbio che stia per succedere qualcosa di brutto, scappa. Capito?».

«Tu e Ryder state veramente iniziando a preoccuparmi con tutti i vostri sentimentalismi del cazzo». Rabbrividì visibilmente. «E adesso non abbracciarmi, per favore» aggiunse con una smorfia disgustata.

Jace ridacchiò e gli rifilò una pacca sulla schiena. «Dico sul serio, Damien».

«Non è che abbia tutta questa voglia di morire, eh» sottolineò Damien.

«A volte le tue azioni suggeriscono il contrario».

«Sono un amante del brivido» commentò. «Ma se Cam è laggiù, farò di tutto per salvarlo».

«Ed è proprio per questo che sei la persona giusta per occuparsi della missione» mormorò Jace, lasciandolo andare. «Mi aspetto un rapporto completo prima dell'alba».

Damien lo salutò con la mano e condusse i vigilanti all'aereo su cui erano arrivati. Ero solo vagamente consapevole del piano.

Damien e i vigilanti stavano andando al bunker 27 per completare il trasferimento di dati. Poi il vampiro si sarebbe incontrato con Luka, l'alfa del clan Majestic, e insieme avrebbero assunto il controllo del bunker.

Nel frattempo, Darius aveva organizzato il nostro viaggio nella regione di Lajos. Avevano un'idea abbastanza precisa di dove fosse il bunker 37, grazie alle indicazioni del vigilante al comando dell'unità. Così avevano deciso di usare il viaggio per fare un po' di ricerche. E anche come una sorta di alibi per Jace, nel caso in cui qualcosa fosse andato storto al bunker 27.

Jace mi tese la mano. «Vieni, genietto. È ora che tu faccia un po' di pratica con il tuo nuovo ruolo».

Le sue parole mi fecero rivoltare lo stomaco. «Il mio... il mio nuovo ruolo?».

«Sì». Mi guardò negli occhi. «Congratulazioni, Calina. Sei appena diventata un membro privilegiato del mio harem. Il che significa che ho sei ore per insegnarti cosa implichi. Per prima cosa, bisogna che tu ti metta qualcosa di più adatto. Andiamo».

JACE

«Questa è una pessima idea» borbottò Darius, mentre Juliet e Calina sparivano nella cabina posteriore dell'aereo.

Posai il bicchiere di vino rosso su un tavolino lì accanto e mi voltai verso di lui. «Altrimenti come farei a spiegare la sua presenza e il jet di Ryder?» gli chiesi. «Ha perfettamente senso che Lilith mi abbia chiamato per tentare di convincere il vecchio vampiro, così come è abbastanza plausibile che abbia trovato un'umana di mio gradimento e abbia deciso di portarla con me».

«Non c'è traccia di lei nel sistema…».

«Di quello si occuperà Damien durante il viaggio verso il bunker 27» lo interruppi.

«E non ha avuto nessun addestramento» aggiunse, ignorando la mia intromissione. «A Juliet ci sono voluti mesi per mettere a punto una messinscena credibile. Abbiamo meno di sei ore per fare lo stesso con Calina. Non sono sicuro che sia possibile, Jace. Lei è troppo…». Agitò una mano verso la porta sul retro, come se quel gesto spiegasse tutto.

E sfortunatamente era così, perché avevo capito esattamente cosa intendesse.

Calina emanava una sicurezza che mancava alla

maggior parte degli umani. Inoltre, non aveva quell'atteggiamento sensuale tipico delle mie amanti.

D'altro canto, l'unico modo di spiegare la sua presenza al mio fianco era presentarla come un nuovo membro del mio harem. Avevo una reputazione da mantenere, almeno per un altro po', e ciò significava che Calina aveva un ruolo molto importante da svolgere.

«È intelligente» sottolineai, nonostante fosse palese a chiunque l'avesse incontrata. «Ed è anche molto scaltra. Se qualcuno può imparare questo ruolo in sei ore, è lei».

«Ne sembri così sicuro, nonostante tu ci abbia passato insieme soltanto qualche ora».

Tecnicamente, non qualche ora ma qualche giorno. Ma non persi tempo a discutere di quello; era del tutto irrilevante.

«Sono sempre stato veloce a valutare chi mi circonda» gli ricordai. «Sono certo di non sbagliarmi su di lei».

«Disse quello convinto che ci avesse traditi».

«Beh, no. Quella era più una speranza che una convinzione» ammisi. «L'idea di punirla è così allettante…».

Darius ci pensò sopra per qualche istante, poi si passò le dita tra i capelli corvini e sospirò. «Almeno l'attrazione non sarà simulata».

«Raramente lo è» mormorai, battendo su quel tasto di proposito. Perché per riuscire a farcela, avrei avuto bisogno che anche lui e Juliet stessero al gioco. La società sapeva che io e Darius avevamo gusti simili in fatto di donne. Il che significava che se io trovavo Calina attraente, lo stesso valeva per lui.

Nel nuovo mondo, era imperativo condividere. Qualcosa che il mio sovrano disprezzava con ogni fibra del suo essere. Juliet era solo e soltanto sua, e io lo rispettavo. Ma non tutti la pensavano allo stesso modo.

Perciò avevamo organizzato una messinscena. Tutti pensavano che fossi innamorato di Juliet, fornendo a Darius la scusa perfetta per tenerla come sua *erosita*. La rendeva meno fragile, permettendomi di giocare con lei a mio piacimento. Più o meno. Un'*erosita* non poteva essere scopata da nessun altro che il suo compagno.

In realtà, però, la toccavo esclusivamente in pubblico. E anche in quel caso, lo facevo in modo più giocoso che sensuale.

«Lajos si aspetterà uno show» dissi, riflettendo ad alta voce sul nostro piano d'azione. «Dovremo offrirgliene uno».

«Cosa proponi?» mi domandò Darius con un'espressione diffidente.

«Di dargli quello che vuole» risposi. La porta della cabina sul retro si aprì.

Qualsiasi cosa Darius stesse per replicare, perse completamente di importanza nel momento in cui comparve Juliet. Era vestita con un abito di pizzo nero che metteva in mostra le sue grazie. La vista della compagna lo distraeva spesso dai suoi pensieri. Lo capivo perfettamente: anch'io trovavo Juliet incredibilmente attraente.

Ma vedere Calina con lo stesso tipo di abbigliamento catturò tutta la mia attenzione.

Il suo vestito, altrettanto trasparente, non era nero, ma blu scuro. Una tinta che metteva in risalto i riflessi delle sue iridi multicolori. Aveva le gambe scoperte, mentre l'abito di Juliet arrivava fino a terra. E, a differenza di quello dell'*erosita*, lo sguardo di Calina incontrò audacemente il mio.

«Lilith ti permetteva di rivolgerti direttamente a lei?» le domandai. «O è il tuo vecchio lavoro a darti tutta questa sicurezza?».

Forse passare le giornate a fare esperimenti su vampiri

e licantropi aveva sminuito la loro superiorità ai suoi occhi. Ma dubitavo fortemente che Lilith accettasse quel genere di comportamento da lei.

Si schiarì la voce, poi osservò la postura di Juliet. I suoi splendidi occhi scuri erano rivolti verso il basso, ma teneva la schiena e le spalle ben dritte. Una posa sottomessa, pensata per mettere in mostra i suoi meravigliosi attributi. E perfettamente eseguita, come sempre.

«Lilith esigeva certe formalità» rispose Calina, continuando a studiare Juliet. «Ma mi aveva anche lasciata a capo del bunker. Era parte del mio ruolo comandare in sua assenza».

«E quando veniva in visita?» insistetti. «Ti inchinavi? Le offrivi il collo?».

«Le facevo rapporto, poi…».

«Mantenendo il contatto visivo?» intervenne Darius, facendo sì che lo sguardo di lei si spostasse sul suo.

«Non è facile presentare dei risultati fissando il pavimento». Il suo tono era più confuso che insubordinato, come se stesse faticando a capire l'importanza di quel dettaglio.

Scambiai un'occhiata con Darius, dicendogli tacitamente cosa sarebbe dovuto succedere. Mi rivolse un piccolo cenno d'assenso.

«La tua posizione è ufficialmente cambiata, dottoressa» la informai. «Gli umani sono dei beni. Dei giocattoli. *Del cibo*. E gli esseri superiori esigono obbedienza e sottomissione. Un passo falso potrebbe costarti la vita».

«Se si fosse comportata così con Lajos, sarebbe già morta» confermò Darius.

Tecnicamente, la mia età e la mia ascendenza prevalevano sull'autorità di Lajos. Ma se avessi usato quel potere su di lui, avrei rischiato di danneggiare la mia influenza politica tra i vampiri. Di conseguenza, sarei stato costretto a lasciargli punire Calina. Quindi, sì, Darius aveva ragione.

«Prima la scoperebbe» risposi, senza distogliere lo sguardo dalla donna. «E la dissanguerebbe».

E quello era il problema principale. Perché nel momento in cui qualcuno l'avesse assaggiata, si sarebbe reso conto dell'unicità della sua essenza e l'avrebbe trasformata in un eterno spuntino.

Alla fine avrebbe desiderato la morte.

Il mio compito era assicurarmi che ciò non accadesse.

«Juliet» dissi, pronunciando il suo nome come una dolce carezza. «Ho bisogno del tuo aiuto per introdurre correttamente Calina al suo nuovo ruolo. Fingiamo di essere a un evento con altri vampiri presenti. Dovranno essere applicate tutte le formalità del caso».

Considerando che le avevo mandate a cambiarsi, il mio ordine non avrebbe dovuto sorprenderla.

«Come desiderate, mio principe». Eseguì un perfetto inchino; un'impresa non da poco, considerando che indossava tacchi a spillo ed eravamo su un aereo in movimento. Poi rimase in quella posizione, pronta per nuove istruzioni.

«Hai visto come si è rivolta a me e come attende i prossimi ordini?» chiesi a Calina. «Questo è ciò che ci si aspetta da una donna nella sua posizione. Ed è lo stesso che ci si aspetta anche dal membro di un harem».

Calina esaminò la postura di Juliet con la fronte aggrottata. «Ma non è la tua *erosita*».

«No, è l'*erosita* del mio sovrano. E la carica di Darius è inferiore alla mia. Di conseguenza, qualsiasi cosa possegga è anche mia. Juliet inclusa». Parole dure, ma accurate. «Se volessi scoparla, Darius non avrebbe voce in capitolo. Potrei decidere di distruggere il loro legame in qualsiasi momento. E lui non potrebbe farci nulla».

A parte sfidarmi.

Solo che non l'avrebbe mai fatto.

Esattamente come io non avrei mai ferito Juliet.

Calina osservò l'inchino di Juliet, poi studiò l'espressione impassibile di Darius. «E tu permetti tutto questo?».

«È ciò che la società ci impone» rispose.

«E tu lo accetti?».

«Che io lo accetti o meno è irrilevante. Questo è il mondo in cui viviamo. Se vuoi sopravvivere, devi seguire le regole. Cosa che stai facendo di merda in questo momento, perché continui a guardarmi negli occhi e a parlarmi come se fossimo uguali». Le parole taglienti di Darius fendettero l'aria, facendo venire la pelle d'oca sulle braccia di Juliet. Reagiva meravigliosamente al suo dominio.

Eppure, rimasi affascinato dall'espressione attenta di Calina mentre valutava tutto quello che dicevamo. Il tono di Darius non aveva avuto alcun impatto su di lei. La sua mente era troppo impegnata a elaborare le parole del mio sovrano, per soffermarsi sul modo in cui erano state pronunciate.

«Se adesso sei re, puoi cambiare tutto questo» disse, rivolgendo la sua attenzione su di me. «Se è ciò che desideri».

«Potrei farlo» concordai. «Col giusto sostegno».

Restò in silenzio per un lungo momento, riflettendo. «È una tattica per guadagnare abbastanza supporto prima di prendere il controllo vero e proprio. Ecco perché non hai ancora divulgato la notizia della morte di Lilith. Hai bisogno di più alleati».

Mi limitai a sorridere. «A prescindere da quali siano le mie intenzioni, ho bisogno che impari il tuo posto in società. Un fallimento da parte tua comporterebbe un futuro molto spiacevole. E potrebbe anche mettere a rischio la mia vita, il che non è accettabile».

Calina esaminò ancora una volta la posizione di Juliet. «Un tempo, un'*erosita* sarebbe stata venerata. Messa così, sembra una schiava».

«È proprio questo il punto» intervenne Darius, facendo un passo avanti. «È la mia vergine di sangue. L'ho acquistata a un'asta, ed è qui per fare esattamente quello che dico io. Niente discussioni. Nessuna opinione contraria. Solo una bellissima sottomissione». Si fermò davanti a Juliet e le accarezzò il viso. «Non è così, Juliet?».

«Sì, mio signore» rispose lei senza alcuna esitazione. Non solo perché si fidava di lui, ma perché era stata addestrata a comportarsi in quel modo.

«Juliet ha passato ventidue anni nelle mani dell'Organizzazione, imparando come sottomettersi al suo futuro padrone. La notte in cui l'ho comprata, si aspettava di morire. Perché spesso è quello il destino delle persone come lei. Il loro sangue è squisito e crea dipendenza. E si dice che abbiano un sapore ancora più dolce quando muoiono». Le dita di Darius scesero sul mento di lei e la costrinsero ad alzare lo sguardo sul vampiro. «Lei interpreta la sua parte alla perfezione».

Il complimento le tinse le guance di cremisi. «Grazie, mio signore».

«Sei pronto per giocare con lei, mio principe? O posso fare io gli onori di casa?». La formalità di Darius mi fece capire che si era calato nel ruolo che gli avevo suggerito qualche minuto prima.

Invece di rispondergli, presi anch'io a recitare. E di conseguenza lo ignorai.

«I vampiri amano i piaceri della vita» mormorai. Il mio sguardo catturò quello di Calina. Mi avvicinai a lei lentamente. I miei passi erano soffocati dalla moquette che foderava il pavimento del jet. «Ci nutriamo. Scopiamo. E prendiamo quello che vogliamo».

La vidi deglutire e mi accorsi di come le sue pupille si stessero dilatando.

«La maggior parte di noi ha perso l'umanità nel corso degli anni» continuai a spiegarle dolcemente, fermandomi davanti a lei. «Ci piace essere la razza superiore, Calina. Accettiamo tutti i benefici che ne derivano e ignoriamo le responsabilità».

O almeno così faceva la maggior parte della mia specie. Che era il fulcro del cambiamento che desideravo.

Ma non stavamo discutendo di quello.

Le posai la mano sulla guancia e le accarezzai il labbro inferiore col pollice.

«Gli umani sono stati educati a sottomettersi a ogni nostro capriccio». La costrinsi a girare la testa verso Juliet. «Continua a mantenere la sua posizione anche in questo momento, consapevole che solo la mia parola potrà liberarla. Non quella del suo Sire. Perché vampiri e licantropi rispettano l'età e le gerarchie».

Calina osservò la posa di Juliet per qualche altro istante, poi la feci voltare verso di me.

«Io sono tra i più antichi della mia specie. Tutti ammirano la mia esperienza e la mia competenza. Tutti mi rispettano. E tutti fanno esattamente quello che dico, senza domande. Che è proprio il modo in cui dovrai comportarti anche tu, o sarò costretto a fare di te un esempio». Era così che funzionava la nostra società. La disobbedienza non era tollerata, specialmente negli umani.

Oh, ad alcuni vampiri piaceva rischiare. Anche ai licantropi. E molti sopravvivevano, ma nessuno poteva passarla liscia senza essere punito.

«Questo è il mondo creato da Lilith, il mondo che la mia specie sembra adorare. Ci sono sicuramente dei benefici» ammisi, abbassando lo sguardo sulla sua scollatura profonda e sul tessuto trasparente che le metteva in mostra i capezzoli turgidi. «Ma quei benefici sono a favore dei miei fratelli, non degli umani».

Mi voltai verso Juliet e Darius.

«Mostrale come ci nutriamo quando siamo davanti a un pubblico» dissi al mio sovrano. «Consideralo un allenamento per quello che si aspetterà Lajos».

In quanto superiore di Lajos, nella gerarchia dei vampiri, non ero tenuto a dargli un bel niente. Ma avevo una certa reputazione da mantenere, il che significava che Darius e Juliet avrebbero dovuto fare la loro parte. O avremmo fallito tutti.

«Mmm, volentieri» rispose Darius. La sua espressione impassibile mutò in quella di un animale affamato. «Alzati». Afferrò la nuca di Juliet e la trascinò in piedi.

JACE

Le cosce di Juliet dovevano essere in fiamme per aver mantenuto quella posa così a lungo. Ma non mostrava nessun segno esteriore di disagio. Forse perché Darius le aveva fornito una dose della sua essenza per farla stare meglio. O più probabilmente perché era stata praticamente cresciuta in quella posizione.

Dubitavo fortemente che Calina fosse in grado di fare lo stesso. Avrei dovuto tenerne conto nel formulare il mio piano.

Darius condusse Juliet al tavolo dove avevo lasciato il mio bicchiere di vino. Spostò tutto quanto, poi le ordinò: «Presentati a me, tesoro. Sto morendo di fame».

Le mie dita scivolarono lungo la mascella di Calina e ancora più in basso, verso la sua gola, con un tocco leggero come una piuma. Affettuoso. Ma corredato da una promessa letale.

Il suo cuore mancò un battito.

Con un sorriso di approvazione le sfiorai la scollatura, scendendo verso il solco profondo tra i suoi seni.

«Questo vestito ti sta molto bene» sussurrai. «Ma non è abbastanza corto». Probabilmente perché era di Juliet, e lei era un po' più alta di Calina. «Ti ordinerò un guardaroba adatto per il nostro viaggio, uno che ti calzi a pennello».

Niente più camici per la splendida dottoressa. Nell'immediato futuro avrebbe indossato soltanto pizzo.

O anche nulla.

Juliet si posizionò con grazia sul tavolo, mentre Darius prese posto tra le sue cosce spalancate. La donna si sdraiò sul legno, con le gambe che penzolavano oltre il bordo, e spostò lo spacco del vestito in modo da esporre la parte inferiore del corpo alla vista di Darius.

Le mie mani scesero sui fianchi di Calina. La feci girare per poter assistere allo spettacolo, premendo il petto sulla sua schiena e le labbra sul suo orecchio. «I vampiri bramano il contatto fisico». Le mie parole erano sommesse e destinate a lei, ma sapevo che Darius poteva sentirle anche sopra il rombo dei motori. «Siamo creature sensuali che amano scopare. E per noi non c'è niente di più sexy che mischiare il piacere con il sangue».

Erano informazioni che conosceva già, ma ciò non significava che le comprendesse appieno.

«Hai affermato che la sensualità è una caratteristica innata nei vampiri, e che la sfruttiamo per attirare le nostre prede. Non hai tutti i torti. Ma ognuno di noi ha le sue preferenze su come cacciare e nutrirsi». Le baciai il collo, là dove il battito le pulsava sotto la pelle, mentre Darius accarezzava le cosce nude di Juliet.

«Molti di noi sono sadici» continuai. «Ci piace il dolore. Ci piace sentire gli umani urlare. Ci piace farli sanguinare».

Darius si chinò e posò un bacio sulla parte interna del ginocchio di Juliet, strappandole un brivido.

La sua eccitazione si diffuse nell'aria. Il suo dolce aroma era un richiamo per i miei istinti più basilari. Ma Calina inspirò profondamente, attirando la mia attenzione su di lei. La sua fragranza stava mettendo altrettanto alla prova il mio autocontrollo.

Volevo stenderla su quel tavolo nella stessa posizione di Juliet e assaggiarla.

Presto, promisi a me stesso. Darius aveva iniziato a leccare un tragitto verso l'alto. *Molto presto*.

«La maggior parte dei vampiri si starebbe già nutrendo» dissi a Calina. «Ma Darius ama prolungare questo momento, per provocarla e ottenere la sua più totale sottomissione».

Mordicchiai il lobo di Calina e le avvolsi le braccia attorno alla vita, stringendola a me. In quel modo le diedi anche un po' di stabilità, visto che stava lottando per rimanere in piedi nelle scarpe che le aveva prestato Juliet. Avevano i tacchi a spillo, e sospettai che fossero anche un po' troppo grandi, proprio come il vestito. C'era da dire che probabilmente Calina non aveva mai indossato un paio di scarpe col tacco in tutta la sua vita.

Un altro dettaglio che avrei dovuto ricordare, in vista della nostra farsa nella regione di Lajos.

Le mani di Juliet si strinsero a pugno lungo i fianchi. Chiuse gli occhi, travolta da un'agonia indotta dal piacere, mentre Darius continuava la sua lenta risalita.

«È tutta una questione di sensualità» mormorai, ancora una volta con le labbra premute sull'orecchio di Calina. «C'è potere nel mostrare pazienza, specialmente quando si è sedotti da un tipo di sangue così raro. Molti, nella posizione di Darius, non sarebbero in grado di trattenersi. Il che rende quello che sta facendo infinitamente più erotico».

Trascinai il naso sul suo collo per sottolineare il concetto.

Il suo sangue mi chiamava, ma ero in grado di attendere. Nonostante il suo interesse si stesse accendendo. Nonostante fosse bagnata tra le cosce, pronta per me. Potevo sentirne il sapore sulla lingua. Il suo desiderio era un afrodisiaco che metteva a dura prova la mia pazienza.

Ma in quel gioco io ero un maestro.

Proprio come Darius.

Le labbra di Juliet si schiusero in un muto gemito, quando la bocca del suo signore raggiunse la parte più intima di lei. Non la morse, la leccò e basta. Ed emise un ringhio da predatore affamato.

«Vedi come resta in silenzio?» chiesi piano a Calina, riportando le mani sui suoi fianchi. «Niente suppliche. Niente gemiti. Niente urla. È quello il modo in cui gli umani sono educati a comportarsi. Si esprimono solo quando viene dato loro il permesso. Ecco perché la tua schiettezza deve essere corretta. Nessuno la tollererebbe mai».

Iniziai ad alzarle il vestito, bramoso di confermare quanto fosse eccitata. La sentii fremere sotto il mio tocco.

«In questo momento, Lajos ti farebbe inginocchiare. Vorrebbe che glielo succhiassi, mentre si gode lo spettacolo offerto da Darius e Juliet». Esposi la carne rovente di Calina. «E te lo infilerebbe in gola, in profondità, costringendoti a continuare finché non svieni».

Le sfiorai il collo con i denti e leccai il punto in cui il suo battito pulsava impazzito. Lei tremò, provocando il mio lato più selvaggio.

Volevo farle esattamente ciò che avevo appena descritto: ordinarle di mettersi in ginocchio e scoparle la gola.

Ma la situazione era utile per dimostrarle la mia abilità, nonché quanto preferissi la sensualità alla violenza.

«Ti porterò nella regione di Lajos in qualità di mia consorte preferita. Probabilmente vorrà un assaggio di qualsiasi cosa io ritenga di valore. Finché ti comporterai bene, non dovrò acconsentire. Ma ciò richiede che tu sia proprio come Juliet: silenziosa e seducente in modo peccaminoso».

Darius scelse quel momento per affondare le zanne nel clitoride di Juliet. Lei inarcò la schiena, raggiungendo istantaneamente l'orgasmo grazie al suo morso.

Calina fu scossa da un fremito e vacillò. Le posai una mano sul sesso per tenerla in equilibrio. Il mio dito scivolò con facilità sulla prova del suo desiderio.

Le avvolsi l'altro braccio attorno al petto, stringendola a me. Aveva ancora il vestito arrotolato attorno ai fianchi.

«Lilith non si è mai nutrita da te in questo modo». Era una constatazione, non una domanda. Perché la sua reazione mi aveva già dimostrato come non avesse mai sperimentato nulla del genere.

Non rispose. La sua concentrazione era tutta rivolta su Darius e Juliet. Il vampiro era intento a divorare la sua *erosita*, mantenendola costantemente in uno stato di eccitazione.

La donna aveva le guance arrossate e le labbra schiuse in un grido silenzioso. Si contorse violentemente, spingendo Darius a premerle una mano sul ventre per tenerla ferma.

«Potrebbe essere doloroso» ripresi a spiegare a Calina. «Potrebbe scegliere di ritirare le endorfine in qualsiasi momento. Allora lei dovrebbe fare del suo meglio per non urlare di dolore. È un gioco molto diffuso tra i miei simili. Si divertono a torturare il cibo».

Infilai due dita dentro di lei, strappandole un sibilo.

«Anche la più piccola reazione potrebbe far diventare violento un vampiro» la avvertii. Le mie labbra scesero sul suo collo, dove le perforai la pelle per rimproverarla di aver reagito.

Sussultò, ma la bloccai senza problemi.

Quando succhiai, strinse le cosce, fornendomi un

dettaglio interessante su quali fossero le sue inclinazioni. Le avevo negato la parte più piacevole del morso, eppure sembrava apprezzarlo lo stesso.

Questo suggeriva che un po' di dolore in camera da letto non le sarebbe affatto dispiaciuto.

Mmm, è proprio il mio tipo, mi meravigliai, perdendomi nel suo sapore.

Non gridò. Non parlò. Quel sibilo fu l'unico suono che emise.

«Che brava studentessa» la lodai, liberandole il collo e lasciando che il sangue sgorgasse allettante dalla sua ferita aperta.

Anche Darius aveva smesso di nutrirsi. Si slacciò la cintura e osservò, come rapito, lo stato di Juliet. Era ebbra di piacere.

Gli avevo detto di offrirci uno spettacolo come avrebbe fatto con Lajos. O mi aveva preso in parola, o si era dimenticato che eravamo lì.

Probabilmente la prima, dato che non era il tipo da ignorare ciò che lo circondava. E non era che non l'avessi mai visto scopare.

Avrebbe anche voluto marcare il suo territorio di fronte a Lajos. Una mossa strategica, ma che al tempo stesso rivelava un accenno di possessività.

Un sentimento che stavo iniziando a comprendere, perché l'idea che Lajos toccasse Calina non mi allettava per nulla. Ma non avevo sbagliato ad avvertirla che sarebbe potuto succedere.

«Penso che dovremmo fare un po' di pratica, mia dolce Calina» dissi. Avevo preso la mia decisione.

Se mi fossi goduto le sue attenzioni per primo, allora forse sarei stato più propenso a condividerla con Lajos. Dovevo anche assicurarmi che fosse pronta, mostrandole cosa aspettarsi. Più capiva, più era probabile che rimanesse in vita.

«Darius, addolcisci il mio vino» gli ordinai in tono arrogante, assumendo il ruolo di suo superiore.

Lui non esitò, celando il suo fastidio dietro una maschera di indifferenza. A chiunque altro, non sarebbe sembrato irritato dalla mia richiesta. Ma io lo conoscevo, e capivo la sua relazione con Juliet.

Tenni ferma Calina, costringendola a guardare. Darius portò il mio bicchiere tra le gambe di Juliet e ne guarnì il bordo con la sua dolce essenza, che profumava di eccitazione.

Era esattamente ciò che avrebbe chiesto Lajos.

E molto probabilmente ciò che gli avremmo offerto fin dal principio, per evitare che avanzasse altre pretese.

Darius bevve un sorso di vino, assicurandosi che il sapore fosse quello desiderato, poi ne aggiunse un altro po', strizzando il clitoride martoriato di Juliet.

Lei sussultò, ma senza gridare.

Per quanto l'azione fosse sembrata brutale, ero certo che l'avesse resa più sopportabile per lei. Avvertendola mentalmente, o forse con una carezza. A prescindere da quanto selvaggi apparissero i suoi gesti, le garantiva sempre un po' di piacere.

Tolsi la mano dal sesso di Calina e gliela avvicinai alle labbra. «Apri». Deglutì, poi fece esattamente ciò che le avevo detto. «Brava» la elogiai, infilandole le dita in bocca. «E adesso succhia».

JACE

La sensazione della bocca di Calina sulla pelle mi diede un'idea di quanto fosse abile a ricevere ordini mentre era stordita dall'eccitazione.

Pura perfezione.

Leccò, succhiò e ingoiò come se lo avesse fatto per tutta la vita.

«Mmm, adesso farai lo stesso al mio cazzo». Le mie parole la fecero esitare, e io ridacchiai sul suo collo. «La tua innocenza è deliziosa, Calina». Capii da quel piccolo segnale che non aveva mai praticato sesso orale. «Lilith ti ha proprio tenuta al riparo da tutto, eh?».

Darius posò il mio bicchiere di vino sul tavolo. «Mio principe».

«Grazie». Afferrai i fianchi di Calina e le diedi una leggera spinta in avanti. «Cammina».

Inciampò sui suoi passi, ma la mia presa le impedì di cadere. Non appena fossimo arrivati a Jace City, avrei dovuto comprarle delle scarpe col tacco più basso. Le aggiunsi alla mia lista mentale di acquisti per il suo guardaroba.

Darius ignorò i nostri movimenti. I suoi palmi erano tornati sulle cosce di Juliet. Si piegò per leccarle il sesso umido di piacere e lei sussultò, completamente abbandonata alla lingua del suo padrone.

Uno spettacolo così erotico.

Che non vedevo l'ora di ripetere con Calina.

«Voglio sentire Juliet gridare» mormorai, ormai accanto al tavolo. «Falla venire di nuovo».

Darius rispose alla mia richiesta strappandole il tessuto dal torso e mettendo in mostra i seni della compagna. Li strinse, conficcando di nuovo le zanne nella sua carne sensibile.

Juliet esplose in una splendida manifestazione di euforia, facendo fremere Calina sotto le mie mani. «Sono i suoi poteri da vampiro a farla gridare così?». La mia domanda si infranse sul suo orecchio. «O è lui?».

Non le diedi la possibilità di rispondere. La feci voltare tra le mie braccia e catturai la sua bocca con la mia.

Il dolce sapore della sua eccitazione le indugiava ancora sulla lingua, regalandomi una dose inebriante della sua irresistibile fragranza.

Juliet continuò a gemere, e Darius le fece eco con dei bassi ringhi profondi. Trovai quel miscuglio di suoni incredibilmente seducente.

«È così che i vampiri giocano con il loro cibo» sussurrai sulle labbra di Calina. «In particolare i nostri bocconcini preferiti. E a volte condividiamo, altre no».

Le avvolsi la mano attorno alla nuca, poi la baciai di nuovo. Molto più appassionatamente.

Volevo di più.

Volevo lei.

Non volevo condividerla.

E non avrei dovuto farlo. Ero un fottuto reale. Un vampiro antico. Il futuro re.

La tirai sulla poltrona di fronte a Darius e Juliet,

costringendo Calina a mettersi a cavalcioni sulle mie cosce. Aveva ancora l'abito sollevato attorno ai fianchi; si ritrovò così col sesso umido posizionato sulla cerniera dei miei pantaloni.

«Cazzo» mormorai, sentendo il mio autocontrollo abbandonarmi.

Avrei dovuto istruirla. Mostrarle come comportarsi. Assicurare la sua sopravvivenza. Ma tutto quello che volevo era sbottonarmi i pantaloni e affondare dentro di lei.

I ringhi feroci di Darius non aiutavano. E nemmeno i suoi grugniti. Per non parlare del ritmo selvaggio della loro scopata, quando decise di prendere Juliet contro il tavolo.

Ormai non si trattava più di mostrare a Calina quali fossero le aspettative della società. Era diventata una questione di bisogno selvaggio e desiderio irrinunciabile.

Le morsi la lingua. Bramavo il suo sangue molto più del vino corretto che mi aveva dato Darius.

La bocca di Calina si riempì della sua stessa essenza, regalandomi esattamente ciò a cui anelavo.

Mi morsi la lingua, concedendole il potere che mi scorreva nelle vene.

Era tutto così naturale. Eppure non avevo mai fatto nulla del genere con gli altri membri del mio harem. Ma c'era qualcosa, in quella femmina, che invocava la bestia oscura dentro di me, quella che desiderava possederla.

Mi aveva completamente soggiogato, distruggendo la mia concentrazione e annullando le basi che avevo cercato di stabilire.

«Sbottonami i pantaloni» le ordinai. «Adesso».

Le sue mani scesero prima sulla mia cintura, poi sul bottone. Ma il suo sesso era troppo vicino al mio, perché potesse rimuovere la barriera di tessuto che ci separava.

La spinsi indietro, smanioso di portare a compimento quello che avevamo appena iniziato. Ma quell'istante di separazione mi ricordò quale fosse lo scopo della dimostrazione.

Mi sentii frastornato, indeciso. La mia mente era combattuta tra i piani strategici e il bisogno di scoparla.

Cosa diavolo c'è che non va in me?

Non avevo mai desiderato una donna in quel modo. Non avevo mai perso il controllo. Avevo più di quattromila anni.

Un piccolo assaggio e avevo di nuovo perso la testa.

Quella donna era pericolosa.

Avevo bisogno di sfogarmi. Di tenerla al guinzaglio. *Di metterla in ginocchio.*

«Inginocchiati». Il comando mi uscì in un ringhio furibondo, che la fece obbedire con un sobbalzo. Non le diedi nemmeno un istante per mettersi comoda. Non le permisi di prepararsi. Finii di aprirmi i pantaloni, le afferrai i capelli e le ordinai di aprire la bocca.

Lo fece.

Mi spinsi dentro di lei.

E *cazzo*, fu come volare direttamente in paradiso.

La sua lingua vellutata accarezzò la mia lunghezza, la sua gola si chiuse splendidamente attorno alla punta.

La sentii soffocare.

Non mi importava.

Le sue ciglia si imperlarono di lacrime.

Le cancellai con le dita.

Quel piccolo genietto lascivo mi aveva condotto alla follia, e volevo punirla per averlo fatto. Ma volevo anche cadere in ginocchio e adorarla.

Era un groviglio di emozioni e pensieri e confusione che mi fece ribollire il sangue, costringendomi a prenderla con più forza. La mia percezione della realtà si ridusse in cenere.

Una miriade di imprecazioni mi sfuggì dalle labbra.

Il suo nome somigliava a una preghiera.

Non riuscivo a capire cosa desiderassi, né come volessi realizzarlo. Tutto quello che sapevo era che *dovevo* venire.

Avevo bisogno di riempirla del mio seme.

Possederla.

Completarla.

Farla mia.

E da dove diavolo nasceva tutto quel desiderio? Non potevo tenerla con me.

«Il tuo sangue mi sta stregando» la accusai, costringendola a prendermi ancora più a fondo in gola.

Alzò lo sguardo su di me. Aveva le pupille dilatate e un'espressione ribelle.

Non riuscii a punirla per il suo atteggiamento. Non quando ero così perso nell'intenso bagliore dei suoi occhi.

Aveva lo sguardo di una femmina determinata a sopravvivere a qualsiasi cosa le avessi imposto, distruggendomi nel mentre.

E quella consapevolezza me lo fece diventare ancora più duro.

Calina sfidava ogni aspettativa. Aveva riscritto le regole dell'esistenza. Pur essendo in ginocchio e con il mio cazzo in gola, rifiutava ancora di sottomettersi.

Non ero sicuro di chi stesse possedendo chi, in quel momento, ma la sua espressione di sfida suggeriva che in qualche modo stava avendo il meglio.

«Vedremo» commentai. Una sorta di minaccia che non aveva alcun senso. Mi spinsi nel suo calore invitante con una rinnovata smania di reclamarla. «Rilassa la tua cazzo di gola».

Strinsi la presa sui suoi capelli; l'unica punizione che ero disposto a infliggerle.

Ma la dottoressa si mostrò ancora una volta un'ottima

allieva, perché seguì le mie istruzioni e spalancò ulteriormente la bocca.

«Wow» mormorai, posandole la mano libera dietro alla testa e guidando i suoi movimenti. «È bellissimo».

Agli umani servivano anni di studi per imparare a prendere un cazzo in quel modo. Ma Calina non era un'umana qualunque. E ne diede prova trascinando i denti sulla mia pelle sensibile. Quanto bastava per minacciarmi, ma senza farmi male.

«Mmm, fallo ancora» le dissi.

Obbedì, succhiandomelo al tempo stesso, finché non le rimase in bocca soltanto la punta. La sua lingua vi danzò attorno, strappandomi un brivido. Poi affondai di nuovo dentro di lei.

Il suo sguardo assunse un nuovo bagliore. La ricercatrice che era in lei stava imparando quello che mi piaceva e lo ripeteva con una perfezione quasi insopportabile.

Non aveva mai avuto bisogno di una lezione sul sesso. Le serviva soltanto essere provocata abbastanza da imparare da sola.

Strinsi ulteriormente la presa sulle sue ciocche bionde. Il mio addome si contrasse, un incendio eruttò fin dalle profondità del mio essere. «Ingoia, Calina» le ordinai. «Ingoia tutto quanto».

Era l'unica punizione che potevo darle: che prendesse tutto quello che aveva ispirato e lo divorasse fino all'ultima goccia.

Ma il modo in cui le sue narici fremettero mi disse che non lo interpretò come un castigo, ma come una sfida. E fu quel piccolo spiraglio nella sua personalità che mi gettò oltre il limite.

Volevo che annegasse.

Volevo che nuotasse.

Volevo che soffocasse sotto le ondate di piacere che le stavo riversando in gola.

E volevo rianimarla di nuovo con il mio sangue. Con la mia lingua tra le cosce. Con le mie dita affondate dentro di lei.

Quell'immagine mi spronò a proseguire. I fremiti di piacere mi fecero serrare le cosce.

Lei ingoiava.

E ingoiava.

E ingoiava.

Un nuovo velo di lacrime le illuminò lo sguardo. Il panico le contorse il viso. Il bisogno di respirare doveva farle bruciare il petto.

«Non smettere». L'ordine mi uscì con voce gutturale. Crudele. Fredda. Ma dentro, ero infiammato dal bisogno di riempire il suo corpo con la mia essenza. Possederla. Marchiarla e farla mia.

Iniziò a perdere conoscenza. La sua gola non era più in grado di massaggiare il mio sesso nel modo in cui desideravo.

La maggior parte della mia specie l'avrebbe uccisa per aver fallito durante un atto così cruciale.

Ma Calina mi piaceva viva.

La staccai dal mio cazzo prima che potesse svenire. Sputacchiò e boccheggiò, con qualche goccia del mio seme che le macchiava la guancia. Poi i suoi occhi grandi e lucidi incontrarono i miei.

Era perfetta.

Stupefacente.

Assolutamente meravigliosa.

E riuscii a pensare soltanto di ricambiare il favore.

Non la misi sul tavolo come aveva fatto Darius con Juliet. La portai nella cabina sul retro e la stesi sul letto.

Probabilmente Ryder mi avrebbe ammazzato. Ma poteva far lavare le lenzuola.

La soddisfazione reciproca era molto più importante.

Allargai le cosce di Calina e mi chinai tra le sue gambe. Poi posai un intimo bacio sulla dolcezza che avevo bramato per quella che mi era sembrata un'eternità.

Non mi deluse. Il suo clitoride era invitante quasi quanto la sua arteria femorale.

«Jace» sussurrò, infrangendo le regole e parlando senza aver avuto il permesso di farlo. Ma il modo in cui pronunciò il mio nome rese impossibile qualsiasi rimprovero. Soprattutto considerando la qualità roca di quel suono.

Le avevo fottuto la gola rendendole difficoltoso parlare.

Un altro dettaglio utile per il mio piano.

Potevo sfruttare quel metodo per mettere a tacere la mia nuova consorte.

Ma volevo testare ulteriormente la mia teoria, vedere quanto fosse vera.

Così affondai le zanne nella parte più intima di lei, come Darius aveva fatto con Juliet.

Calina gridò, con un tono strozzato e vagamente dolorante. Ma il piacere sembrava prevalere sul tormento.

Succhiai e la morsi ancora.

E ancora.

Costringendola ogni volta a raggiungere l'orgasmo, finché le sue urla non divennero mute, perché la sua gola era troppo irritata per formare un suono.

Fu solo allora che smisi. La guardai. Tremava e aveva le guance rigate di lacrime. Salii sul letto e premetti le labbra sulle sue, offrendole l'antidoto alla sofferenza indotta dalla passione.

Inizialmente non deglutì, quasi fosse incapace di farlo.

Ma mentre il sangue colava dalla mia lingua lungo le sue viscere devastate, cominciò lentamente a riprendersi.

Era un dono che non avevo mai offerto ad altri membri del mio harem.

Ma era anche un dono di cui non avevano mai avuto bisogno.

Perché quello che avevo appena fatto a Calina avrebbe ucciso un essere umano. Era stato troppo. Troppo brutale. Troppo intenso. Troppo carnale.

Eppure lei aveva sopportato tutto.

Non mi aveva implorato nemmeno una volta di smettere.

E quando mi guardò, nei suoi occhi brillava soltanto una parola.

Ancora.

CALINA

NON RIUSCIVO A SENTIRE LE GAMBE.

Erano come degli inutili arti che pendevano mollemente dai miei fianchi. Eppure, in qualche modo, ero in piedi.

Sui tacchi, per giunta.

Con un altro vestito di Juliet.

Esaminai il mio riflesso allo specchio, soffermandomi sulle guance arrossate e le labbra gonfie. Jace mi aveva legato i capelli in uno chignon disordinato, molto diverso da quello impeccabile che ero solita portare, per mettere in mostra i segni dei morsi sul collo.

Ne avevo un altro sul seno sinistro. Anche quello era visibile, grazie alla biancheria intima succinta che stavo indossando.

No, un attimo, è un vestito.

Osservai il materiale impalpabile e arricciai le labbra di lato. Mi lasciava essenzialmente nuda, con delle ombre sui toni del verde che celavano a stento il mio intimo. Preferivo quello blu, ma Jace l'aveva strappato durante uno dei miei tanti orgasmi.

Aveva percorso ogni centimetro del mio corpo con la bocca, come se avesse voluto imprimere la sua essenza nella mia pelle.

Rabbrividii. Una fiamma mi guizzò nel ventre al ricordo del suo tocco.

Qualsiasi lezione avesse cercato di insegnarmi, aveva perso quasi immediatamente di importanza. Ma avevo capito le basi; dovevo sottomettermi come facevano i vigilanti con Lilith. Si erano sempre inchinati in sua presenza, senza mai stabilire un contatto visivo o parlarle.

Ma Jace aveva accennato anche a Lajos e a quello che avrebbe potuto farmi.

Quella parte non mi interessava.

Ma era un problema che avrei dovuto affrontare, quando fossimo arrivati nella sua regione.

Tra meno di due giorni.

«Quel colore ti mette in risalto gli occhi, proprio come il blu» disse Jace avvicinandosi da dietro, concentrato anche lui sul mio riflesso.

Si era cambiato in un abito nero, ma aveva ancora i capelli arruffati a causa delle mie dita.

Mi sentii nuovamente avvampare ripensando a quello che era appena successo. Era come se Jace avesse risvegliato un lato dormiente di me, creando una persona del tutto nuova. Mi riconoscevo a stento. E se il suo obiettivo era stato quello di farmi avere paura di lui, aveva fallito.

Ma ero consapevole di quanto fossero pericolosi i suoi simili.

E capivo la necessità di obbedire.

Jace poteva non essere un mostro, ma gli alleati di Lilith sì. E anche se non li avevo mai incontrati, sapevo che c'erano. Da qualche parte.

Altrimenti sarei morta.

Perché il mio sangue era legato ad almeno un altro immortale, potenzialmente anche più di uno.

«Cos'è che ti lascia perplessa?» chiese dolcemente. «Sei

preoccupata per quello che succederà quando atterriamo?».

«No. Non proprio. Terrò la testa bassa e seguirò le tue indicazioni». Un po' come Juliet con Darius, solo senza il conforto di sapere se a Jace importasse davvero del mio benessere. Non ero abbastanza ingenua da pensare che il nostro interludio sessuale gli avesse suscitato qualche sentimento nei miei confronti. Come aveva detto, ai vampiri piaceva giocare con il cibo.

Si fermò dietro di me, risalendo le mie braccia con una carezza e posandomi le mani sulle spalle. «Allora a cosa stai pensando?».

Mi ci volle qualche istante per riflettere sul significato delle sue parole. La mia mente era già passata a valutare la mia sicurezza personale. Ma quelle considerazioni erano state causate dalla sua precedente domanda su cosa mi aspettassi al nostro arrivo.

Prima ancora, stavo pensando ai miei legami. Glielo dissi, concludendo con: «Il fatto che sia ancora viva implica che sono ancora legata ad almeno un vampiro, con una connessione simile a quella di un'*erosita*».

«A meno che tu non abbia iniziato a invecchiare normalmente e non sia più immortale» ribatté lui, accigliandosi. «Quando il legame di accoppiamento viene distrutto, il mortale assume semplicemente la sua età e riparte da lì».

«Sì, ma la mia è una situazione atipica. Ho geni di licantropo da parte di madre. Ma quell'ascendenza è stata notevolmente repressa dal donatore di sperma, nelle cui vene scorreva il sangue di *erosita*. Poi Lilith mi ha collegata a sé in un modo che non mi ha mai spiegato. E mi è stato detto che ho almeno un'altra connessione. E riesco… riesco a sentirla».

«Riesci a sentire il legame con un'altra persona?».

«No». Faticavo a trovare le parole. «I legami sono stati soffocati molti anni fa. Non riesco a sentirli. Ma percepisco la mia immortalità. Nel senso che se mancasse, lo saprei. E mi sembra tutto a posto, mi sembra che non sia cambiato nulla».

«Capisco. E non sai a chi sei collegata?».

Scossi la testa. «No, ma spero che troveremo qualche informazione al riguardo nel bunker 37». Era stata una delle prime cose a cui avevo pensato, quando aveva detto che eravamo diretti lì. Volevo anche rivedere i registri della server farm, ma li aveva Damien.

«Me lo stai dicendo perché sappia che collaborerai, dato che ne trarrai un beneficio anche tu» mormorò Jace. Mi diede una stretta alle spalle. «Bella mossa».

«A dire la verità, ti sto solo dicendo cosa vorrei scoprire. Saranno i prossimi due giorni a dimostrarti la mia volontà di collaborare». Incontrai il suo sguardo nello specchio. «Credo che anche il mio comportamento su questo jet ti abbia dato prova delle mie intenzioni».

Mi ero comportata bene anche alla server farm. Ma quello era abbastanza irrilevante, dato che il prossimo viaggio non aveva nulla a che fare con le mie ricerche e tutto a che fare con la mia capacità di recitare la parte di un'umana docile e spezzata.

Studiò il mio riflesso per un lungo momento, poi mi fece voltare verso di lui. «Non potrai parlarmi in questo modo, una volta che saremo sbarcati. Dovrai ricordarti di usare il "voi" quando ti rivolgi a un essere superiore. Non potrai nemmeno guardarci. Non finché non ti dirò di fare altrimenti».

«Ricordo come si comportavano i vigilanti in presenza di Lilith. Farò del mio meglio per imitarli».

L'espressione di Jace si fece pensierosa. «I vigilanti hanno una posizione privilegiata rispetto agli altri umani.

Ma di solito i membri del mio harem vengono trattati con altrettanto rispetto. Quindi sì, dovrebbe funzionare». Mi posò un bacio sul collo, affondando i denti nella ferita che aveva creato in precedenza.

Fui attraversata da un brivido. Il suo tocco e la sua bocca mi incendiarono ogni terminazione nervosa. Il morso di Lilith non aveva mai avuto un effetto simile su di me. D'altro canto, non mi aveva nemmeno mai fatto nulla di ciò che mi aveva fatto Jace. Come mordermi... *là sotto*.

Chiusi gli occhi, abbandonandomi alle sensazioni. Le sue mani cercarono i miei seni, i suoi pollici mi accarezzarono i capezzoli attraverso il tessuto sottile.

Soffocai un gemito. Il mio corpo stava reagendo alla femmina dentro di me, una creatura vogliosa che desiderava di più.

Avevo trascorso la mia intera esistenza affamata di contatto fisico, senza sapere cosa mi stessi perdendo. Finché non avevo conosciuto Jace.

E ora temevo che non sarei stata mai più la stessa.

«Si tratta ancora soltanto delle mie abilità da vampiro, genietto?» mi sussurrò all'orecchio.

Deglutii. Me l'aveva già chiesto svariate volte nelle ultime ventiquattr'ore. E di nuovo mi rifiutai di rispondergli.

La sua risatina mi si infranse sulla gola.

«Ho deciso di interpretare il tuo silenzio come una richiesta di uno studio più approfondito». Mi baciò la guancia e incontrò il mio sguardo. «Sfida accettata, dottoressa. Non vedo l'ora dei prossimi esperimenti. Poi mi aspetto un riepilogo dei risultati». I suoi occhi d'argento brillarono. «Che mi esporrai mentre me lo succhi».

Mi lasciò andare. Mi sentivo completamente in fiamme, come se le mie interiora fossero diventate di lava.

E gli lessi in viso che lo sapeva.

Quel maschio aveva portato la sicurezza di sé a un livello completamente nuovo. L'età e l'esperienza non facevano che aumentare il fascino arrogante dei suoi lineamenti.

Lilith emanava un qualcosa di simile, solo con un ulteriore strato di superiorità. Jace mi dava l'impressione di qualcuno consapevole del suo potere, che non aveva bisogno di dominare gli altri per dimostrarlo. Lilith, al contrario, adorava comandare e voleva che tutti si inchinassero a lei.

Due approcci molto diversi.

Almeno stando a ciò che avevo osservato.

Forse le mie conclusioni sarebbero cambiate, entrando nel suo territorio. Ma qualcosa mi diceva di no.

Si fermò sulla soglia e mi tese la mano. Il suo sguardo trovò ancora una volta il mio. «Calina».

Gli rivolsi il mio migliore inchino. «Mio principe». Era il termine che mi aveva detto di usare. Quello, oppure "Vostra Altezza".

«Splendido» mormorò. «Alzati».

Obbedii molto volentieri, perché mantenere quella posa mi faceva bruciare le cosce. Non sapevo come avesse fatto Juliet a tenerla così a lungo. Il suo livello di disciplina era incredibile.

Tutti gli umani sono così indottrinati, in questa società?, mi domandai.

Conoscevo un po' di cose sul vecchio mondo, soprattutto grazie al tempo trascorso nei laboratori e ai file di ricerca che avevo potuto esaminare. Ed era così che sapevo di San Francisco, la località ribattezzata Jace City. Prima della rivoluzione, era uno dei centri principali del settore tecnologico.

«Adesso cammina verso di me». Jace continuò a tenere

la mano davanti a sé, forse per prendermi nel caso in cui fossi caduta. Uno scenario plausibile, considerando la natura traballante di quei tacchi sottili.

Con l'aereo parcheggiato, però, mi resi conto di essere in grado di muovermi più facilmente. Non in modo elegante o seducente come Juliet, certo, ma almeno non vacillavo più.

«Brava» si complimentò Jace. Non appena lo raggiunsi, mi afferrò il braccio. «Ora tieni il capo abbassato e parla solo quando te lo dico io, e supererai il primo test».

Non risposi, guadagnandomi una risatina.

«Ottimo inizio» mormorò, premendo ancora una volta le labbra sulla mia guancia.

La sua lode mi si diffuse nella psiche, suscitandomi uno strano bisogno di sorridere. Lo ignorai e mi concentrai sul compito di camminare accanto a Jace senza cadere. Un compito che si rivelò molto più difficile di quanto pensassi, scendendo la scaletta del jet.

«Non del tutto aggraziata» commentò Darius da terra. «Ma dovrebbe riuscire a passare inosservata. Basta che non la lasci andare».

La mano di Jace abbandonò il mio braccio e mi si posò sulla schiena nuda. «Mi vengono in mente attività più sgradevoli».

«Già» concordò il sovrano. Il suo tono lasciava intendere che avesse appena fatto qualcosa di simile a Juliet. Non potevo vederli, dato che avevo lo sguardo abbassato. Il che si rivelò utile; mi permetteva di tenere d'occhio i miei passi.

«Raddrizza le spalle e china soltanto la testa» mi mormorò Jace all'orecchio, correggendo la mia postura.

Obbedii senza dire nulla, e lui mi accarezzò dolcemente la schiena. Il suo tocco fu accompagnato da un brivido. Non perché fosse particolarmente spiacevole, ma per l'aria fresca della notte, che cominciò a penetrare attraverso il sottile strato di pizzo.

Quell'abbigliamento era del tutto inadatto al clima. Nel giro di qualche secondo mi venne la pelle d'oca.

Dovetti sforzarmi di non tremare. Ogni passo mi gelava più del precedente.

Jace aprì la mano sulla mia schiena, ma il suo calore poteva fare ben poco.

Fortunatamente, dopo qualche altro passo raggiungemmo una lunga auto nera. Senza perdere tempo, Jace aprì la portiera e mi fece entrare. Poi prese posto accanto a me, mentre Juliet e Darius si sedettero di fronte a noi.

Calò il silenzio, interrotto soltanto dal rombo del motore.

Tenni gli occhi bassi, facendo del mio meglio per impersonare il ruolo dell'umana remissiva. Un ruolo che preferivo a quello di sacca di sangue menzionato da Jace.

Mi posò la mano sulla coscia, ricordandomi di quanto fosse corto il mio vestito: le sue dita si adagiarono a pochi centimetri dal mio sesso.

Le vibrazioni dell'auto mi causarono improvvisamente una nuova gamma di emozioni. Il mio lato da seduttrice, risvegliato di recente, si insinuò nei miei pensieri. Sussultai in risposta, spingendo Jace ad aumentare la presa. «Non muoverti» mi ordinò.

Il cuore mi galoppava nel petto.

«Ryder non deve averla addestrata bene» disse Darius. «Almeno ti divertirai a darle una regolata».

«Sì, ho intenzione di cominciare immediatamente». Nel tono di Jace c'era un pizzico di fastidio. «Ho bisogno che contatti Ivan e gli faccia sapere che non mi unirò al mio harem come avevamo programmato. Presumo che lui e Trevor possano continuare a intrattenere i mortali in mia assenza. Come sai, alcuni umani richiedono una mano più ferma di altri».

«Già, non possono essere tutti perfetti come la mia Juliet» rispose Darius.

«No, infatti. È veramente unica nel suo genere». L'irritazione nella voce del reale fu rimpiazzata dall'affetto. Percepii anche un sorriso nelle sue parole.

«Cos'hai da dire in proposito, tesoro?» chiese Darius.

La risposta della donna fu immediata. «Grazie, mio principe. È un piacere servirvi, come sempre».

«Più tardi potresti raggiungermi nei miei alloggi e aiutarmi a continuare la rieducazione di Calina» suggerì Jace.

«Mi piacerebbe molto, Vostra Altezza» acconsentì subito Juliet.

«Splendido. Darius, portala su con te dopo aver parlato con Ivan. Ci faremo un bicchierino come si deve».

«Volentieri, mio principe».

Jace diede un'altra stretta alla mia coscia. Ma non ne capii il significato. Conforto? Delusione? Un avvertimento di qualche tipo?

Molti minuti più tardi, quando ci fermammo a una specie di posto di blocco, non ero ancora riuscita a trovare la risposta. L'autista parlò con qualcuno all'esterno.

Mi ci volle uno sforzo immane per non guardare.

Poi ricominciammo a muoverci, e calò di nuovo il silenzio. Riflettei sulla conversazione tra Jace e Darius. Non avevano parlato in quel modo sull'aereo; doveva esserci un qualche dispositivo di ascolto nelle vicinanze. O forse era per via dell'autista. Quando eravamo saliti sull'auto, Jace non lo aveva salutato in alcun modo.

Il contrario di quello che era successo col pilota, con cui aveva chiacchierato a lungo.

Anche se il pilota era un vampiro.

Che l'autista fosse umano?

Non avrei saputo dirlo, impegnata com'ero a fissare il pavimento.

È veramente ridicolo, pensai, combattendo l'impulso di digrignare i denti.

Gli umani saranno pure stati inferiori fisicamente, ma non eravamo delle creature senza cervello. Io ne ero la prova vivente, come ex ricercatrice capo del bunker 47.

Jace e Darius iniziarono a discutere del viaggio nella regione di Lajos e a elencare tutto ciò che doveva essere fatto prima della nostra partenza.

C'era bisogno di fissare degli appuntamenti per me e Juliet.

Per dei trattamenti. Non sapevo a cosa si riferissero.

Jace sottolineò anche che mi serviva un nuovo guardaroba; immaginai che Darius stesse prendendo nota.

«E pare che Sebastian sia appena arrivato» disse il sovrano. Stando al suo tono, non ne sembrava entusiasta. «Ha chiesto un incontro con me».

«Con te?». Jace sembrava sorpreso. «Perché?».

«Si attribuisce il merito della mia recente promozione» rispose Darius in tono piatto. «Acconsentirò solo per educazione. In più, a Juliet è piaciuta molto la nostra ultima festicciola, vero?».

«Sì, mio signore». Suonava così mite e tranquilla. Esattamente l'opposto di come parlavo di solito.

«Fammi sapere cosa intendi mettere sul menu» disse Jace. «Potrei autoinvitarmi».

Darius doveva aver annuito, perché non rispose ad alta voce.

La loro conversazione continuò su quella linea. Quando l'auto si fermò di nuovo, il loro itinerario era quasi del tutto definito.

La portiera si aprì immediatamente, e Jace uscì mormorando: «Vieni, Calina».

CALINA

Scivolai lungo il sedile, facendo del mio meglio affinché il vestito non si sollevasse ancora di più, e uscii dall'auto.

Jace mi afferrò il gomito per aiutarmi a restare in equilibrio sui tacchi e mi strinse a sé. Qualche istante più tardi, Juliet e Darius si unirono a noi. I loro piedi erano l'unica cosa che ero in grado di vedere, a parte il marciapiede.

Bella vista, pensai. *Semplicemente meravigliosa.*

Jace tornò a posarmi il palmo sulla schiena e mi spinse delicatamente in avanti. A differenza di quando eravamo saliti sull'auto, si rivolse a tutti quelli che ci circondavano, salutando il personale per nome e comportandosi in maniera gentile, pur mantenendo la sua autorità.

Lilith aveva scelto di intimorire.

Jace di condurre.

Interessante.

Ma il distacco che aveva mantenuto con l'autista mi aveva colpita. Mi chiesi ancora una volta se fosse un vampiro o un umano; incontrammo vari tipi di creature entrando nell'edificio. E Jace li trattava tutti allo stesso modo. Si fermò perfino alla reception per rivolgersi a un ragazzo e dirgli: «Per favore, porta i bagagli di Darius nella mia suite. Lui e Juliet staranno in una delle mie stanze per gli ospiti».

«S... sì, mio principe». Fu il suo balbettio esitante a tradire l'appartenenza del giovane al genere umano.

Quello, e la mancanza di un abbigliamento adeguato.

Non riuscivo a vedere al di sopra delle sue ginocchia, ma non indossava nulla di elegante. Solo un paio di pantaloni rossi e scarpe da ginnastica.

«Paula, terrò il membro dello staff...». Jace si interruppe. Voleva che qualcuno finisse la frase per lui.

«Numero Tredici, mio principe» sussurrò l'umano. Le parole gli uscirono a fatica. Come se non volesse pronunciarle, ma non avesse altra scelta.

«Il membro dello staff Numero Tredici» ripeté Jace in tono pensoso. «Sì, Paula, terrò il Numero Tredici per la notte. Assicurati di annotarlo nel suo file. Lo restituirò quando avrò finito. Sempre che sia ancora vivo».

«Ma certo, mio principe» rispose una donna, presumibilmente Paula.

Riprendemmo a camminare e mi domandai se Jace non si stancasse mai di essere trattato in modo così formale.

"Mio principe".

"Vostra Altezza".

Più e più volte, sempre con mormorii di assenso.

Quando entrammo nell'ascensore, nella mia mente continuavano a riecheggiare quei termini.

E poi Jace fu improvvisamente davanti a me. Mi spinse verso la parete, con una mano sul mio fianco e l'altra attorno alla mia gola.

Trasalii, rendendomi conto che eravamo rimasti soli nella piccola scatola di metallo. «Ti stai annoiando?» mormorò, alzandomi il mento e costringendomi a guardarlo negli occhi.

Nuvole di tempesta mi fissarono. Ebbi l'impressione che un fulmine gli lampeggiasse nelle pupille.

«No, mio principe» risposi, deliziata di poter dire qualcosa di diverso dal remissivo consenso che gli avevano rivolto al piano di sotto.

Inarcò un sopracciglio. «Ti stai divertendo?».

Ci riflettei per qualche istante, cercando di trovare una risposta arguta. «Sono pensierosa, Vostra Altezza». La formalità con cui fui di nuovo costretta a rivolgermi a lui mi fece quasi scoppiare a ridere.

Sto andando completamente fuori di testa.

O forse ero solo stanca. Esausta. Sopraffatta da tutto quello che era successo negli ultimi giorni. Sperduta in un mondo di umani sottomessi e di banale semantica.

Doveva esserne logorato anche Jace.

Avevo trascorso così poco tempo con lui, e già non ne potevo più di tutte quelle ridicole consuetudini.

«Pensierosa» ripeté. «Capisco».

Il suo palmo si strinse intorno alla mia gola, riducendo il passaggio dell'aria quel tanto che bastava per dirmi che avevo fatto qualcosa di sbagliato.

Non avevo idea di cosa fosse. Ero rimasta in silenzio e avevo fissato il pavimento dal momento in cui eravamo scesi dall'aereo. Nessuno mi aveva rivolto la parola. Solo lui. *Sua Altezza.*

Uno strano desiderio di ridere mi solleticò le viscere, facendomi dimenare appena.

Ora entrambe le sue sopracciglia erano sollevate.

E, per qualche motivo, trovai la sua espressione assolutamente esilarante.

Era davvero sorpreso dalla mia reazione? L'intera farsa instaurata nella società era incredibilmente comica.

Lilith esigeva simili formalità al laboratorio, ma non

era la stessa cosa. Forse perché possedeva tutti noi, nonché il bunker.

Ma anche Jace possedeva quel territorio e tutti i suoi sudditi.

Quindi no, la ragione doveva essere un'altra.

«Non riesco a decidere se in questo momento preferirei scoparti o ucciderti» mi informò Jace, strappandomi ai miei pensieri.

Un campanello suonò dietro di lui.

Mi trascinò via dalla parete dell'ascensore con la mano ancora attorno al collo, per poi guidarmi attraverso le porte e lungo il corridoio.

Mantenni il contatto visivo per tutto il tempo, rifiutando di guardarmi attorno e ispezionare il nuovo ambiente. Principalmente perché la furia che irradiava aveva monopolizzato la mia attenzione.

No. Non è furia. È fame.

Rabbrividii in risposta; il mio corpo reagì come se fosse stato programmato per soddisfare ogni suo bisogno.

Quel vampiro mi aveva intrappolata. Mi sentivo come una mosca nella sua ragnatela, in attesa di essere divorata. E bramando la morte.

«Mi stai stregando» mi accusò Jace, rubandomi i pensieri dalla mente. Allentò la presa sulla mia gola e continuò: «Dimmi a cosa stai pensando. Parla liberamente. Non ci sono dispositivi di registrazione o spie, nel mio spazio personale».

Le sue parole mi fecero riflettere. *Spie.* «È per questo che sei stato freddo con il tuo autista? È una spia?».

Jace sbatté un paio di volte le palpebre, evidentemente sorpreso. «Stavi pensando a Puck?».

«Sarebbe l'autista?».

«Sì».

«Oh. Non l'hai salutato come gli altri». Era un'osservazione banale, eppure ne sembrò intrigato.

«Affascinante che tu l'abbia notato. Dimmi di più».

«Su Puck?».

«Su tutto».

Aggrottai la fronte. «Non c'è molto da dire. Era tutto un coro di "Sì, mio principe" e "Ma certo, Vostra Altezza"». Cercai di pronunciare quelle parole nel tono più docile possibile, un tentativo che sembrò divertirlo enormemente. «Qualcuno ti dice mai di no?».

«Tu».

«Beh, ovvio. Non sono una schiava indottrinata».

«Eppure lavoravi per Lilith».

«Come ricercatrice capo» gli feci notare. «E mi dimostrò molto tempo fa che nulla di ciò che poteva farmi mi avrebbe uccisa, il che smorzò notevolmente la mia paura. Dopo tutto, il dolore è solo temporaneo».

«Scoparti» rispose.

Le rughe sulla mia fronte si fecero ancora più profonde. «Scusami?».

«Ho deciso. Voglio scoparti, non ucciderti. Ma stiamo per avere compagnia, quindi quello dovrà aspettare». Lasciò andare il mio collo e allungò la mano per sistemare una ciocca sfuggita dallo chignon. «Comunque sì, Puck è una specie di spia. Per questo mi comporto così quando sono con lui».

Mi sembrava una scelta… bizzarra. «Perché lo tieni con te?».

«Perché è un utile pettegolo che ama diffondere notizie sui miei affari privati. Pertanto, mi assicuro che senta esattamente quello che voglio. Poi lo racconta in giro, e come ricompensa io gli permetto di vivere. Per ora, almeno. Prima o poi avrò il piacere di ucciderlo».

«Capisco». Mi sembrava un'ottima strategia. Al suo posto avrei fatto lo stesso. «È un vampiro?» chiesi, curiosa.

«Ovvio. Gli umani non possono guidare».

«Oh».

Sorrise. «Un'altra tattica di controllo per indebolire la vostra specie».

«Eppure date loro delle armi» osservai, pensando ai vigilanti.

«Per usarle gli uni contro gli altri» rispose. «Sono troppo occupati a lottare per l'immortalità, per pensare di combattere contro di noi. E anche se ci provassero, i proiettili sono di piombo. Non ci farebbero nulla, al massimo un po' di fastidio. E poi ci vendicheremmo strappando la gola a chi ha sparato».

Ci riflettei sopra per qualche istante, poi annuii. Era una valutazione corretta.

Il suo sorriso si allargò, facendo comparire due piccole fossette sulle sue guance lisce. «La tua mente mi affascina».

«Perché?».

«Mi ricorda la mia» disse semplicemente. L'ascensore trillò di nuovo. «Resta come sei, Calina. Niente regole».

«Ma certo, mio principe» scimmiottai d'istinto.

Jace scoppiò a ridere. Il suo divertimento rivaleggiava col mio.

Uno scambio così strano, nato da un luogo che non comprendevo appieno ma di cui volevo sapere di più. Era la parte di me che aveva risvegliato. O forse la parte di me venuta alla luce con la morte di Lilith.

Non ero libera, eppure mi sentivo tale. Come se le mie catene fossero state rimosse, permettendomi finalmente di vivere come desideravo. Niente più compiti. Niente più laboratori. Niente più esperimenti. Niente più ordini.

Tranne quelli di Jace.

Ma i suoi non avevano lo stesso effetto di quelli di Lilith.

Perché?, mi domandai. Un ragazzo vestito con dei pantaloni larghi e rossi e una camicia dello stesso colore entrò nella stanza. *Il membro dello staff Numero Tredici*, mi resi conto, notando il suo aspetto segaligno e le guance infossate. Sembrava mezzo morto di fame. Rimasi scioccata dal vederlo camminare, per di più trasportando una montagna di bagagli.

Aveva lo sguardo rivolto a terra. I suoi capelli, un groviglio di riccioli, gli ricaddero sulla fronte quando si prostrò in un inchino traballante. Rimase in quella posizione, senza rialzarsi, in attesa di ulteriori istruzioni. Come aveva fatto Juliet sull'aereo.

Jace gli si avvicinò. Il suo sorriso si sciolse in un'espressione accigliata. «Ti farò due domande, Numero Tredici. Le risposte determineranno il tuo destino». Si fermò davanti a lui. «Alza il capo e guardami in faccia, così potrò giudicare la tua sincerità».

L'improvvisa trasformazione dell'atteggiamento di Jace mi fece venire il cuore in gola. Quel lato del reale mi ricordava un po' troppo Lilith e la sua propensione a degradare umani e soggetti di laboratorio per divertirsi.

Il ragazzo si raddrizzò. Sotto la scarsa illuminazione, le sue guance scavate gli gettavano delle ombre inquietanti sul viso. Le sue iridi verde chiaro si assottigliarono, fagocitate dalle pupille dilatate dalla paura. Ciò nondimeno, incontrò lo sguardo di Jace.

«Perché...». Jace si interruppe improvvisamente e abbassò gli occhi sul suo polso. «Uhm... devo rispondere. Non muoverti». Il comando era rivolto al servitore.

Jace si voltò senza dare spiegazioni, dirigendosi verso un paio di porte a lato della zona giorno. Vi sparì attraverso, lasciandomi sola con il maschio pietrificato.

Letteralmente pietrificato.

Nel senso che non si muoveva affatto.

E che aveva chiaramente preso le parole di Jace come un ordine a non respirare nemmeno.

«Ehm… penso che intendesse "resta qui"» sottolineai.

L'umano non rispose. Non sbatté nemmeno le palpebre. Qualche secondo più tardi, i suoi occhi iniziarono a riempirsi di lacrime e il suo viso si fece, se possibile, ancora più pallido.

«Sul serio, voleva solo dirti di non andartene» ritentai.

Niente.

Sospirai. «Puoi cercare di soffocarti solo fino a un certo punto, prima che il tuo corpo ti costringa a respirare. Tuttavia, nel tuo stato attuale, immagino che quel semplice atto ti farà perdere l'equilibrio. Il che ti porterà a spostarti in qualche modo, o più probabilmente a cadere. Quindi tanto vale che respiri. Lui non lo vedrà e io non glielo dirò. Ma se cadrai, se ne accorgerà di sicuro».

Non che pensassi che a Jace importasse davvero. Sospettavo che il suo ordine avesse lo scopo di tenere l'umano nella suite, non cristallizzato sul posto.

Gli occhi chiari del ragazzo si posarono su di me, fissandomi con una nota di disperazione e shock.

Un attimo dopo, vacillò e cadde di lato, atterrando con un tonfo sordo sul pavimento di marmo.

Lo guardai. «Visto?».

Il membro del personale Numero Tredici, che avevo abbreviato mentalmente in "Tredici", tentò di alzarsi di nuovo, ma le sue gambe glielo impedirono.

Uno strillo acuto lasciò le sue labbra. Si portò la mano all'inguine e si rannicchiò in posizione fetale.

Aggrottai la fronte. Sembrava soffrire molto.

Scalciai via le scarpe e mi accovacciai sul pavimento accanto a lui. Il mio istinto prese il sopravvento. Non ero esattamente un medico, ma sapevo abbastanza dell'anatomia umana per poter essere utile in certe situazioni.

«Ora, dimmi…».

Un rantolo interruppe la mia richiesta.

Poi Tredici si immobilizzò ancora una volta.

Solo che non fu più per obbedire al comando di Jace. Il suo corpo aveva avuto la meglio sulla sua coscienza e lo aveva fatto svenire.

Valutai il modo migliore per girarlo sulla schiena.

Allineando il mio avambraccio alla sua spina dorsale, gli avvolsi il palmo attorno alla nuca e gli afferrai il fianco con l'altra mano. Mi ci volle un po' a spostarlo, ma riuscii a farcela, pur mantenendo il suo collo protetto.

Poi gli controllai il battito; stava rallentando.

Anche il suo respiro era a malapena percettibile.

Considerando le sue guance infossate, il sudore che gli imperlava la pelle e il colorito cinereo, sospettai che di recente avesse perso troppo sangue.

Gli esaminai il collo alla ricerca dei segni di un morso. C'era una cicatrice ben evidente, ma non era fresca.

Osservai con attenzione anche il suo torso.

Poi le braccia.

E quando gli spostai la mano dall'inguine, mi accorsi che aveva il palmo macchiato di rosso. Corrispondeva al colore dei suoi pantaloni, ma capii che la tinta non proveniva dal tessuto.

No.

Qualcuno l'aveva morso tra le cosce e lo aveva lasciato a morire dissanguato.

Deglutii la bile che mi era risalita in gola e gli sbottonai i pantaloni. Poi iniziai ad abbassare la cerniera…

«Cosa cazzo stai facendo?».

JACE

Il resoconto di Damien mi aveva sorpreso. Soprattutto perché era riuscito a trovare la fonte dell'arma che Lilith aveva usato di recente su Ryder. Aveva anche scovato una serie di registrazioni lasciate per qualcuno a cui Lilith si riferiva come "mio signore".

Tornai dagli umani con una domanda sulle labbra; volevo chiedere a Calina se Lilith avesse mai nominato un re o un signore.

Solo che la trovai intenta a slacciare i pantaloni di un altro uomo.

Una visione che cancellò qualsiasi altra domanda, se non: «Cosa cazzo stai facendo?».

Non rispose immediatamente. Le sue mani continuarono a muoversi, e il suono della cerniera mi irritò le orecchie.

Poi ebbe il coraggio di abbassargli i pantaloni.

«*Calina*». Pronunciai il suo nome in un ringhio, mentre l'odore di sangue fresco prese a solleticarmi le narici.

Lei trasalì. Non tanto in risposta a me, ma a qualsiasi cosa avesse visto.

La mia furia iniziò ad attenuarsi, soffocata da una nube di comprensione e confusione. Avevo appena reagito irrazionalmente.

Perché?

Perché pensavo che stesse giocando con un mortale nel mio salotto?

Adoravo condividere. E amavo anche guardare. Eppure, l'idea di vederla in ginocchio, pronta a compiacere un altro, mi aveva momentaneamente distratto dall'ovvietà della situazione. Il ragazzo era svenuto per aver perso troppo sangue.

E lei aveva appena trovato la ferita che lo stava prosciugando.

Scossi la testa e mi unii a lei. Imprecai alla vista del suo cazzo gravemente ferito. Qualcuno lo aveva morso più volte, probabilmente mentre era eccitato, e poi si era nutrito dalla sua arteria femorale fin quasi a ucciderlo.

«Bene. Questo risponde alla mia prima domanda» mormorai.

Volevo chiedergli perché stesse zoppicando. Avevo sentito l'odore di sangue, che suggeriva un pasto sfuggito di mano. Solo che non mi ero reso conto di quanto.

«Come diavolo ha fatto a portare i bagagli fin qui?» mi domandai a voce alta, osservando prima lui, poi le borse di Juliet e Darius.

«Presumo non abbia avuto scelta» rispose Calina con un tono privo di emozione. «È chiaro che vuole sopravvivere, al punto che quando hai lasciato la stanza ha smesso di respirare».

Corrugai la fronte. «Mi sembra l'opposto di cercare di sopravvivere».

«Gli hai detto di non muoversi. L'ha preso alla lettera». Finì di togliergli i pantaloni e iniziò a esaminare la ferita sulla coscia del giovane. «Ha bisogno di punti, e probabilmente anche di una trasfusione». Il suo sguardo si spostò sul suo sesso insanguinato. «A seconda di quanto sono profonde queste incisioni, potrebbe essere necessario…».

«Santo cielo» boccheggiò Darius, entrando nella suite con Juliet al suo fianco. «Che cazzo, Jace?».

Lo guardai. «Sai benissimo che non amo nutrirmi in questo modo».

Mordere una femmina tra le cosce fino a farla venire era un conto. E non era nemmeno una questione di cibarsi, visto che in quella zona il sangue non fluiva bene come nell'arteria femorale. Era per quello che affondavo a malapena le zanne, quando banchettavo sulla carne umida di una donna.

Chiunque avesse inflitto quei morsi all'umano voleva chiaramente fargli del male.

Calina si alzò di scatto. «Ho bisogno di medicine e strumenti adatti».

«Hai intenzione di operarlo?» le domandai, vagamente divertito all'idea. E anche un po' sbalordito dal fatto che si aspettasse che fosse quella la soluzione. Dimostrava quanto poco capisse della società in cui vivevamo.

Quasi tutti i reali nella mia posizione avrebbero semplicemente finito il lavoro e lasciato che l'umano morisse.

Ma Calina voleva salvarlo.

In quel caso specifico, desideravo lo stesso risultato. Volevo sapere chi gli avesse fatto una cosa del genere in mia assenza. Il mortale era di mia proprietà ed era stato assegnato alla mia torre. Il che significava che non avrebbe dovuto essere nel menu; quel destino spettava ad altri umani.

Certo, non ero d'accordo con le regole della società.

Ma era parte del mio ruolo farle rispettare. Almeno finché non fossi riuscito a cambiarle.

«Sì». Calina mi guardò. «Dov'è l'ospedale più vicino?».

Le rivolsi un sorriso sardonico. «Tesoro, gli ospedali servono agli umani, non agli immortali. Pertanto non esistono più». A parte le cliniche per la riproduzione. Ma quelle avevano una funzione ben precisa, e salvare la vita di quell'uomo non sarebbe stata una priorità.

Calina non fece una piega. «Allora dove posso trovare ciò che mi serve?».

«Da nessuna parte».

«È impossibile che non ci siano nemmeno aghi e sacche di sangue» rispose con lo stesso atteggiamento imperturbabile. «E sono sicura che il suo gruppo sanguigno sia registrato in qualche fascicolo. È così che catalogate gli umani, no?».

«Non gli è rimasto molto tempo. Non riusciresti a salvarlo».

«Allora dagli il tuo sangue».

Le mie sopracciglia schizzarono in alto. «Il mio sangue?».

«Sì. Ne ho sperimentato gli effetti. Sei antico e potente. La tua essenza dovrebbe essere sufficiente a guarirlo».

«E perché dovrei farlo?». Avevo tutte le intenzioni di salvarlo, ma la sua insistenza nell'aiutare il mortale mi affascinava.

«Perché non sei Lilith».

«No, non lo sono. Ma ciò non significa che la sua vita abbia un qualche valore per me». Gli umani morivano ogni giorno. Erano cibo. E per quanto non fossi d'accordo col loro trattamento, riconoscevo comunque quale fosse il loro posto nel mondo.

«C'è un motivo se hai scelto lui per portare i bagagli. E non era certo per lasciarlo morire nel tuo salotto». Incrociò le braccia. «Salvalo».

«Primo, non prendo ordini da nessuno se non da me

stesso. Secondo, è un servo. Ecco perché gli ho fatto portare le mie valigie».

«Non è l'unica ragione. L'altra era di dare spettacolo alla reception in modo che tutti credano alla tua messinscena. E avevi anche due domande per lui. A una hai già avuto risposta; salvalo e potrai chiedergli l'altra». Calina parlò con un tono disinvolto, determinata a ottenere quello che voleva.

E cazzo se non me lo fece diventare duro di nuovo.

Tra l'altro, avevo la netta impressione che riuscisse a leggermi dentro. Probabilmente perché, avendole illustrato i miei piani, le era facile intuire le mie motivazioni. Ma sospettavo che la cosa andasse molto più in profondità.

Quella donna analizzava le situazioni con un acume che rivaleggiava con il mio.

«Attenta, Calina» la avvisai. Perché se avesse continuato così, sarei stato tentato di tenerla per sempre con me.

Certo, la possedevo già.

Quindi il mio avvertimento era abbastanza inutile.

Arrivati a quel punto, avevo comunque tutte le intenzioni di farlo.

«Sta per morire» disse in tono piatto. «Senza le attrezzature adeguate, non posso aiutarlo. Solo tu puoi. Mi hai suggerito di osservare il tuo modo di governare. In questo momento, non ne sono per nulla colpita».

Fui sul punto di scoppiare a ridere. «Quello era alla server farm, tesoro. E sappiamo entrambi che laggiù sei stata decisamente colpita dalle mie azioni». Per non parlare di ciò che era successo sull'aereo.

Colse il mio palese doppio senso e mi rivolse un'occhiata gelida. «Stai perdendo tempo con giochi di parole quando potresti salvarlo. È deludente».

«Non si tratta di un gioco». Anche se capivo perché la vedesse così. «È più che altro un esperimento».

«Cosa stai testando?».

«Te» risposi semplicemente. Poi mi morsi il polso e mi chinai. Premetti la ferita sulla bocca dell'umano, inclinandogli la testa all'indietro per ricevere il liquido rivitalizzante.

Forse si sarebbe soffocato.

Forse avrebbe deglutito.

Dipendeva tutto dalla sua determinazione.

«Vuoi conoscere le mie scoperte?» le chiesi mentre attendevo che il ragazzo scegliesse il suo destino. Istintivamente, il suo corpo avrebbe dovuto accettare la mia essenza. Ma se mentalmente era già troppo compromesso, avrebbe preferito annegare.

Le menti dei mortali erano volubili e si rompevano troppo facilmente.

Ma uno spirito combattivo sarebbe sempre riuscito a sopravvivere.

Calina si inginocchiò dall'altro lato dell'umano. Gli accarezzò la gola con un dito, come a volerlo esortare a ingoiare il mio sangue.

«Lilith ha condotto esperimenti su di me per quarant'anni. Sono sicura che nulla di ciò che hai scoperto nei tuoi studi qualitativi possa sorprendermi». Lo disse sottovoce, ma con una convinzione che sentii nel profondo.

«Mi sono reso conto di quanto bene tu riesca a leggermi dentro» le risposi onestamente. «Di come tu sia in grado di interpretare e comprendere perfettamente le mie azioni». Incontrai il suo sguardo sopra l'umano. «E ne sono impressionato».

Sbatté le palpebre, poi abbassò gli occhi sul maschio, che aveva finalmente iniziato a deglutire. Dopo qualche istante, li rialzò di nuovo su di me. «Mi sbagliavo» disse con lo stesso tono sommesso. «Questo sì che mi sorprende».

Sorrisi e tolsi il polso dalla bocca del servitore; sapevo che aveva ricevuto abbastanza sangue per iniziare il processo di guarigione. «E ora ho bisogno che continui a impressionarmi». Mi alzai e le tesi la mano. «Damien mi sta inviando i file che ha scaricato. Voglio che mi aiuti a esaminarli».

La sua attenzione tornò ancora una volta sul ragazzo. Si accigliò. «Ha bisogno che qualcuno si prenda cura di lui».

«Ha bisogno di riposo» la corressi. «Darius lo sistemerà da qualche parte, al sicuro. Quando si sveglierà, gli chiederò chi lo abbia ridotto così e partiremo da lì». Mi rivolsi al mio sovrano. «Ha un fascino giovanile. Penso sia stato Gaston».

L'espressione di Darius rimase impassibile. «Sì, ho visto il suo nome nel registro dei visitatori».

«Sono sicuro che non ti dispiacerà fargli sapere come mi sento riguardo alla sua trasgressione, ammesso che si determini che sia stato lui». Alcuni mesi prima, Gaston si era offerto di diventare mio sovrano. Avevo rifiutato, preferendogli Darius.

Come se avessi mai potuto promuovere un vampiro che si divertiva a scopare e mangiare bambini.

«Sarò lieto di recapitare il messaggio» confermò Darius.

«Non ne dubitavo. Probabilmente se lo aspetta». Che era il vero motivo per cui avevo chiesto proprio a quell'umano di portarci i bagagli.

Mi ero accorto quasi subito dello stato del servitore. Chiedergli pubblicamente di portarmi le borse era stato un sottile avviso a chiunque l'avesse toccato che non solo ero consapevole di come stesse il ragazzo, ma che ci sarebbero state delle conseguenze.

«Dovrò dargli un nuovo lavoro» continuai, ragionando a voce alta sulla situazione. «Al ragazzo, dico. Non a Gaston».

«Sono sicuro che a Ida non dispiacerebbe un po' di aiuto in casa. Sta invecchiando, il che rende un giovane maschio esattamente ciò di cui ha bisogno per assisterla con i lavori più pesanti».

Annuii. «Sì. Consideralo un regalo da parte mia. Ma prima voglio un nome».

«Anch'io».

«No, tu vuoi quello di Gaston».

«O di Sebastian» ribatté.

«Non sarà Sebastian. È affamato di potere, ma rispettoso». Il vampiro più anziano non mi era mai stato antipatico. Per questo l'avevo nominato reggente, un ruolo un gradino più in basso di un sovrano. Non mi fidavo abbastanza di lui per dargli maggiori responsabilità, ma mi piaceva abbastanza da metterlo alla prova. E finora non mi aveva deluso.

«Vedremo se sarò d'accordo con te dopo aver cenato con lui, domani» commentò Darius con un tono dubbioso.

«Potrebbe sorprenderti» risposi. Dicevo sul serio. Poi la mia attenzione tornò sulla bionda inginocchiata accanto all'umano. «Calina?».

Le sue dita erano ancora sul collo del ragazzo. «Il suo battito è di nuovo regolare».

«Sì». Lo sentivo pulsare nell'aria con un ritmo invitante. Proprio come riuscivo a sentire anche quello di lei. Tra i due, ero più attratto da quello della dottoressa. E dal suo profumo.

Non riuscivo quasi più a percepire l'odore di Juliet. La sua essenza non attirava più il mio lato da predatore.

Calina mi aveva stregato.

E quando i suoi begli occhi chiari si alzarono per incontrare i miei, capii perché.

Mi affascinava da ogni punto di vista.

«Vieni» le dissi, faticando a ricordare cosa avevo bisogno che facesse. Nella mia mente c'era soltanto l'immagine di lei, in ginocchio, con il mio cazzo tra le sue belle labbra carnose.

Ahimè, era quasi l'alba.

Ci restavano meno di due giorni per prepararci al viaggio nella regione di Lajos.

E la leggera vibrazione sul mio polso mi ricordò cosa dovevamo fare nel frattempo.

«I file stanno iniziando ad arrivare» annunciai, ricordandomi del nostro compito. «Damien ha detto che ci sono delle registrazioni che dobbiamo esaminare. Sembra che Lilith abbia lasciato delle istruzioni su come prendere il controllo dell'operazione».

«Istruzioni?» ripeté Darius.

Annuii. «Per qualcuno che considerava il suo re».

Calina accettò il mio aiuto ad alzarsi e si accigliò. «Il suo re?».

«Damien ne ha sentite solo alcune, ma in tutte le registrazioni Lilith si rivolge a qualcuno chiamandolo "mio re" e "mio signore". Damien ha detto che ce n'è uno per ogni anno, più alcuni che devono essere stati inviati dopo la sua morte».

«Ciò significa che quel qualcuno li sta ascoltando anche ora?» indovinò Darius.

«È quello che sospetta Damien. Sta ancora cercando di rintracciare il segnale per scoprire dove si stiano dirigendo, ma al momento è molto occupato con i licantropi».

«È andato tutto bene con gli uomini di Luka?».

«Il rapporto è stato breve». La telefonata era durata

solo un paio di minuti. «Mi ha aggiornato sulle registrazioni e mi ha confermato che ce le stava inviando. Poi ha detto che hanno trovato l'arma che indebolisce la mente di cui aveva parlato Ryder. Stanno ancora sgomberando tutto, anche adesso, e stanno cercando di occuparsi al meglio di un gruppo di soggetti di studio licantropi. Dovrebbe chiamarmi di nuovo tra un'ora con maggiori informazioni».

Darius abbassò il mento in un cenno d'assenso. «Allora è meglio che iniziamo subito con le registrazioni».

«Sono d'accordo». Guardai Calina. «Pronta a impressionarmi di nuovo, genietto?».

LILITH

Sei pregato di attendere. C'è un importante messaggio in arrivo dal tuo assistente.

Il messaggio inizierà tra tre, due...

Mio signore, sembra che la vostra squadra di recupero sia stata intercettata alla server farm. Un team di sicurezza è sul posto per esaminare i danni, ma sospetto che l'intero team sia stato compromesso, dato che il bunker 27 è appena andato offline. La mia fonte interna sta ancora valutando la situazione. Tuttavia, temo che la resistenza sia vicina a scoprire la vostra identità e la vostra posizione. Vi suggerisco di attivare il protocollo "Escalation". Ditemi come desiderate procedere.

Clicca sulla freccia verde per attivare il protocollo "Escalation". Oppure clicca...

La prossima registrazione inizierà tra tre... due...

Se state guardando questo video, per prima cosa devo scusarmi, perché ho chiaramente fallito. Non mi dilungherò su questo punto perché il tempo è ormai di fondamentale importanza, e farò invece del mio meglio per riguadagnare la vostra fiducia.

Registro questo messaggio ogni mese per assicurarmi che abbiate sempre i dettagli più aggiornati sulla nostra situazione. Oggi inizia il quarto mese dell'anno centodiciassette. Mancano otto mesi alla prossima cerimonia del Giorno del sangue.

Gli eventi più recenti si stanno dimostrando un ostacolo al raggiungimento dei nostri obiettivi. Silvano ha deciso di dichiarare guerra ai suoi vicini, i licantropi del clan Clemente. Com'era prevedibile, ha perso.

E adesso c'è una triade a capo del clan, composta da tre membri della resistenza.

Sembra che Jolene abbia ricominciato con i suoi giochetti.

Avevate ragione a dubitare dei licantropi e della loro capacità di collaborare in modo appropriato con i vampiri. Suppongo che un nuovo ordine mondiale potrebbe essere necessario, nel prossimo futuro. Ho concesso a un membro della loro specie la posizione di magistrato, come avevamo discusso, ma chiaramente non è abbastanza.

Fortunatamente, la maggior parte dei licantropi sembra indifferente a ciò che accade e perfettamente a suo agio con la situazione attuale. Soddisfare i loro bisogni legati alla caccia della luna e alla riproduzione si sta dimostrando sufficiente a tenerli a bada. Almeno per ora.

In seguito a quello che è successo nel territorio del clan Clemente, un vecchio vampiro è uscito dal suo nascondiglio.

Ryder.

Ha assunto temporaneamente il ruolo di reale della regione di Silvano.

La sua fedeltà resta tutta da vedere, ma considerando la sua propensione a infrangere le regole, temo si rivelerà un problema. Tuttavia, dubito fortemente che decida di schierarsi con la resistenza. Gli è sempre importato solo e soltanto di se stesso.

In allegato troverete tutto quello che so sulla resistenza

grazie alla nostra fonte interna. Sono sicura che la nostra risorsa si metterà in contatto appena possibile.

In allegato c'è anche una lista dei nostri alleati. Allo stato attuale, questi vampiri sono a conoscenza della nostra alleanza segreta e vi sosterranno nella vostra ascesa al potere.

L'ultima lista contiene i nomi dei licantropi il cui supporto dovrebbe essere semplice da ottenere.

Ovviamente, potete sempre considerare l'utilizzo del protocollo di memoria per persuadere altri a unirsi a noi. Ma lascerò a voi il giudizio finale.

Per iniziare a consultare i dati sulla resistenza, digita: Resistenza.

Per iniziare a consultare i dati sugli alleati, digita: Alleati.

Per iniziare a...

File sugli alleati eseguito.

Clicca sulla freccia verde per visualizzare maggiori informazioni su Lajos.

Opp...

File su Lajos eseguito.

JACE

Sebastian e Gaston finirono per rivelarsi l'ultimo dei nostri problemi.

Darius dovette comunque partecipare alla cena per mantenere le apparenze. Nonostante la sua reticenza, fu un'esperienza positiva, perché Sebastian trascorse tutta la serata mostrandosi ammirevolmente rispettoso. A quanto sembrava, voleva soltanto ottenere il permesso di costruire una nuova tenuta sulla costa.

Glielo concessi immediatamente, attraverso un messaggio, poi tornai a esaminare i file inviati da Damien in compagnia di Calina.

C'erano molti rapporti sui risultati di varie ricerche, di cui la maggior parte erano legate agli studi effettuati nel bunker 47. Ma c'era anche una serie di video con Lilith, girati in vari momenti negli ultimi centodiciassette anni.

Dopo aver finito di esaminare i risultati delle ricerche, e aver determinato che il nome di Cam non compariva da nessuna parte, passai ai video.

Erano dei rapporti annuali, che non trovai particolarmente interessanti; avevo partecipato a tutte le cerimonie del Giorno del sangue fin dall'inizio, di conseguenza sapevo tutto quello che c'era da sapere al riguardo.

Ma ero affascinato dalla sua voce, così come dal suo continuo rivolgersi al suo "signore". I video erano destinati a qualcuno che considerava un suo superiore, ed era *quel* dettaglio a incuriosirmi.

Per giunta, parlava con una devozione che non avevo udito in più di un secolo, suggerendo che il suo interlocutore fosse Michael.

Solo che era morto.

«È completamente pazza» sentenziò Darius dopo il terzo video.

Avrei voluto dargli ragione, ma la logica me lo impediva. Perché tutto quello che aveva messo in moto era troppo brillante per essere stato creato da un folle.

Così passai due giorni interi a esaminare tutto quello che potei.

Damien aveva impostato una backdoor per connettersi alla server farm, permettendoci così di accedere a tutti i documenti presenti nella struttura. Era più facile che tentare di scaricarli tutti, dovendo anche trovare un luogo adatto alla loro archiviazione.

Calina l'aveva capito meglio di me, dal momento che aveva anche aiutato il vampiro nella configurazione.

E aveva continuato a lasciarmi di stucco nel corso del nostro breve soggiorno a Jace City.

Proprio come stava facendo in quel momento, seduta accanto a me sul jet che ci stava conducendo nella regione di Lajos.

Indossava uno degli abiti che le avevo comprato. Il tessuto blu scuro metteva in risalto ogni curva del suo splendido corpo. Mi ci volle un autocontrollo d'acciaio per non tirarmela in grembo e approfittare della sua scollatura profonda. Il fatto che l'avessi a malapena toccata negli ultimi due giorni, concentrato com'ero sui file inviati da Damien, di certo non aiutava.

L'unica volta in cui mi ero concesso una pausa era stato quando il proprietario di una boutique si era presentato nella suite con dei vestiti da far provare a Calina. Mi ero calato nel mio ruolo con facilità, dettando le mie richieste, e lei aveva recitato egregiamente la parte dell'umana sottomessa.

Non appena l'uomo se ne era andato, Calina era tornata al suo solito atteggiamento sicuro di sé e aveva ripreso a esaminare i documenti con me. Per tutta risposta, mi ritrovai sul punto di scoparla sulla scrivania. Ma nel frattempo aveva scoperto un file riguardante un protocollo relativo alla morte di Lilith, distraendomi così dal mio intento.

Aveva ipotizzato che qualcuno stesse guardando i video in quel momento, o che comunque l'avesse fatto di recente. Nel primo della serie, infatti, Lilith informava il suo interlocutore che il video sarebbe stato riprodotto nel caso in cui qualcosa fosse andato terribilmente storto. Il che, secondo Calina, si riferiva alla morte della vampira.

Ero d'accordo.

Quello che stavamo visionando in quel momento riguardava un protocollo denominato "Escalation". Lo aprii sullo schermo cinematografico presente nella cabina, in modo che potessero guardarlo anche Darius e Juliet.

«Dove sono gli allegati?» chiese Darius, non appena finì.

«Non ci sono» rispose Calina. Teneva in grembo il laptop collegato allo schermo. «Immagino che siano in un luogo diverso, o che Lilith li abbia archiviati in un'altra server farm».

«Sarebbe una mossa intelligente» ammisi. «E grazie a uno dei video, sappiamo già che esistono altre server farm».

Calina annuì. «Anche molti rapporti sono

frammentati». Aprì un file relativo a un esperimento su un licantropo, grazie al quale Lilith aveva creato l'arma usata su Ryder. «Per esempio, sappiamo che questo è incompleto grazie ai documenti recuperati da Damien nel bunker 27».

«Già» concordò Darius.

Calina iniziò a scorrere altre registrazioni, la maggior parte delle quali riguardava ancora una volta il Giorno del sangue, in quello che era una sorta di rapporto annuale da parte di Lilith.

Bevvi un altro sorso di vino, annoiato.

Ma Calina sembrava affascinata da quella marea di informazioni. E anche Juliet. Per loro era tutto nuovo. Così le lasciai continuare, dedicandomi invece all'ultimo aggiornamento di Damien.

«Sono riusciti a far uscire anche l'ultimo dei licantropi dalle gabbie» informai Darius. «Ora Luka si sta occupando di loro. Finora hanno dovuto abbatterne due; erano troppo feroci e rappresentavano una minaccia per il clan Majestic».

A quanto sembrava, c'era un punto in cui la parte umana di un licantropo moriva completamente. In quel caso, però, Luka sospettava che alla parte umana non fosse mai stata concessa la possibilità di formarsi. E, purtroppo, i licantropi erano troppo forti per essere semplicemente liberati in natura.

«A questo punto, chiunque stesse aspettando un aggiornamento dai vigilanti dev'essere al corrente del nostro intervento» disse Darius dopo un altro quarto d'ora trascorso a esaminare le registrazioni di Lilith. «E da quello che implicano questi video, questo qualcuno conosce anche l'identità di coloro che si oppongono all'Alleanza».

«Sì». Tuttavia, Lilith non ci aveva nominati in nessun

rapporto, e Calina non aveva ancora trovato i nostri nomi nei file. Non ancora, almeno.

«Potremmo volare dritti in una trappola» aggiunse Darius.

«Sì» ripetei. «Supponendo che Lajos appoggiasse davvero il regime di Lilith».

Non avevamo trovato prove nemmeno di quello. Non conoscevamo i nomi dei suoi alleati, esattamente come non avevamo idea di chi fosse il destinatario dei suoi rapporti.

«Non abbiamo altra scelta che procedere» continuai. «Dobbiamo trovare il bunker 37. Inoltre, possiamo sfruttare questo viaggio per dimostrare che Lilith aveva torto. È impossibile che avesse le prove dei nostri piani, quindi si tratterebbe solo di congetture. Non abbiamo ancora fatto nulla. Quindi forse potremmo provare la nostra lealtà all'Alleanza e al tempo stesso rassicurare Lajos».

«O potremmo semplicemente ucciderlo» suggerì Darius.

Sorrisi. «Ti piacerebbe, eh?».

«Molto».

«Se dovesse dimostrarsi inutile, prenderò in considerazione la tua proposta» gli promisi.

«Ho come un déjà-vu» commentò. Non aveva ancora superato l'ordine che avevo emanato il giorno prima.

Il membro dello staff Numero Tredici aveva confermato che era stato Gaston ad averlo quasi ucciso, cosa che normalmente gli sarebbe valsa l'esilio. Non prendevo alla leggera chi toccava la mia proprietà senza permesso, e un membro dello staff non era parte del menu.

«Gaston è ancora utile» ricordai a Darius. «Mi aiuta a mantenere la mia immagine, che ora sappiamo essere più importante che mai. Sulla base dei rapporti di Lilith, se non altro».

«Era chiaramente pazza».

«Ultimamente non fai che ripeterlo» mormorai. «La domanda è: quanti le credevano? Più cose posso fare per confutare queste supposizioni, più facile sarà per tutti noi».

Perché così avrei potuto avvalermi dell'effetto sorpresa. Nonché sopravvivere abbastanza a lungo da poter pianificare adeguatamente la mossa successiva.

Se avessi confermato le voci messe in giro da Lilith su di me, alla notizia della sua morte i suoi sostenitori mi si sarebbero rivoltati contro. Ma se avessero continuato a dubitare, forse avrebbero esitato abbastanza da permettermi di avere la meglio.

Si trattava di usare la logica e di manipolare adeguatamente i membri dell'Alleanza.

Cosa che non avrei mai potuto fare, giocando a carte scoperte.

«Non riesco a credere a ciò che sto per dire» cominciò Darius, schiarendosi la voce. «Ma mi piace molto il piano di Ryder di presentarci alla riunione, la prossima settimana, gettare la testa mozzata di Lilith in mezzo alla stanza e farla finita».

Per quanto apprezzassi l'immagine suscitata dalle sue parole, scossi comunque il capo. «Genererebbe il caos».

«Accadrà a prescindere» fece notare lui.

Sospirai. «Lo so. E quello che abbiamo scoperto nel bunker 27 non aiuterà di certo». Una volta che i licantropi avessero saputo quello che aveva fatto Lilith ai loro simili, si sarebbero ribellati contro i vampiri che avevano condonato le sue azioni.

La settimana dopo ci sarebbe stato un disastro di proporzioni epiche, a meno che non trovassimo un modo per rimandare la riunione.

Avere il telefono di Lilith aiutava, ma non era da lei nascondersi in una regione per troppo tempo. Stavamo già sfidando la sorte con la messinscena imbastita da Ryder e Willow.

Dovevamo trovare Cam.

«In ogni caso, dobbiamo comunque rassicurare Lajos» dissi, ripetendo la mia affermazione di poco prima. «Almeno temporaneamente. Il che significa stare al gioco e ottenere la libertà di vagare nel suo territorio. Poi troveremo il bunker basandoci sulle informazioni che Damien ha ottenuto dai vigilanti».

«E Jasmine?» incalzò Darius.

«La vedrò per capire cosa desidera. E sfrutterò l'incontro per valutare il suo carattere».

Darius sbuffò. «Ti posso fare subito un sunto del suo carattere, Jace. È una stronza sadica».

Mi sfuggì una risatina. «Quella descrizione si addice a metà del consiglio».

«Diciamo pure tre quarti».

«Ma devi anche considerare tutti quelli che stanno fingendo, come stiamo facendo noi» ribattei. «Voglio dire, un anno fa avresti mai creduto che Kylan potesse essere dalla nostra parte?».

Darius restò in silenzio per qualche istante, poi scosse lentamente la testa. «Né tantomeno Ryder».

«Esatto». In politica, distinguere i nemici dai potenziali alleati era la parte più difficile. «Lajos è una causa persa». Su quello non avevo dubbi. «Ma Jasmine mi incuriosisce».

«Allora cosa suggerisci?».

«Andremo in uno dei rinomati club di Lajos».

Gli occhi verdi di Darius lampeggiarono di irritazione. «Sapevo che l'avresti detto».

«Allora perché me l'hai chiesto?».

«Speravo di sentire una risposta diversa».

«Mi conosci».

Digrignò i denti, e il suo sguardo si posò su Juliet. «Vorrà un assaggio».

«Allora ti suggerisco di mettere su un bello spettacolo per distrarlo» risposi. «È quello che faremo io e Calina».

Inarcò le sopracciglia. «Hai intenzione di dirgli di no, nel caso in cui te lo chiedesse?».

«Sì». Non approfondii, ma la sera precedente avevo preso la mia decisione. Il suo sangue era raro e irresistibile; avrebbe rappresentato un pericolo troppo grande. E considerando quanto si era dimostrata utile, non volevo rischiare di perderla a causa di un vampiro famelico. «Il mio piano è di perdere il controllo nel suo club, che è volutamente provocante, in modo da non lasciargli abbastanza di cui godere».

«Capisco». Darius si grattò la mascella e lentamente inclinò il capo di lato. «Seguirò il tuo esempio».

Lanciai un'occhiata verso Calina e la trovai intenta a fissarmi. «Dimmi, genietto».

«Ti aspetti che rimanga in silenzio durante l'atto di cui stai parlando?». Il suo tono non lasciò trasparire nulla; il suo stoicismo era quasi ammirevole.

Solo che riuscii a percepire il suo interesse.

Ovviamente, mi avrebbe detto che era solo la sua reazione naturale alla prospettiva di essere divorata da un predatore.

«Te lo farò sapere» risposi, incerto su cosa volessi. Avrei lasciato che fosse l'atmosfera a determinare come si sarebbe sviluppata la situazione.

Abbassò il mento in un cenno d'assenso e tornò a concentrarsi sui file. Iniziò un altro video; sulla base dell'introduzione di Lilith, doveva essere stato girato due anni prima.

Sbadigliai, se possibile ancora più annoiato.

Quello di qualche settimana prima, che riportava gli eventi di ciò che era successo tra Silvano e il clan Clemente, era molto più interessante. Soprattutto perché Lilith era sembrata un po' agitata, e per tale ragione aveva deciso che l'Alleanza si sarebbe incontrata ogni tre mesi.

La prima riunione era fissata per la settimana successiva.

Ripensai ancora una volta alla proposta di Ryder, riproducendo lo scenario nella mia testa.

Ci sarebbero state delle esclamazioni di sorpresa. Ma quanti avrebbero reagito davvero? La società aveva anestetizzato le nostre emozioni al punto che molti avrebbero potuto non fare una piega.

Il caos di cui avevo parlato era riferito alla lotta politica per occupare il ruolo lasciato vacante da Lilith. Kylan sarebbe stato il prossimo in linea di successione, sulla base dell'età. Ma lui non voleva quella posizione. Il che significava che sarebbe toccato a me. E per quanto non avessi problemi ad accettare, sapevo che molti licantropi non sarebbero stati d'accordo con la mia nomina.

Altri avrebbero sostenuto che era il turno dei licantropi di governare.

A quel punto, i vampiri avrebbero fatto notare che i licantropi morivano, una caratteristica che li rendeva leggermente inferiori.

E non appena fossero emersi i dettagli sulle ricerche di Lilith, la situazione sarebbe notevolmente peggiorata.

Dovevo assolutamente scoprire chi le avesse approvate, in modo da offrire ai lupi un bersaglio per la loro furia. Se l'avessi presentato in modo appropriato, avrebbero eliminato tutti gli oppositori di una potenziale riforma.

D'altro canto, anche conquistare la fiducia e il supporto di quei licantropi sarebbe stato difficile. Quello che aveva fatto Lilith ai membri della loro specie era imperdonabile, e non mi sarei stupito se i lupi avessero incolpato l'intera razza dei vampiri.

E poi c'era anche il problema dell'esistenza di Calina. In quanto ricercatrice capo, i licantropi avrebbero preteso la sua testa. Sei giorni prima, gliel'avrei concessa.

Ma non ne ero più così sicuro.

Una bizzarra rivelazione, considerando che non ero uno da legami affettivi. Ma si era dimostrata utile.

E non avevo ancora finito di assaggiarla.

Forse la visita nella regione di Lajos avrebbe placato il mio desiderio.

Sbirciai ancora in direzione di Calina; il mio sguardo cadde automaticamente sulla sua deliziosa scollatura.

O forse questa impresa peggiorerà ulteriormente la situazione.

CALINA

Tredici apparve nella cabina principale e annunciò: «Sal dice che atterreremo tra dieci minuti». Aveva le guance arrossate.

«Perfetto. Grazie» rispose Jace. «Hai scelto un nuovo nome?».

La domanda fece illuminare il ragazzo. Jace gli aveva detto di smetterla di inchinarsi, e si capiva dalla sua postura rigida quanto sforzo gli richiedesse obbedire. Ma si schiarì la voce e disse: «Anvil».

«Anvil» ripeté Jace.

«L'ha suggerito Sal» spiegò Tredici. *O meglio, Anvil.*

Jace annuì. «Ha sempre avuto un debole per tutto ciò che inizia per "a"». Si rivolse a me. «Quando era una mortale, Sal faceva l'astronauta. Continuò a coltivare la sua passione anche dopo essere stata trasformata, ma poi decise di optare per l'aviazione. E adesso è la mia pilota principale». Il suo sguardo tornò sull'umano. «Che Anvil sia. Ammesso che Darius sia d'accordo».

«Anvil va benissimo» rispose l'altro vampiro, la cui attenzione era tutta rivolta a Juliet. «Ma temo che Sal non voglia lasciarlo andare».

«Vedremo» mormorò Jace. «Fa' sapere a Sal che ci stiamo preparando per l'atterraggio».

Anvil iniziò a inchinarsi, ma poi si raddrizzò di colpo con un: «Grazie, mio principe». E tornò rigidamente alla cabina di pilotaggio.

«Calina. Ho bisogno che ti cambi. Mettiti il vestito rosso». Jace parlò senza guardarmi. «Adesso, per favore».

Chiusi il laptop e lo appoggiai sul tavolino, poi mi alzai.

Negli ultimi due giorni, avevamo trascorso soltanto qualche minuto in mezzo agli altri; non avevo dovuto fingere troppo a lungo. Quando eravamo partiti, però, Jace mi aveva avvertita che avrei dovuto recitare la parte dell'umana sottomessa, iniziando dal momento in cui fossimo atterrati e proseguendo finché non mi avesse detto altrimenti.

Mi aveva anche informata che non avremmo potuto fare affidamento sulla privacy di una stanza privata.

Perché, a quanto sembrava, sistemi di sorveglianza e dispositivi di ascolto erano molto comuni.

La cosa non mi scioccava; avevo trascorso tutta la vita all'interno di un bunker, con telecamere ovunque. Ero anche abituata a obbedire agli ordini.

Di conseguenza, non ebbi alcun problema a raggiungere la cabina nella parte posteriore del velivolo per togliermi l'abito blu e sostituirlo con quello rosso.

Che però non era esattamente un abito.

Le spalline sottili riuscivano a malapena a tenermi il vestito sulle spalle. La profonda scollatura arrivava fino all'ombelico. Non c'era alcuna copertura sulla schiena. E per quanto la gonna scendesse fino a terra, aveva due spacchi laterali che mi arrivavano ai fianchi.

Afferrai la biancheria intima da indossare sotto. Niente reggiseno. Solo un tanga, un paio di collant e un reggicalze.

Gli ultimi due erano una novità per me. Ma il proprietario della boutique mi aveva spiegato come usarli.

Mi infilai il tanga color rubino, poi le calze rosse e trasparenti, che fissai ai gancetti come mi era stato insegnato.

Completai il tutto con delle scarpe nere col tacco. Mi esaminai allo specchio mentre il jet iniziava la discesa.

Deglutii e mi voltai con molta attenzione, pronta per tornare da Jace, solo per trovarlo sulla soglia. Mi stava osservando.

Il suo sguardo argenteo mi accarezzò da capo a piedi con palese interesse. Aveva un'espressione famelica.

«Mi sono messa tutto correttamente?» gli domandai, mostrandogli la gamba sinistra.

Abbandonò la porta e mi si avvicinò silenziosamente.

Il mio cuore mancò un battito. Le sue movenze da predatore erano un promemoria della sua superiorità.

Alla fine, si fermò davanti a me. La sua fragranza legnosa mi accarezzò le narici; era un profumo che stavo iniziando a desiderare più di quanto avrei dovuto.

Mi sfiorò il fianco con la punta delle dita, incatenando il mio sguardo. La sua mano scivolò lungo la mia coscia, lambendo i collant e tornando su di nuovo. La sua carezza si lasciò dietro una scia di pelle d'oca.

Smisi di respirare quando il suo tocco, leggero come una piuma, si spostò verso il mio sedere. Seguì il contorno del reggicalze, tornando ancora una volta sulla coscia.

«Sì, è tutto perfetto» mormorò, con le labbra a un respiro dalle mie.

Catturò la mia bocca in un bacio violento che distrusse la mia capacità di pensare.

L'incendio che divampò nel mio petto mi spronò ad agire.

Ma la sua lingua era l'unica cosa su cui riuscivo a concentrarmi. Le sue dolci carezze erano come un abbraccio ipnotico che ridefiniva il concetto stesso di esistenza.

Poi il suo sangue gocciolò nella mia bocca; lo ingoiai istintivamente, traendo un respiro profondo e di cui non mi ero resa conto di aver bisogno.

Ma l'attimo dopo il suo bacio mi avvolse di nuovo, e così le sue braccia. Mi sollevò e mi portò a letto. Era simile a quello dell'altro jet, ma più sfarzoso. Più intricato. Più da Jace.

Mi adagiò sul materasso, mentre il mondo continuava a inclinarsi attorno a noi.

Mi tenne ferma facilmente. I suoi denti affondarono nel mio labbro inferiore, strappandomi un piccolo grido. Ma invece di rimproverarmi per aver emesso un suono, mi baciò con più prepotenza, mescolando il suo sangue al mio.

Si sistemò tra le mie gambe. Gli spacchi del vestito mi permisero di spalancarle senza fatica.

Era tutto così naturale. Così spontaneo. Così *bollente*.

Infilai le dita tra i suoi capelli, stringendolo a me mentre deglutivo, baciavo, succhiavo. Me lo permise, tenendomi una mano sulla coscia e l'altra sul viso.

Non mi ero aspettata nulla di simile. Era pura beatitudine.

Non volevo che finisse. Ma sentii l'aereo toccare terra, consapevole di cosa sarebbe venuto dopo.

Tuttavia, Jace mi concesse qualche altro prezioso minuto. La sua essenza mi riempì la gola, avvolgendomi nella sua protezione.

Fu in quel momento che capii: era il suo modo di rendermi più forte. Perché nessuno dei due sapeva cosa sarebbe successo, non appena fossimo scesi dal jet.

E se Lajos mi avesse riconosciuta? Che fosse lui uno dei

miei collegamenti con l'immortalità? Non lo sapevamo, e i file che avevamo controllato non offrivano nessuna informazione al riguardo. La mia unica speranza risiedeva nel fatto che non avevo mai visto Lajos, quindi forse anche lui non aveva mai visto me.

La bocca di Jace lasciò la mia, tracciando un sentiero lungo il mio collo, fino a raggiungere il seno. Scostò il tessuto per esporre un capezzolo. Capii cosa stesse per fare un attimo prima che affondasse le zanne nella mia carne. Un grido minacciò di sfuggirmi dalle labbra, ma riuscii a soffocarlo. Per essere l'umana silenziosa che aveva bisogno che fossi.

Mi premiò leccando la ferita. Poi sorrise. «Molto bene, Calina».

Strinsi un po' la presa tra i suoi capelli per esprimergli il mio fastidio. Il suo sorriso si allargò.

E mi morse di nuovo, molto più forte.

Il mio corpo fremette dal bisogno di urlare, ma riuscii miracolosamente a non farlo.

Guadagnandomi un altro dei suoi sorrisi devastanti.

Si mosse rapidamente per catturarmi ancora la bocca, mentre le sue dita attinsero al sangue attorno alla mia areola, tingendo la mia pelle con la mia stessa essenza.

Mi mordicchiò un'ultima volta il labbro inferiore e si scostò da me, scendendo dal letto con un movimento fluido.

«Vieni, Calina» mormorò, tendendomi la mano. «Non vedo l'ora di mostrarti a tutti».

Il significato oscuro delle sue parole mi fece rabbrividire. Mi aveva appena dipinta col mio stesso sangue; l'offerta era piuttosto chiara. Eppure, aveva detto a Darius che non avrebbe permesso a Lajos di assaggiarmi.

Le due cose mi sembravano in conflitto, ma non ero nella condizione di poter discutere.

Così afferrai la sua mano e scesi dal letto.

Mi sistemò il vestito. Il tessuto si appiccicò al mio capezzolo insanguinato. Poi mi ravviò i capelli e fece lo stesso coi suoi, sistemandosi infine il colletto della camicia nera. L'aveva abbinata a un abito dello stesso colore, privo però di cravatta.

È meraviglioso, pensai, ammirando la sua figura.

Quella parte di me che era riuscito a risvegliare aveva bisogno di più. Aveva bisogno di *lui*.

Era una sensazione pericolosa, che avrebbe sicuramente avuto un epilogo letale. Ogni secondo che passava sembrava irretirmi sempre di più, rendendomi impossibile resistergli.

E il diabolico scintillio nel suo sguardo di ghiaccio mi disse che lo sapeva.

«Come sei appetitosa, tesoro» mormorò, sfiorandomi le labbra con le sue. «I tuoi occhi mi mancheranno». Lo disse con un tono talmente sommesso, che quasi non lo udii. Poi mi prese il viso tra le mani e mi sistemò in una posa più sottomessa.

Mi aspettai che mi accompagnasse verso l'uscita.

E invece si inginocchiò davanti a me.

Le sue dita seguirono il mio polpaccio coperto dal vestito, scendendo fino al cinturino della scarpa. Quando mi aveva portata a letto, l'elastico si era attorcigliato. Non me ne ero accorta, ma di sicuro dopo qualche passo l'avrei fatto.

«Grazie, mio principe» sussurrai; non sapevo chi avrebbe potuto sentirci.

«Prego, genietto» rispose, accarezzandomi la caviglia. Poi si rialzò in piedi. Mi posò un bacio sulla tempia e spostò la mano sulla mia schiena nuda.

Mi condusse fuori dal jet senza aggiungere altro.

Darius e Juliet ci stavano già aspettando fuori, accanto

a un'altra auto nera e allungata che Jace, a un certo punto, chiamò "limousine".

La luce abbagliante del sole mi fece venir voglia di fermarmi a guardare verso l'alto, ma il palmo premuto sulla mia schiena mi costrinse a continuare a camminare.

Ci ritrovammo seduti nel retro del veicolo prima ancora che avessi la possibilità di rimpiangere la perdita del sole.

Da quello che avevo capito, Sal e Anvil sarebbero rimasti sul jet. Jace aveva accennato al fatto di voler essere pronto a volare, nel caso avessimo avuto bisogno di fuggire. Gli avevo chiesto se non temesse che Lajos potesse capire il suo intento, ma si era limitato ad alzare le spalle e a rispondermi che l'amore di Sal per l'aviazione era ben noto tra i suoi simili.

La mano di Jace si insinuò sotto lo spacco del mio vestito e si posò sulla mia coscia. Lui e Darius stavano parlando dei loro piani per la serata.

«Per prima cosa, vorrei riposarmi per qualche ora» disse Darius. «Juliet mi ha tenuto impegnato praticamente tutto il giorno».

«Mmm, sì, è molto abile in questo» rispose Jace con una punta di ironia. «Anche se non posso dire di essere deluso dallo spettacolo che ci hanno regalato lei e Calina».

«Già, "deluso" non è certo il termine che userei» concordò Darius.

Fui quasi sul punto di aggrottare la fronte; la loro conversazione era colma di falsità. Ma sapevo che era proprio quello il punto.

Avevamo trascorso la maggior parte del volo esaminando i file di Lilith. Li avevamo lasciati sul jet, dal momento che Jace non poteva rischiare che qualcun altro si impadronisse del suo laptop. E si fidava della sua pilota.

Aveva anche impostato tutta una serie di protezioni sul

dispositivo; se qualcuno avesse sbagliato la password per tre volte di fila, sarebbe stato completamente formattato.

Per qualcuno che non sembrava particolarmente esperto di tecnologia, di certo conosceva l'importanza delle procedure di sicurezza.

Era possibile che Damien lo avesse aiutato a configurare il tutto, ma sospettavo che non fosse affatto così. Il suo portatile si trovava a Jace City, non era con noi sull'aereo di Ryder. Il che suggeriva che tutte quelle misure esistessero già.

«Allora è deciso. Ci riposeremo fino a mezzanotte o giù di lì. Tanto, i club di Lajos in cui valga la pena andare non aprono prima delle due» annunciò Jace. «Sono sicuro che non gli dispiacerà se facciamo colazione a letto».

Darius ridacchiò. «A me sicuramente no».

Le dita di Jace risalirono lungo la mia coscia e sfiorarono il pizzo che mi celava il sesso. «Oh, nemmeno a me».

Rabbrividii alla promessa contenuta nelle sue parole. La sua dichiarazione, unita alle sue azioni, aveva creato un paradosso inebriante.

Era tutta una messinscena; eppure, il fatto che lo fosse rendeva tutto ancora più erotico. Perché non riuscivo a distinguere la verità dalla finzione. Il suo tocco sapiente sembrava reale. Quasi mi persi nella farsa, sopraffatta dal desiderio di sciogliermi su di lui.

Le sue labbra mi sfiorarono il collo, facendomi accelerare il battito.

«Non vedo l'ora di strapparti questo vestito di dosso» mi sussurrò all'orecchio. «Poi divorerò la tua carne umida finché non sverrai».

Strinsi le cosce. Al solo pensiero, mi si incendiò il sangue.

Ma che dicesse sul serio? O era tutto parte del gioco?

Non riuscivo a capirlo, perché anche quando uscimmo dall'auto, continuò a stringermi in modo sensuale.

La sua mano scese dalla mia schiena al mio sedere, e mi guidò in un edificio gelido.

L'aria condizionata mi fece immediatamente inturgidire i capezzoli, ricordandomi di quello che mi aveva fatto Jace sul jet. La mia pelle martoriata sfregò sul tessuto irrigidito dal sangue rappreso.

Jace si chinò per mordicchiarmi proprio in quel punto. Il suo gemito di approvazione mi colpì dritta nel ventre. *Cosa mi sta facendo?*

Era come se la sua essenza, scorrendomi nelle vene, mi avesse resa incredibilmente sensibile al suo tocco, amplificando ogni carezza, ogni leccata e ogni succhiata.

Sapevo che altri potevano vederci. Eravamo in piedi in una lobby sfarzosa, dove Darius stava parlando con qualcuno lì accanto. Ma non riuscivo a pensare a nient'altro che alle carezze diaboliche di Jace, al modo in cui mi stava coprendo di baci la gola, risalendo lungo la mia mascella.

Raggiunse la mia bocca; la sua lingua mi accarezzò il labbro inferiore, poi cercò la mia.

Fu un bacio breve, non durò nemmeno un secondo. I miei occhi incontrarono i suoi. Aveva le pupille dilatate dalla lussuria. La sua mano volò sulla mia nuca, costringendomi ancora una volta ad abbassare lo sguardo sul pavimento.

Mi girava la testa. Non riuscivo a capire il motivo di quella dimostrazione di affetto.

Poi sentii Darius sbuffare e dire: «È il suo nuovo giocattolo, e non riesce a toglierle le mani di dosso. Mi sta facendo dubitare del fascino di Juliet».

«Oh, sappiamo entrambi che il mio desiderio per la tua

erosita è ancora decisamente vivo» commentò Jace, usando la mano libera per trascinare Juliet verso di lui. «Mmm, e queste due insieme mi piacciono particolarmente».

«Ed è per questo che staremo nella stessa suite. Vanno bene due camere da letto separate, ma l'area comune deve essere condivisa» disse Darius nel suo spiccato accento inglese.

«Come desiderate, mio signore» rispose una voce femminile, mentre Jace premeva un bacio sulla scollatura di Juliet. Lo vidi con la coda dell'occhio, e per tutta risposta il mio stomaco si strinse dal disagio.

La facilità con cui simulava il suo affetto nei confronti di lei mi lasciò ancora una volta sperduta in quel mondo di verità e finzione.

Fa sul serio? Che sia davvero attratto da lei? Il solo pensiero di una risposta affermativa minacciò di piegarmi le labbra all'ingiù. L'idea non mi piaceva per nulla.

Ma se sta fingendo con lei, allora ha finto anche con me, considerai, perplessa.

Smettila con queste sciocchezze, mi rimproverai. *Questi pensieri sono una perdita di tempo.*

Non avevano alcuna utilità. Non facevano altro che distrarmi e irritarmi.

«Alle due va benissimo, sì» disse Jace, rispondendo a una domanda che non avevo udito, persa com'ero nel mio rimuginare.

Esattamente il motivo per cui avevo bisogno di prestare attenzione.

Ma la sua mano mi fece perdere di nuovo la concentrazione. Aveva abbandonato la mia nuca ed era scesa sul mio sedere. Lo strinse con forza; mi domandai se fosse una punizione o un altro dei suoi espedienti.

Cercai di concentrarmi sulla seconda opzione, per

capire quale fosse la sua strategia. Nel frattempo, iniziò a ordinare una colazione in camera per mezzanotte.

Chiese due pasti, presumibilmente per me e Juliet. Poi aggiunse: «Facci consegnare tutto da uno zero negativo».

«Mi assicurerò che il personale di cucina sia al corrente della vostra richiesta, mio principe» tubò la donna. «Avrete bisogno di qualche servizio aggiuntivo per il vostro arrivo tardivo? Uno snack pomeridiano, magari?».

«Uhm…» mormorò Jace, come se stesse riflettendoci sopra. Le sue labbra tornarono sul mio seno. Mi mordicchiò l'altro capezzolo, quello ancora integro. «No. Per la serata mi andrà bene Calina. Se avessi bisogno di qualcos'altro, prenderò in prestito Juliet. La sua connessione con l'immortalità di Darius è decisamente vantaggiosa».

«Sarò felice di poterti accontentare» disse Darius.

«Così come lo è Juliet» replicò Jace, allontanando il viso dal mio seno. «Grazie dell'aiuto, Mika. Sei stata molto disponibile».

«Qualsiasi cosa per voi, Vostra Altezza».

Non potevo vedere Jace, ma in qualche modo percepii il suo sorriso. «Lo terrò presente».

«Fatelo, vi prego». Il suo tono sensuale mi rivelò che quei due avevano dei trascorsi. O che lei avrebbe desiderato averli.

E l'idea mi infastidì quanto quella di Jace e Juliet insieme.

Verità o finzione?

Smettila di pensarci.

Le azioni di Jace avevano sempre un motivo. Doveva mettere tutti a loro agio. Analizzare troppo le sue intenzioni era tutt'altro che utile.

Costrinsi la mia mente a essere lucida e iniziai a valutare l'ambiente circostante. La mia visuale era limitata:

potevo vedere soltanto il pavimento e qualche altro elemento con la coda dell'occhio. Al momento, principalmente Jace e Juliet. Dall'altro lato, però, notai una certa luminosità. Probabilmente le finestre, lì, non erano oscurate come quelle del palazzo di Jace.

Da quello che sapevo, ci trovavamo in quelle che un tempo erano note come Hawaii. Il clima mite che ci aveva accolti una volta scesi dal jet lo confermava. Si sentivano anche delle fragranze floreali. E un leggero profumo di sale.

L'oceano.

Jace mi avrebbe permesso di vederlo? Le tendine dell'aereo erano rimaste abbassate per tutto il volo, impedendomi di guardare fuori dal finestrino.

Le labbra di Jace mi accarezzarono il collo. Trascinò le zanne sulla mia pelle. «Andiamo» mi mormorò all'orecchio. La sua mano, ancora sul mio sedere, mi spinse in avanti.

Darius stava facendo quattro chiacchiere con il nostro accompagnatore. Doveva essere un altro vampiro, considerando come Darius e Jace si rivolgevano a lui. Illustrò la composizione dell'edificio e disse loro dove trovare i vari ristoranti e i luoghi di intrattenimento.

Jace borbottò qualcosa senza impegno, abbandonando il mio sedere e avvolgendomi il braccio attorno alla schiena.

Ci fermammo davanti agli ascensori.

Dovemmo prenderne due, dal momento che al nostro gruppetto si erano uniti anche gli umani che spingevano i carrelli con i nostri bagagli.

Io e Jace eravamo con uno di loro. Il ragazzo sembrò piegarsi su se stesso nel tentativo di sparire in un angolo. Potevo vederlo soltanto perché l'interno dell'ascensore era tutto di vetro, pavimento incluso.

Un paio di occhi azzurro ghiaccio incontrarono i miei. Nelle loro profondità argentee brillava un luccichio scaltro.

Perché Jace si era accorto della mia indagine e sapeva esattamente cosa stessi facendo.

Ma invece di rimproverarmi, mi fece l'occhiolino e tornò a fissare le porte dell'ascensore con tutta la disinvoltura del mondo.

Si aprirono mezzo secondo più tardi, rivelando pavimenti di ossidiana e lasciando trapelare l'ormai onnipresente profumo di fiori.

Uscimmo dall'ascensore e girammo a destra. Erano arrivati anche Darius e gli altri; la voce del vampiro riecheggiava dietro di noi. Jace ci guidò attraverso delle porte.

Le piastrelle nere lasciarono il posto a una moquette color crema. I miei tacchi affondarono nel tessuto morbido, e Jace strinse la presa attorno alla mia vita, probabilmente convinto che vacillassi. Ma riuscii a rimanere perfettamente stabile, costringendo le mie gambe a muoversi con eleganza.

Altra luce si riversò nella stanza, illuminando una coppia di divani scuri, sedie abbinate e un tavolino di marmo.

Sembrava esserci un gradino più avanti; ci condusse a un pavimento di legno, che terminava sulle enormi finestre.

Una sala da pranzo, ipotizzai. *Forse una cucina?* Ma sospettavo che quella fosse alla mia sinistra, dove la moquette lasciava spazio a delle piastrelle di marmo color ardesia.

Il nostro accompagnatore ci illustrò le caratteristiche delle finestre, che potevano essere oscurate automaticamente. Cosa di cui Darius approfittò subito, tingendo la stanza di ombre. Una luce fioca prese vita un istante più tardi, rovinando l'atmosfera.

Preferivo di gran lunga la luce naturale. Probabilmente perché fino a qualche giorno prima non l'avevo mai vista.

L'accompagnatore continuò con il suo tour della suite. Illustrò i dispositivi presenti nella cucina, che effettivamente era collocata vicino al marmo color ardesia. Poi ci fece attraversare la sala da pranzo, verso un corridoio su cui si affacciavano le due stanze da letto.

Erano entrambe camere padronali, decorate con della mobilia elegante e dotate di ampi bagni. Non prestai molta attenzione alle considerazioni dell'accompagnatore, troppo concentrata a camminare con passo sicuro sulla moquette.

Jace scelse la stanza più lontana dalla zona giorno, esternando la sua ammirazione per il balcone avvolgente. Fui quasi sul punto di guardare; la mia curiosità per una potenziale visuale stava quasi per sopraffare il bisogno di mantenere le apparenze.

Ma riuscii a cogliere l'impulso in tempo e lo soffocai.

«Grazie dell'aiuto, Mauritius. Potresti unirti a noi per cena, una di queste sere. Cosa ne dici?» domandò Jace.

«Sarebbe un onore, mio principe» rispose l'accompagnatore.

«Splendido. Darius ti contatterà con i dettagli». Jace tolse la mano dal mio fianco, lasciandomi in mezzo alla stanza. «Calina, accompagno Mauritius alla porta. Al mio ritorno, mi aspetto di trovarti sul letto con addosso solo i collant. Presentati a me in modo appropriato e sarai ricompensata».

La porta si chiuse prima che potessi reagire. Non che sapessi cosa dire o come rispondergli. Aveva detto che c'erano telecamere dappertutto, e che avrei dovuto mantenere il mio ruolo di consorte sottomessa anche nella nostra stanza d'albergo.

Il che significava che dovevo togliermi il vestito e le scarpe.

E presentarmi a lui sul letto.

In modo appropriato.

Qualsiasi cosa significasse.

JACE

Io e Darius impiegammo trenta minuti per confermare che nella suite non ci fossero telecamere, ma solo dispositivi di ascolto.

E altri quindici minuti per mettere in atto le nostre contromisure.

Il che significava che avevo lasciato Calina in una posizione scomoda senza motivo.

Beh… forse non esattamente senza motivo. Avrei potuto pensare ad almeno una decina di buone ragioni per lasciare una splendida donna sul mio letto mezza nuda.

Darius usò il suo telefono per attivare anche l'ultima registrazione automatica. Un trucco che ci aveva insegnato Mira, la compagna di Luka, molti anni prima. Poi si voltò verso di me.

«Ah, il silenzio è davvero una benedizione» mormorò. «Ho impostato una sveglia per spegnere tutto automaticamente prima che arrivi la nostra colazione di mezzanotte, così avremo qualche ora per parlare liberamente».

«Alla salute» commentai, passandogli un bicchiere di bourbon.

Lo fece tintinnare col mio, poi bevve un sorso.

Lo imitai subito, rilassandomi appena al pensiero di

aver reso innocue tutte le cimici disseminate nella stanza. Eravamo in uno dei migliori hotel di Lajos. Non mi sorprendeva che fosse colmo di strumenti di sorveglianza, dal momento che tutti i reali in visita avrebbero soggiornato lì.

Anche i miei alloggi più lussuosi erano pieni di dispositivi di ascolto. Alcuni avevano anche delle telecamere.

I vampiri si fidavano raramente gli uni degli altri. Eravamo troppo vecchi per essere così ingenui. E solo qualche rara alleanza sfociava in una vera amicizia.

Io e Darius finimmo i nostri drink in silenzio, entrambi consapevoli della serata che ci attendeva. «Meglio godersi la solitudine finché dura» dissi infine.

«Posso darti un suggerimento?» chiese Darius, inarcando un sopracciglio nel suo modo altezzoso.

«Presumo di sì. Ma ciò non significa che lo metterò in pratica».

«Lo so, non lo fai mai. Ma, in questo caso, spero almeno che lo prenderai in considerazione».

«Di cosa si tratta?».

«Scopala, Jace. Potresti non avere un'altra opportunità, e so come ti senti riguardo alle occasioni perse». Non rimase per sentire una mia eventuale risposta. Mi diede una pacca sulla spalla e si diresse verso la sua stanza.

Lanciai un'occhiataccia nella sua direzione, per nulla felice di ciò che implicavano le sue parole.

Non credeva che Calina sarebbe sopravvissuta al viaggio.

Considerando la passione di Lajos nel distruggere gli umani, era una valutazione corretta. Solo che non avevo nessuna intenzione di lasciare che accadesse.

E quanto era strano?

Cercavo sempre di tutelare i membri del mio harem,

almeno fino a un certo punto. Ma riconoscevo il loro ruolo di pedine. Se un reale ne desiderava una, di solito gliela consegnavo subito per guadagnarmi un favore.

Alcune si salvavano.

Altre no.

Non era il massimo, ma era decisamente pratico. Ero sopravvissuto così a lungo grazie alla mia volontà e alla mia abilità nel giocare nell'arena politica. Richiedeva tattica e sacrificio.

Eppure, l'idea di immolare Calina alla nostra causa mi suscitava una sensazione di disagio.

Mi massaggiai il petto, cercando di definire la fonte della mia esitazione. Di certo ero attratto dal suo sangue delizioso. E non avevo ancora finito di assaggiarla, un aspetto che giocava a favore del consiglio di Darius.

Portare a termine ciò che avevo iniziato avrebbe sicuramente troncato il desiderio di tenerla in vita.

D'altro canto, era anche molto utile.

E mi leggeva meglio di chiunque altro, capendo il mio comportamento anche prima che riuscissi a definirlo io stesso.

Mi versai un secondo bicchiere e lo portai con me in camera da letto. Nella mia mente turbinavano tutti i modi in cui avrei voluto prendere Calina.

Darius l'aveva fatto sembrare così semplice. Ma quando entrai nella stanza e la trovai sulle lenzuola, con le ginocchia piegate e le gambe aperte, sapevo che una volta sola non sarebbe stata abbastanza.

Si era sistemata nella stessa posizione assunta da Juliet sul tavolo del jet. I piedi, avvolti nelle calze, erano posati sul materasso. Le braccia erano adagiate lungo i fianchi. Lo sguardo era rivolto al soffitto. Le cosce erano spalancate, rivelando la seta che le celava il sesso.

Se si fosse tenuta i tacchi, sarebbe stata ancora più

perfetta. Ma non l'avevo specificato.

Bevvi un sorso di bourbon godendomi quella splendida visuale. Un mugolio di approvazione mi sfuggì dalle labbra. Non era la posa che mi aspettavo, dato che la maggior parte delle mie consorti sapeva di dovermi attendere in ginocchio.

Ma non avrei rimproverato Calina per la sua mancanza di addestramento. Non quando si era presentata a me in un modo così bello e alternativo.

Mi avvicinai lentamente, con una mano in tasca e l'altra avvolta attorno al bicchiere.

Non mi guardò, mantenendo i suoi splendidi occhi incollati al soffitto.

«Così obbediente» mormorai, notando i suoi capezzoli inturgiditi e la pelle d'oca che le era spuntata sulle braccia.

L'aria condizionata dell'edificio sembrava fare gli straordinari per contrastare l'umidità esterna. L'avevo notata a malapena, anche dopo aver appeso la giacca nell'armadio dell'ingresso. Mi ero addirittura arrotolato le maniche della camicia, eppure avevo ancora caldo. Non ero abituato a quel clima.

Calina non rispose, ma il suo battito accelerò, attirando il predatore che era in me.

Non era spaventata; aveva le guance troppo arrossate perché fosse quello il motivo. E la mancanza di fiato doveva essere causata dai suoi sforzi per rimanere immobile.

Perché pensava che ci stessero sorvegliando.

Forse, effettivamente, c'era un pizzico di sana paura dentro di lei, una voce che le sussurrava all'orecchio che non poteva permettersi di sbagliare.

Fui quasi sul punto di dirle di rilassarsi.

Ma il mio lato pratico mi bloccò.

Era un'opportunità per testare la sua determinazione

in un ambiente abbastanza sicuro, per vedere fino a che punto sarebbe arrivata la sua obbedienza.

«Mmm». Valutai ancora una volta come si era sistemata. «Per quanto apprezzi la visuale, Calina, questa non è la posa che mi aspettavo».

Rimase immobile e non disse una parola, facendomi inarcare un sopracciglio.

«Non hai niente da dire?». Tecnicamente, le avevo ordinato di restare in silenzio finché non le avessi detto altrimenti. Quindi si stava comportando alla perfezione, secondo gli standard della società.

Tuttavia, la mia razza era notoriamente crudele e famosa per punire gli umani per sport; quel trattamento avrebbe fornito un'ottima introduzione a cosa avrebbe dovuto aspettarsi.

Naturalmente, non avevo parlato con durezza. Solo curiosità.

«Mi dispiace, mio principe» rispose. «Ditemi le vostre preferenze e farò del mio meglio per compiacervi».

Il sottile tono beffardo di cui erano intrise le sue parole mi fece increspare le labbra. Una giusta quantità di impudenza mescolata alla sottomissione, che creavano insieme un'inebriante atmosfera seduttiva.

Perché volevo scoparla fino a strapparle anche l'ultimo sprazzo di insolenza.

Mentre la elogiavo per essere così caparbia.

Mi fermai accanto al letto e le avvolsi la mano libera attorno alla gola. «Ti voglio in ginocchio, seduta sui talloni, con i palmi sulle cosce e la testa china in modo appropriato. Adesso».

Le strinsi il collo e la alzai con uno strattone.

Calina si aiutò posando le mani sul materasso, poi obbedì al mio ordine: si inginocchiò, sedendosi all'indietro, e adagiò i palmi sulle calze di seta.

«Mmm» mormorai, sentendo sotto il pollice il suo battito impazzito. «Perfetto». Il mio commento era riferito sia alle sue pulsazioni impetuose, che alla posa che aveva perfezionato nel giro di qualche istante.

Spostai la presa sul suo mento e le spinsi indietro la testa. Poi le avvicinai il bordo del mio bicchiere alle labbra. «Apri la bocca e ingoia quello che ti do». Il gesto era una sorta di ricompensa, perché l'alcol l'avrebbe scaldata un po'. E l'avrebbe anche aiutata a rilassarsi.

Obbedì a meraviglia, mandando giù due sorsate di bourbon. La smorfia che le increspò il viso mi disse che non apprezzava, ma non sputò né protestò.

«Molto bene» mi complimentai. Poi premetti per un istante le labbra sulle sue. «Adesso non muoverti e non emettere un suono».

I suoi occhi guizzarono verso i miei. Nelle loro profondità verdeazzurre si annidava un accenno di sfida.

Volevo annegare nel suo sguardo, portarla con me sotto un manto di depravazione ed esistere per sempre nell'oscurità con lei al mio fianco.

Era un desiderio così intenso. Un desiderio che non ricordavo di aver mai provato. E in quel singolo attimo, capii che quella donna era in tutto e per tutto mia pari.

Una consapevolezza improvvisa. Inaspettata e non voluta.

Quella femmina era destinata a essere domata da me. Spezzata per il mio piacere. E per diventare segretamente la luce di cui avevo bisogno nel gelo delle notti amare.

Non resistetti alla tentazione o al bizzarro impulso. Mi limitai a lasciarle la gola, a bere un sorso dal mio bicchiere e a piegarmi per mordere il suo seno perfetto.

Il suo sangue tinse l'alcol nella mia bocca, rendendo il liquido molto più saporito.

Sussultò. Sentii il suo petto fremere sotto la mia bocca.

Alzai gli occhi e la trovai intenta a fissarmi, con quel suo sguardo intenso che ardeva anche nella stanza buia.

Ti distruggerò, le promisi. *E ne amerai ogni fottuto istante.*

Era ora che scoprisse cosa succedeva quando mi lasciavo andare. Che capisse quanto fosse pericoloso provocarmi fino a quel punto. E che conoscesse il mio lato da predatore, lo stesso lato che aveva appena risvegliato per giocare con la sua parte più perversa.

Ripetei l'azione sull'altro seno, svuotando il bicchiere. Lo appoggiai sul comodino.

Quando mi raddrizzai, fui accolto da due segni di morsi. Le sue tette erano splendidamente marchiate per il mio piacere.

E cazzo, quei collant. Il perizoma. Le sue gambe.

Sapere che non poteva morire facilmente, che potevo perdere completamente il controllo senza mettere a rischio la sua vita, non fece che aumentare le mie aspettative.

Avevo passato così tanti anni a trastullarmi con umani che si rompevano troppo facilmente.

Ma lei non l'avrebbe fatto.

Perché non era del tutto mortale.

D'un tratto capii l'obiettivo di Lilith: creare un giocattolo che potesse resistere ai mostri che si annidavano nelle nostre anime. Nutrire la nostra fame, placare la nostra sete sadica e tornare continuamente, strisciando, per averne di più.

Calina bramava il senso di pericolo che le offrivo. Potevo vederlo nel guizzo ribelle che turbò il suo sguardo, altrimenti provocante.

Era la mia degna regina, che si muoveva con la scacchiera con una destrezza più naturale che pianificata. Eppure non mi avrebbe sorpreso se fosse stata lei a suscitare quella sensazione dentro di me.

Quella donna mi aveva stregato fin dal primo

momento, mancando di rispetto alla mia autorità e mostrando una risolutezza che trovavo intensamente soddisfacente.

Forse Darius aveva ragione.

Forse dovevo liberarmi da quella sensazione scopandola, per placare finalmente le mie voglie.

Ma temevo che si sbagliasse di grosso, che sarei diventato ancora più dipendente da quel seducente enigma e che mi sarei perso completamente.

Era un rischio.

E io adoravo il pericolo.

Lo corteggiavo. Lo bramavo. Ne avevo *bisogno*.

Un contrasto così interessante con tutti i miei piani studiati accuratamente.

Calina mi faceva sentire spontaneo. Vivo. Eccitato. *Completo*.

Mi dimenticai del gioco. Mi dimenticai dello stratagemma per insegnarle a comportarsi in maniera adeguata. E le avvolsi la mano attorno alla nuca per trascinarla in un bacio appassionato.

Cazzo.

Quello che era iniziato come un bisogno fisico si trasformò rapidamente in un abbraccio che distruggeva l'anima, pieno di promesse oscure e minacce sensuali.

Non si trattenne; la sua lingua duellò con la mia in un modo che era l'opposto della sottomissione. Calina pretese tutto ciò che le spettava, demolendo i confini artificiosi imposti dalla società e mostrandomi con la sua bocca quanto potesse essere potente in camera da letto.

Torreggiavo sul suo corpo praticamente nudo, eppure la sentivo dominare dal basso.

Mi elettrizzò. Mi fece infuriare. Mi *sedusse*, cazzo.

Strinsi la presa, afferrandole il fianco con la mano

libera. La trascinai in ginocchio e verso il bordo del letto. «Sbottonami i pantaloni» le ordinai con le labbra sulle sue.

I suoi palmi incontrarono il mio addome, scendendo verso la cintura.

Così agile e svelta.

Un'allieva eccellente.

La mia conquista perfetta.

Fece scivolare il cuoio tra i passanti e lo lasciò cadere per terra. Poi le sue dita si concentrarono sul bottone e sulla cerniera. Finalmente libero dai pantaloni, il sollievo sfiorò momentaneamente i miei sensi. Ma sentivo i boxer ancora troppo stretti intorno al mio inguine.

Quella femmina mi eccitava in un modo che non riuscivo neanche lontanamente a definire. Mi sentivo come se fossi sul punto di esplodere per lei. La volevo sotto di me. Gemere. Gridare. *Inarcarsi.*

Calciai via le scarpe e i pantaloni, lasciando Calina in equilibrio sulle ginocchia. I suoi seni incontrarono il mio petto quando iniziò a vacillare in avanti. I miei movimenti erano troppo veloci per essere colti dalla sua vista umana. Rimase a bocca aperta dalla sorpresa, poi sussultò quando la baciai di nuovo. Fu un bacio ancora più intenso. Più *brutale.*

La reclamai.

Le mostrai cosa poteva fare un reale.

Un vampiro vecchio migliaia di anni.

E non appena si rese conto della mia vera forza e del mio vero potere, la sentii afflosciarsi su di me.

Ero stato sincero quando le avevo detto che l'avrei distrutta. Esattamente come quando le avevo promesso che le sarebbe piaciuto.

Le sue dita si spostarono sulla mia camicia. Un'azione che non avevo autorizzato, ma che avevo accolto con piacere, perché metteva la sua pelle nuda a contatto con la mia.

I suoi capezzoli erano duri come il marmo; l'aria condizionata l'aveva infreddolita troppo a lungo. Mi sarei fatto perdonare immediatamente, incendiandole il sangue.

Le infilai le dita tra i capelli, tenendole la bocca premuta sulla mia, mentre con l'altra mano le strinsi il sedere.

Rabbrividì.

Ringhiai.

E poi la divorai ancora una volta.

Mentre si adeguava a ogni mio desiderio inespresso, la sua determinazione si sciolse in una pozzanghera tra le cosce. Non sarebbe stato nulla di gentile, né affettuoso. Sarebbe stato un atto selvaggio. Un affare brutale di carne e denti, accompagnato da una deliziosa beatitudine.

«Possederò ogni centimetro di te» le giurai sulle labbra. «Ti farò provare quello che sento dentro. E quando avrò finito, non ti ricorderai nemmeno il tuo cazzo di nome».

Non le diedi la possibilità di rispondere. Non che avesse potuto. Le avevo ordinato di restare in silenzio, e lei stava obbedendo alla perfezione. Eppure mi stava sfidando con la sua dannata lingua, mi stava drogando con la sua essenza e mi stava facendo perdere il lume della ragione.

Il mio palmo le scivolò lungo il sedere, andando tra le sue cosce per testare quanto fosse bagnato il perizoma. Un gemito minacciò di sfuggirmi dalle labbra. Il desiderio di assaggiare la sua eccitazione stava prendendo il sopravvento sulle mie intenzioni e mi stava costringendo ad agire.

L'attimo successivo, la sua schiena colpì il materasso. La mia forza vampirica e la mia velocità la travolsero, esigendo che cedesse, dicendole senza parole chi dominava chi.

Lei spalancò le gambe in risposta.

E cazzo, quasi le strappai il vestito.

Ma mi rifiutai di lasciarla imporsi dal basso.

Quello era il mio parco giochi. Erano le mie regole. Era il *mio* mondo.

Mi chinai per affondare le zanne nella sua coscia. La sua arteria femorale mi diede esattamente ciò che volevo, facendo sì che Calina infrangesse il suo silenzio con un gemito sorpreso.

Non la rimproverai, perché non mi importava più del decoro o del fatto che volessi testare la sua determinazione.

Si trattava di completare la ricerca che avevamo iniziato giorni prima.

Si trattava di prendere finalmente quello che volevo.

Si trattava di indulgere nella dolcezza della sua mente, del suo corpo e della sua anima.

Le sganciai la calza, quella che avevo lacerato coi denti per morderle l'arteria femorale, e praticamente gliela strappai dalla gamba. Poi mi fermai ad ammirare la sua caviglia delicata e il suo polpaccio flessuoso. L'avevo mossa sovrappensiero, e lei lo aveva permesso senza protestare. Il suo corpo sembrava piegarsi alla mia volontà per istinto.

Mi sedetti in ginocchio tra le sue cosce allargate e appoggiai la sua caviglia sulla mia spalla. Abbassai lo sguardo su di lei.

Le pupille di Calina erano due enormi pozzi scuri, le sue guance erano tinte di una deliziosa nota di cremisi, e le sue labbra così scopabili erano schiuse in un ansimo che sentivo vibrare in ogni fibra del mio essere.

«Chi sei?» le chiesi con un tono di meraviglia, totalmente ammaliato dalla splendida donna davanti a me. «È come se tu fossi stata creata per uccidermi».

Parole che mi rendevano vulnerabile.

Ma erano vere.

Si leccò le labbra, e i suoi occhi mi dissero che non sapeva come rispondermi.

E andava bene, perché non avevo bisogno che parlasse. Avevo bisogno che venisse. Che gridasse. Che la sua anima riconoscesse il mio dominio.

Era tutto così pericoloso. Ingannevole. Oscuro. *Deviato*.

Mi aveva intrappolato in una ragnatela da cui non potevo più scappare.

Calina assomigliava a una vedova nera che indossava un camice da laboratorio, con dei bei capelli biondi e una bocca che creava dipendenza.

Gambe lunghe.

Pizzo fradicio.

Riuscivo ad annusare il suo interesse. La sua dolcezza lambiva l'aria e mi rendeva ancora più duro.

Premetti il palmo sul tessuto tra le sue cosce, poi lo afferrai e glielo strappai di dosso.

Un grido sommesso abbandonò le sue labbra. Un suono che mutò presto in un gemito di approvazione, quando mi chinai a trascinare il viso sul suo sesso umido. La sua gamba si piegò con me, dimostrando ancora una volta la sua flessibilità e regalandomi tutta una serie di sordidi pensieri sulle posizioni in cui scoparla.

Ma la nostra prima volta sarebbe stata faccia a faccia.

Avevo bisogno di vederla.

Di osservare la sua espressione nel momento in cui fossi affondato dentro di lei, facendola mia più e più volte.

La pulsione animalesca minacciava di sopraffare ogni mio movimento, incoraggiandomi a sprofondare nel suo calore accogliente e a portarci entrambi oltre il limite della follia.

Ma invece la leccai, rivestendo la mia lingua del suo delizioso sapore e completando il tutto succhiandole il clitoride.

Si inarcò; la sua schiena si staccò dal materasso, il suo autocontrollo era inesistente. Se prima era preoccupata per potenziali telecamere, in quel momento certamente non lo era più. E la mantenni in quello stato, lambendola intimamente con la lingua. Venerandola con la bocca nel modo più tradizionale.

Con una mano le accarezzai la coscia dov'era ancora attaccata la calza e mi liberai anche di quella. Con l'altra, invece, seguii i contorni della sua splendida gamba, dalla caviglia al ginocchio.

Era stupenda.

Un'opera d'arte che volevo memorizzare con le mani e con la bocca, imprimendola per sempre nella mia memoria.

E fu proprio ciò che feci. Tornai in ginocchio e le scostai la gamba dalla mia spalla, abbassandola sul letto. Poi mi sistemai tra le sue cosce e iniziai un viaggio di baci, morsi e carezze su ogni centimetro del suo corpo nudo.

Partii dai seni, dove ancora spiccavano i segni dei miei morsi. Da cui nuovamente mi abbeverai.

I suoi capezzoli erano rosei boccioli di peccato, inumiditi dalla mia lingua.

I muscoli del suo collo si tesero mentre le coprivo la mascella di baci. Poi i suoi occhi selvaggi incontrarono i miei. Era talmente consumata dalle endorfine che avevo sprigionato dentro di lei, che non capiva più nulla. Era persa in uno stato di estasi, incoraggiata dal mio morso e sollecitata dalla mia lingua e dalle mie mani.

La baciai.

La scopai con la bocca.

Poi guidai le sue mani verso i miei boxer, sussurrando: «Toglili» sulle sue labbra umide.

Fremette e obbedì, lasciandoci entrambi nudi.

Era così che dovevamo essere: un groviglio di membra e carne eccitata.

Cercò di avvolgermi le gambe attorno alla vita, ma mi divincolai dalla sua presa.

Non avevo ancora finito di esplorarla.

E glielo dissi premendole la mano sullo sterno. «Non muoverti».

Esalò un piccolo ringhio, che mi strappò un sorrisetto.

«Qui non sei tu a comandare, Calina». Oh, il suo corpo mi avrà pure affascinato in ogni maniera possibile, e la sua mente sarà pure stata al livello della mia, ma a letto avrei sempre vinto io. Lo dimostrai scendendo ancora con la bocca lungo il suo corpo, fino a raggiungere il suo sesso.

Gridò. Il suo orgasmo fu un evento inaspettato, che la lasciò tremante sotto il mio tocco.

Mi bastò sfiorare con le zanne il suo dolce bottoncino.

Poi la morsi, costringendola nuovamente all'oblio. Si contorse al punto da dimenticarsi come respirare.

«Inspira» mormorai sul suo calore. «Non voglio ancora che svieni».

Perché non avevamo neanche lontanamente finito.

Quello era solo il riscaldamento.

La sua ultima possibilità di saltare giù dalla giostra e fuggire.

Certo, l'avrei inseguita, l'avrei catturata e l'avrei scopata comunque. Perché aveva risvegliato la mia natura selvaggia, la bestia che voleva mettere alla prova la sua immortalità.

Forse si sarebbe spezzata.

O forse avrebbe trascorso la notte più bella di tutta la sua vita.

Il mio compito era assicurarmi che fosse la seconda.

Non appena si fosse ripresa dall'ultimo turbine di estasi.

CALINA

Dove sono?, mi domandai. La mia visuale era un interessante miscuglio di puntini neri e lenzuola di seta.

Ero stesa a pancia in giù.

E oh… Jace era tra le mie cosce.

Stavo cavalcando la sua faccia.

Non ricordavo di essermi girata. L'ultimo orgasmo aveva cancellato qualsiasi pensiero dalla mia mente, lasciandomi a contorcermi sul letto.

Ma Jace mi aveva afferrato i fianchi… e… *ooh*.

Avevo le ginocchia ai lati della sua testa e le mani affondate nei cuscini, e soffocavo le urla nella seta alla disperata ricerca di una parvenza di lucidità.

Non voleva saperne di fermarsi. La sua bocca, vorace e irresistibile, sfidava ogni logica.

Un meraviglioso calore mi si diffuse nelle vene. Il mio ventre si contrasse, mentre l'ennesimo orgasmo minacciava di sopraffarmi. Ero sul punto di implorarlo di fermarsi, di dirgli che non ce la facevo più. Ma mi infilò dentro due dita, sottraendomi la capacità di elaborare qualsiasi cosa che non fosse ciò che stavo provando.

Pensavo che il suo morso sul clitoride fosse stato intenso, ma quello… quello era qualcosa di *più*.

Lambì una parte segreta di me che ridusse la mia stessa

esistenza in frantumi, rendendomi un relitto ansimante e incomprensibile.

La mia mente aveva smesso di funzionare. Tutte le mie strategie e il controllo che avevo lottato così a lungo per ottenere... *andati.*

E non mi importava.

Perché mi sentivo in paradiso. Il mio corpo fremeva, travolto da un'ondata dopo l'altra di splendida agonia. Faceva male nel più bello dei modi. Mi lasciava senza fiato. Debole. Eppure piena di vita.

Volevo ridere. No, volevo ridacchiare. E poi volevo sospirare e pregarlo di ricominciare da capo.

«Mmm, potrei tenerti in questo stato per l'eternità» sussurrò Jace. La sua bocca era improvvisamente accanto alla mia.

Mi fece voltare di nuovo sulla schiena. Le lenzuola fresche furono un sollievo per la mia pelle rovente. Ogni centimetro di me bruciava. Il marchio di Jace era un'energia ardente in grado di sfiorarmi l'anima.

Ma non aveva ancora finito.

Me ne resi conto dal modo in cui mi baciò, dal modo in cui il suo corpo massiccio si adagiò sul mio, dal modo in cui il suo sesso premette sul mio calore.

Stava per farmi a pezzi.

E io lo accolsi spalancando le gambe.

Perché volevo provare tutto ciò che aveva da offrirmi. E anche di più.

«Cazzo, Calina».

«Sì» risposi, inarcandomi verso di lui e rispondendo alla sua domanda inespressa.

Jace non era il tipo che chiedeva il permesso. E nemmeno io ero il tipo che lo concedeva.

D'altro canto, non ero più la dottoressa Calina.

Ero esistita solo per quel momento, per sperimentare

l'oblio con lui, facendogli dimostrare cosa significasse essere un re.

Entrò dentro di me con una spinta, riempiendomi senza preavviso e strappandomi un grido. Perché non ero pronta. Non avevo capito... non *sapevo*... non... non avevo mai *provato*...

Il ricordo del licantropo mi si affacciò nella mente. La mia unica esperienza col sesso non era stata neanche lontanamente sufficiente a prepararmi per *quello*.

Jace annientò i miei sensi. Il suo potere rivendicò il mio spirito in un modo che non avevo anticipato.

E non mi concesse il tempo di comprenderlo.

Si limitò a baciarmi e cominciò a muoversi. L'agonia della sua conquista mi dilaniò dall'interno. La mia anima gli gridò di fermarsi.

Ma presto tutto mutò in un... in un... inferno di passione. Un incendio che mi consumò dalla testa ai piedi, gettandomi vorticando in un mondo sconosciuto.

Gemetti. Urlai. Mi avvinghiai alle sue spalle. E inarcai il bacino per incontrare il suo.

Non sapevo più chi fossi. Sapevo solo che dovevo eguagliarlo. Lottare contro di lui fino alla fine. Consumare quell'atto come una partner, non come una docile partecipante.

Ringhiò, e io feci lo stesso.

Le sue zanne affondarono nel mio labbro inferiore. Imitai il suo gesto; un animale estraneo si risvegliò dentro di me, esortandomi a combatterlo.

No, non a combatterlo. A dimostrargli di essere al suo livello.

Era più forte. Più veloce. Più anziano. Più esperto. E nulla di tutto ciò mi spaventava. Glielo dimostrai con la lingua, con i denti, con le unghie conficcate nella sua schiena.

Mi afferrò la gola e la strinse, mentre l'altra mano andò a posarsi sul mio fianco.

Ma non riuscivo a interrompere quella danza pericolosa in cui erano coinvolti i nostri corpi.

Mi sembrava l'unica cosa giusta da fare. Così liberatoria. E profondamente intima.

«Piccola strega» ansimò leccandosi il labbro inferiore, dove gli avevo fatto uscire sangue. «Cazzo, Calina. Non ho mai avuto a che fare con nessuno come te».

Parlò come se pronunciare quelle parole ad alta voce gli procurasse un dolore fisico.

E poi mi baciò di nuovo, costringendomi a sottomettermi alle sue spinte violente, aumentando la stretta attorno al mio collo fino a impedirmi di respirare.

Conficcai le unghie nella sua nuca. Non perché volessi che si fermasse, ma perché avevo bisogno di molto di più.

Aveva persuaso la mia anima a venire a giocare, e ormai non ero nient'altro che la schiava del suo desiderio animalesco.

La sua mano abbandonò il mio fianco e si insinuò tra di noi, trovando in un attimo il mio punto più sensibile. Le mie labbra si schiusero in un grido che non potei liberare, priva com'ero di fiato.

E in qualche modo ciò rese il momento ancora più intenso, provocandomi un piacere che mi accecò.

«Vieni, Calina» mi ordinò Jace all'orecchio. Il mio mondo era una visione di nuvole nere e impossibilità.

Eppure sentii il mio corpo cedere al suo comando. I miei muscoli si tesero, e precipitai nell'oblio.

Avevo le vertigini.

Stavo morendo.

Non riuscivo a respirare.

Ma tremavo e tacitamente imploravo di averne ancora.

Quello era il mondo che padroneggiava, e il mio corpo

il suo strumento. Mi ritrovai a sprofondare nel suo abbraccio oscuro, dandogli tutto e anche di più, mentre continuava a scoparmi senza alcun controllo.

Mi stava distruggendo. Le mie ossa erano ridotte in polvere dalla sua autorità.

Mi sentivo debole.

Eppure un incendio ardeva dentro di me.

C'erano così tanto calore, così tanta intensità. E una grazia stupefacente.

Il mio nome gli sfuggì dalle labbra in una preghiera. Lasciò andare la mia gola e mi posò la mano sulla guancia, ridandomi la vita con un bacio che mi rubò l'anima.

C'era della bellezza in quel caos, un incontro appassionato di spiriti, il nostro sangue che diventava uno.

Non capii, ma lo sentii. Il fuoco della nostra unione che andava molto al di là di ciò che stava accadendo tra le mie cosce. Il suo ritmo raggiunse l'apice, facendomi volare sempre più in alto, finché non riuscii più a sopportare un altro secondo di quella follia.

Tutto il mio corpo andò a fuoco.

Ogni parte di me tremava.

I miei polmoni gridavano per avere un po' di ossigeno.

La mia gola protestò fino a diventare completamente inutile.

Non riuscivo più a deglutire. Né a muovermi. Né tantomeno a pensare.

Non ricordo più come mi chiamo. C'era qualcosa di importante in quella frase, ma lo dimenticai in un attimo.

Perché stavo morendo sotto una valanga di ragionamenti e sensazioni.

Tutta la storia si abbatté sulla mia coscienza.

Mondi che non capivo.

Lingue che non erano la mia.

Una mente contorta eppure ricolma di logica. Perfetta

e mascolina. Splendida nella sua astuzia. Politicamente motivata. Gentile ma severa.

Mi rilassai in quello stato psichico, sentendolo sposare il mio e accettando i percorsi intrecciati formati da due menti non più distinte.

Due anime.

Due esseri che diventavano uno.

Un'unione stupefacente.

Sconvolgente, eppure giusta.

Non capisco, mi meravigliai, nuotando tra i pensieri di un uomo con più di quaranta volte la mia età. *Quattromila anni.* Quasi cinquemila. Così tanti ricordi. Così tanta *intelligenza*.

Ero completamente persa.

Devo essere in paradiso, decisi, compiaciuta dello sviluppo. Perché quel luogo era la mia casa. La mia essenza. Il mio stato preferito dell'esistenza.

Calina, mormorò Jace. Nel suo tono c'era un pizzico di meraviglia. *Com'è possibile?*

Seguii la sua voce mascolina, fluttuando in una nube di pensieri. *Dove siamo?*

I suoi fianchi si mossero sui miei, il suo sesso era ancora dentro di me. Sbattei le palpebre, spaventata dalla sensazione che stava evocando. Il mio corpo già desiderava averne ancora.

Il che era impossibile.

Mi avrebbe distrutta. Uccisa. Mandata nel paradiso che c'era nella sua mente.

«Calina» disse, sfiorandomi la bocca con la sua. «Non sei morta, te lo posso assicurare. Ma lo prenderò come un complimento». Trascinò i denti sul mio labbro ferito. «E sarò felice di rimandarti presto in paradiso. Ma prima voglio vedere i tuoi occhi».

Corrugai la fronte e tentai di concentrarmi. Vedevo tutto nero, nonostante fossi riuscita ad aprire le palpebre.

Ma poi, poco a poco, dall'oscurità comparve il suo splendido viso.

E la stanza che ci circondava.

Nella regione di Lajos. Hawaii.

Sembrava tutto un sogno. Solo che potevo sentire che non lo era. Cosa che Jace sottolineò, muovendosi ancora una volta dentro di me.

Gemetti in approvazione. La pienezza tra le mie cosce mi cullò in uno stato di bisogno. *Mi hai trasformata in qualcuno che non riconosco*, lo accusai.

Potrei dirti lo stesso, ribatté.

Mi ci volle un istante per capire che stavamo comunicando telepaticamente.

Perché eravamo in sintonia. I nostri stati mentali erano legati insieme, erano diventati uno solo.

Sbattei di nuovo le palpebre.

Com'è possibile?, gli domandai, sconvolta dalla scoperta.

Sei appena diventata la mia prima e unica erosita, rispose. *Pensavo avessi detto che non eri vergine.*

Non lo ero.

Allora tutto questo non sarebbe dovuto succedere.

Lo so. Finalmente riuscii a concentrarmi sui suoi occhi. *E adesso?* Non avevo la più pallida idea di come elaborare ciò che stava accadendo.

Oh, adesso ti scoperò di nuovo, rispose. *Perché non ho ancora finito. Poi capiremo cosa fare.*

Percepii nella sua mente la veridicità della sua affermazione. Nonché la sua intenzione di scoparmi fino a non desiderarmi più. Vedeva ciò che era successo come uno sviluppo interessante, che avrebbe potuto regalargli una nuova esperienza mai provata prima.

*Un'*erosita. *Ah, che sia dannato. Beh, tanto vale che veda cosa c'è di così speciale.*

Un pensiero pratico. Che mi irritava, ma al tempo stesso no. Perché capivo il suo approccio; era quello che avrei avuto anch'io.

Era qualcosa di nuovo. Una rarità, per qualcuno di così antico.

Voleva goderselo finché non avesse smesso di affascinarlo.

Un capriccio passeggero.

Una scopata interessante.

Non erano le parole che avrei usato io, ma ciò non le rendeva meno comprensibili. Perché anch'io volevo continuare a esplorare quello che ci stava accadendo. E capire cosa significasse.

Ma il suo desiderio di mantenerla una cosa temporanea era oscurato da un accenno di dubbio, che si formò nei meandri della sua mente mentre si chiedeva: *E se una semplice avventura non fosse possibile? E se non mi stancassi mai di lei?*

Seguì un nuovo flusso di pensieri, alcuni dei quali mi diedero la nausea. Stava rivisitando le sue passate conquiste e narrando il suo amore per il sesso.

Non era un uomo monogamo.

Adorava scopare. Sedurre. Giocare. L'eternità era un tempo troppo lungo da trascorrere con un'unica persona.

Certo, era infatuato di me. Qualcosa che i suoi pensieri successivi mi rivelarono essere del tutto insolito per lui. Jace mi aveva vista come una sfida, un aspetto che inizialmente lo aveva affascinato.

Ma ormai non era più sicuro di come interpretare il nostro legame. O me. O il mio posto nella sua vita.

E ciò lo inquietava profondamente.

Ci rifletté sopra per qualche istante.

Poi decise di ignorare quel pensiero fastidioso e concentrarsi sul presente. Voleva vedere dove l'avrebbe portato quell'infatuazione, per poi decidere come procedere.

Come un esperimento, conclusi, offesa e incuriosita al tempo stesso.

Già, confermò. La sua mente stava tenendo il passo con la mia, mentre leggevo le sue intenzioni e valutavo i miei sentimenti al riguardo. Successe tutto molto in fretta, probabilmente nel giro di qualche secondo. Ebbi l'impressione che i nostri cervelli funzionassero a una velocità soprannaturale.

Perché ero legata a lui. E lui possedeva l'anima di una creatura antica.

La parte meno razionale di me non apprezzava essere vista come una sfida, o come un esperimento. D'altro canto, il mio lato pratico riconobbe il fascino della nostra situazione, condividendo una visione simile. Di lui.

Perché mi faceva provare delle sensazioni che non avevo mai sperimentato.

Mi aveva fornito un senso di pace che non sapevo nemmeno di desiderare.

E il suo corpo conosceva ogni trucco per giocare con il mio.

Perché non testare i limiti di quella connessione e vedere cosa sarebbe successo? Forse anch'io mi sarei stancata di lui.

Improbabile, rispose.

Continua pure con questi pensieri arroganti, e vedrai chi si annoierà prima, lo minacciai.

Ghignò. *Non è arroganza, mio dolce genietto. È sicurezza di sé.*

Sbuffai. *Posso leggerti la mente.*

E io la tua, ribatté. *Infatti so che sei altrettanto affascinata da quest'ultimo sviluppo. E ora dedichiamoci a un vero esperimento e vediamo quante volte riuscirò a farti venire prima che tu perda conoscenza.*

Sussultai quando iniziò a muoversi. La mia mente fece appena a tempo a interpretare la sua sfida e poi si spense, abbandonandosi a una piena accettazione.

Quindi sei in grado di sottometterti, si meravigliò. *Buono a sapersi.*

Non mi diede l'opportunità di rispondere: l'attimo dopo aveva già ripreso a scoparmi. E gli ci volle solo qualche minuto per farmi vedere le stelle.

Questo esperimento potrebbe uccidermi, mi resi conto.

Perché quella connessione legava insieme le nostre anime.

E quando deciderà di spezzarla, probabilmente non sopravviverò, pensai.

Non mi sentì. Il suo piacere era troppo travolgente, e il suo bisogno di prendermi lo stava consumando.

Le sue zanne mi affondarono nel collo. La sua mente da vampiro esigeva di banchettare su ciò che era suo di diritto: l'essenza della sua *erosita*.

Gemetti e presi a tremare incontrollabilmente. A ogni succhiata, il mio corpo si stava indebolendo sempre di più.

«Jace...» mormorai con voce roca. La mia gola era ancora segnata da tutto il gridare. «Jace, ti prego...».

Udivo la sua bramosia, il suo bisogno oscuro, la bestia selvaggia dentro di lui che beveva... e beveva... e beveva.

«Jace» boccheggiai.

Mia, ringhiò. *Sei mia.*

E un secondo più tardi il suo polso fu sulla mia bocca, annegandomi nel suo sangue.

Ma era troppo tardi. Il mio corpo aveva già cominciato a dissolversi in un altro vortice di estasi.

Riuscivo a malapena a sentirlo. Le mie membra

fremevano debolmente in risposta alla beatitudine che si rimescolava nel mio ventre.

Mi scaldò l'anima. Mi fece sorridere.

E poi caddi nell'oscurità della morte.

Un'oscurità così dolce, che conoscevo bene.

Solo che quella volta era rivestita di un calore accogliente. Un bacio affettuoso. E un giuramento di tenermi al sicuro.

Non capii.

Non ci provai nemmeno.

Mi limitai a soccombere con un piccolo sorriso sulle labbra.

Dormi, piccola strega. Dormi.

LILITH

Il reale Helias continua a essere un problema. È arrogante e non è per nulla leale alla nostra causa.

Ci ho provato, mio signore. Ma gli importa solo di se stesso, senza tenere minimamente in considerazione il quadro generale. Tuttavia, l'ho lasciato nel file degli alleati perché è facile persuaderlo. Quando giungerà il momento di annunciare il vostro ritorno, ritengo che…

Sei pregato di attendere. C'è un importante messaggio in arrivo dal tuo assistente.

Il messaggio inizierà tra tre, due…

Mio signore, ho appurato che il bunker 27 è stato compromesso. La valutazione dei danni è in corso. Non sono stato in grado di conferire con la nostra risorsa. Pertanto, non so chi abbia intercettato la nostra squadra, ma sospetto che si tratti della resistenza. E se avete esaminato quei file, avrete già visto che non tutte le loro identità sono note.

Ho bisogno di sapere come desiderate procedere.

Esistono tre protocolli per far fronte a questa situazione.

Il primo è il protocollo di chiusura, che attiverà in tutti i bunker una procedura per raderli al suolo dopo dodici ore. Per saperne di più su questo protocollo, seleziona: Chiusura.

Il secondo è il protocollo di sorveglianza, che attiverà il live feed proveniente da tutti i bunker e ci permetterà di osservare lo svolgersi degli eventi in tempo reale. Viene generalmente usato per identificare un nemico sconosciuto. Per saperne di più su questo protocollo, seleziona: Sorveglianza.

La terza opzione è attivare il protocollo di alleanza, che invierà una comunicazione a tutti i nostri alleati e fisserà una riunione urgente a Lilith City. Questo protocollo li avviserà del vostro risveglio e darà inizio alla procedura di conquista. Per saperne di più su questo protocollo, seleziona: Alleanza.

Quale sequenza prefer...

PROTOCOLLO DI SORVEGLIANZA SELEZIONATO.

PER CONSULTARE LE SPECIFICHE DI QUESTO PROTOCOLLO, CLICCA SUL PULSANTE "INFORMAZIONI". ALTRIMENTI, SELEZ...

PROTOCOLLO DI SORVEGLIANZA ESEGUITO.

IL FILE SU HELIAS RIPRENDERÀ TRA TRE, DUE...

JACE

LA MENTE di Calina mi affascinava. Era ancora più brillante di quanto avessi immaginato. Il suo cervello era una rete di rompicapi logici e informazioni interessanti.

Mentre dormiva, avevo passato al setaccio i suoi ricordi, curioso di saperne di più sugli anni trascorsi nel bunker. Mi fu sufficiente darle una piccola spinta a pensare alla sua precedente occupazione, per ritrovarmi sommerso da un fiotto di immagini. Molte includevano Lilith e la sua mancanza di creatività nell'uccidere.

Da quello che avevo visto, il rapporto tra Lilith e Calina non aveva mai avuto dei risvolti sessuali. Era solita esigere un aggiornamento su come stessero andando le ricerche. Un aggiornamento che la mia *erosita*, un termine a cui avrei dovuto abituarmi, le forniva immediatamente. Poi Lilith la mordeva e la prosciugava.

Lilith non ha sofferto abbastanza, decisi, dopo aver visto Calina morire un'infinità di volte.

Troppe per tenerne il conto.

Calina era arrivata al punto di sapere esattamente cosa sarebbe successo, accettando il suo destino. Non aveva paura, né la supplicava. Provava soltanto una logica rassegnazione e si concentrava su altre attività.

Come ad esempio progettare la fuga. Aveva ideato

diversi scenari, tra cui anche un metodo per aggirare i sistemi di sorveglianza di Lilith.

Eppure non hai mai provato a scappare, pensai, accarezzandole i capelli. *Interessante*.

Comparve un'immagine di James e Gretchen.

Capisco, mormorai, cogliendo il suo attaccamento nei confronti della coppia e del loro bambino.

Seguì una sensazione di perplessità, che suggeriva che aveva messo in discussione e riconosciuto il suo comportamento irrazionale.

A quel punto arrivò l'accettazione. Mi mostrò l'intricata analisi che aveva condotto in risposta alle sue emozioni.

La rete di ragionamenti mi affascinò sempre di più, inducendomi a continuare a sondare la sua psiche.

Molte donne si sarebbero infuriate per la mia intrusione. Ma sentii che Calina era consapevole della mia presenza e accettava la mia curiosità.

Perché anche la mia mente suscitava il suo interesse.

Pensava che il mio cervello fosse il paradiso. Il suo talento nella pianificazione rivaleggiava col mio.

C'erano sicuramente dei benefici in quell'intensa connessione. Benefici che andavano ben oltre la camera da letto.

Calina sbadigliò e rotolò verso di me, ancora addormentata. Eppure la sentii nella mia testa. Stava attingendo alla mia esperienza, alla ricerca di qualche informazione illuminante.

Era un bizzarro accoppiamento di cervelli, alimentato dalle nostre simili facoltà mentali. Eravamo entrambi appassionati di strategia. La nostra inclinazione ad analizzare ogni possibile risultato era un'ottima base per una collaborazione unica nel suo genere.

Il senso pratico prevaleva sulle nostre emozioni.

Sapeva come mi sentissi sulla monogamia. La percepii passare in rassegna tutti i dettagli al riguardo e accantonare il tutto l'attimo successivo. Non era una relazione a lungo termine. In quel momento, era utile per entrambi. Tutto lì.

Non dovevo restarle fedele per mantenere vivo il nostro legame. Me lo lesse nei pensieri. Il che la portò a riflettere su come distruggerlo quando non ne avesse più avuto bisogno. La sua conoscenza del sesso la fece esitare.

Perché non era vergine.

Ascoltai mentre si interrogava sulle potenziali ragioni del nostro legame e mi accigliai quando iniziò a cercare le sue connessioni con l'immortalità.

Erano il fondamento della sua eterna rinascita.

Altri vampiri che avevano con lei un vincolo simile a quello con un'*erosita*.

Esplorai ulteriormente quell'aspetto, mentre lei ripassava tutto ciò che sapevo sui legami di accoppiamento dei vampiri. Il suo cervello lavorava quasi alla stessa velocità del mio. Il che era notevole, considerando che era in uno stato comatoso.

Sembrava assorbire le mie conoscenze direttamente nella sua mente, catalogando le mie esperienze e memorizzandone i punti chiave.

Era affascinante.

Ma non mi importava dei suoi presunti legami con altri esseri immortali. Pur avendomi rivelato la sua connessione con Lilith, non era in grado di definirla. E quando cercai di strapparle maggiori dettagli, la sua mente era completamente vuota.

Ciò spiegava il suo desiderio di esaminare i file con me; voleva saperne di più sulle sue origini. E significava anche che mi aveva detto la verità.

In realtà, avere accesso ai suoi pensieri mi confermò

che non mi aveva mai mentito. Tutte le sue affermazioni e tutte le sue spiegazioni erano basate sui fatti.

Oh, ma aveva evitato di riferirmi qualche piccolo particolare. Per esempio, le avevo dimostrato praticamente fin dall'inizio che la sua analisi sulle abilità dei vampiri era sbagliata.

Più tardi mi divertirò a punirti per questa omissione, mormorai.

Rispose seguendo quel filo di pensieri e addentrandosi tra i miei ricordi, portando alla luce alcune delle mie attività preferite in camera da letto. Ne seguì un miscuglio di interesse e irritazione. Non le piaceva particolarmente assistere alla mia vasta esperienza in campo sessuale, ma al tempo stesso ne era affascinata.

Dopo qualche minuto, però, tornò alle sue riflessioni sulla nostra connessione.

La seguii, curioso di vederla ragionare su qualcosa che non avrebbe dovuto esistere. Esaminò tutto ciò che conoscevo al riguardo e lo confrontò con quello che sapeva lei, giungendo infine a una conclusione che riecheggiò nei miei pensieri.

Il mio insolito patrimonio genetico deve avermi predisposta ad accettare un compagno vampiro.

Iniziò a pensare alla sua esperienza con il licantropo. Le strinsi i capelli nel pugno. «Smettila». Non volevo quelle immagini nella mia testa. Era peggio di vedere Lilith dissanguarla. Peggio di *qualsiasi* altra cosa avessi scorto nella sua mente.

Ma avendo ormai già cominciato ad addentrarsi in quel ricordo, fui costretto ad assistere all'intero episodio. La rabbia mi fece girare la testa.

«Calina» sbottai, odiando quell'esperienza più di qualsiasi altra cazzo di cosa avessi mai vissuto. «*Fermati*».

Ma non lo fece.

Il ricordo peggiorò. La sua sofferenza sferzava i miei sensi con delle frustate di agonia.

Non le era stato permesso di gridare; l'avevano imbavagliata per farla tacere. Ma non era riuscita a fermare le lacrime. L'angoscia le colava dagli occhi, mentre il licantropo la devastava.

Lui era accecato dalla lussuria. Il suo bisogno gli fece trascurare il fatto che fosse un'umana.

Riuscii quasi a sentirlo scoparmi da dietro, e non era nemmeno il *mio* ricordo.

Calina rabbrividì accanto a me. Le sue guance si bagnarono improvvisamente di lacrime; stava piangendo nel sonno. Le immagini da incubo erano troppo reali e troppo minacciose.

C'era un'intera sezione della sua mente ricolma di simili orrori. Anni trascorsi a essere trattata come una cavia da laboratorio. A crescere dentro a un bunker, senza avere il permesso di vedere la luce del sole.

Lilith che si nutriva di lei.

Lilith che testava i limiti della sua immortalità.

L'aveva uccisa così tante volte, in così tanti modi diversi. Ero convinto che Lilith fosse noiosa, che i suoi metodi non fossero particolarmente creativi.

Oh, quanto mi sbagliavo.

Non appena Calina aprì quella parte della sua mente, fui in grado di vedere tutte le torture che le erano state inflitte. Il dolore celato dietro la sua maschera di indifferenza. Era stato quello a indurla a ragionare in modo logico e razionale. Il tormento che aveva dovuto sopportare era troppo per una psiche mortale. Così si era aggrappata alla ragione e alla strategia, preferendo il pragmatismo all'irrazionalità.

Aveva messo da parte la sua angoscia, rinchiudendola dove non potesse nuocerle.

Fu una rivelazione interessante, che mi spezzò il cuore.

Quella donna brillante era sopravvissuta all'inferno.

E mi aveva affrontato con lo spirito di una leonessa.

«Cazzo, Calina» sussurrai, ancora una volta ammaliato da lei. Le presi il viso tra le mani e cancellai le lacrime che lo bagnavano, poi premetti le labbra sulle sue.

Non si svegliò.

Ma la sua mente iniziò a calmarsi quando la strattonai attraverso il nostro legame, trascinandola di nuovo tra i miei ricordi.

Andò immediatamente alla caduta del genere umano, assistendo alla guerra in cui i mortali non avevano avuto alcuna possibilità contro gli esseri superiori. Io non vi avevo combattuto. Cercavo di trovare un modo per creare una convivenza pacifica, in cui vampiri e licantropi regnassero e gli umani avessero una parvenza di diritti.

Calina seguì un pensiero preciso, portandomi alla mente una visione di Cam. Era una conversazione in cui avevamo discusso di destini alternativi; lo facevamo spesso, in quei giorni. Ma quella volta finì in modo diverso.

Perché era la notte in cui io e Cam ci eravamo detti addio.

"Sai che ho ragione. Il mio sacrificio sarà ricordato" aveva detto Cam, con un'espressione intensa nei suoi occhi azzurri.

"Ammesso che Lilith lo permetta".

"Conto proprio sul fatto che non lo farà" aveva risposto. "Proibire che venga pronunciato il mio nome non farà che dargli il potere di suscitare pensieri e preoccupazioni".

Ci avevo riflettuto sopra per qualche istante, poi avevo annuito. Era una buona idea. Avevamo bisogno di illudere Lilith che andasse tutto bene, in modo da poter scoprire quali fossero i suoi piani. Aveva affermato di voler creare un'alleanza di licantropi e vampiri, tra cui poi avrebbe diviso equamente territori e risorse.

Ma sapevamo tutti che guardava i lupi dall'alto in basso.

Come molti dei nostri simili, era convinta che i vampiri fossero superiori.

Ma non era in grado di comprendere che i licantropi condividevano una parvenza del nostro DNA, una caratteristica che li rendeva nostri pari.

Proprio come non aveva capito l'importanza degli umani. Senza di loro, saremmo morti tutti. I vampiri avevano bisogno di sangue umano; nessun'altra essenza sarebbe andata bene.

"E se ti ucciderà?" gli avevo domandato.

"Non lo farà". Cam mi era sembrato così sicuro di sé. Il suo rapporto con Lilith era molto più profondo del mio.

"Solo perché Cane l'ha trasformata…".

«Cane…» sussurrò una nuova voce femminile che non c'entrava nulla con quel ricordo.

Aprii gli occhi. Non mi ero reso conto di essermi perso nei meandri della mia stessa memoria.

Quel giorno, le iridi di Calina erano di un azzurro sorprendente, senza alcuna traccia di verde. Schiusi le labbra per commentare quella sua strana caratteristica, ma iniziò a parlare prima che potessi farlo io.

«Conosco quel nome. Lilith ha parlato di lui».

«Cane?» chiesi, faticando a ricordare a chi si stesse riferendo. I suoi occhi erano così belli. Come zaffiri liquidi. Il tipo di colore in cui un uomo innamorato avrebbe potuto annegare.

«Sì. Nominava Cane regolarmente».

«Già, immagino di sì» commentai, ancora perso nei suoi begli occhi. «Cane era il suo Sire. Ed era anche l'altro mio cugino. Il padre di Cam e Cane era mio zio». Rendendoci tutti cugini.

Aggrottò la fronte. «Tuo zio? Nel senso di un parente di sangue? O perché era il fratello del tuo Sire?».

«Alcuni direbbero che non c'è nessuna differenza» sottolineai, con le dita ancora tra i suoi capelli. Glieli accarezzai di nuovo, poi le posai la mano sulla guancia, senza mai staccare gli occhi dai suoi. «Quanto sai della nostra origine?» le domandai, curioso di scoprire cosa le avesse detto Lilith.

In quanto ricercatrice, avrebbe avuto senso, per lei, conoscere la distinzione tra linee di sangue reali e linee di sangue diluite.

«Lo studio della genetica dei vampiri non è mai stata il mio soggetto primario. Solo quella dei licantropi».

Avrei dovuto immaginarlo, dato che avevo esaminato molti dei file con lei e avevo passato le ultime ore a frugare tra i suoi ricordi. «È molto interessante, considerando che il suo obiettivo era di rafforzare la longevità umana. Si potrebbe pensare che la genetica dei vampiri sia più utile allo scopo, rispetto a quella dei licantropi. D'altro canto, tecnicamente i licantropi sono i nostri discendenti. Forse Lilith voleva trovare il modo di perpetuare l'umanità sfruttando linee di sangue più deboli e vulnerabili».

E mentre ragionavo a voce alta, mi resi conto che probabilmente era andata proprio così.

«Sì, è esattamente ciò che voleva fare». Aveva perfettamente senso. «Sapeva che i licantropi discendono dalle linee di sangue vampiriche. Voleva creare una nuova razza semi-immortale sfruttando la genetica dei licantropi, ma senza i poteri che ne derivano. Solo la possibilità di vivere più a lungo ed essere un po' più forti». In modo che non potessero essere uccisi facilmente dai vampiri.

Calina studiò il mio viso. Poi annuì. «Sono d'accordo».

Due parole. E non pronunciate tanto per dire, ma un reale consenso. Espresso con facilità.

Perché mentre stavo parlando, aveva passato al setaccio tutti i miei ragionamenti direttamente dall'interno del mio cervello.

«Questa connessione è affascinante» ammisi a voce alta. Non aveva senso tenerlo per me, visto che l'avrebbe "sentito" comunque.

«Già». Iniziò a cercare informazioni sulle mie origini, curiosando tra i miei ricordi senza nemmeno chiedere il permesso. Come avevo fatto con lei mentre stava dormendo.

E, come lei, non ne fui infastidito.

Le diedi ciò che voleva, mostrandole mentalmente la mia stirpe.

Mio padre, Johan, era uno dei vampiri originali. Un essere diverso dagli altri, per via del suo sangue unico.

«Si dice che venti mortali siano stati benedetti dalla dea Nyx» mormorai. «Venti linee di sangue reali. Disseminate in tutto il mondo. E tutti i Benedetti erano maschi. La maggior parte si riprodusse con femmine umane, e da loro nacque la mia generazione».

«Cos'è successo ai Benedetti?».

«Sono tornati tutti alla terra» risposi. «Ma non sono morti. Semplicemente dormono».

«Perché?».

«Perché preferiscono quello alla vita». Mi strinsi nelle spalle. «Le loro amanti sono morte tutte migliaia di anni fa. A dire la verità, si narra che sia proprio da quello che è nato il legame di accoppiamento che crea un'*erosita*. Le amanti dei Benedetti sono andate da Nyx e l'hanno supplicata di permettere ai loro figli vampiri di avere dei compagni mortali senza la necessità del bacio della morte».

Non ero sicuro di crederci.

Ma non potevo negare la magia della nostra esistenza.

«Il bacio della morte è il dono vampirico dell'immortalità?» indovinò Calina.

«Esatto. Per i Benedetti non era un'opzione. Avevano ricevuto in dono la vita eterna ma non potevano concederla alle loro amanti. D'altro canto, avevano dei figli immortali. Cam fu il primo. Suo padre era Cronus».

Un albero genealogico sembrò formarsi nella sua mente mentre collegava mio padre, Johan, al padre di Cam, Cronus.

«Furono benedetti entrambi, probabilmente perché mia nonna era nota per essere un'adoratrice della notte. Non ne sono sicuro, ma è da lì che sono nate le voci che Nyx sia la madre della nostra specie. Tutti i Benedetti provenivano da famiglie che adoravano varie forme della dea della notte».

Tutto ciò era accaduto migliaia di anni prima. Qualsiasi testimonianza scritta di quelle credenze era stata distrutta da tempo.

Proprio come le lingue.

«Furono create venti stirpi reali. Ma i Benedetti scoprirono ben presto che c'era un prezzo da pagare, affinché i loro figli potessero restare immortali».

«Il sangue» disse Calina. La sua mente stava elaborando e capendo la storia più velocemente di quanto riuscissi a narrarla.

«Sì. E la nostra incapacità di procreare in modo tradizionale». Trascinai il pollice sul suo labbro inferiore. Riuscii finalmente a distogliere la mia attenzione dai suoi occhi, solo per concentrarla sulla sua bocca. «Alcuni erano più ghiotti degli altri, ma presto imparammo a trasmettere i nostri geni attraverso il morso. E il bacio della morte si diffuse fino a creare la massiccia popolazione di vampiri che esiste oggi».

«E i licantropi?» chiese Calina, attirando ancora una volta il mio sguardo sul suo. «Come sono nati? E chi erano gli altri reali? Hai detto che c'erano venti stirpi. Ma al momento ci sono soltanto diciassette reali».

Il mio polso vibrò prima che potessi rispondere. Darius mi aveva mandato un messaggio per ricordarmi dell'ora. «Cinque minuti» lessi, vagamente irritato dall'interruzione, ma ricordandomi in fretta perché fossimo lì. «I dispositivi di ascolto stanno per essere riattivati». Le accarezzai il viso e premetti le labbra sulle sue.

Poi riversai nella sua mente quel poco che sapevo sulla creazione dei licantropi.

Aveva a che fare con un morso e una misteriosa linea di sangue. Simile a quella dei Benedetti, ma indebolita dalla mortalità.

Perché tutti i licantropi prima o poi morivano.

Anche se alcuni vivevano fino a mille anni, la maggior parte cadeva verso i settecento o ottocento.

Calina corrugò la fronte al termine del mio breve riassunto. I suoi pensieri mi rivelarono che le sembrava che non fosse tutto.

Ero d'accordo con lei. Mancava un dettaglio importante. Ma con così tanti vampiri anziani addormentati, era difficile capire di cosa si trattasse.

Cane è addormentato?, chiese Calina. La sua mente stava già processando la risposta, formulando una teoria. *È a lui che Lilith stava facendo rapporto?*

Fu il mio turno di aggrottare la fronte.

Era una possibilità che non avevo considerato. E che mi fece scuotere lentamente la testa. *No. Cane non avrebbe mai approvato quello che ha fatto. Lui e Cam condividevano la stessa opinione nei confronti del genere umano. È quello il motivo per cui Cane ha scelto di dormire, a dire il vero. Aveva iniziato a percepire un'apatia che non gli si addiceva, decidendo di unirsi al padre nella cripta di famiglia.*

Ma la sua teoria mi fece pensare a molte altre possibilità. Perché Cane non era l'unico vampiro appartenente alla nostra era ad aver preferito il sonno.

«Vieni» dissi, tirandola giù dal letto. «Voglio scoparti nella doccia, prima che arrivi la colazione».

Fu un brusco cambio di argomento, determinato dai dispositivi di ascolto che si stavano riaccendendo attorno a noi.

Lajos si aspettava uno show.

Quindi gliene avremmo offerto uno.

Lo spiegai mentalmente a Calina, illustrandole con dovizia di particolari cosa le stessi per fare.

E il tutto valutando i nuovi ragionamenti che aveva instillato nella mia testa.

Forse avevamo considerato l'identità del "signore" dal punto di vista sbagliato. Avevamo dato per scontato che fosse un qualche alleato contemporaneo.

Forse dovevamo andare un po' più indietro.

Di qualche migliaio di anni.

All'epoca dei Benedetti.

A quel tempo, erano in molti a disprezzare il genere umano. Si consideravano delle divinità degne di essere adorate, non delle creature che dovevano vivere nell'ombra.

Il che spiegava tutte le buffonate di Lilith sull'essere una dea. Anche lei la vedeva così.

Cazzo. Come ho fatto a non pensarci prima?, mi domandai, facendo entrare Calina nella doccia.

Perché prima non avevi me, rispose lei, con le mani sui miei fianchi. *Una nuova prospettiva può essere cruciale, quando si tratta di risolvere un problema difficile.*

Abbassai lo sguardo su di lei, sui suoi occhi fin troppo azzurri. *Mi stai seducendo con la tua mente, Calina.*

Rispose afferrandomi il sesso e accarezzandolo. *Solo con la mia mente?*

Wow, a modo suo anche questa donna è una dea.

Sbuffò. *Assolutamente no.*

Ssh, tesoro, sto riflettendo. Non sono concesse interruzioni.

La piccola sfacciata alzò gli occhi al cielo. *Smettila di riflettere e baciami.*

Ancora a dominarmi dal basso, vedo.

Mi serrò il cazzo in una stretta d'acciaio. «Scopatemi, mio principe. *Vi prego*».

Ringhiai, irritato e infinitamente eccitato dalla sua farsa.

Se il suo obiettivo era stato quello di distrarmi dal ripassare mentalmente la lista degli antichi, ci era riuscita.

Ma gliel'avrei fatta pagare.

«Ti distruggerò, gènietto».

Con le parole o con i fatti?, mi provocò.

Dannazione, Calina. Catturai la sua boccuccia disobbediente e la punii con la lingua. Il che le strappò un gemito, infrangendo così le regole. Ma non mi importava.

Quella donna voleva che liberassi la mia bestia interiore.

Tieniti forte, la avvertii.

CALINA

IL MIO CORPO bruciava ancora dopo le attenzioni di Jace.

Quando mi aveva rivelato le sue intenzioni, era stato sincero. Mi aveva scopata letteralmente a sangue.

Lottai contro l'impulso di contorcermi di nuovo. La seta che mi copriva il sesso mi stava tormentando.

Quella notte indossavo un abito diverso. La gonna era blu scuro, lunga fino al pavimento. Due spacchi laterali rivelavano i collant neri, i tacchi e il reggicalze. Due nastri blu completavano l'outfit; legati dietro al collo, si incrociavano sul seno.

La mia schiena era completamente esposta, così come la maggior parte del ventre e dei fianchi.

Ma nonostante tutto, non riuscivo nemmeno a sentire l'aria condizionata della limousine.

Il calore del corpo di Jace infiammava il mio sangue come se fosse stato il suo.

Era seduto accanto a me con addosso un abito nero. La sua mano era posata sulla mia coscia. La stringeva ogni volta che sentivo il bisogno di muovermi.

Il che non mi aiutava per nulla.

E lui lo sapeva.

Ma il bastardo si stava divertendo troppo per darci un taglio.

Attenta, dolcezza, o dovrò scoparti ancora per punire la tua disobbedienza.

Non sto facendo assolutamente niente, ribattei.

Non è vero, mormorò. *E se Lajos fosse qui, se ne accorgerebbe. Proprio come ha fatto Darius.*

Serrai la mascella.

E ha notato anche quello, infatti ha appena inarcato un sopracciglio nella mia direzione.

Avresti dovuto dirgli del nostro nuovo legame, borbottai.

A quanto sembrava, la connessione non era ovvia e non poteva essere percepita da altri vampiri. Perché se fosse stato così, Darius l'avrebbe saputo.

Se sapesse che sei nella mia testa, capirebbe le mie reazioni, aggiunsi.

Gli sfuggì una risatina, che coprì con un colpo di tosse. *I dispositivi di ascolto presenti nella suite l'hanno reso impossibile. In più, abbiamo quasi perso la colazione, grazie alla tua testardaggine sotto la doccia.*

La mia testardaggine?

Sì. Sei venuta solo tre volte, prima di dire che ne avevi abbastanza. Un gentiluomo necessita di almeno cinque orgasmi per considerare il suo lavoro completo.

Le mie guance divennero roventi al ricordo di come mi aveva fatta voltare, schiacciando il mio seno sulle piastrelle, e mi aveva scopata da dietro ordinandomi di venire su tutto il suo...

Smettila. Hai ricominciato a dimenarti, sbottò nella mia mente.

Mi dispiace. Le mie interiora sono ancora in preda alle convulsioni a causa delle tue imposizioni sul corretto numero di orgasmi. Gli avevo detto che non potevo venire di nuovo, e lui si era affrettato a dimostrarmi quanto mi sbagliassi.

Obbedire mi aveva fatto fisicamente male.

Ma il piacere che ne era seguito aveva fatto sì che ne valesse la pena.

La sua mano si abbatté sulla mia coscia. «Non muoverti».

Ringhiai nella sua mente.

Lui fece lo stesso.

Deglutii e mi sforzai di interpretare la parte della piccola umana sottomessa che desiderava.

Oh, non è ciò che desidero, mia dolce Calina. Ed è esattamente per questo motivo che ho bisogno che tu la smetta. O dovrò veramente scoparti di nuovo, perché la tua disobbedienza me lo sta facendo venire duro.

I miei occhi vagarono sulle sue cosce muscolose, poi sul suo inguine. E mi leccai involontariamente le labbra.

«Cazzo» borbottò ad alta voce. Aveva tutti i muscoli tesi.

«È a quello che ti sei dedicato tutta la notte, eh?». Il tono di Darius era intriso di irritazione.

«Già». Jace sembrava altrettanto infastidito, ma la sua mente raccontava una storia diversa. Era venuto soltanto una volta nella doccia, e avrebbe potuto ripetere il tutto almeno un altro paio di volte.

E il solo pensiero mi fece…

Calina, ti prego. I suoi pensieri erano venati di agonia. *Non voglio scoparti qui.*

No, hai intenzione di farlo al club, ribattei, consapevole di quale fosse il suo piano per la nottata. *Lasciando che nel mentre Lajos si goda la mia bocca.*

Ringhiò di nuovo. Ma a causa della rabbia, non della lussuria. *Non ho ancora deciso.*

Lo so.

Così come sapevo che, tecnicamente, poteva tagliarmi fuori dalla sua mente. Ci aveva pensato; sarebbe stata una misura protettiva per entrambi. Ma aveva subito scartato l'idea, ritenendo più importante il vantaggio che ci offriva, dato che non mi sarebbe stato permesso di parlare a voce alta. Lasciare aperta la connessione ci avrebbe concesso di pianificare le nostre mosse insieme.

E fu per quello che gli dissi: *Se mettermi in ginocchio è ciò che devo fare per distrarlo, lo farò.*

Ovviamente, non significava che *volessi* farlo.

Ma sapevo qual era il piano. Avevamo bisogno che Lajos fosse a suo agio, in modo da guadagnarci la libertà di esplorare la sua regione e trovare il bunker 37.

E se non fossimo stati in grado di metterlo a suo agio, allora avremmo dovuto distrarlo.

E quel compito sarebbe toccato a me.

No, rispose Jace. *Non ti lascerò da sola con lui.*

Non morirò.

Non puoi saperlo con certezza. Se ti scopa, il nostro legame si spezzerà. E non sappiamo che effetto potrebbe avere sulle altre connessioni. Finché non avremo più informazioni sulla tua storia e sulla tua condizione, non possiamo rischiare.

Devi rischiare. Devi farlo per Cam, ribattei, ricordandogli quale fosse il fine ultimo di tutto il piano. *Sappiamo entrambi che tra me e lui sceglierai sempre lui. Non insultare la mia intelligenza fingendo che non sia così.*

Anche se non era esattamente una finzione, la sua. Riuscivo a percepire la sua lotta interiore all'idea che rimanessi sola con Lajos.

E il problema non era soltanto la mia morte, ma il fatto che un altro maschio mi prendesse.

A quanto sembrava, Jace aveva sviluppato una certa possessività nei miei confronti, che sapevamo entrambi essere frutto del nostro nuovo legame.

Così come sapevamo che alla fine sarebbe stato il suo lato pratico ad avere la meglio.

Ammiravo quel lato di lui, perché anche la mia mente funzionava allo stesso modo.

Capirò se…

Non voglio parlarne. Non ancora. Non finché non ci sarà rimasta altra scelta. Le sue parole furono un ringhio intenso; la discussione era finita.

Va bene, risposi, tornando a concentrarmi sul mio corpo e cercando di rilassarmi in una posa più sottomessa.

Jace accentuò la presa sulla mia coscia e cominciò a scorrere mentalmente i nomi di tutti i Benedetti e dei loro eredi. Molti di quegli eredi avevano scelto di riposare accanto ai loro padri; dopo qualche migliaio di anni, l'immortalità li aveva annoiati. Ciò significava che alcuni dei reali erano in realtà coloro che erano stati morsi e trasformati per primi.

Vampiri come Darius.

Attraverso i pensieri di Jace, scoprii che Darius era l'unica progenie di Cam, motivo per cui un giorno Darius sarebbe probabilmente stato costretto a governare.

Jace non aveva mai trasformato nessuno. Era abbastanza insolito, ma mi fece notare che Kylan aveva creato il suo primo e unico vampiro soltanto un mese prima.

Tutti gli altri avevano morso e trasformato almeno un altro umano.

E quei vampiri ne avevano trasformati altri.

E altri ancora.

Diverse migliaia di anni avevano permesso la creazione di numerosi vampiri, e di conseguenza le linee di sangue si erano diluite.

Solo gli appartenenti alle prime tre generazioni erano considerati dei veri reali, ossia i Benedetti e i loro discendenti diretti. Si trattava dei vampiri dell'era di

Cronus e Johan, quelli dell'era di Cam, Cane, Kylan, Ryder e Jace, nonché la generazione di Darius.

Tutti gli altri ricadevano da qualche parte lungo l'albero genealogico.

Alcuni non riuscivano nemmeno a risalire alle loro origini.

Appresi tutto quanto dalla mente di Jace, ascoltandolo ripensare a tutti quegli individui nella speranza di capire chi fosse il "signore" di cui parlava Lilith nei suoi file.

Passò velocemente in rassegna le loro identità, concentrandosi su alcune e scartando le altre in un batter d'occhio. I suoi ragionamenti erano affascinanti da seguire, la sua logica quasi un'arma di seduzione.

E la sua mano sulla mia coscia certo non aiutava.

Così come il fatto che potesse udire l'impatto che la sua intelligenza aveva su di me.

Al diavolo, disse. Mi afferrò i fianchi e mi fece sedere a cavalcioni su di lui. Darius borbottò qualcosa, ma si perse nel fragore che mi martellava nelle orecchie.

L'attimo dopo Jace catturò la mia bocca. La sua lingua duellò con la mia, mentre ancora rifletteva su chi potesse essere il complice di Lilith.

La sua abilità nel fare più cose contemporaneamente era inebriante, mi faceva ribollire il sangue nelle vene ogni secondo di più.

Perché seguivo ogni ragionamento e concordavo con ogni decisione, riuscendo anche a stare al passo con i movimenti delle sue labbra sulle mie.

Era in grado di coinvolgere nello stesso momento sia il mio corpo che la mia mente, regalandomi una soddisfazione che rivaleggiava con quella provata nella doccia.

«Mio principe». Il tono di Darius era privo di emozione.

Ma Jace riconobbe il sottile accenno di impazienza che aleggiava nell'aria.

Perché, a quanto sembrava, eravamo arrivati a destinazione. E non ce n'eravamo accorti.

Un pizzico di meraviglia sfiorò lo sguardo di Jace mentre staccava la bocca dalla mia. Mi studiò il viso. *Sei pericolosa, Calina.*

Mai quanto te.

Mmh, vedremo, mormorò, accarezzandomi il labbro inferiore col pollice. «Siamo pronti».

Il suo commento fu seguito da un colpo secco.

Poi la portiera accanto a noi si aprì.

Darius uscì per primo, poi aiutò Juliet a fare lo stesso. Era un gesto naturale, che sottolineava il loro rapporto di dominio e possessione. Mi domandai cos'avrebbe fatto Jace.

Lo sentii ridacchiare nella mia mente, e mi sfiorò le labbra con le sue. *Fidati di me. Il mio marchio è evidente nella tua espressione.* Mi sollevò dal suo grembo e scivolò fuori dall'auto. Poi mi tese la mano, con le dita che danzavano in modo provocatorio. *Vieni fuori, genietto. Non vedo l'ora di mostrarti a tutti.*

Il mio cuore prese a battere all'impazzata per un motivo completamente diverso dal precedente.

Perché sapevo come mai volesse mostrarmi a tutti.

Ero un'esca.

Per un reale noto per la sua brutalità.

Adesso, aggiunse Jace, udendo la mia esitazione. Mi stava dicendo di sbrigarmi, altrimenti avrebbe dovuto infliggermi una punizione plateale.

Tentando di respirare normalmente, scivolai sul sedile di pelle e posai la mano sulla sua.

Mi fece uscire dalla limousine con la facilità di un essere molto più forte di me e mi avvolse immediatamente il braccio attorno alla vita, stringendomi a sé.

Più per necessità che per altro.

E poi, avevamo uno spettacolo da imbastire.

Più mostrava di stravedere per me, più Lajos sarebbe stato incuriosito. Consolidando così il mio ruolo come merce di scambio.

Jace mi baciò la gola, ma quasi non lo sentii. Il mio battito stava accelerando all'inverosimile.

Capivo il senso e lo scopo di quello che stavamo facendo. Avevo una parte da recitare, e così anche Jace. Ma affrontare la dura realtà di essere usata come una pedina era molto più difficile che accettarlo razionalmente.

Le mie gambe vacillarono.

Mi concentrai sui miei passi e tentai di ritrovare la mia determinazione, ignorando tutto il resto.

Sono una bambola. Un giocattolo. Una schiava umana. Del cibo che...

Calina, si intromise Jace. *Capisco cosa stai cercando di fare, ma smettila, ti prego. Per me non sei nessuna di quelle cose.*

Sono chi è necessario che sia, gli risposi. *Chi* tu *hai bisogno che sia.*

Il suo sospiro mentale riecheggiò nella mia testa. Mi strinse il fianco, guidandomi lungo il legno scuro sotto i miei piedi. Eravamo entrati nell'edificio senza che me ne accorgessi. L'aria condizionata era una carezza gelida sulla mia pelle surriscaldata.

Parlò con qualcuno.

Ignorai ciò che disse.

Ignorai la consapevolezza di avere gli occhi di tutti addosso.

Ignorai il ritmo sostenuto della musica mentre entravamo in un'altra stanza.

Ignorai i sussulti e i gemiti di piacere e dolore che seguirono.

Ignorai i grugniti.

Ignorai le risate crudeli.

Ignorai l'agghiacciante aura di potere che ci accolse nell'area sul retro del locale.

E soprattutto, ignorai il calore al mio fianco.

O almeno ci provai.

In realtà, colsi ogni dettaglio, memorizzando gli odori, i suoni e le visuali del piano. Il mio cervello tracciò una potenziale via di fuga basandosi solo sui miei sensi.

Jace udì tutto il mio ragionamento. Il suo braccio attorno alla vita mi ricordava nemmeno troppo sottilmente che scappare non era un'opzione.

I predatori amavano cacciare.

E adorano anche scopare quello che riescono a catturare, aggiunse, trascinandomi sul suo grembo. *Qualsiasi cosa tu faccia, non guardare verso il palco.*

Le sue parole mi fecero esitare, ma poi seguii il suo commento fino a raggiungere il ricordo delle immagini a cui aveva appena assistito lui stesso.

Mi si rivoltò lo stomaco all'erotico spettacolo di morte che apparve nella sua mente.

Umani insanguinati che venivano scopati letteralmente a morte su vari strumenti di tortura.

Tanti stavano urlando in silenzio.

Altri erano troppo indifferenti per preoccuparsi di farlo.

E una marea di vampiri si godeva lo spettacolo, molti dei quali indulgendo nei loro vizi preferiti ai rispettivi tavoli.

Vino corretto con il sangue scorreva in tutta la stanza. *Letteralmente da delle fontane.*

Jace mantenne un'espressione annoiata e prese a

conversare con Darius. Fecero anche segno a un cameriere; vidi attraverso la mente di Jace che era completamente nudo, a parte qualche piercing ben piazzato. Ordinarono uno spuntino per il tavolo.

Uno spuntino umano.

Jace premette le labbra sul mio battito impetuoso. *Gli umani presenti in questo club moriranno a prescindere da quello che facciamo io e Darius. Almeno potremo concedere a uno di loro una morte rapida.*

Lo so. Le sue intenzioni erano un libro aperto per me.

Mi resi conto che il legame mentale con Jace era probabilmente l'unica cosa che mi tratteneva dal reagire esteriormente all'incubo che si svolgeva attorno a me. Sentivo il suo disgusto e la sua irritazione nei confronti di Lajos per il modo in cui trattava gli esseri umani.

Non era così che Jace aveva scelto di governare la sua regione. Certo, destinava degli umani all'industria alimentare. Ma gli sceglieva con cura, in genere assicurandosi che avessero una certa età o un certo declino fisico.

Tuttavia, se fosse davvero riuscito a diventare re, avrebbe creato una banca del sangue su base volontaria. Pensava che molti mortali avrebbero visto i vampiri come gli dei che erano e li avrebbero serviti volentieri, in cambio di protezione.

Vagliai le sue idee e mi persi nel futuro che desiderava. Rendendomi conto che approvavo la sua visione.

Il solo pensarci mi calmò.

Fui quasi sul punto di sospirare, sollevata.

Finché un nuovo potere impregnò l'atmosfera.

«Lajos» lo salutò Jace, per poi afferrarmi i fianchi e posarmi sul divanetto, in modo da potersi alzare. Rabbrividii, sentendo già la mancanza del calore di Jace.

«Jace» rispose una voce profonda. «Che piacere rivederti».

«Anche per me» mormorò Jace. «Sai quanto mi piacciono i tuoi club. E questo mi sembrava il posto perfetto per accettare la richiesta di Jasmine di incontrarci».

Una bugia. Una bugia chiara come il sole, almeno per chi avesse avuto accesso alla mente di Jace. Ma la pronunciò con l'abilità di un politico navigato.

«Già» concordò una voce sensuale. «Sono felice che tu ci abbia pensato, Jace».

«Ci mancherebbe altro». Baciò la donna sulla guancia. Percepii il gesto attraverso la nostra connessione e lo odiai, perché mi diede l'impressione di un pugno nello stomaco. Quando afferrò Jace e lo baciò anche lei... *sulle labbra...* quasi ringhiai.

Era una reazione bizzarra, frutto della nostra connessione. O almeno fu quello che mi disse la parte più scientifica e razionale di me.

Era ciò che Lilith aveva cercato di far svanire nel corso dei suoi esperimenti: gli istinti possessivi causati dal legame di accoppiamento.

Strano che non mi fossi mai sentita così nei suoi confronti, pur percependo la sua gelosia.

Che anche gli altri immortali provassero qualcosa del genere per me? O erano troppo distanti, non solo fisicamente? Non riuscivo a sentirli, ma quella non era una novità.

Anche se, di solito, riuscivo ad avvertire i miei legami con l'immortalità. Almeno vagamente. Ma ormai sentivo solo e soltanto Jace.

E le mani di quella donna sul suo petto.

Affondò le unghie nella sua giacca, mentre lui rideva per qualcosa che la vampira aveva appena detto. Una battuta su quello che stava accadendo sul palco. Una battuta che mi era sfuggita, ma di cui avevo sentito il sussurro in agguato nella sua mente.

Mi rifiutai di seguire quel pensiero; non volevo sapere. Il disgusto di Jace nei confronti dell'intera conversazione fu sufficiente a placarmi. Se all'esterno fingeva un'allegria disinvolta, all'interno era un susseguirsi di commenti beffardi.

Mi stavo quasi divertendo.

Ma qualsiasi traccia di ilarità svanì dalla mia mente nel momento in cui Lajos si sedette accanto a me.

E mi posò la mano sulla coscia.

JACE

Lo STELO del bicchiere di vino fu quasi sul punto di frantumarsi tra le mie dita.

Lajos era seduto dietro di me.

Accanto a Calina.

Con la sua dannata mano sulla gamba di lei.

E non potevo farci un cazzo, o avrei causato una scenata.

I vampiri amavano il contatto fisico. Ci piaceva accarezzare e toccare gli altri. Infatti negli ultimi dieci minuti, mentre chiacchierava con Darius, Lajos non aveva fatto altro.

Lo tenevo d'occhio attraverso la mente di Calina. Una pessima idea, che mi fece arrabbiare ancora di più. Perché percepivo il disagio che le stava causando la mano del reale, intenta a risalirle la coscia fasciata dalla calza di seta.

Quelle erano per me, non per lui.

Solo che gliele avevo fatte indossare perché sapevo che Lajos avrebbe desiderato vedere di più. Tutto lo splendido corpo di Calina era coperto da seta e pizzo in un modo così invitante, che non sarebbe riuscito a resistere. Avrebbe voluto strapparle tutto di dosso.

Darius voleva offrire al reale un sorso del sangue di

Juliet, per poi lasciare che Lajos sfogasse le sue voglie sulla mia consorte.

Solo che non era più soltanto la mia consorte.

Ed ero molto in difficoltà all'idea di permettere a un altro uomo di toccarla, figuriamoci di *scoparla*.

Quel bisogno possessivo di averla solo per me era parte del nostro legame. Razionalmente, lo capivo.

Il problema era che non volevo essere razionale.

Mi ci volle uno sforzo notevole per continuare a parlare con Jasmine come se nulla fosse, quando in realtà l'unica cosa che volevo fare era afferrare Calina e farla mia davanti a tutti.

Mi ritrovai ad ammirare la capacità di Darius di restare impassibile e mantenere la calma, quando altri uomini ammiravano e toccavano la sua Juliet.

Ero colpito che non avesse mai preso a pugni *me*, considerando quello che le avevo fatto in passato.

Perché in quel momento non desideravo nient'altro che picchiare Lajos.

No. Volevo *uccidere* quel bastardo. Le sue dita erano troppo vicine al mio paradiso. Continuavano a lambire in modo provocante il pizzo tra le cosce di Calina, per poi scendere di nuovo lungo le sue calze.

Un giorno lo accoltellerò, e sarà bellissimo, decisi, chiedendo invece a voce alta: «Allora, come vanno le cose a Jasmine City?».

Non che mi interessasse; volevo solo farla finita con quella dannata discussione. Jasmine voleva qualcosa da me. Prima avessi declinato la sua richiesta, più in fretta sarei tornato da Calina.

Jasmine blaterò qualcosa sulla sua regione e sui recenti sviluppi nell'esportazione di dispositivi tecnologici. Compresi immediatamente il suo tentativo di attirarmi in un potenziale rapporto commerciale, sperando di ottenere in cambio sangue umano.

E così, in piedi a un tavolino da cocktail nell'area VIP del club, fingevo di pendere dalle labbra di Jasmine, quando in realtà stavo ascoltando la conversazione che si svolgeva alle mie spalle.

«Allora, dov'è riuscito a trovare un giocattolo così carino?» chiese Lajos, la cui attenzione era interamente rivolta a Calina. Lei sentiva i suoi occhi addosso, ma cercava di ignorarli, preferendo delineare diversi scenari nella mente. Seguii i suoi ragionamenti, affascinato dalla sua abilità di rimanere lucida anche in una situazione così pericolosa.

«Capisco» risposi a Jasmine, sperando così che continuasse a parlare.

Funzionò.

Prese a illustrarmi in dettaglio la sua filiera produttiva, spiegandomi il modo in cui aveva sfruttato gli umani nella creazione degli ultimi dispositivi.

«In un buco da qualche parte». Il tono di Darius era intriso dell'esatta quantità di scherno. Non faceva sul serio, ma non era quello il punto. Aveva una parte da recitare, un compito in cui eccelleva più di tanti altri. Motivo per cui era un perfetto sovrano. «Suppongo sia stata una ricompensa adeguata per tutto quello che ha dovuto sopportare con Ryder».

Ed ecco il tentativo di Darius di distrarlo.

«Ah, sì, Lilith aveva accennato all'idea di fargli visita» rispose Lajos, senza lasciar trasparire nulla.

Eppure mi ritrovai a riflettere sulla sua affermazione, chiedendomi cosa non stesse dicendo. *Che sappia che è morta? È lui uno degli alleati presenti nei file? Sa chi è il fantomatico "signore"?*

Calina si stava ponendo domande simili. Ma stava

anche analizzando Darius e la sua magistrale abilità nel cambiare argomento.

«Penso sia ancora da lui, anche se non so perché». Darius assunse un'espressione annoiata. «Non c'è niente da fare con Ryder. Quell'uomo ha un totale disprezzo per le regole».

«Beh, conosci Lilith. È una combattente».

«Già» concordò Darius con naturalezza. «Ma lo è anche Ryder».

Calina si concentrò sul loro scambio per tentare di ignorare la risalita del palmo di Lajos. Quando però le sfiorò di nuovo il sesso, deglutì e si costrinse a non rabbrividire dal disgusto.

La mia stretta sul bicchiere di cristallo si accentuò.

Jasmine era passata a descrivere gli orari di lavoro dei suoi schiavi umani e la quantità di cibo di cui necessitavano per essere produttivi. Considerando quanto poco li nutrisse, non fui stupito quando aggiunse: «Ma non sembra che basti. Avvizziscono e muoiono troppo in fretta».

Annuii. «Sono creature fragili».

«Troppo fragili» rispose, bevendo un sorso di vino.

«Mi sorprende che Silvano non avesse questa splendida donna nel suo harem» disse Lajos, riportando ancora una volta la conversazione su Calina. La sua curiosità mi stava dando veramente sui nervi.

Mi ero aspettato che fosse interessato a lei, ma c'era qualcosa nel suo tono e nel suo tocco che mi sembrò *troppo* interessato. Avevo colto quell'impressione da Calina, ma me n'ero accorto anch'io. I commenti di Darius su Ryder avrebbero dovuto quantomeno suscitare qualche domanda.

Ryder era un reale che aveva appena acquisito un nuovo territorio.

Qualsiasi altro vampiro del nostro rango avrebbe voluto sapere come stesse andando.

Fosse solo per determinare un possibile guadagno politico o un'annessione, nel caso in cui il reale avesse fallito nel suo compito.

Ma non Lajos.

No, lui voleva parlare di Calina.

«Non saprei, i rapporti tra me e Silvano sono sempre stati molto superficiali» rispose Darius. «Ma sono curioso di vedere cosa succederà al suo territorio, sotto il governo di Ryder».

Un altro tentativo di cambiare argomento.

Lajos cedette per qualche istante, parlando dell'incapacità di Ryder di guidare qualcun altro oltre a se stesso. «Credo che Lilith abbia già imparato la lezione» concluse, facendomi rizzare i peli sulla nuca.

Sa, decisi.

Ma non ebbi la possibilità di reagire, perché il nostro vero drink arrivò qualche secondo più tardi, sotto forma di una donna dai capelli scuri e arruffati.

«Ah, è arrivato il nostro spuntino» disse Darius in tono disinvolto, a suggerire di non aver udito l'ultimo commento di Lajos. Ma sapevo che lo aveva sentito. E che ci stava riflettendo sopra.

Proprio come stavo facendo io.

E proprio come stava facendo Calina.

Ma il vassoio di strumenti affilati che atterrò sul tavolo la distrasse quasi immediatamente. Erano strumenti concepiti per rimuovere parti del corpo.

E l'umana che li aveva portati sapeva che sarebbero stati usati su di lei.

Ssh, sussurrai nella mente di Calina, cercando di calmarla prima che potesse reagire in maniera evidente.

È tutto così sbagliato.

È la vita.

È sbagliato, ripeté lei.

Sospirai mentalmente e le riversai nei pensieri i miei piani per il futuro. Li corredai con varie idee su come far funzionare tutto. Mi ero reso conto che li aveva già esaminati in precedenza e che l'avevano rilassata.

Fortunatamente, anche in quel momento ebbero lo stesso effetto. Nonostante l'umana si fosse appena stesa sul tavolo accanto al vassoio.

Grazie, mi sussurrò nella testa.

Puoi fare affidamento su di me, Calina. Sempre. Formulai quel pensiero con una naturalezza che quasi mi sorprese, a cui seguì una sensazione di calore nel petto. Poi mi costrinsi a tornare alle lamentele di Jasmine sui suoi schiavi.

A quanto sembrava, stava finalmente venendo al punto: aveva bisogno di più umani.

L'intera situazione mi confermò ciò che già pensavo su Jasmine: non era adatta a governare.

«Uhm… no, al momento non mi va» stava dicendo Lajos dietro di me. «Ho voglia di provare il nuovo animaletto di Jace. Non potrebbe essere lei ad addolcire il mio vino?».

Lajos iniziò ad accarezzare uno dei coltelli adagiati sul tavolo. Calina trattenne il fiato. L'altra mano del vampiro risalì di nuovo lungo la sua gamba, andandole a lambire audacemente il tessuto di pizzo tra le cosce. Calina lottò per non reagire esteriormente mentre lui la toccava, ma la scorrettezza di quell'atto riecheggiò nel nostro legame.

E non era solo Calina a protestare, ma anch'io.

Mia.

«Credo che il principe Jace voglia tenerla come dessert da condividere in privato, non come antipasto» disse Darius, con un tono ai limiti del gelido.

Secondo me, non era abbastanza minaccioso. Ma

racchiudeva una dose sufficiente di avvertimento. Aveva anche usato il mio titolo e il mio nome di proposito; voleva assicurarsi che l'avessi sentito e che capissi cosa stava succedendo.

In qualsiasi altra situazione, infatti, avrei semplicemente lasciato che se la cavasse da solo.

Ma quella di Calina era una circostanza speciale.

Calina è mia.

«Preferisco togliermi le mie voglie quando mi pare» replicò Lajos, la cui voce era intrisa di arroganza. «A Jace non dispiacerà».

«In realtà, mi dispiace» ribattei, interrompendo qualsiasi cosa stesse dicendo Jasmine. Avevo smesso di fingere di ascoltarla nel momento in cui il dito di Lajos aveva accarezzato Calina in modo inappropriato.

Cazzo, ogni sua mossa era stata *inappropriata.*

Non gli avevo dato il permesso di toccarla, men che meno *là.*

Non importava che normalmente condividessi le mie consorti senza problemi. Non importava che in passato non l'avessi mai fermato.

Tutto ciò che importava era Calina.

La *mia* Calina.

Le sopracciglia di Lajos si sollevarono. «Mi stai negando un assaggio del tuo giocattolo?».

Fu con uno sforzo incredibile che mantenni la mia compostezza e risposi con tono privo di emozione: «Come ha detto Darius, Calina è per dessert. È una prelibatezza da gustare in privato. Se vuoi farti un bicchierino con noi, sei il benvenuto nella nostra suite».

Dove sarebbe stato solo.

E dove saremmo riusciti a interrogarlo senza interruzioni.

Perché al diavolo tutto il resto.

Al diavolo il piano. Al diavolo la strategia.

Non gli avrei mai permesso di toccare Calina.

Jace, sussurrò lei. *Non possiamo…*

Non adesso. Non ero dell'umore per discutere delle mie decisioni. Quel bastardo non avrebbe mai toccato la mia *erosita*. Metterlo a proprio agio era una perdita di tempo. Preferivo di gran lunga sparargli e torturarlo finché non mi avesse rivelato tutto quello che sapeva.

Darius mi lanciò un'occhiata di avvertimento.

Lo ignorai, attendendo la risposta di Lajos.

«Calina» ripeté.

Solo sentirgli pronunciare il suo nome mi fece andare il sangue alla testa. Miracolosamente, riuscii a stringermi nelle spalle e dire: «Le sta bene».

«È un bel nome» concordò, accarezzandola ancora una volta tra le gambe. «Di origine greca, se non sbaglio. Una variante di Selene».

Calina combatté l'impulso di serrare le cosce. Era riuscita a rimanere immobile fino a quel momento, aspettando col fiato sospeso cosa avrebbe detto dopo. Stava cercando di distrarsi interpretando le azioni e le parole del reale.

Avrei dovuto farlo anch'io, ma tutto ciò che *volevo* fare era strappargli la testa e stringere Calina tra le braccia.

Datti una calmata, intimai a me stesso. *Questo non sei tu. E se ne accorgerà anche lui.*

Perché io condividevo sempre.

Non tenevo mai una consorte troppo a lungo.

Calina non avrebbe dovuto fare differenza.

Ma per me la faceva. Faceva tutta la differenza del mondo.

Quel fottuto legame ci avrebbe fatti ammazzare. Razionalmente, sapevo che distruggerlo era la scelta più pratica. Ma un'altra parte di me sottolineò come la nostra connessione fosse estremamente utile. Lei pensava esattamente come me. E la mia immortalità la rendeva ancora più formidabile.

E avevo ancora bisogno di lei.

Per aiutarmi a trovare Cam.

Forse anche per altre ragioni.

Non era ancora finita tra di noi. Il nostro tempo insieme era appena iniziato.

Smettila, ordinai a me stesso, scacciando tutti quei pensieri dalla mente. Poi bevvi un altro sorso di vino, in attesa della mossa successiva di Lajos.

«Ti rendi conto che questo è il mio territorio» disse, osservandomi con un'intensità che mi raggelò nel profondo. Ma sapevo di aver mantenuto la mia solita facciata disinvolta. A parte aver interrotto Jasmine. Alla fin fine, tutto ciò che avevo fatto era stato voltarmi e confermare quello che aveva detto il mio sovrano su Calina.

Di certo Lajos non poteva aver intuito chissà cosa.

Le sue mosse erano guidate dall'avidità e dal sadismo, non erano frutto di una strategia.

Man mano che continuava a trattenere il mio sguardo, però, mi ritrovai a chiedermi quali fossero davvero le sue intenzioni.

«So bene che questo è il tuo territorio» risposi cautamente. «E ti sono grato per aver concesso a me e a Darius l'opportunità di venire qui. È per questo che speriamo tu ti unisca a noi per il dessert». Ripetei la mia offerta, sperando che fosse abbastanza.

Ma il lampo nei suoi occhi d'ebano mi rivelò che non lo era. Il sadico aveva voglia di giocare. «Nel mio territorio, faccio quello che voglio, quando voglio».

«Beh, al momento non è disponibile» replicai immediatamente, abbandonando la facciata da gentiluomo e lasciando che fosse travolto dal mio potere. «È di mia proprietà, Lajos. Non è tua». Essendo più giovane di me, avrebbe dovuto rispettarlo.

«Mi stai negando il piacere nella mia stessa città?». Suonava stupefatto.

«No, lo sto semplicemente ritardando».

«Non è vero. Stai cercando di dimostrare la tua superiorità» ribatté. «E questo non lo accetto».

Si mosse prima che potessi reagire. Le sue mani si avventarono sulla testa di Calina, girandola finché il suo collo non si spezzò.

«Ecco fatto» disse, lasciando cadere il corpo di lei sul divanetto con un tonfo. «La distrazione è morta. Problema risolto».

Il mondo vorticò attorno a me in sfumature di rosso e nero. Sentii il cuore letteralmente fermarsi nel petto alla vista del corpo esanime di Calina.

Un attimo prima, era viva. Era nella mia testa.

Quello dopo…

Non riuscivo più a sentirla.

Non c'era più.

La sua mente era stata tagliata fuori.

La sua anima… spezzata. Sparita. Distrutta. Da quel bastardo di un vampiro. Come se fosse stato un cazzo di gioco. Un divertimento passeggero. La sua risatina mi riecheggiò nella mente. I suoi movimenti rallentarono. Il suo battito mi pulsava nelle orecchie, mentre quello di Calina era svanito.

È morta.

L'ha uccisa.

La mia compagna.

La mia erosita.

Non riuscivo a respirare. Non riuscivo a pensare. Non

riuscivo a fare nulla, se non fissare a bocca aperta quello che stava succedendo, come al rallentatore.

Era passato solo un secondo.

Forse due.

Il corpo di Calina non era ancora del tutto immobile, dopo la violenza con cui l'aveva gettata sul divanetto.

I suoi capelli stavano ancora fluttuando nell'aria.

Ma la sua mente non esisteva più.

La sua stupenda presenza.

Morta.

Sbattei le palpebre. La scena era ancora identica a prima.

Passò un altro secondo. Forse mezzo secondo.

Il mio cervello si rifiutò di elaborare ciò che c'era davanti ai miei occhi. Mi sentivo vuoto. Solo. Come se qualcuno mi avesse strappato metà dell'anima e l'avesse bruciata innanzi a me.

Calina aveva fatto parte della mia vita per un breve istante. Ma in quell'attimo di beatitudine era diventata mia.

Distruggere il nostro legame non era mai stata realmente un'opzione. Che fosse pratico o meno. Avremmo dovuto avere tutta l'eternità per conoscerci. Era mia pari in un modo che non ero mai nemmeno riuscito a concepire.

E quello stronzo me l'aveva appena portata via.

Spezzandole il collo.

Con una cazzo di risata!

Dicendo poi qualcosa che continuava a risuonarmi nella mente. "Problema risolto".

No, non era risolto.

Non solo mi aveva mancato di rispetto nel peggior modo possibile, ma aveva preso *lei*. La mia Calina. La mia compagna. La mia fottuta metà.

Non riuscivo più a pensare razionalmente. L'aveva annientata *spezzandole il collo*.

Non c'era altra scelta. Nessuna decisione da prendere. Nessuna logica da poter applicare.

Perché non riesco a sentirla? Avrei… avrei dovuto riuscire a sentirla, no? Era immortale. Grazie al suo legame con me.

No. Non solo grazie a quello.

Non c'era niente di normale in lei.

E se la nostra connessione… ? Deglutii. Il mio lato più analitico minacciò la mia sanità mentale con una domanda che non volevo udire. Eppure la completò lo stesso. *E se la nostra connessione avesse in qualche modo annullato la sua immortalità? E se ora tutto stesse funzionando al contrario?*

Era una stupidaggine.

Ma non riuscivo a sentirla.

Non c'era più.

La mia anima si sentiva… *persa*.

E Lajos scoppiò a ridere. *Di nuovo*. Il suono vibrò attraverso di me. Ancora ridacchiando, disse: «Beh, sarebbe un peccato sprecare tutto questo sangue. Cosa ne dite di condividerla adesso, eh?».

Quando si allungò per afferrarle il braccio, ogni pensiero razionale svanì.

La scena si svolse al rallentatore. Un millisecondo per volta. Non potevo sentire Calina. La sua psiche non era più sposata con la mia. E non avevo idea se la cosa fosse permanente.

E lui voleva *condividerla*?

Non ne aveva alcun diritto.

Era mia, e lui me l'aveva portata via.

Ogni pensiero sul passato, sul presente e sul futuro morì nell'attimo successivo.

Calina non c'è più.

E sta per morderla lo stesso. Banchettare col suo corpo. Dissacrare ciò che è rimasto di lei.

Gli strumenti affilati brillarono alla luce soffusa del locale. Scelsi quello che mi sembrava più adatto allo scopo. E glielo conficcai nel suo fottuto collo.

Non si spezzò. Gorgogliò, sputacchiò, grugnì.

Ignorai i suoni e tutto il resto. Il collo spezzato di Calina era l'unica cosa che riuscivo a vedere. A udire. A *sentire*.

Me l'aveva portata via.

Quindi anch'io gli avrei portato via qualcosa.

Non l'avrebbe morsa. Non l'avrebbe toccata. Non avrebbe avuto ciò che consideravo mio.

Hai ucciso la mia compagna.

E non so se tornerà.

Ho chiuso con questi cazzo di giochetti. Ho chiuso con questa cazzo di messinscena. Ho chiuso con questo fottuto mondo pieno di sadici che credono di poter dettare le regole.

Sono un fottuto re, ed è ora che lo riconoscano tutti. E si inchinino a me.

La sega da ossa che avevo scelto dal vassoio non mi deluse. La mia forza e la mia velocità soprannaturali mi permisero di completare l'opera in pochi secondi.

L'attimo prima, stava ridacchiando e afferrando la mia compagna.

Quello dopo, la sua testa mi fissava dal pavimento.

Non avevo nemmeno atteso che il suo corpo morisse. L'avevo spinto per terra e avevo stretto Calina tra le braccia. Le presi il viso tra le mani, frugando alla ricerca della nostra connessione. Avevo bisogno di sentirla tornare da me, avevo bisogno che il nostro legame fosse sufficiente a renderla immortale.

E se...?

Smettila, ringhiai. *Smettila di analizzare.* Deve *sopravvivere. È la mia anima. La mia metà. La mia compagna.*

Ma non sentirla... vederla morire... sapere che quel bastardo sul pavimento era stato l'ultimo a toccarla... Non ce la facevo. Non riuscivo ad accettarlo.

Era mia da proteggere. Da amare. E l'avevo abbandonata col peggior tipo di predatore.

Non era così che eravamo destinati a vivere o a comandare. Non era quello il nostro futuro.

Torna da me, piccola strega, sussurrai. *Torna da me.*

«Jace» disse Darius. Il suo tono concitato fu quasi come una frustata.

Ma non ero in grado di concentrarmi su nient'altro che la mia compagna. Dovevo trovare la sua mente. Sentire la sua *anima*.

Cazzo, come avevo potuto anche solo pensare di spezzare quel legame?

Non avevo mai provato un tale dolore. Mai. Nessuna tortura era paragonabile alla sensazione di sentirsi l'anima strappata dal petto.

Non sapevo perché il destino mi avesse offerto Calina, né cos'avessi fatto per meritarla. Ma non l'avrei abbandonata mai più.

Torna da me.

«*Jace*» ripeté Darius. «Hai appena ucciso un reale».

«Lo so» sbottai. «Perché ha ammazzato la mia fottuta *erosita*».

Lo guardai negli occhi. Lui capì immediatamente. «Un omicidio giustificato».

Già. Sì. Immaginai che lo fosse. O forse no. Non me ne fregava assolutamente nulla. *L'ha toccata e le ha spezzato il collo.* E non riuscivo più a trovarla.

«*Erosita?*» ripeté una voce lì accanto.

Jasmine.

Cazzo.

Avevo agito senza riflettere. Avevo reagito. E l'avrei fatto di nuovo.

E ancora.

E ancora.

Se avesse significato riportare in vita Calina.

Non mi riconoscevo più. Lo stratega che aveva trascorso più di un secolo ad architettare tutto era sparito.

Al suo posto c'era un uomo che non aveva capito quanto quella donna significasse per lui.

Fino a quel momento.

Finché non l'aveva persa.

Non è morta, mi dissi. Avevo bisogno che fosse vero.

Ma avrebbe anche potuto esserlo.

Perché l'avevo delusa.

Come avevo potuto restare là, senza fare nulla, mentre Lajos la toccava? A cosa cazzo stavo pensando?

Non ero degno di lei. Non ero degno di noi. Volevo usarla finché non mi fosse passata la voglia. Ma in quel momento capii che sarebbe stato impossibile. Mi aveva incantato con il suo sangue e la sua anima.

Poi mi aveva sposato con la sua mente.

Non c'era stato nulla di pianificato. Forse era quello a rendere tutto così perfetto. Eravamo entrambi così metodici e razionali che non avremmo mai raggiunto quella conclusione da soli. Ma ormai il nostro legame c'era. E mi rifiutavo di lasciarmelo alle spalle. Mi rifiutavo di farla finita. Mi rifiutavo di accettare la sua fine.

Mi chinai e le baciai il collo, la guancia, le labbra. «Torna da me, genietto. Ti prego».

«Ci vorrà qualche ora» mi informò Darius. «E adesso come adesso, abbiamo un problema molto più grosso».

Lo fulminai con lo sguardo, del tutto in disaccordo con

la sua affermazione. Non c'era nulla di più importante di Calina. «Non riesco a sentirla» dissi a denti stretti.

Mi osservò per qualche istante. «La vostra connessione è fresca. Non sai ancora come trovarla. Ma il suo corpo guarirà».

«È come se... come se...».

«Come se la tua anima fosse morta?» suggerì.

«*Sì*». E cazzo se odiavo quella sensazione.

«Il fatto che la connessione si attenui in caso di incoscienza o morte temporanea può essere allarmante. E inquietante. Ma sperimentare una temporanea dissociazione è normale» spiegò.

Poi il suo sguardo guizzò verso sinistra, attirando la mia attenzione sul club ormai completamente silenzioso.

Beh, merda.

Quando finalmente riuscii a elaborare le parole di Darius, qualcosa nella mia mente sembrò tornare al suo posto.

Temporanea dissociazione.

Non sentirla è normale.

Presto si riprenderà.

Perché è immortale e si tratta solo di un collo spezzato.

Sapevo già tutto. Ma non sapevo come gestire l'improvvisa mancanza di una connessione con lei. Mi aveva lasciato vulnerabile, sperduto, profondamente spezzato.

Poi Lajos aveva cercato di morderla e...

Cazzo.

Avevo completamente perso la testa.

Sbattei le palpebre e scossi il capo, schiarendomi le idee per la prima volta in quelle che mi sembrarono ore, nonostante si trattasse di qualche minuto. O forse addirittura secondo.

Era stata una momentanea perdita di lucidità, provocata dalla più inaspettata delle cause.

Osservai lentamente la scena. Ciò che avevo appena fatto mi costrinse a tornare al presente.

Ci stavano guardando tutti.

Jasmine inclusa.

Ed erano orripilati.

Finalmente il mio cervello riprese a funzionare. Rividi le mie azioni dall'inizio alla fine.

Lajos aveva ucciso Calina.

Io avevo ucciso Lajos.

Svariati membri della sua cerchia avevano assistito alla scena.

Ed erano tutti in attesa di cosa sarebbe successo dopo.

Perché ciò che era accaduto era senza precedenti. I reali non uccidevano altri reali. Le linee di sangue erano troppo preziose. C'erano delle regole. C'erano delle procedure. E avevo ignorato tutto quanto, perché i miei sentimenti avevano preso il sopravvento sulla ragione.

Merda.

Darius l'aveva definito un omicidio giustificato. Centodiciotto anni prima, sarebbe stato vero.

Ma non nel mondo di Lilith.

Solo che anche lei era morta.

Valutai rapidamente le nostre opzioni, poi mi rivolsi di nuovo a Darius. «Chiama Lilith. È il momento di denunciare un omicidio».

«Sei sicuro?» chiese, sottintendendo anche qualcos'altro.

«È il momento».

Mi esaminò con attenzione, probabilmente vagliando la mia sanità mentale. Poi lentamente annuì, ripetendo: «È il momento».

JACE

Jasmine era a circa tre metri dal nostro tavolo. La sua pelle scura era insolitamente pallida.

Sapeva di non avere alcuna possibilità in un combattimento. Era un vampiro di terza generazione. Proprio come Lajos. Ciò mi rendeva non solo più vecchio, ma anche più forte. Come avevo chiaramente dimostrato decapitando il reale. Non era stato in grado di lottare. Non era nemmeno stato in grado di urlare. Mi ero mosso talmente in fretta, che non era riuscito a rendersi conto di cosa stesse accadendo. Finché la morte non gli rubò l'anima.

Che liberazione, pensai, stendendo Calina sul divanetto. La sua spina dorsale doveva essere allineata correttamente per far sì che il suo collo guarisse alla perfezione.

Le accarezzai i capelli, grato che Lajos non le avesse staccato la testa. Avrebbe potuto riuscirci facilmente in quella posizione, e a quel punto sarebbe morta davvero.

Perché non c'era modo di tornare in vita dopo una decapitazione.

Probabilmente, nella sua arroganza, Lajos non aveva voluto sprecare energie per quella che gli sembrava un'uccisione banale. Era convinto che un collo spezzato sarebbe stato sufficiente. Perché era all'oscuro dell'immortalità di Calina.

La decapitazione era l'unico modo per garantire la morte.

Per quello gli avevo segato via il collo.

Purtroppo, la morte di Lajos stava suscitando un certo marasma. In quanto reale che lo aveva ucciso, avrebbe avuto senso che fossi io a ereditare il suo territorio.

Solo che odiavo le Hawaii e tutto quel dannatissimo sole. Sarei stato più a mio agio all'inferno.

In più, i sudditi di Lajos si stavano probabilmente chiedendo che punizione mi avrebbe inflitto Lilith per averlo ucciso. Ed era poco plausibile che mi avrebbe concesso la sua regione in regalo.

Ciò spiegava alcune delle espressioni più calcolatrici. I vampiri anziani stavano valutando se e come trarre profitto dal mio gesto.

Gliene avrei fornito l'opportunità.

Ma non come si aspettavano.

Lasciai Calina a riprendersi sul divanetto e mi raddrizzai. Il mio sguardo si posò sull'umana immobile sul tavolo. Non si era mossa di un millimetro da dove si era originariamente stesa, offrendo il suo corpo per saziare la nostra fame.

Ammiravo quella dimostrazione di obbedienza, ma mi faceva anche pena.

Sembrava aver dimenticato come vivere, avendo già accettato la sua morte imminente. La maggior parte degli umani presenti aveva un'espressione simile.

Era tutto così macabro che mi si rivoltò lo stomaco.

Mi accigliai. «Voglio che tutti i mortali ancora vivi siano portati lì, nell'area VIP. Adesso».

Svariati vampiri si scambiarono delle occhiate confuse.

«Non sono stato abbastanza chiaro?». Il mio tono,

pregno di superiorità, li sfidò a disobbedire. Forse pensavano che Lilith mi avrebbe punito. Ma la *Dea* non era lì a impedirmi di fare altri danni.

E nessuno di loro avrebbe mai avuto una possibilità contro di me.

Anche se si fossero alleati, li avrei massacrati tutti comunque.

Ero più forte e più veloce di loro. Lo dimostrai arrivando accanto al cordone che delimitava l'area riservata in meno di un secondo, così in fretta da dare l'impressione che mi fossi teletrasportato. Era un'abilità posseduta solo dai più antichi tra noi. La usavo raramente, perché non mi capitava spesso di dover provare il mio potere. Ma in quel momento ne avevo bisogno. Anche se avesse significato decapitare qualcun altro.

Fortunatamente, alcuni vampiri riacquistarono presto le loro facoltà mentali. Iniziarono a recuperare gli umani che ancora respiravano e a portarmeli, in una sorta di offerta perversa.

Li guardai uno per uno, memorizzando i visi di quelli che trattavano i mortali con maggiore attenzione.

Erano dei potenziali alleati.

Gli altri erano dei sadici; c'era un motivo se vivevano in quella regione.

Certo, avrei potuto intuirlo anche sulla base di chi si stava esibendo sul palco e chi, invece, aveva preferito limitarsi a osservare dall'ombra. Sospettavo che alcuni di questi ultimi fossero al club solo per vedere me, o forse Jasmine. Non lo spettacolo.

Sicuramente si era sparsa la voce della nostra visita, e non era insolito che un vampiro cercasse udienza per discutere di un possibile trasferimento. Il modo migliore per farlo era attirare l'attenzione di un reale in un club o in un ristorante, sperando di riuscire a farci una breve chiacchierata.

Forse avrei realizzato il desiderio di alcuni di loro.

La maggior parte degli umani rimase completamente immobile. Anche quelli che erano stati letteralmente lanciati al di là del cordone, nell'area VIP.

«Solo quattordici» dissi con un sospiro. «Che spreco».

«Già» concordò Darius. Qualche minuto prima, aveva inviato un messaggio a "Lilith". Eravamo in attesa che ci chiamasse, cosa di cui erano consapevoli tutti i presenti.

Alcuni inviarono dei messaggi per conto loro, probabilmente per far sapere in giro che avevo appena ucciso Lajos.

Non ero preoccupato.

Se qualcuno avesse desiderato vendicarsi, l'avrei accontentato. Calina era ancora incosciente, e il suo stato mi aveva gettato in un umore letale. Non mi sarebbe dispiaciuto sfogare un po' della furia che ribolliva dentro di me.

Ma preferii comunque concentrarmi sui mortali sopravvissuti. Aiutai alcuni di loro ad alzarsi dal pavimento e li condussi ai vari divanetti. Era l'area riservata a Lajos, destinata solo agli ospiti più prestigiosi. Come gli altri reali, ad esempio. Le sue dimensioni rivaleggiavano con quelle dell'ego di Lajos, rendendola abbastanza spaziosa da ospitare comodamente anche il doppio degli umani presenti.

Dopo aver sistemato tutti i mortali, andai verso la donna stesa sul nostro tavolo e la presi tra le braccia.

La sua testa ciondolò all'indietro, senza vita.

Eppure non era stata dissanguata.

Era quello che succedeva agli umani quando la loro psiche veniva distrutta: smettevano di sentire, tutto perdeva di significato. Dover portare gli strumenti che l'avrebbero uccisa era stata probabilmente l'ultima goccia.

Le scostai le ciocche aggrovigliate dal viso e la adagiai con cura su un divanetto ancora vuoto. «Sei al sicuro» le mormorai.

In realtà, non lo era.

Non ancora.

Ma lo sarebbe stata molto presto.

La lasciai lì, nella sua nube di desolazione. Non c'era molto che potessi fare, in un mondo consumato dal prestigio e dalla violenza. Ma quello che molti non riuscivano a vedere era che gli umani non erano gli unici a soffrire.

Alcuni dei vampiri che cercavano di confondersi con le pareti lavoravano lì.

Dovevano preparare i pasti per gli avventori, ma accontentarsi degli avanzi. E probabilmente ci vivevano anche, in quel luogo orribile.

Perché l'intera società era costruita attorno all'adorazione dei reali. I vampiri più giovani venivano lasciati a morire di fame. Quelli che appartenevano a qualche stirpe insignificante dovevano accettare qualsiasi mansione per guadagnarsi da vivere.

Non era un'utopia. Nemmeno per quelli che vivevano in eterno.

Era una fottuta dittatura.

Con Lilith in cima. E un altro oscuro individuo che considerava il suo "re".

Lanciai un'occhiata a Darius, poi al resto dei presenti. Osservavano la scena in silenzio, immobili, aspettando e desiderando che facessi la prossima mossa.

Ma non potevo.

Non ancora.

Presto.

Tornai accanto a Calina nello stesso modo in cui mi ero avvicinato all'area VIP; la dimostrazione di potere era intenzionale, nonché pensata per mantenere l'attenzione di tutti rivolta su di me. Poi mi chinai a baciare il capo della mia *erosita*. Non riuscivo ancora a sentirla. Fu come un pugno nello stomaco, ma sapevo che non era passato molto tempo da quando Lajos le aveva spezzato il collo.

Forse una decina di minuti al massimo.

Ma a causa della velocità con cui stavo elaborando i passi successivi, avevo l'impressione che tutto si muovesse con una lentezza estrema.

Certo, avevo pianificato quel momento nei minimi dettagli per quella che mi era sembrata un'eternità, e non era così che sarebbe dovuta andare. Cazzo, non era neanche lontanamente vicino a come avevo progettato di muovere i pezzi sulla scacchiera.

Facendo fuori la mia regina, però, Lajos mi aveva forzato la mano.

In quanto re, non avevo altra scelta.

Così avevo fatto la mia mossa, uscendo finalmente dall'ombra e proclamandomi il legittimo vincitore della partita.

C'era solo un ultimo aspetto da risolvere, e il ronzio sul mio polso mi disse che era giunto il momento di farlo.

Premetti un pulsante che mise Lilith in vivavoce.

«Sì?». L'intelligenza artificiale creata da Damien imitava alla perfezione il tono annoiato della vampira.

«Lilith, tesoro. Devo denunciare un omicidio».

Seguì una piccola pausa. Poi l'AI mi sollecitò a proseguire con un semplice: «Oh?».

«Ho appena ucciso Lajos». Le parole mi uscirono con un'estrema disinvoltura. A dire la verità, non mi sarebbe importato nemmeno se fossi stato al telefono con la vera

Lilith. Quel bastardo aveva toccato la mia compagna. *Meritava* di morire.

Calò il silenzio, sia sulla linea che nella stanza. Tutti aspettavano col fiato sospeso che la loro "Dea" parlasse.

«Forse è il caso di passare a una videochiamata?» suggerii.

«Mmh». La voce dall'altro lato provenne da una mente antica quanto la mia. Aveva capito cosa intendessi fare. E lo provò dicendo: «Va bene» con la voce di Lilith. «Sono pronta, *re*».

Le mie labbra minacciarono di piegarsi in un sorriso. Mi voltai verso Darius con un sopracciglio inarcato. «Dovrebbe esserci uno schermo, qui da qualche parte».

«So come aiutarvi, mio principe» disse una voce da un angolo del club. Un vampiro dai capelli scuri emerse nella luce fioca del locale, con il capo leggermente chino in segno di reverenza. «C'è un sistema che Lajos usa... usava per... ehm... trasmettere».

Immaginai a cosa si riferisse. Lajos amava torturare il suo harem davanti a un pubblico; la sua passione era nota a tutti. Voleva fare lo stesso anche con Calina.

Ma poi aveva deciso di ucciderla.

Solo per dare una dimostrazione del suo potere.

Ottima idea, eh?, pensai, scavalcando il suo cadavere per dirigermi verso il vampiro che mi aveva offerto il suo aiuto.

Avvicinandomi a lui, lo riconobbi. Ricordai il suo viso giovanile grazie alla cicatrice che sovrastava il suo occhio destro.

Aveva vinto il Torneo dell'immortalità una decina di anni prima.

Considerati i suoi vestiti logori e i capelli arruffati, sospettai fosse uno dei vampiri che lavoravano e vivevano nel locale.

«Che nome hai scelto?» gli domandai. Alla nascita gli

era stato affibbiato un numero, come a tutti gli umani. Ma uno dei pochi doni concessi a chi otteneva l'immortalità era avere un'identità, per quanto umile potesse essere.

«Ratto» rispose.

Inarcai un sopracciglio. «Hai scelto di farti chiamare… "Ratto"?».

Spostò il peso da un piede all'altro. «Uhm… ecco…».

«Lajos ti ha dato quel nome».

Annuì, abbassando lo sguardo sul pavimento.

L'ennesima prova di tutto ciò che c'era di sbagliato al mondo. «Potrai cambiarlo» gli promisi. «Ora, come faccio a collegare il telefono allo schermo, in modo che tutti possano vedere Lilith?».

Ratto mi chiese il dispositivo e io glielo porsi. Armeggiò con delle impostazioni, poi la faccia di Ryder apparve su un'enorme tenda dietro al palco.

«Ah, eccoti lì» dissi, incuriosito di trovarlo appoggiato a quella che sembrava la parete di un ascensore. «Che bella trasformazione».

«Disse il re» rispose Ryder con la voce di Lilith. Il suono gli strappò una smorfia. Si mise a digitare qualcosa sul suo dispositivo borbottando: «Fottuta AI. Come spengo questa merda?!».

«Lo sono?» domandai, ignorando i suoi brontolii.

«Sei cosa?» mi chiese lui, finalmente con la sua voce. «Ah, molto meglio».

«Re».

«Beh, ti sei offerto volontario».

«Mmh. Da quello che ricordo, non è andata proprio così» commentai, ripensando alla riunione avvenuta poco dopo che Ryder aveva decapitato Lilith. «Dov'è Lilith?».

«Sto andando da lei in questo momento».

Ecco spiegato l'ascensore.

Durante il tragitto di Ryder, mi rivolsi al locale colmo

di espressioni confuse. «Immagino siate un po' frastornati. Vi prometto che non appena Lilith farà la sua comparsa, tutto avrà senso».

Diversi vampiri si guardarono l'un l'altro, e Ryder scrutò nella nostra direzione. «Mostrami la sala»

Mi accigliai e mi rivolsi a Ratto. «Come faccio?». Capivo come usare il telefono e l'orologio, ma non quello schermo gigante.

Il giovane vampiro fece qualcosa dietro una tenda, poi Ryder disse: «Oh, bel pubblico. Dov'è Lajos?».

«Dietro Jasmine» risposi con un cenno del capo verso l'area VIP. Era leggermente rialzata rispetto al resto del locale, caratteristica che contribuiva all'atmosfera di superiorità fornita anche dal cordone di velluto che la circondava.

Ryder ci osservò ancora una volta, poi l'immagine fu occupata dalle sue dita, impegnate a digitare qualcosa. «Fottuti telefoni» borbottò tra sé e sé, strizzando gli occhi. Dopo qualche istante, le sue sopracciglia si sollevarono verso l'alto. «Ah, ecco qui. Sì. Zooma. Bello. Mmh».

«Stiamo sentendo tutto quello che stai dicendo».

«Come se me ne fregasse qualcosa» commentò lui. Un campanello trillò.

Uscì dall'ascensore, ma poi si fermò subito a esaminare il dettaglio che aveva ingrandito.

«Un taglio netto» disse infine. «E sul tuo vestito non c'è neanche una goccia di sangue. Oserei dire che sono colpito. Ma cos'è successo alla dottoressa?».

«Lajos le ha spezzato il collo».

Le sopracciglia del vampiro schizzarono ancora una volta verso l'alto, probabilmente in risposta al ringhio che riecheggiava nel mio tono. «E così l'hai ucciso?».

«Già».

«Molto diplomatico da parte tua».

«Ryder».

«Cosa? In teoria adesso sei il re, no? E dovresti predicare la diplomazia e tutta quella merda. O hai già rivalutato il tuo approccio?».

«Smettila di prendere tempo».

«Oh, non sto prendendo tempo. Sono solo curioso di sapere com'è possibile che re Jace, sempre così calmo e disinvolto, abbia perso la testa. No, aspetta. Sono curioso di sapere com'è possibile che il calmo e disinvolto re Jace abbia staccato la testa a qualcuno. Ecco, era questo che volevo dire».

Alzai gli occhi al cielo. «Non ti stanchi mai di sentire la tua voce?».

«Adesso chi è che sta prendendo tempo?».

«Lajos ha spezzato il collo alla mia *erosita*. Ho ricambiato il favore mozzandogli il suo».

L'espressione di Ryder si tinse di shock, che presto lasciò il posto alla comprensione. «Beh, questo sì che è uno sviluppo interessante». Le sue dita apparvero ancora per un attimo. «Ben fatto. Hai la mia approvazione. Vuoi confrontarlo col mio lavoretto?».

Finalmente. «Sì, grazie».

I presenti sembravano tutti bloccati in un miscuglio di sgomento e confusione. Nessuno aveva ancora osato muoversi. Nemmeno Jasmine. Anche se il suo viso aveva assunto una sfumatura verdognola.

«Se volete registrare…» li invitai con un cenno della mano. «A breve vi chiederò di condividere il verdetto di Lilith». Dato che sarebbe trapelato comunque.

Ryder non disse nulla. Si limitò a fischiettare, iniziando a percorrere il familiare corridoio dell'attico ereditato da Silvano.

Poi aprì la porta di Damien con un gesto teatrale.

E attraversò la stanza continuando col suo il motivetto.

Lo riconobbi, si trattava di un vecchio pezzo rock. *Another one bites the dust*, canticchiai mentalmente, sorridendo al suo perverso senso dell'umorismo.

Si avvicinò alla porta del congelatore con una piccola scivolata, muovendo la testa al ritmo della canzone.

Tipico di Ryder, rendere tutto una pagliacciata.

Scossi il capo e gli concessi il suo momento di gloria. Fischiettò un altro po', poi girò l'inquadratura in modo da venire ripreso e posò la mano sulla maniglia.

«Lilith, tesoro, abbiamo compagnia» annunciò con voce squillante, mostrandoci il corpo decapitato della vampira che teneva in grembo la sua stessa testa. Benita era accanto a lei. Parzialmente congelata, ma ancora viva. Damien non aveva ancora finito di punirla per quello che aveva fatto al suo topolino.

«Sorridi» tubò Ryder. «So quanto adori farti riprendere».

«Oh. Mio. Dio». La voce di Jasmine riecheggiò tra le pareti.

«Credo preferisse "Dea"» rispose Ryder. Poi si chinò accanto alla testa mozzata e annuì. «Sì. È ancora così. Anche se adesso è una Dea defunta. Personalmente, penso che questo look le doni molto di più».

«Sono d'accordo» commentò Darius.

Dei mormorii si levarono tra le mura del club; la realtà della situazione cominciava a farsi strada nelle menti degli astanti.

Lo shock iniziale li aveva lasciati tutti senza parole.

Ma presto iniziarono a fare esattamente ciò che avevo suggerito, scattando montagne di foto e registrando dei video.

«Come sto venendo?» chiese Ryder, inclinando il dispositivo in modo che riprendesse la testa di Lilith e il suo viso, su cui stampò un sorriso smagliante. Un selfie particolarmente morboso. «Voglio essere sicuro di mostrare il mio lato migliore».

«Hai un aspetto fantastico».

«Ottimo. Abbiamo finito?».

«Sì. Credo che il messaggio sia stato ricevuto forte e chiaro. A meno che tu non voglia rimproverarmi per aver ucciso Lajos?».

«Uhm… no. Dubito che sentirò la sua mancanza».

«Perfetto» risposi. «Grazie di aver partecipato alla serata».

«Mi dispiace di non aver potuto essere lì di persona».

«Ci siamo risparmiati un notevole spargimento di sangue».

«Disse quello che ha appena tagliato la testa a un reale» commentò. «Di certo un modo efficace di annunciare il tuo nuovo ruolo di re».

«Re?» ripeté Jasmine in tono stridulo. «Hai *ucciso* Lilith».

Alzai lo sguardo su di lei. Le sue guance avevano perso la sfumatura verdastra ed erano tinte di rosso.

«Tecnicamente, è stato Ryder a uccidere Lilith» risposi. «Aveva cercato di torturarlo con uno strumento che sfrutta il legame di accoppiamento, e lui si è vendicato».

«Con l'aiuto di Willow» aggiunse Ryder.

«*Non puoi essere serio*» balbettò Jasmine in risposta, con un'espressione stravolta.

«Mortalmente serio» replicai. «Vuoi unirti a Lajos, o preferisci restare in vita abbastanza a lungo da partecipare alla riunione del consiglio, la prossima settimana? Voglio dire, ammesso che non venga anticipata». Lanciai un'occhiata allo schermo, cercando di capire come entrare nell'inquadratura. Abbandonai l'impresa dopo averci perso solo qualche secondo. Perché non importava che riuscisse a vedermi; poteva sentirmi. «Immagino sia il momento di inviare un messaggio attraverso il telefono di Lilith».

Ryder ghignò. «Sto iniziando a capire perché piaci così tanto a Damien». Riattaccò senza aggiungere altro.

Un grido si levò dall'area riservata, dove Jasmine aveva completamente perso il controllo. Sembrava una dannata banshee.

Darius afferrò un coltello dal tavolo e lo conficcò nella parte posteriore del cranio della donna. Mentre lei cadeva a terra, si massaggiò le tempie. «Che fottuto mal di testa».

Scoppiò il caos. Un fiume di vampiri corse verso l'unica uscita del club, ma in un battito di ciglia fui sulla soglia a fermarli. «Tornate a sedervi. *Adesso*».

Molti fecero un balzo indietro. Non solo per quello che avevo detto, ma anche perché ero comparso improvvisamente davanti a loro.

Uno si inginocchiò ai miei piedi.

Gli altri si immobilizzarono.

Poi finalmente reagirono, obbedendo al mio ordine.

C'erano solo diciassette vampiri nella stanza. Il più potente era già stato ucciso. L'altro aveva un pugnale infilato nel cranio.

Lasciando me e Darius con un gruppo di vampiri inferiori.

La maggior parte di loro non si sedette; molti erano inginocchiati e col capo chino, riconoscendomi come loro anziano e leader.

Solo due erano rimasti in piedi a fissarmi.

Colsi la loro età nell'aria. Avevano entrambi meno di mille anni.

In un attimo fui alle loro spalle. Quello successivo avevano il collo spezzato.

I vampiri lì accanto rabbrividirono di paura, consapevoli che avrei potuto staccare loro la testa, se solo avessi voluto. Ma mi avevano mostrato un certo rispetto. Per il momento, li avrei lasciati vivere.

«Bene. Ecco cosa faremo». Presi a camminare avanti e indietro davanti ai vampiri, ignorando i resti umani sparsi in giro per il locale. «Voglio che inviate delle copie di quei video e quelle foto a chiunque conosciate. Voglio essere sicuro che tutti sappiano che Lilith è morta».

Non era così che avevo progettato di divulgare la notizia, ma il gesto di Lajos aveva cambiato tutto.

Mi presi un momento per provare di nuovo a trovare la mente di Calina. Non ci riuscii.

Concentrati, ordinai a me stesso, inspirando profondamente. *Ci siamo quasi.*

Beh, a dire il vero no. Non avevo ancora finito. Neanche lontanamente.

Andai verso il palco e mi ci appoggiai con la schiena, osservando i vampiri inginocchiati davanti a me.

«Un tempo eravamo tutti umani» dissi piano. «Alcuni di noi più recentemente degli altri. Riuscite davvero a guardare il palco alle mie spalle e pensare che vada bene così? Che il modo in cui trattiamo i mortali è giusto e corretto? Siamo superiori a loro, certo, ma dalla superiorità deriva un senso di responsabilità. Il bisogno di proteggere i più deboli. E invece cosa facciamo? Rendiamo gli umani ancora più fragili e li usiamo come schiavi».

La mia attenzione tornò ancora una volta sulla piattaforma, verso gli umani che non si stavano perdendo una parola, pur senza azzardarsi ad alzare lo sguardo.

«Ricordo i tempi in cui dovevo sedurre le mie prede. Quando dovevo faticare per guadagnarmi il cibo. Quando gli umani racchiudevano il potenziale di una conquista. Adesso, invece, mi si gettano ai piedi. Onestamente, la cosa mi annoia da morire».

A quel punto, qualche vampiro si agitò, spostando

nervosamente lo sguardo a destra e a sinistra, verso amici e alleati.

«Un tempo, c'era un vampiro convinto che potessimo coesistere con gli umani in modo diverso da come sono poi andate le cose. Molti di voi conoscono il suo nome, nonostante Lilith abbia proibito a tutti di parlarne. *Cam*. Il più antico della mia generazione. Il più antico tra tutti noi».

Mi allontanai dal palco e ripresi a camminare avanti e indietro.

«Lilith ha detto a tutti che è morto. Ma non lo è. È nascosto in un bunker da qualche parte. Forse addirittura qui, nella regione di Lajos». Mi fermai a osservare ancora una volta i vampiri innanzi a me alla ricerca di qualche reazione alle mie parole, poi continuai: «Abbiamo già trovato molti dei laboratori di ricerca di Lilith. Sappiamo che il bunker 37 è in questa regione. Ma non in che isola si trovi».

Rimasi in attesa che qualcuno abboccasse. Grazie alle informazioni ottenute dai vigilanti di Lajos, avevamo già un'idea abbastanza precisa di dove fosse il bunker. Ma speravo che qualcuno dei presenti volesse dimostrare il suo valore dandoci qualche dettaglio in più.

Ci volle qualche altro secondo, ma poi una donna con i capelli scuri si schiarì la voce, e un paio di occhi a mandorla incontrarono i miei. «Non so dove si trovi il bunker, Vostra Altezza. Ma penso di potervi aiutare a localizzarlo».

«Come?» domandai, notando i suoi abiti laceri. Probabilmente anche lei, come Ratto, lavorava e viveva lì.

«Il suo ufficio, mio principe. Ne ha uno qui, nell'edificio, perché questo è il suo club preferito».

Annuii. «Questo ci sarà utile. Qualcun altro ha qualcosa da aggiungere?». Osservai ciascuno dei presenti.

«Vi sto offrendo un'opportunità. Potreste non essere d'accordo con la mia riforma. Potreste preferire lo status quo. Ma quando vi renderete conto della scarsità di risorse a cui stiamo andando incontro, capirete che non c'è altra scelta. Siamo diventati troppo ingordi. Se continuiamo così, non ci sarà abbastanza sangue per sfamarci tutti. In molte regioni la situazione è già critica».

Indicai il corpo esanime di Jasmine.

«Se non mi credete, prendete come esempio la regione di Jasmine. Oggi ha voluto incontrarmi per proporre uno scambio: sangue in cambio di tecnologia all'avanguardia. E c'è un motivo se era abbastanza disperata da chiamarmi. Non è la prima. E non sarà l'ultima. Perché a differenza della maggior parte dei miei pari, nel mio territorio le forniture di sangue sono regolate in modo appropriato».

Nessuno parlò.

Sospirai e mi passai una mano sul viso.

«Sentite, il cambiamento è alle porte. La decisione spetta a voi. O siete stanchi di queste stronzate e curiosi di conoscere le mie proposte, o preferite che le cose restino così come stanno. Inviate i video e i messaggi, poi gettate telefoni e dispositivi vari sul palco. Se volete saperne di più sui miei piani, rimanete qui. Se il caos in cui stiamo annaspando tutti vi sta bene, andatevene. Non vi fermerò. Perché non sono Lilith e non voglio usare la paura per governare».

Ed ero troppo fottutamente stanco di tutto per cercare di convincerli a restare.

Dovevo trovare Cam.

Poi avremmo parlato al consiglio.

Ammesso che tutti i membri partecipassero alla riunione.

Ormai, chi poteva saperlo? Più di un secolo di pianificazione, una messinscena dopo l'altra... ed era stato tutto inutile. Tempo sprecato. Avevo rovinato tutto. E per cosa? Per una donna.

Fui quasi sul punto di scoppiare a ridere.

Ma poi percepii un minuscolo sentore di vita agitarsi nel petto. Uno strattone al legame. L'anima di Calina che si aggrappava alla mia immortalità per iniziare il suo processo di rinascita.

E allora capii che ne era valsa la pena.

I miei pensieri e i miei sentimenti mutarono in modo bizzarro e inaspettato.

Ma lo accettai. La mia anima mi disse che andava bene così, e avevo sempre fatto affidamento sul mio istinto.

Non era ciò che avevo pianificato. Eppure, le circostanze impreviste avevano reso la nostra unione ancora più straordinaria.

Mi rivolsi alla folla con un'ultima considerazione. «Inviate quello che dovete. Fate la vostra scelta. E al diavolo l'Alleanza di sangue».

LILITH

ORA CHE AVETE ESAMINATO tutti i file relativi ai nostri alleati e alla resistenza, è giunto il momento di discutere la procedura di conquista.

Per prima cosa, dovrete avvisare i nostri alleati del vostro risveglio. Sono in attesa del vostro arrivo e accoglieranno la notizia con gioia.

In secondo luogo, vi suggerisco di organizzare…

SEI PREGATO DI ATTENDERE. C'È UN IMPORTANTE MESSAGGIO IN ARRIVO DAL TUO ASSISTENTE.

IL MESSAGGIO INIZIERÀ TRA TRE, DUE…

Mio signore, ho delle novità urgenti da parte dei nostri alleati. Il reale Lajos è stato assassinato dal reale Jace. Le sue motivazioni non sono ancora note, ma pare abbia un'erosita. Ci sono sempre stati dei dubbi sulla sua lealtà, a causa della sua propensione a rispettare le vecchie tradizioni. C'è un video di lui in cui nomina il bunker 37. Ciò suggerisce che faccia parte della resistenza e che abbia partecipato alla recente irruzione. Come desiderate procedere?

PER CONTINUARE LA SORVEGLIANZA, CLICCATE…

Sorveglianza attiva.

Mio signore, vi suggerisco di esaminare i protocolli relativi al risveglio. Contengono tutte le informazioni necessarie su come risvegliare gli antichi dal loro riposo. Considerati gli ultimi eventi, potrebbero essere di fondamentale importanza per assicurare il vostro dominio. Soprattutto visti i vostri legami familiari con membri chiave della resistenza, come vostro fratello.

Se desiderate…

Sono spiacente, questo comando non è riconosciuto dal sistema.

Scegli tra i seguenti…

Sono spiacente, questo comando non è riconosciuto dal sistema.

Scegli tra i seguenti suggerimenti. Per saperne di più sui protocolli di risveglio, seleziona: Risveglio. Per saperne di più sui protocolli di sorveglianza, seleziona: Sorveglianza. Per tornare al file che stavi esaminando, seleziona: Indietro.

Sono spiacente, questo comando non è…

Sono spiacente, questo comando non è…

Rimani in attesa di assistenza dal vivo.

Bip.
Bip.

BIP.

BIP.

BI...

AUDIO DISATTIVATO.

CALINA

*U*FF, pensai, col corpo trafitto dal dolore. *Lilith deve avermi uccisa di nuovo.*

E come tutte le altre volte, non riuscivo ancora a ricordare ciò che era successo. I dettagli si sarebbero presentati un po' alla volta, con delle immagini che mi avrebbero perseguitata in eterno.

Sospirai e attesi l'inevitabile, godendomi gli ultimi istanti nel limbo in cui mi trovavo. Ero viva, ma non ancora sveglia.

Ebbi l'impressione che l'agonia mi frantumasse le ossa, ma poi percepii un calore nuovo, piacevole.

È… è diverso dal solito.

Un'altra carezza, accompagnata da un tocco leggero alla gola.

Mmm, seguii un profumo allettante, che mi ricordava la natura selvaggia. *Alberi. Legna. La luce del sole sulle foglie. Il sale.*

Come facevo a riconoscere quelle fragranze? Non ero mai stata in un bosco, né avevo mai visto…

Un attimo.

L'immagine di un uomo si fece strada tra i miei pensieri.

Attraente. Zigomi definiti. Mascella squadrata. Uno sguardo seducente sui toni dell'azzurro e dell'argento. Labbra carnose piegate in un sorriso arrogante.

Cercai di raggiungerlo. La sua presenza era un richiamo ipnotico che tentava di strapparmi ai recessi della mia mente, attirandomi in un modo di intelligenza e dura realtà.

Solo che non ero ancora sveglia.

Ma riuscivo a vederlo. La sua mente. I suoi pensieri diabolici. La sua rabbia…

Lajos.

Trasalii al ricordo del reale che mi afferrava il collo e *lo spezzava.*

Ahia!

Ma non sentii nessun dolore. Stavo assistendo alla scena attraverso gli occhi di qualcun altro.

Jace.

Il suo nome mi sfiorò dolcemente il cuore. Poi un'altra carezza sensuale mi percorse la schiena, seguita da un pizzico di divertimento.

Ti sento, genietto. Mostrami i tuoi begli occhi. Voglio vedere di che colore sono oggi.

Aggrottai la fronte. Non capivo da dove provenisse quella voce maschile.

Ma improvvisamente la riconobbi. Non perché me lo disse, ma perché la psiche di Jace mi ricordò del nostro legame.

Era il mio compagno.

Ero stata uccisa. La sua immortalità mi aveva riportata in vita. O era stata la *mia* immortalità a farlo? Era ancora tutto da vedere.

Oh, ma quant'era bella la sua mente! Così piena di meraviglia e di conoscenza, colma di un'esperienza senza tempo. E il suo potere… quella creatura… *il mio Jace…* possedeva una forza incredibile. E delle abilità impensabili.

Riusciva a spostarsi così in fretta da sembrare che si teletrasportasse.

Non sapevo che fosse così veloce. Così forte. Così... *ultraterreno*.

La mia anima andò in estasi all'idea di essere legata a un maschio del genere.

Ma era la sua mente a sedurmi più di qualsiasi altra cosa.

Intricata.

Stratificata.

Strategica.

Brillante.

Accarezzai i suoi ragionamenti, sospirando di contentezza mentre nuotavo da un pensiero all'altro. Sapeva che ero lì e la mia esplorazione lo divertiva, com'era evidente nella parte più esterna della sua psiche.

Mi incoraggiò ad andare più in profondità, per conoscerlo come nessuno aveva mai fatto prima. Perché era convinto che fossi l'unica persona in grado di capirlo davvero.

E aveva ragione.

Le nostre menti erano assolutamente compatibili; qualcosa che non avremmo mai constatato, senza la nostra connessione.

Percepii quanto avesse a cuore l'unicità del nostro legame. Nessuno dei due l'aveva pianificato, eppure aveva senso. Da ogni prospettiva.

Voleva tenermi con sé per sempre.

Si sentiva indegno di me per quello che era successo con Lajos.

Ma aveva giurato di non commettere più lo stesso errore. Le nostre menti concordarono che quella promessa era meglio di qualsiasi scusa potesse pronunciare ad alta voce.

Considerai il suo punto di vista sul nostro rapporto. Come avremmo dovuto comportarci a lungo termine.

Ci saremmo migliorati a vicenda. Io gli avrei offerto la possibilità di ragionare con un cervello pari al suo, e lui mi avrebbe dato immortalità e protezione.

Una relazione pragmatica.

Ma c'era un aspetto che non mi piaceva.

La monogamia.

Jace... non era monogamo.

Dai ricordi in cui c'era anche Lajos, però, capii che non avrebbe mai voluto condividermi con nessuno. Avrei dovuto essergli fedele.

E lui? Sarebbe stato capace di essermi fedele?

Mi udì riflettere su quelle domande. Nella sua mente si rincorse una serie di risposte che mi lasciò con un vago senso di disagio. Principalmente perché non lo sapeva neanche lui.

Aprii gli occhi. Mi ritrovai stesa a letto, accanto a Jace, in un mondo oscuro e sensuale.

Non disse nulla. Si appoggiò sul gomito e mi guardò negli occhi.

Volevo spiegargli quanto l'idea di condividerlo mi infastidisse. Ma non riuscivo a definirne il motivo.

Certo, era il mio compagno. Le nostre menti e le nostre anime erano legate per sempre. Ma i nostri cuori?

Volevamo un legame romantico? Una corrispondenza amorosa? Era davvero un'opzione per qualcuno come noi?

Mi accarezzò la guancia. Le sue labbra si incresparono in un sorriso affettuoso. «Azzurri».

Corrugai la fronte. «Azzurri?». La voce mi uscì roca, fu quasi un gracidio.

Allungò la mano per recuperare un bicchiere pieno d'acqua sul comodino e me lo portò alla bocca. «Bevi».

Non mi misi a discutere. Schiusi le labbra e accolsi con

gioia il liquido fresco. Mi fornì un sollievo praticamente immediato, rianimandomi in un modo che non mi ero aspettata.

«I tuoi occhi» disse, mentre bevevo un altro sorso. «Sono azzurri».

Ci riflettei sopra per un istante, poi annuii. Aveva senso. Il mio lato licantropo tendeva a essere più prevalente in situazioni che coinvolgevano la morte o il dolore.

Jace mi ascoltò rimuginare sulla questione. Stavo ripensando ai momenti in cui i miei occhi avevano quel colore. Tipo quando mi sentivo minacciata.

«O eccitata» aggiunse. «Anche durante il sesso sono azzurri».

«Davvero?». Forse spiegava gli impulsi animaleschi che avevo sentito in camera da letto quando ero con lui.

«Stai per definirli naturali?» domandò, origliando tra i miei pensieri. «Come quando hai descritto le tue reazioni alla mia sensualità?» mi provocò.

«Hai fornito sufficienti prove scientifiche del contrario» gli dissi, ammettendo quanto la mia teoria fosse sbagliata.

«Te ne fornirei anche di più, ma al momento non abbiamo tempo di giocare». Riappoggiò il bicchiere sul comodino, allungandosi di nuovo su di me. Solo che poi restò lì. E premette le labbra sulle mie.

Ricambiai il suo bacio e frugai tra i suoi pensieri per capire come mai non avessimo tempo.

Trovai in fretta la risposta.

Bunker 37.

Aveva ottenuto le coordinate dai vigilanti di Lajos e ne aveva verificato la correttezza esaminando i documenti del defunto reale.

Mi descrisse in dettaglio la sua esplorazione dell'ufficio di Lajos, avvenuta mentre mi riprendevo. Mi fornì tutte le informazioni di cui era entrato in possesso anche lui. Non molte, a dire il vero, ma se non altro aveva trovato conferma che Lajos era a conoscenza dei progetti di Lilith. Quantomeno quelli che avvenivano nel suo territorio.

Aspetto che aveva portato Jace a chiedersi come fosse possibile che Luka non sapesse nulla del bunker presente nelle terre del clan Majestic.

Ma aveva accantonato quella curiosità, immergendosi nella corrispondenza tra Lajos e Lilith.

La lingua di Jace accarezzò la mia. Il suo bacio era un miscuglio inebriante di desiderio e stimolo intellettuale.

Gemetti, odiando la necessità di procedere col piano, ma al tempo stesso non vedendo l'ora di avere qualche risposta.

Non sono solo le tue abilità da vampiro, gli mormorai nella mente.

Ridacchiò e mi strinse un seno. *Ricordatelo, più tardi.*

Fremetti alla promessa implicita nelle sue parole. E mi resi conto di non avere niente addosso.

La sua mente mi sussurrò il motivo della mia nudità. *Mia.*

Non solo Lajos mi aveva vista con quel vestito, ma mi aveva anche toccata. A Jace non era piaciuto.

Il modo in cui poi era andata a finire non fece che suscitare in lui un groviglio di rabbia e sensi di colpa.

Così si era spogliato, aveva fatto lo stesso con me e aveva trascorso le ultime due ore tenendomi tra le braccia, in attesa che finissi di guarire.

Il suo bacio si fece più intenso, il suo tocco rovente. Decifrai quell'ultima rivelazione. I suoi gesti possessivi e premurosi. Così diversi dalle mie precedenti esperienze di morte, in cui mi ero risvegliata fredda e sola.

Jace mi aveva protetta.

Perché gli *importava*.

Rimasi di stucco, colma di meraviglia. Il nostro

abbraccio mutò in qualcosa di più intimo che sessuale. La sua mano si spostò dal mio seno al collo, la sua lingua sussurrò benedizioni straniere nella mia bocca.

Smisi di analizzare la situazione e lasciai semplicemente che accadesse.

E così fece anche lui.

Non furono più le nostre menti a parlare, ma i nostri corpi.

Fu un momento stupefacente di passione e promessa, interrotto soltanto da una strana vibrazione proveniente da sotto il letto.

Siamo sul jet, realizzai. Fino a quel momento non mi ero accorta di nulla. C'era soltanto Jace.

Sì. Il bunker 37 è su un'altra isola. Mi riversò le coordinate nella mente, dicendomi che eravamo partiti trenta minuti prima. Aveva aspettato finché non era riuscito a sentire la mia essenza rifiorire nel nostro legame, perché non voleva entrare nel bunker senza di me.

Due menti sono meglio di una, aggiunse, spiegando la sua decisione.

Ma non rivelò la ragione persistente nella sua testa, quella che aveva determinato la sua scelta: aveva capito quanto fosse importante che io andassi con lui. Non voleva che perdessi l'opportunità di trovare i file sulla mia creazione.

Grazie, sussurrai. Aprii gli occhi per incontrare il suo sguardo ammaliante. I suoi lineamenti ridefinivano il concetto stesso di bellezza.

Il titolo di re gli si addiceva.

«Questo fa di te la mia regina?» mi provocò dolcemente. L'aereo si inclinò, annunciando che saremmo atterrati presto.

Non ebbi la possibilità di rispondere, perché una voce

profonda iniziò a parlare. Non che sapessi cosa dire, comunque.

«Non ti è passato per la mente di informare gli altri delle tue intenzioni, prima di agire?» domandò qualcuno dal tono altezzoso. «Oh, ma chi sto prendendo in giro? Ma certo che ci hai pensato. D'altro canto, stiamo parlando di te, il maestro degli scacchi. Quindi dovrei ritenermi insultato di non aver ricevuto nemmeno un messaggio di avvertimento?».

«Kylan». Jace si immobilizzò. Il suo sguardo andò verso l'altoparlante posizionato sul comodino. «È stato Darius a passarmi la chiamata?».

Kylan. Vampiro reale. Alleato, mi informò il mio cervello.

«Non dirmi che la mancanza di un avvertimento ti ha infastidito, Jace. Hai appena fatto lo stesso a me. Sbandierando la nostra alleanza con una foto di Ryder che sorrideva come un pazzo, con in mano la testa di Lilith».

Aggrottai le sopracciglia. *Perché Ryder dovrebbe aver mandato un messaggio del genere?* Jace aveva detto che avevano bisogno di più alleati, prima di annunciare la morte di Lilith.

Cosa mi sono persa mentre ero morta?

Non mi era venuto in mente di chiedere a Jace *come* avesse ottenuto l'accesso all'ufficio di Lajos. Ero stata troppo distratta da ciò che aveva trovato e dalla nostra destinazione per approfondire.

Ma in quel momento capii.

Hai ucciso Lajos, mormorai sconvolta. Guardai il ricordo dispiegarsi, corredato da un'ondata di furia e di disperazione. La reazione di Jace alla mia morte. Aveva temuto che fosse permanente.

Era preoccupato per *me*.

Le mie labbra cercarono di formulare una risposta, ma

non riuscii nemmeno a concepirne una, figuriamoci esprimerla ad alta voce.

In ogni caso, non avrei potuto. Jace stava già rispondendo a Kylan.

«Se ne avessi la possibilità, uccideresti Robyn?» gli chiese. La sua domanda sembrava scostarsi da ciò che aveva detto Kylan, ma la mia connessione alla mente di Jace mi rivelò perché avesse scelto di ribattere in quel modo. La situazione era in qualche modo simile a quella con Lajos.

Robyn aveva fatto del male alla proprietà di Kylan solo per divertimento. E, per giunta, aveva anche insultato la sua superiorità. Proprio come aveva fatto Lajos con Jace, quando mi aveva spezzato il collo.

Ma la questione andava ancora più in profondità di così.

Jace non mi considerava una sua proprietà, ma la sua compagna. Una distinzione di cui percepii i sussurri in fondo ai suoi pensieri. Nonostante fossi umana e molto meno esperta di lui, mi considerava una sua pari, almeno intellettualmente.

Mentre ci stavo ancora riflettendo sopra, Kylan disse: «Non so in che modo le due cose siano collegate, ma la morte sarebbe la punizione giusta per lei. Perché? Me ne stai offrendo la possibilità?».

«Non spetta a me farlo» rispose Jace. «E le due cose sono collegate perché Lajos ha ucciso la mia *erosita*. Per fortuna era solo una condizione temporanea. Ma al momento non mi sembrava tale. Così ho reagito».

Altro silenzio sulla linea, mentre Jace ripercorreva lo svolgersi degli eventi e la sua reazione istintiva. Aveva gettato al vento più di un secolo di pianificazioni... per... per *me*.

Ne rimasi scioccata. Gli lessi nella mente come fosse

giunto a quella decisione senza pentirsene. Nemmeno in quel momento. Nemmeno avendomi viva e vegeta sotto di sé.

Lajos si meritava di fare quella fine. Quelle parole continuavano a riecheggiargli tra i pensieri. Non necessariamente perché io le sentissi, ma per se stesso.

Non era così che aveva architettato la rivolta.

E non poteva fare nulla per cambiare le cose.

Aveva già iniziato a concentrarsi sul futuro e sui passi successivi. L'obiettivo principale era trovare Cam il prima possibile.

«Non so cosa mi sconvolga di più» mormorò Kylan. «Se il fatto che il grande stratega abbia deviato in maniera così clamorosa dal suo piano, o che sia stato a causa di una donna. Un'*erosita*. Non avrei mai pensato che proprio tu, tra tutti i vampiri, decidessi di prenderti una compagna permanente».

«Potrei dire lo stesso di te» rispose Jace, con le labbra sul mio collo. Lo ascoltai ragionare su come mi aveva chiamata Kylan, una "compagna permanente". La sua mente valutò la veridicità di quella definizione e la trovò appropriata. «Come sta la tua Raelyn?».

«Al momento, sta parlando con Willow di un cucciolo di licantropo» disse lentamente Kylan. «Un altro dettaglio che mi confonde».

«Ehm... beh, toccherà a Ryder aggiornarti su quello. Stiamo per atterrare, e devo trovare dei vestiti per Calina». Si allontanò da me e scese dal letto. Si diresse verso l'armadio, ordinandomi mentalmente di rimanere dov'ero. Gli scossoni causati dalla discesa del jet avrebbero potuto farmi cadere, e Jace non voleva che rischiassi nulla in quello stato.

In realtà, mi sentivo benissimo. Ma non mi dispiaceva guardarlo andare in giro tutto nudo.

Ti ho sentita, genietto.

È una reazione istintiva al tuo fisico soprannaturale, lo informai con un sorriso.

«Ah, l'*erosita* ha un nome» commentò Kylan, interrompendo il nostro flirt telepatico. «Dove l'hai trovata?».

«Nello stesso posto in cui abbiamo trovato anche il cucciolo di licantropo di cui sta parlando Raelyn» rispose Jace.

«Nel bunker di Lilith».

«Già. E stiamo per arrivare in un terzo bunker, dove dovrebbero esserci informazioni sulla creazione di Calina. E dove speriamo di trovare Cam».

«L'inafferrabile santo destinato a salvarci tutti. Chissà come reagirà alla deviazione dal piano».

«Sarà troppo occupato a concentrarsi sulle prossime mosse per preoccuparsi delle mie scelte di vita». Il tono di Jace racchiudeva una nota di rimprovero.

Ma Kylan si limitò a ridacchiare. «Vedremo. C'è niente che possa fare per aiutarvi?».

Jace tornò accanto al letto reggendo un paio di jeans e una canottiera bianca. «Mettiti questi».

«Cos'è che dovrei mettermi?!» chiese Kylan.

«Sto parlando con Calina».

«Maleducato» lo accusò Kylan. «Sei al telefono con me».

«Sì, in una chiamata che non ricordo di aver accettato».

«La vita è piena di sorprese, amico».

«Non è forse per questo che hai telefonato? Per farmi sapere quanto poco ami le sorprese?». Lo disse con palese irritazione, ma l'accenno di un sorriso gli accarezzò le labbra. Lo stava prendendo in giro.

«Non ho mai detto questo. Ho solo espresso il mio

dispiacere per essere stato escluso dalla tua piccola operazione omicida».

«Quindi mi hai telefonato per dirmi che hai il broncio?» rispose Jace, il cui divertimento era ormai evidente.

Quei due antichi vampiri si conoscevano da molto, molto tempo. Li legava un'amicizia profonda, che si era incrinata a causa dei loro interessi troppo simili. Mi crogiolai tra i ricordi di Jace, scoprendo di più sul loro passato e le visioni che condividevano.

Quando finii di ripercorrere il loro rapporto millenario, la chiamata era terminata e Jace era in piedi davanti a me, con addosso un paio di jeans e una maglietta nera. «Hai intenzione di vestirti, o preferisci continuare a curiosare nel mio passato?».

Ci pensai sopra per qualche istante. La mia mente era ancora decisamente connessa alla sua. «Non vuoi che mi vesta» dissi, dando voce ai suoi pensieri.

«Sì, preferirei che fossi sempre nuda. Tutto il giorno. Tutti i giorni. Ma solo per me, non per gli altri. E non saremo soli in questa missione. Di conseguenza, bisogna che tu ti metta qualcosa addosso». Indicò con un cenno della mano i vestiti che mi aveva portato poco prima.

Notai la mancanza di biancheria intima e lo sentii rispondere telepaticamente che era del tutto intenzionale. Così come il tessuto praticamente trasparente della canottiera.

Quando mi fui vestita, il suo sguardo d'argento scintillò maliziosamente, posandosi subito sul mio seno. «Perfetto». Poi mi passò un giubbotto antiproiettile. «Per protezione».

«Protezione per me o per gli altri?» gli domandai, cogliendo i suoi pensieri al riguardo.

«Entrambi. Protegge te da eventuali spari. E tutti gli

altri dalla mia furia omicida, nel caso in cui ti vedessero con quella canotta».

Mi infilai il giubbotto e gli feci notare: «L'hai scelta tu».

«Sì, ma è solo per me. Non per loro».

Mi limitai a scuotere la testa, poi infilai anche i calzini e le scarpe che mi aveva passato.

Mentre l'aereo toccava terra, Jace mi afferrò le spalle e mi tenne ferma. La sua forza e la sua stabilità erano un capolavoro di esperienza, età e potere.

Finii di allacciarmi le scarpe da ginnastica, nere come le sue. Nel frattempo, mi legò i capelli in una coda di cavallo. Quando mi rialzai, mi squadrò dalla testa ai piedi e annuì. «Come nuova».

«Non mi sentirò tale finché non mi sarò fatta una doccia» ammisi. La sensazione residua della rinascita mi strisciava ancora sulla pelle.

Jace esitò, valutando le nostre opzioni, poi disse: «Lo faremo più tardi. Quando avremo finito».

Annuii. Anche per me il bunker era la priorità.

Potrei finalmente scoprire chi sono. Cosa sono. A chi sono collegata. Come sono stata creata.

Ed era tutto molto più importante di una doccia.

«Sono pronta» gli dissi.

Si chinò per posarmi un bacio sulle labbra. La sua mente racchiudeva una miriade di pensieri ed emozioni che sembrarono esplodere contemporaneamente. Ma prima che potessi decifrarli, erano già spariti. Il suo lato pratico aveva preso in fretta il sopravvento. «Bene. Andiamo, genietto».

JACE

DARIUS MI ASPETTAVA sul limitare della radura; anche lui indossava jeans e maglietta. Juliet era accanto a lui, tutta vestita di nero, con un giubbotto antiproiettile simile a quello che avevo dato a Calina. Tecnicamente, erano entrambi di Juliet. La versione di Darius di un regalo romantico.

Avrei dovuto ricordarmi di non chiedergli mai consigli al riguardo.

Ammesso che Calina si aspettasse dei doni da me.

Perché diavolo sto pensando a queste cose? Scossi il capo, afferrai Calina per la vita e in attimo fui al fianco di Darius.

Lei non reagì a quel movimento di una rapidità soprannaturale; la sua mente aveva colto la mia intenzione un attimo prima che la portassi a compimento.

E, come al solito, la accettò con grazia, ritenendola una mossa pratica.

È come se tu fossi fatta apposta per me, le dissi. Poi mi rivolsi a Darius. «Damien è riuscito a fornirci qualche informazione utile su come infiltrarci nel bunker?».

Fece spallucce; era il ritratto della nonchalance. «Solo i codici per aprire la porta e gli ordini che i vigilanti si aspettano di sentire».

«Beh, è fantastico» risposi, divertito dal suo atteggiamento. «Ma non mi sembri particolarmente entusiasta, Darius. Speravi in un piccolo spargimento di sangue?».

«No, di quello ne ho avuto abbastanza per almeno qualche giorno» rispose, riferendosi al club di Lajos e a tutti i cadaveri di umani che avevamo trovato perlustrando l'edificio.

A parte alcuni documenti chiave nell'ufficio di Lajos che confermavano i suoi rapporti con Lilith, non avevamo scoperto molto. Poi avevo chiamato uno dei miei piloti per venire a prendere gli umani sopravvissuti e i vampiri rimasti ad ascoltarmi.

C'erano voluti tempo ed energie per organizzare tutto. La mia mente era più concentrata sulla guarigione di Calina che sull'aiutare gli altri, ma eravamo riusciti a concludere la perlustrazione e il prelievo in meno di otto ore. Ivan aveva accettato di organizzare una sistemazione temporanea per gli umani e i vampiri nella mia torre, compito per cui gli avevo dato la mia autorizzazione scritta.

Mi sarei occupato del resto in un secondo momento. Incluso il trovare degli alloggi permanenti per tutti, nonché dei lavori per tutti i rifugiati.

Prima o poi avrei anche dovuto affrontare Jasmine. L'avevo lasciata sul pavimento del club con i due vampiri col collo spezzato. Ormai dovevano essere svegli. E probabilmente anche parecchio incazzati.

Permettere che si svegliassero senza prima sistemare le loro ossa non era stato molto carino da parte mia, ma avevo un antico vampiro da scovare. E, a quel punto, localizzare Cam aveva la priorità sulla politica.

«Andiamo?». Indicai con un cenno della mano il bunker innanzi a noi.

Non era venuto nessuno ad accoglierci. Il che significava che non c'era nessun sistema di sorveglianza esterno. Non ne fui sorpreso, dal momento che mancava anche negli altri bunker.

Lo scopo principale dei sistemi di sicurezza dei bunker sono di evitare che qualcuno esca, disse Calina. *O almeno era così al bunker 47.*

Da quello che ha detto Damien era lo stesso anche al bunker 27, la informai.

Darius si avviò verso l'edificio a passo sicuro, con Juliet al suo fianco.

Io e Calina li seguimmo. Lungo il tragitto, il suo braccio sfiorò casualmente il mio.

«Lascio a te il comando dell'operazione, visto che Damien ti ha dato tutti i dettagli» dissi a Darius.

«È come se mi stessi preparando per assumere un ruolo di potere».

«Beh, le Hawaii sono disponibili. So quanto ami il sole». Lottai contro l'impulso di alzare lo sguardo verso la palla infuocata in questione. *Così fottutamente luminoso.*

Hai bisogno di sangue?, mi domandò Calina in tono serio.

Sorrisi alla sua offerta. *Mmm, la tua proposta mi tenta, ma questa settimana mi hai nutrito a dovere. Quando avremo finito qui, però, potrebbe servirmi un morso.*

Ebbi l'impressione che il fremito che la attraversò mi sfiorasse la pelle. Il suo desiderio si era scatenato, bollente e selvaggio, lungo il nostro legame.

Potrei davvero diventare dipendente dal sentirti così intimamente, mormorai. *Anzi, temo di esserlo già.*

«Dalle a Trevor» disse Darius, riportandomi alla nostra conversazione sulle Hawaii. Il fatto che gli ci fosse voluto qualche istante a rispondere mi fece capire che ci aveva riflettuto sul serio.

«Trevor un reale?». Fui sul punto di scoppiare a ridere.

«No». Ragionava troppo con il cazzo per essere di qualsiasi utilità sul piano politico. Era per quello che l'avevo lasciato a intrattenere il mio harem.

Curiosamente, non mi dispiaceva affatto che lui e Ivan giocassero con le mie consorti.

Eppure, la sola idea che potessero sfiorare Calina mi faceva venire voglia di ringhiare.

Era off-limits per tutti. Tranne che per me, ovviamente.

«Rendilo un sovrano» suggerì Darius.

Scossi la testa. «È troppo giovane».

«Allora da' il territorio a Ivan. Trevor lo seguirà».

«Non sentiresti la mancanza della tua progenie?» gli domandai, genuinamente curioso. Darius aveva trasformato Ivan qualche secolo prima, e non molto tempo dopo Ivan aveva trasformato Trevor. Ciò li rendeva in qualche modo vicini alla stirpe reale, come quarta e quinta generazione della discendenza di Cam.

«Hanno bisogno di più responsabilità». Darius si fermò a pochi metri dalla capanna situata in cima al bunker. «A parte scopare il tuo harem, intendo».

Sorrisi. «Quella è una responsabilità non da poco».

Una strana nota di fastidio passò dalla mente di Calina alla mia, facendomi voltare verso di lei. Non mostrava alcun segno esteriore di come si sentisse, ma mi accorsi che si stava concentrando un po' troppo intensamente sulla porta del bunker.

«Senza dubbio Ivan ha un ottimo talento per la politica» dissi, ma senza levare gli occhi di dosso a Calina. «Immagino che potrei premiarlo con una regione, posto che le cose vadano come devono andare. Per il momento, però, lascerò che continui a dedicarsi al suo compito». E forse sarebbe diventato un lavoro a tempo indeterminato, visto che il pensiero che avessi un harem irritava la mia *erosita*.

Ti piacerebbe se io *avessi un harem?*, replicò lei, continuando a non guardarmi.

No, risposi immediatamente.

Non aggiunse altro. Le emozioni suscitate dalla sua domanda erano sufficienti.

Perché se mi sentivo in quel modo nei suoi confronti, allora era probabile che valesse lo stesso per lei.

Aggrottai la fronte, valutando quella prospettiva, mentre Darius digitava un codice per aprire la porta esterna.

Seguì un clic.

Poi la porta si aprì, rivelando un ingresso che mi ricordò quello del bunker 47. Ma con le luci funzionanti e i pavimenti puliti.

Darius entrò per primo. La sua postura mi disse che stava facendo affidamento sulle sue abilità da vampiro, nonostante la pistola riposta nella fondina in vita. Ne avevo una anch'io, e così Calina e Juliet.

Anche se ero convinto che Calina avesse a sua disposizione un'arma decisamente superiore.

L'esperienza.

Esaminò il corridoio, osservandone la struttura e le caratteristiche simili a quello del bunker 47. La sua mente mi rivelò la posizione dell'ascensore prima ancora che lo trovassimo. La pianta dell'edificio era chiaramente identica a quello in cui era vissuta per decenni. Non ne fu sorpresa; quando aveva lasciato la prigionia per assumere il suo nuovo ruolo di ricercatrice, non aveva mai notato nessuna differenza.

Analizzò tutto con una certa calma e comprensione. Il suo lato logico si concentrò sui vantaggi pratici della sua storia personale, non sull'impatto emotivo degli esperimenti subiti in quelle stanze.

Come quello con il licantropo il giorno del suo trentesimo compleanno.

Sentivo quei ricordi in agguato. La sua psiche li stava bloccando, intimandole di concentrarsi sul presente. Assistere a quel processo era affascinante. La maggior parte degli umani si sarebbe spezzata sotto il peso delle sue esperienze nelle mani di Lilith.

Ma non Calina.

Lei era forte. Intelligente. Una guerriera. Non rimuginava sul passato, ma lo sfruttava per migliorare il suo futuro.

Ogni minuto che passava, la ammiravo sempre di più. Il nostro legame mi concedeva con lei un'intimità che non avevo mai sperimentato prima. Era affascinante. Mi sentivo come se la conoscessi meglio di Darius. Addirittura meglio di mio padre, o di Cam.

I suoi occhi azzurri incontrarono i miei; del verde ancora nessuna traccia. Condivideva il mio interesse: anche la sua mente le stava dicendo che non aveva mai conosciuto qualcuno così profondamente.

Un aspetto che cementava ulteriormente la nostra relazione.

Distruggerla avrebbe sgretolato qualcosa di bellissimo. Unico. Prezioso.

Hai portato un orologio?, mi domandò, abbassando lo sguardo sul mio polso.

Infilai la mano in tasca e afferrai il dispositivo sottratto a uno dei vigilanti di Lajos. Dopo averne scoperto l'importanza nel bunker 47, io e Darius avevamo capito che ce ne sarebbe servito uno. *Anche Darius ne ha uno in tasca.*

Annuì. *Ti servirà per chiamare l'ascensore.*

Calina fece per avanzare, ma poi si voltò, con la fronte aggrottata.

Dobbiamo anche chiudere la porta esterna, aggiunse. *Quando*

Darius ha inserito il codice, il sistema di sorveglianza si è disattivato e i vigilanti hanno saputo che ci sono dei visitatori in arrivo. Stessa cosa per chiunque sia al comando del bunker. Chiudendo la porta e inserendo il codice dell'ascensore, si resetterà tutto e il sistema di sorveglianza tornerà online.

Stavo per chiederle come mai il sistema di sorveglianza si spegnesse con l'apertura delle porte, ma le lessi la risposta nella mente.

I piani erano tutti numerati senza seguire un ordine preciso, rendendo impossibile agli occupanti capire quale fosse il livello più vicino alla superficie.

Spegnere temporaneamente le telecamere assicurava che nessuno potesse scoprire il protocollo di ingresso, rendendo di conseguenza impossibile la fuga. Perché le porte per accedere a ciascun livello erano identiche.

Alcune stanze avevano dei sistemi di sorveglianza, all'interno, ma non tutte. Ed era così che i vampiri e i licantropi avevano ristretto i livelli e le porte da controllare durante il loro tentativo di evasione.

Interessante, mormorai, dopo aver ripercorso tutti quei dettagli nella sua testa.

La mancanza di sorveglianza all'ingresso è il motivo per cui i licantropi e i vampiri ci hanno messo così tanto a trovare un'uscita nel bunker 47, aggiunse. *Il vostro arrivo è probabilmente l'unica ragione per cui siamo riusciti a scappare.*

E mentre tutti stavano cercando una via di fuga, tu monitoravi i feed, in attesa che facessero il lavoro per te. Un metodo crudele, ma molto intelligente.

E che l'aveva anche tenuta in vita, dal momento che tutti gli esseri superiori presenti nel bunker la volevano morta.

D'altro canto, se i vigilanti di questo bunker sono stati mandati alla server farm, allora alcuni di loro dovevano sapere come uscire da qui, riflettei, ripensando ai vari protocolli. *Significa che in questo bunker la sorveglianza funziona in modo diverso?*

Può darsi. O più probabilmente Lajos non aveva nessuna intenzione che tornassero vivi. Considera che sarebbero dovuti andare al bunker 27, ottenendo l'accesso a moltissime informazioni. A Lilith non sarebbe piaciuto per nulla.

Ci riflettei sopra e annuii. *Lajos avrà progettato di farli tornare nella sua regione, appropriarsi dei risultati delle ricerche e ucciderli.*

Solo che il loro primo passo era stato inviare i dati direttamente dalla server farm, mi ricordò Calina. *Quindi non hanno mai avuto un vero motivo per tornare.*

Giusto, concordai. *Forse aveva pensato di eliminarli…*

La porta si chiuse di colpo, facendoci sobbalzare tutti.

Poi una vibrazione nella tasca mi spinse a incontrare lo sguardo di Darius.

Avevamo parlato della possibilità che succedesse qualcosa del genere. A causa degli eventi sull'isola principale, ci erano volute quattordici ore per raggiungere il bunker. Il che significava che gli alleati di Lilith avevano avuto tutto il tempo di prepararsi.

Per non parlare dei sospetti suscitati dal mancato ritorno dei vigilanti.

Di conseguenza, quello scenario era totalmente previsto.

Solo che ci eravamo aspettati di essere attaccati quasi immediatamente. Eppure i miei sensi mi dicevano che su quel piano non c'era nessun altro, oltre a noi.

Mi voltai verso l'ascensore, cercando di cogliere qualche rumore proveniente dal suo interno. Niente.

E non successe nient'altro.

Niente luci sfarfallanti.

Niente allarmi.

Ma percepii un cambiamento nell'aria, e così pure Calina.

Presi l'orologio e lessi i numeri sullo schermo. Accolsi l'inizio del conto alla rovescia imprecando.

«Un altro protocollo "Giorno del giudizio"» sussurrò Calina con gli occhi spalancati. «E se ti è arrivato su quell'orologio, significa che a tutti i vigilanti è stato ordinato di uccidere chiunque sia presente qui».

«Allora è meglio sbrigarsi. Abbiamo solo otto ore per perquisire il bunker prima che esploda». Avevo già cominciato ad avviarmi verso l'ascensore, quando i pensieri preoccupati di Calina mi bloccarono.

Un'orda di esseri soprannaturali aveva tentato di trovare una via d'uscita dal bunker 47 senza riuscirci.

L'unico motivo per cui la porta si era aperta era perché Damien l'aveva fatta esplodere *dall'esterno*.

Presi il telefono e controllai il segnale. Niente.

Darius fece lo stesso, e la sua espressione mi disse che il suo telefono aveva lo stesso problema.

«Beh, merda». Valutai rapidamente le nostre opzioni, tornando a rivolgermi ancora una volta a Calina. «Dobbiamo portarti a un computer, in modo che tu possa mandare un messaggio a Damien». Sfilai la pistola dalla fondina e guardai Darius. «Sembra proprio che avrai quel bagno di sangue, dopotutto».

«Fantastico» commentò, imitando il mio gesto. «Spero solo di avere abbastanza proiettili».

CALINA

«SE IL SEGNALE è stato trasmesso agli orologi dei vigilanti presenti alla server farm, allora Damien lo sa già» dissi, facendo fermare ancora una volta Jace sui suoi passi. «A meno che quel segnale non fosse destinato a noi, triangolato in qualche modo in questo luogo specifico».

Mi guardai attorno. Avevo la netta impressione che ci fosse qualcosa che non andava.

«Non avrebbe senso eseguire un protocollo destinato all'orologio di un morto» continuai ad alta voce. «E Lilith avrebbe voluto che l'intera unità fosse uccisa prima di tornare qui. L'avrebbe sicuramente fatto sapere a Lajos. Il che significa che questa potrebbe anche non essere una trappola, ma un sistema di sicurezza che si è attivato automaticamente in seguito all'utilizzo di orologi che avrebbero dovuto essere distrutti».

Lilith avrebbe pensato a ogni scenario possibile, inclusa l'eventualità che Lajos la tradisse e scegliesse di lasciare in vita i vigilanti. Una scelta a cui sarebbe stata assolutamente contraria; di quello ero certa. Permettere a qualcuno di avere tutte quelle informazioni avrebbe indebolito la sua operazione.

Continuai a rimuginare su tutte le procedure di cui ero

a conoscenza, cercando di intuire cosa avrebbe scelto di fare Lilith. Jace mi fissava, come incantato.

La morte di Lilith aveva attivato il protocollo "Giorno del giudizio" per il bunker 47. Eppure non aveva distrutto gli altri, o almeno nessuno di quelli che avevamo trovato. Dovevano contenere qualcosa di estremamente prezioso.

Quando i file non erano stati spediti come da procedura, una squadra di vigilanti proveniente dal bunker in cui ci trovavamo in quel momento era stata mandata alla server farm per recuperarli. E avevano mandato una copia lì, ma avrebbero dovuto incontrarsi al bunker 27.

«Damien è riuscito a scoprire perché ai vigilanti era stato ordinato di andare al bunker 27?». La mia domanda era rivolta a Jace; l'avrebbe capita subito, dato che stava seguendo mentalmente tutte le mie considerazioni.

Studiando la mia espressione, rispose: «Non credo che abbia mai concesso loro la possibilità di scoprirlo. È entrato ad armi spianate».

«Mi chiedo se siano stati mandati lì a morire». Avrebbe avuto senso. Avevano già spedito i file dove ci trovavamo e non avevano mai parlato di un eventuale ritorno come parte della missione. Avevano detto solo che sarebbero dovuti andare al bunker 27.

Certo, probabilmente lo consideravano implicito.

Ma Lilith non avrebbe mai voluto che sopravvivessero.

Di sicuro al bunker 27 li attendeva l'ennesimo protocollo, in cui qualcuno li avrebbe fatti fuori e le informazioni sarebbero state confermate ufficialmente.

Se non fosse che si erano presentati con Damien.

E la procedura di sicurezza non era mai stata attivata.

«Hai una talpa» dissi, raddrizzando le spalle. «Chi sapeva che Damien si stava dirigendo là con i vigilanti?».

«Una talpa?» ripeté Darius.

Jace alzò una mano. Aveva un'espressione assorta. Era

concentrato a seguire i miei ragionamenti. «Qualcuno ha disattivato il protocollo di sicurezza».

Annuii. «In modo che pensassimo che andasse tutto bene».

«E venissimo qui» concluse, abbassando gli occhi sull'orologio. «Pensi che sia un conto alla rovescia fasullo?».

«A questo punto, credo che non possiamo fidarci più di niente» ammisi. «Potrebbe anche essere un bluff. I protocolli di sicurezza al bunker 47 avevano ordinato ai vigilanti di far fuori tutti gli occupanti della struttura, piano per piano. Ma l'ascensore non si è ancora mosso. Non ha senso».

«Hai ragione». Guardò Darius. «Non sento nessuno qui, a parte noi».

«Pensi che il bunker sia stato evacuato?» gli chiese Darius.

«Non ne sono sicuro» rispose. «Se fosse stata una trappola per ucciderci tutti, l'edificio sarebbe già esploso. E considerato quello che abbiamo visto al bunker 47, saremmo sicuramente morti».

«Ma allora cosa sta succedendo?».

«Lilith adorava architettare piani intricati» mormorò Jace. «Possiamo assecondarla, o provare ad andarcene».

«O possiamo batterla al suo stesso gioco» intervenni, capendo quale fosse la chiave di tutto. «Dovrei essere morta. È impossibile che abbia previsto che mi trovassi qui».

«Ma se abbiamo una talpa, come hai suggerito, allora chiunque sia al comando dell'operazione sa che ci sei anche tu» mi fece notare Jace.

«Sì, è vero. Ma di qualsiasi cosa si tratti, qui, io sono il jolly». Perché sarei dovuta morire al bunker 47. Erano i *miei* file che voleva arrivassero lì. C'era qualcosa di fondamentale importanza dentro di me.

Chiunque avesse ereditato il comando conosceva tutti i dettagli del mio rapporto con Lilith? Ne dubitavo. Non era mai stata prona a condividere informazioni. Era per quello che veniva al bunker da sola.

«Tu eri il suo segreto meglio custodito» tradusse Jace, in risposta ai miei pensieri.

«O forse non si tratta esattamente di me, ma di qualcosa nella mia testa. Potrebbe essere quello il motivo della nostra presenza qui. Chiunque sia al comando ha bisogno di qualcosa da me, o non sa quali informazioni possegga».

Non mi restava che capire cosa sapessi di così importante.

«Dobbiamo trovare una stanza con dei computer o un laboratorio con accesso ai server». La risposta sarebbe stata da qualche parte nei file.

«Un attimo, sto cercando di capire il piano. Vuoi esaminare i file e determinare lo scopo della nostra presenza qui per... per cosa? Per poi essere uccisi?». Darius non sembrava particolarmente entusiasta. E detta così, non potevo certo biasimarlo.

«Non credo che il fine ultimo sia la nostra morte» rispose Jace. «Lilith non ha ucciso Cam. Non ha nemmeno cercato di uccidere Ryder. Mi sono sempre chiesto perché. Soprattutto riguardo Cam, visto che si è sempre opposto ai suoi piani. Ma forse chiunque sia questo *signore* le ha detto di tenerli in vita. Immagino che qui valga la stessa regola».

«È una congettura pericolosa».

«È una stima basata sul comportamento tenuto finora dai nostri avversari» lo corresse Jace. «È possibile che chi comanda voglia solo gongolare, o che Lilith abbia organizzato tutto questo come una sorta di finale morboso. Ma non credo proprio che l'obiettivo di tutto sia la nostra morte. Rappresentiamo due stirpi antiche. E come mi ha detto Damien di recente, c'è potere nel sangue. Non vorranno sprecarlo».

«No. Vorranno prelevarlo». Darius suonava ancora meno entusiasta di prima. «Preferisco di gran lunga l'opzione massacro».

«Beh, lo terremo a mente. Mentre scopriamo perché siamo qui». Jace gli afferrò la spalla. «Se questa è veramente la fase finale, allora Cam potrebbe essere qui sotto, da qualche parte».

Darius sospirò. «Odio i giochetti politici dei vampiri».

Jace sorrise. «Eppure te la cavi così bene. Vediamo di vincere questa partita, okay?».

Va bene, concordai, nonostante la domanda fosse rivolta a Darius. Acconsentì anche lui, e i due vampiri iniziarono a discutere su come procedere.

«Non credo che l'ascensore scenda in basso» disse piano Juliet, facendo voltare entrambi gli uomini verso di lei. «Credo che vada all'interno della montagna».

Indicò il corridoio nella direzione opposta alla porta da cui eravamo entrati.

«Teoria interessante» mormorò Jace. «Perché pensi sia così?».

«Nella guida che ho letto venendo qui, c'è scritto che Kauai ha moltissime grotte. Prima della rivoluzione, erano una popolare attrazione turistica. Se dovessi costruire un bunker qui, approfitterei di una struttura naturale».

Jace rimase di stucco, poi si rivolse a Darius. «Le hai dato una guida di Kauai?».

L'altro vampiro si strinse nelle spalle. «Le piace leggere».

«Gli piace darmi libri da leggere» lo corresse Juliet. «Mentre eravamo a Jace City, me ne ha dati diversi sulle Hawaii».

Jace guardò Darius con la bocca spalancata. «Dove diavolo li hai trovati?».

«Gli umani sono morti. Le biblioteche no» disse semplicemente Darius. «Ho tenuto tutti i miei libri. E mentre organizzavo il nostro viaggio, ho mandato Trevor a prendere un po' di cose».

«Ma certo che l'hai fatto».

«Penso che Juliet abbia ragione» li interruppi. Non mi interessava discutere di come fosse arrivata a quella conclusione. Non volevo sprecare tempo prezioso; avevamo un enigma da risolvere.

Mi avviai verso la porta in fondo al corridoio. Era identica a quella da cui eravamo entrati, solo che era sul lato opposto.

La tastiera assomigliava a quella che avevo usato al bunker 47.

Jace mi si avvicinò con l'orologio. Lo presi, curiosa di testare la mia teoria sul dispositivo appartenuto a un uomo morto.

Quando lo avvicinai alla serratura elettronica, infatti, non fui sorpresa di sentire: «Accesso negato».

Darius provò ad attivare l'ascensore col suo, ottenendo la stessa risposta dalla voce robotica.

Considerai le nostre opzioni, poi digitai un codice che avrebbe aperto tutte le porte del bunker 47.

«Accesso negato».

Mi morsi il labbro. *Cosa farebbe Lilith?*, pensai.

Per portarla nel laboratorio, spesso l'ascensore ci metteva dai trenta minuti a un'ora. Era possibile che annunciasse le sue visite con un minimo di preavviso, ma avevo sempre sospettato che entrasse nell'edificio e si tenesse occupata in qualche modo, lasciandoci ad aspettare. A volte avevo l'impressione che ci stesse osservando, mentre restavamo in posizione nella lobby, solo per assicurarsi che ci comportassimo da bravi animaletti obbedienti.

Amava tenere tutti sulla corda.

Ma era anche una persona pragmatica; non avrebbe perso tempo solo per divertirsi un po'.

Il che significava che probabilmente su quel livello c'era una sala computer. Un luogo in cui avrebbe potuto passare il tempo spiandoci e mettendosi in pari con le nostre ricerche, prima di esigere un aggiornamento verbale.

Voleva assicurarsi che le fornissi i dettagli di cui era già a conoscenza, per confrontarli e individuare possibili discrepanze.

Quando passavo il suo piccolo test, mi premiava uccidendomi.

Una forma di controllo.

Che però avevo colto fin quasi dall'inizio, rendendola completamente inutile. E facendo infuriare Lilith ancora di più.

Dove andresti?, mi domandai osservando il corridoio, esaminando ogni singola porta. *Se ci sono dei computer, bisogna che stiano al fresco. Lontano dall'ascensore, o dal treno, dietro quel muro.*

Sul lato opposto c'erano solo due porte.

Entrambe con un tastierino.

Dal momento che l'orologio non funzionava, avevo bisogno di un codice di sblocco. *Cosa sceglieresti?*

Doveva essere qualcosa di personale. Qualcosa che pochi avrebbero saputo, visto che non si fidava di nessuno. Nulla di ovvio. Nulla di relativo all'Alleanza, ma forse collegato a un segreto presente in un altro laboratorio.

Come il bunker 47.

Cosa volevi proteggere e nascondere?, continuai a interrogarmi. Mi avvicinai alla prima porta. Studiai la tastiera e la maniglia. Poi mi spostai sull'altra porta, esaminandone gli stessi elementi per determinare quale fosse stata usata di più.

Uhm... anche Lajos avrebbe dovuto conoscere il codice, pensai, accigliandomi. I vigilanti avevano detto di aver ricevuto l'ordine di andare alla server farm da Lajos in persona. Ciò significava che frequentava il bunker. E proprio come Lilith, probabilmente anche lui trascorreva del tempo lì, prima di avventurarsi all'interno dei laboratori.

Cosa ti fideresti di fargli sapere?, mi interrogai, richiamando quel poco che sapevo su di lui. La mente di Jace mi aiutò a riempire qualche buco, ma ero certa che il codice si riferisse a qualcosa di molto più personale. Qualcosa tra Lajos e Lilith.

Sapevi di me?, chiesi al fantasma di Lajos. Quando l'avevo incontrato, avevo colto un accenno di familiarità. Una nota di intimità che mi aveva messa a disagio. Come se fosse stato impegnato in una specie di gioco perverso, senza essere realmente interessato a me.

Era chiaro nel suo tocco.

E nei suoi commenti.

Ricordai cosa aveva detto sul mio nome.

"Una variante di Selene".

Le sue parole mi avevano fatto correre un brivido lungo la schiena. Perché un giorno Lilith mi aveva detto la stessa cosa. Era sulla base di quello che aveva scelto il mio nome. "Selene" doveva significare qualcosa di importante per lei.

Sia nella mitologia greca che in quella romana, Selene era la dea della luna, disse Jace, interrompendo per un istante il silenzio con cui aveva seguito i miei pensieri. Ma mi trasmise anche qualcosa di rilevante riguardo l'origine di Nyx come dea della notte.

Le due divinità erano legate.

Decisi di rischiare e digitai "Selene" sulla tastiera, curiosa di vedere cosa sarebbe successo.

Ci fu un clic, ma la porta rimase chiusa.

Serve più di una parola, capii, provando con "Nyx".

Un altro clic.

Bene. Stavo per inserire "Lilith", quando un sussurro mentale di Jace mi bloccò.

Vesperus, mormorò.

Cosa?

Vesperus, ripeté, deciso. *Il consorte di Nyx.*

Era un nome che non avevo mai sentito, ma ne scoprii la storia tra i pensieri di Jace. il dono concesso da Nyx ai Benedetti era frutto del suo amore per Vesperus, un dio simile a un vampiro che richiedeva sacrifici di sangue per vivere.

Stando alla leggenda, il nostro nutrimento è ciò che lo tiene in vita, sussurrò Jace.

Nel contesto, si adattava bene agli altri nomi. Anche se non ero certa del modo in cui Selene rientrasse nell'equazione. In ogni caso, digitai "Vesperus".

Risuonò un terzo clic, poi la porta si spalancò.

Perché Selene?, chiesi a Jace.

«Selene era la madre del primo licantropo» rispose ad alta voce.

Aggrottai la fronte. «È stata Nyx a crearla?».

«Più o meno». Fece un passo in avanti per sbirciare nella stanza. Le luci si erano accese automaticamente. «Selene era un'*erosita* creata da uno dei vampiri della mia generazione. Ma non erano innamorati. Lui lo fece affinché un Benedetto potesse tenerla per sempre con sé. Ma non andò come previsto».

Lo seguii all'interno della stanza. Era di forma rettangolare e si vedeva anche l'altra porta; a quanto sembrava, il punto di ingresso era irrilevante. Tutto quel lato del corridoio consisteva in un'ampia area dedicata ai server. Ed era di sicuro il luogo dove Lilith trascorreva del tempo all'inizio delle sue visite.

«Conosco quel nome» disse Juliet, raggiungendoci all'interno della stanza. «Selene, intendo. Se ne parla nei tuoi libri sul legame di accoppiamento». L'ultima frase era rivolta a Darius.

«Già. Pare che sia lei il motivo per cui un'*erosita* deve essere fedele al suo compagno vampiro» spiegò lui, mentre io mi dirigevo verso quello che intuii essere il computer principale.

«Il legame che unisce un'*erosita* al suo compagno dev'essere apprezzato e protetto. E andando a letto con un Benedetto, Selene ha mancato di rispetto al dono che aveva ricevuto» aggiunse Jace da dietro di me.

«Quale Benedetto?» chiese Juliet.

«Fen» mormorò Darius. «Non solo Nyx le ha sottratto l'immortalità, ma ha anche maledetto la loro bambina, trasformandola nella prima licantropa. Lei è immortale, come i Benedetti, ma tutti i membri della sua specie prima o poi muoiono. È per questo motivo che spesso i vampiri considerano i licantropi delle creature inferiori. Perché non vivono per sempre».

Quando mi sedetti davanti al computer, lo schermo prese subito vita. E chiese un'altra password.

«E per giunta sono maledetti» disse Jace, riferendosi al motivo per cui i vampiri non consideravano i licantropi loro pari. «Lilith ha sempre visto l'Alleanza come un dono, perché abbiamo acconsentito a dividerci equamente territori e risorse».

«Ma abbiamo sempre ricevuto un trattamento di riguardo» precisò Darius.

«Vero» mormorò Jace. «Qualche idea sulla password?».

Ne avevo parecchie, quindi mi limitai ad annuire e iniziai a digitare. Ero abbastanza sicura che Lilith avesse impostato dei termini diversi da quelli della porta d'ingresso.

Così passai in rassegna tutto ciò che sapevo su di lei.

Cane.

«Accesso negato».

Michael.

«Accesso negato».

Calina.

«Accesso negato».

Fissai lo schermo, poi tentai di nuovo con una password del bunker 47.

«Accesso negato».

Tamburellai con le dita sulla scrivania e valutai le mie opzioni. A tutti i sistemi era associata una password amministratore. Era il modo in cui avevo aggirato le procedure di sicurezza nel mio laboratorio.

Sfruttando la mia conoscenza dei computer e delle backdoor, mi misi al lavoro per penetrare lo strato esterno di sicurezza; prima tentai con l'area delle password dimenticate, poi passai da un profilo all'altro all'interno del sistema.

Jace mi guardava. La sua ammirazione nei miei confronti brillava attraverso il nostro legame.

Nel frattempo, Juliet e Darius continuavano a parlare delle origini di licantropi e vampiri, conversazione che la portò a discutere dei rituali con cui era cresciuta.

Si mise a recitare una preghiera che la obbligavano a ripetere svariate volte al giorno: «Lode alla divina essenza adorata, sempre obbedienti rendiamo grazie eternamente, raccomandandoci all'amato nume che ogni richiesta accoglie».

Mi bloccai con le dita a mezz'aria. «Un acronimo» sussurrai.

Digitai le parole man mano che si formavano nella mia mente. *La Dea sorgerà ancora*.

«Accesso negato».

Mmh. Riprovai usando solo le iniziali: LDSA.

«Accesso consentito».

Lo shock di Jace mi attraversò come una scarica elettrica.

«Quella preghiera del cazzo ha veramente un significato?» si stupì Darius.

«A quanto pare...» rispose Jace. «Penso significhi che Lilith era veramente pazza».

Ignorai i loro commenti, preferendo concentrarmi sullo schermo del computer, su cui erano comparse un'infinità di cartelle e documenti.

Tutto ciò che era presente nel bunker 37 era davanti ai miei occhi.

Incluso il feed di sorveglianza dei laboratori nei sotterranei.

Un brivido mi corse lungo la schiena nel rivedere la stanza in cui avevo trascorso decisamente troppo tempo. Era occupata da qualcuno di nuovo. Un uomo dai capelli scuri e arruffati e dalle spalle ingobbite.

«Cam» boccheggiò Jace. «Quello è Cam».

JACE

Calina cliccò sul video e lo ingrandì.

Imprecando, guardai Darius. «Dobbiamo scoprire come far funzionare quell'ascensore. Adesso».

«Ci penso io» rispose, già in movimento.

«C'è modo di prendere il controllo del sistema?» domandai a Calina, col cuore che mi batteva all'impazzata. *Cam è qui. È in questo fottuto bunker. È…*

«C'è qualcosa che non va» disse Calina, interrompendo i miei pensieri.

«C'è *tutto* che non va» ribattei.

«No, intendo col filmato». Lo ingrandì ulteriormente, zoomando sul muro. «È…». Inclinò la testa, osservando un dettaglio che a me chiaramente sfuggiva.

Poi sulla mia mente si abbatté il ricordo di lei che si aggrappava al muro, delle sue unghie che sanguinavano nel tentativo di rialzarsi in piedi dopo uno degli esperimenti più brutali.

C'erano delle scanalature nella parete di cemento.

Scanalature che sul video non erano presenti.

La ascoltai ripercorrere i suoi ricordi confrontandoli con l'immagine sullo schermo, cercando di cogliere dettagli che solo lei avrebbe potuto notare.

Dettagli sottili, quasi impercettibili, ma che le dissero

che il filmato mostrava un luogo diverso da quello in cui ci trovavamo.

Iniziò a passare da uno schermo all'altro, aprendo tutti i feed disponibili. Stava cercando di capire cosa stesse effettivamente guardando, paragonandolo ai suoi ricordi.

I suoi ragionamenti mi calmarono. La mia logica mi aiutò a scindere il desiderio dalla realtà.

Una falsa pista, continuava a ripetere a se stessa. *Un video che vogliono farci vedere.*

Perché chiunque l'avesse inserito nel sistema sapeva benissimo che avrebbe mandato me e Darius su tutte le furie.

Tutta quella situazione del cazzo non era nient'altro che una letale caccia al tesoro architettata da Lilith.

E Calina era stanca di giocare.

Prese in mano la situazione e aprì tutti i file che trovò. Tutto ciò che era nascosto in bella vista e che ci sarebbe sfuggito, se fossimo corsi nell'ascensore alla ricerca di Cam.

Le date erano tutte sbagliate.

Il filmato di Cam nella cella risaliva a settimane prima.

Lo scoprimmo grazie a un trucchetto di Calina; digitando qualcosa, risalì alla marca temporale presente su ogni singolo fotogramma.

«Non è stato girato nel bunker 37» concluse. «Ma qualcuno l'ha lasciato qui sapendo che l'avremmo trovato». Iniziò a guardarsi attorno. Feci lo stesso anch'io, e individuammo la telecamera nello stesso momento. «Sanno che siamo qui».

«Riesci a rintracciare la loro posizione?» chiesi, fulminando con lo sguardo l'apparecchiatura di sorveglianza seminascosta in un angolo della stanza.

«Posso provarci» rispose, cominciando già a digitare febbrilmente sulla tastiera. «Voglio anche sapere dove si trovi l'altro laboratorio. La struttura è esattamente la stessa del bunker 37. Ma la disposizione dei muri non corrisponde».

Darius e Juliet si erano già uniti di nuovo a noi; probabilmente Darius aveva sentito tutto dal corridoio. Studiarono entrambi lo schermo, mentre io rimasi a fissare direttamente la telecamera. Come a sfidare chi ci stava guardando a fare una mossa.

C'era qualcuno dall'altra parte.

Qualcuno che voleva farci cadere in una trappola.

Qualcuno che l'avrebbe pagata cara.

Chi sei?, mi domandai. *Il famigerato "signore"? Un altro alleato? Un reale con una vendetta personale contro di noi? Forse un licantropo?*

No, dubitavo che si trattasse di un lupo. Non avrebbe mai approvato le ricerche condotte nei bunker.

Forse era un Benedetto. Ma non riuscivo a immaginare chi avrebbe accettato un tale comportamento da Lilith. Uno dei motivi per cui molti di loro decisero di addormentarsi era per mantenere i legami con la loro umanità. Forse uno si era svegliato senza che gli altri lo sapessero, e nel farlo aveva perso la testa.

«Torna indietro» disse improvvisamente Juliet. Calina obbedì subito e le domandò: «Questo file qui?».

«Sì». Juliet si sporse oltre la sua spalla, studiando l'immagine di un'umana a capo chino. «Penso che sia la mia guardiana».

«Guardiana?» ripeté Calina.

«Una specie di istitutrice che lavora per l'Organizzazione» spiegai, scambiando un'occhiata con Darius. Calina fece partire il video indicato da Juliet.

La donna inciampò in avanti. La sua gamba destra aveva qualcosa che non andava; camminava zoppicando, incapace di muoversi in modo aggraziato.

Qualcuno ringhiò.

Ma la donna non si fermò, continuando ad avviarsi verso la cella, chiaramente costretta a farlo. Quando vidi il volto dietro le sbarre, spalancai gli occhi. «Merda».

«Beh, questo complica le cose» borbottò Darius, portandosi la mano sulla nuca. «Pensavo che stesse dormendo».

«Anch'io» risposi. Trasalii quando il vampiro coi capelli bianchi afferrò l'umana e le conficcò le zanne nel collo.

La mano di Juliet volò a coprirle la bocca. Non ebbi bisogno di una conferma verbale che si trattasse proprio della sua guardiana. Era scritto nei suoi occhi scuri.

Assistere a quello spettacolo orrendo, però, sbloccò qualcosa nella mia mente. Un pensiero che seguii fino a trarne una conclusione ovvia.

«Un antico risvegliatosi di recente e una guardiana» dissi, incontrando lo sguardo di Darius. «Può essere solo un posto».

Nella nuova era, l'Italia era sempre stata un territorio neutrale, perché ospitava il luogo di riposo prescelto dagli antichi. D'altro canto, era risaputo che quelle terre fossero sotto il dominio di Lilith, dal momento che la sede dell'Organizzazione si trovava a Roma.

Più precisamente, in Vaticano.

Sia in superficie che sotto terra.

Essendo a capo dell'Alleanza, Lilith controllava l'Organizzazione e tutto ciò di cui disponeva, rendendo quel territorio un ottimo posto dove occultare i suoi segreti.

Come un vampiro antico controllato da un'arma soprannaturale che manipolava la mente.

Quale posto migliore per nasconderlo, se non in un'area circondata da immortali addormentati?

Nessuno che potesse udire le sue grida e le sue suppliche.

Era una fottuta cripta.

L'espressione di Darius mi disse che aveva già capito, ma illustrai comunque le mie conclusioni ad alta voce.

«Cam è sotto il Vaticano». Ne ero certo. «Come abbiamo fatto a non capirlo?».

«Perché è un luogo sacro dove riposano i nostri antenati. Non avremmo mai immaginato che potesse essere profanato» rispose Darius. Sembrava frustrato. «Cazzo. Se riusciamo a provarlo, nessuno ci biasimerà per aver fatto fuori Lilith».

«A meno che il suo "signore" non sia un antico». Lanciai un'altra occhiata alla telecamera. «La domanda è: quale?».

Io e Darius cominciammo a passare in rassegna tutte le possibilità, nominando vampiri di cui non avevamo parlato da molto, molto tempo. Ne escludemmo subito più della metà sulla base del loro desiderio di preservare la vita umana; i mortali erano la fonte della nostra essenza. E per quelli che credevano alle leggende sulla nascita della nostra specie, il sangue degli umani era un solenne sacrificio destinato a mantenere in vita la nostra eredità.

Mentre parlavamo, Calina continuava a cercare tra i documenti qualsiasi accenno al "signore" o ai Benedetti e ai vampiri di prima generazione. Ci interruppe un paio di volte con qualche piccola scoperta. La maggior parte riguardava dettagli tecnologici che non conoscevamo, incluse le specifiche delle varie armi che Lilith aveva prodotto nell'ultimo secolo.

Scorremmo i dettagli dello strumento per la manipolazione mentale che aveva usato su Ryder, poi esaminammo un altro file che conteneva informazioni su un dispositivo per modificare i ricordi.

Ma non trovammo da nessuna parte le risposte di cui avevamo davvero bisogno.

Trascorremmo un tempo indefinito a discutere e analizzare. Ore, forse. E tutto senza venire mai interrotti da chiunque ci stesse sorvegliando.

Voleva che trovassimo quelle informazioni. Era chiaro.

O forse nessuno ci stava guardando.

Rinunciammo a preoccuparci e controllammo tutto una seconda volta, per poi tornare a discutere su chi potesse essere il fantomatico "signore".

Quando iniziammo a parlare dei più crudeli tra gli antichi, come Icarus e Nephthys, divenne subito chiaro come ci fosse più di un potenziale colpevole. Anche Fen era sulla lista, perché se qualcuno aveva un motivo per essere arrabbiato, quel qualcuno era lui. E la sua progenie licantropa.

Ma una cosa ancora non mi era chiara.

«Come ha fatto a svegliarli?». Erano necessarie delle cerimonie complicate per risvegliare un antico dal sonno. E avrebbe richiesto la volontà e l'accordo di più stirpi reali, compresa la mia. «Sono certo che mio padre non avrebbe mai dato il suo sangue o il suo permesso. E io di sicuro non l'ho fatto».

Darius sembrava a disagio. Il suo sguardo saettava qui e là, senza soffermarsi su nulla. «No. Ma se Cam avesse accettato di farlo, allora il sangue tuo o di tuo padre non sarebbe stato necessario».

«Non lo farebbe mai».

«Forse sì. Per Ismerelda» ribatté piano Darius, i cui occhi si posarono su Juliet. La sua espressione diceva che, in quel caso, avrebbe capito. Perché lui avrebbe fatto lo stesso per la sua *erosita*.

E da quello che ci aveva riferito Ryder della sua conversazione con Lilith, era a conoscenza della posizione di Izzy.

Quindi avrebbe potuto usarla per minacciare Cam.

«Merda». Mi passai una mano sul viso, considerando quella possibilità. Cronus era il fratello maggiore, caratteristica che lo rendeva leggermente più potente di mio padre. In teoria, la sua linea di sangue avrebbe sempre avuto il sopravvento sulla mia.

Lanciai un'occhiata a Calina, chiedendomi se avrei compiuto lo stesso sacrificio per lei. Solo che il modo in cui fissava lo schermo mi distrasse dai miei pensieri. Principalmente perché d'un tratto fui in grado di udire soltanto i suoi.

Aveva trovato i documenti relativi alla sua nascita.

Cercando informazioni su Selene, mi resi conto, percependo la sua sorpresa.

Calina Selene, nata il 17 marzo, lesse. La data risaliva a ventidue anni prima della rivoluzione che aveva dato origine al nuovo mondo. *Nome del soggetto assegnato dalla madre.*

Calina cliccò sul file relativo a sua madre, e la mia mascella quasi cadde sul pavimento.

Mira.

Guardai Darius a bocca aperta. Stava fissando il viso sullo schermo. «Cazzo, non è possibile» boccheggiò.

Tuttavia, mentre Calina continuava a esaminare i file, divenne chiaro che non era soltanto possibile, ma anche vero. C'erano video, registrazioni vocali, firme e molti altri elementi che dimostravano non solo il coinvolgimento di Mira, ma anche la sua volontà di aiutare.

E man mano che Calina scavava tra le informazioni sulla licantropa, ci fu subito evidente *perché* avesse deciso di aiutare.

Così come il nome di Calina assunse improvvisamente tutto un nuovo significato.

«Mira è la figlia di Selene» sussurrai, sbalordito dalla scoperta.

«Com'è possibile?» chiese Darius. «Non avremmo dovuto saperlo? Non avevamo incontrato Mira fino a… quando è stato, poco prima della rivoluzione? Di certo qualcuno la conosceva. O l'avrebbe riconosciuta».

Scossi lentamente la testa. «Si dice che abbia scelto il sonno eterno, invece di una vita di solitudine. Chiunque abbia trasformato sarebbe già morto da tempo, rendendo impossibile determinare la sua identità».

«E avrebbe dormito nelle catacombe» osservò Darius, riportandoci alla nostra teoria sulla posizione di Cam.

«Esatto». Sospirai profondamente, poi aggiunsi: «Ha conosciuto Luka circa vent'anni prima della rivoluzione. Subito dopo la creazione di Calina. È stata coinvolta fin dal principio».

«Ma perché?» insistette Darius. «Perché fare una cosa del genere?».

«Per creare licantropi immortali» sussurrò Calina. Il suo sguardo era ancora rivolto allo schermo. Stava esaminando una specie di rapporto. «Sono stata il primo test andato a buon fine. Per questo mi ha dato un nome. Ma è stato merito del legame con l'immortalità che ho dal lato di mio padre». Aprì un nuovo documento, mostrandoci un altro volto familiare. «Michael. L'*erosita* di Lilith».

Tutte le preoccupazioni sulla telecamera e la posizione di Cam svanirono man mano che Calina leggeva i file sulla sua creazione.

Lo scopo di tutto era creare un licantropo immortale.

Ci erano riusciti usando il legame di accoppiamento e i geni di Mira, per poi inserire il feto nel grembo di una donna con un gruppo sanguigno molto raro.

Sua madre non era soltanto un'*erosita*, ma aveva un'essenza unica, simile a quella che scorreva nelle vene di Calina.

Anche i vergini di sangue, come Juliet, erano imparentati con quel tipo molto raro. Non era esattamente lo stesso, ma una variante. Che spiegava perché Lilith avesse deciso di costruire la sede dell'Organizzazione proprio sopra le catacombe.

Anche loro venivano sfruttati per gli esperimenti di Lilith, come fu rivelata dai documenti che Calina stava continuando a esaminare.

Era tutto collegato.

Vampiri. Licantropi. Vergini di sangue. *Erosite*.

Calina era stata creata manipolando geneticamente la parte del cervello dove risiedevano i legami di accoppiamento negli esseri immortali, infondendo la sua essenza con la linea di sangue di sua madre e avvolgendo il tutto in un gruppo sanguigno irresistibile.

L'obiettivo di Lilith era stato creare degli umani immortali che potessero essere dissanguati e scopati a morte, per poi riprendersi e ricominciare tutto da capo.

Ma lo scopo di Mira era stato trovare un modo per prolungare la vita della sua specie.

In qualche modo, si erano accordate per lavorare insieme. Il che spiegava come Mira fosse riuscita ad aggirare i sistemi di sorveglianza di Lilith, anche nel suo stesso territorio.

Lilith glielo aveva permesso.

Così come aveva concesso al clan Majestic di operare come un porto sicuro per gli umani.

«Mira le ha detto tutto» capii, esaminando i documenti con Calina. «E adesso qualcuno ci ha permesso di scoprirlo». Lanciai l'ennesima occhiata alla telecamera. «Sei tu, Mira? Sei tu il "signore"?». Sembrava impossibile. Ma era più vecchia di Lilith. Probabilmente anche più potente.

«Qui dice che Lilith ha risvegliato Mira dopo che gli

umani avevano scoperto il primo licantropo» disse Calina, interrompendo la mia gara di sguardi con la telecamera.

Chi sei?, domandai a chiunque fosse dall'altra parte. *Perché ci stai confidando i tuoi segreti?*

Eravamo ancora nel bel mezzo della partita. Eravamo riusciti a non farci distrarre, ma non eravamo ancora stati puniti per aver scoperto tutte quelle informazioni.

Quindi chiunque fosse a capo dell'operazione voleva che sapessimo tutto.

«Ecco perché hanno creato questi laboratori» continuò Calina. «Mira voleva rafforzare i licantropi per assicurarsi che qualcosa del genere non accadesse più».

«È questo che dice?» le domandai, tornando a osservare di nuovo lo schermo.

«No. Ma è l'unica spiegazione logica». Aprì un rapporto compilato da Mira che mostrava tutti i test eseguiti fino al momento della stesura. Precedevano tutti la rivoluzione e il suo primo incontro con Luka. L'ultimo risaliva a due anni esatti dopo la nascita di Calina. Aveva lasciato istruzioni ai futuri ricercatori per continuare il suo lavoro.

«Si fidava del fatto che Lilith la tenesse aggiornata» capii, leggendo le ultime frasi del documento. «Potrebbe anche non sapere che sei ancora viva».

«A meno che non ci stia guardando adesso». Calina alzò gli occhi sulla telecamera. «Ma penso che il "signore" sia Michael».

Scossi la testa. «Michael è morto».

«No». Cliccò su qualcosa e aprì un file risalente più o meno al momento della sua nascita. «È un vampiro».

Corrugai la fronte. «Non ha alcun senso». Ma le parole comparse sullo schermo dipingevano un quadro inquietante.

Era stato attaccato dagli umani.

Era quasi morto.

Finché il membro di una stirpe reale non gli aveva dato del sangue per riportarlo in vita.

Un vampiro il cui nome mi lasciò stupefatto. «È impossibile. Me l'avrebbe detto». Mi voltai verso Darius. «Te ne ha mai parlato?».

Aveva un'espressione altrettanto sconcertata. «No. Cam non mi ha mai raccontato di aver salvato Michael».

«Deve essere una bugia» dissi, chiedendomi quanto di ciò che avevamo scoperto fosse realmente vero. «Tutto… tutto questo è… è…». Non riuscivo a trovare le parole. Principalmente perché "impossibile" sembrava un eufemismo.

Eppure la prova di tutto ci osservava dallo schermo.

«Cam avrebbe…».

Un'esplosione si propagò lungo il corridoio al di là delle porte, facendo tremare il pavimento. Afferrai la pistola e mi affrettai verso l'ingresso, trovandolo circondato dalle macerie.

E trovando anche un Kylan tutto sorridente. «Vedi, *questo* è il motivo per cui mi devi invitare a giocare. Quando voglio, so essere utile».

JACE

«Che cazzo ci fai qui?» domandai a Kylan, scioccato e grato al tempo stesso per il suo arrivo inaspettato.

«Beh, stavo parlando con Ryder, come mi hai suggerito tu. E lui continuava a lamentarsi di aver dovuto adottare degli umani per far piacere a Willow. Ha emesso un comunicato annunciando che un cucciolo di nome Petri e i suoi genitori biologici sono ufficialmente sotto la sua protezione».

«Gretchen e James» mormorai, divertito da quell'ultimo sviluppo. Louis non ne sarebbe stato per nulla felice. Ma solo un aspirante suicida avrebbe rischiato l'ira di Ryder. Quei tre erano davvero fortunati che il vampiro avesse deciso di proteggerli per il bene di Willow. «Erano due degli assistenti di Calina nel bunker 47».

«Capisco». Kylan rifletté sulle mie parole per qualche istante, poi riprese: «Beh, in ogni caso, Damien ha interrotto le lagne di Ryder con una telefonata riguardo una specie di allarme. Poi ha detto che non riusciva a rintracciarti. Per farla breve, io ero il più vicino. E ho anche il jet più veloce».

Lo fulminai con lo sguardo per la sua sottile frecciatina. Eravamo entrambi dei collezionisti, e il suo jet era effettivamente il più veloce. Perché era riuscito a battermi all'asta. «Per ora» dissi a denti stretti.

Si strinse nelle spalle. «Vedremo». Inarcò un sopracciglio castano scuro. I capelli dello stesso colore gli ricadevano scompigliati sulla fronte, dandogli effettivamente l'aria di chi avesse appena fatto esplodere qualcosa. «Allora, hai trovato Cam?».

«Sì e no» ammisi, abbassando lo sguardo sull'orologio. Intento com'ero a esaminare i file, me ne ero completamente scordato. Ci restava circa un'ora. «Pensiamo che sia in Italia, nelle catacombe sotto il palazzo dell'Organizzazione».

«Con gli antichi?».

«Sì».

Kylan sbuffò. «È proprio da Lilith andare a turbare la pace altrui. Tutte quelle stronzate sull'essere una dea le hanno proprio dato alla testa, eh?».

Stavo per dirgli che sì, era proprio così, ma una nota di panico nei pensieri di Calina mi fece tornare immediatamente al suo fianco. Stava guardando un video che la ritraeva legata a un tavolo. Urlava, mentre un licantropo…

Fui attraversato da una furia cieca, seguita da un terrore assoluto; le emozioni di Calina avevano preso il sopravvento.

Allungai la mano e chiusi la finestra col filmato, poi le afferrai il mento e la costrinsi a guardarmi negli occhi.

Non scambiammo nessuna parola.

Ci fu solo un intenso momento di silenzio, in cui tacitamente le promisi che non le sarebbe mai più capitato niente del genere.

Deglutì, e parte della sua paura si affievolì. Ma il disagio rimaneva, così come la nausea per quello che aveva visto e ricordato.

Sentii Darius dire qualcosa a Kylan in corridoio, confermando che lui e Juliet si erano allontanati per darci un po' di privacy. Ne avevamo bisogno. Perché anche lui probabilmente aveva visto tutto quanto, come l'avevo visto io.

Stavo... stavo solo esaminando i file e... e...

«Non devi spiegarmi nulla» le dissi, lasciandole andare il mento e prendendole il viso tra le mani. Mi inginocchiai davanti a lei. «Volevi delle risposte. Le hai trovate».

Deglutì di nuovo. «Non... quella non era... non era tra le risposte che volevo».

«Lo so». Le accarezzai la guancia, notando come i suoi occhi fossero ancora azzurri. «Ma alcune lo erano. E ne avevi bisogno. Anche se non abbiamo ancora trovato una spiegazione per il nostro legame».

«Invece penso di averla trovata» mormorò. La sua mente mi fornì uno spiraglio sui suoi ragionamenti al riguardo e le relative conclusioni.

Con le connessioni all'immortalità attive e radicate nel cervello, sfruttando proprio quella parte in cui risiedevano i presupposti per il legame di accoppiamento, era fortemente predisposta a diventare la compagna di un vampiro. E io ero stato il primo a scambiare il mio sangue con lei. La mia essenza era l'unico sangue di vampiro che avesse mai ingoiato.

E non era neanche mai stata scopata da un membro della mia specie.

Finché non ero arrivato io.

Rendendomi tecnicamente il suo primo, nonostante quello che era successo col licantropo.

Forse non si tratta di essere vergine, ma di non essere mai stata toccata da un altro vampiro, sussurrò tra i miei pensieri. *O forse sono solo un'eccezione.*

O entrambe le cose, le dissi, meravigliandomi ancora una

volta di come la sua mente funzionasse in modo così simile alla mia. Ci trovavamo davanti a rivelazioni strazianti che avrebbero portato la maggior parte delle donne alle lacrime, ma non Calina.

Il filmato l'aveva turbata, ma non aveva pianto. Si era limitata a catalogare l'accuratezza del ricordo, rabbrividendo dal disgusto, per poi tornare subito a ragionare su come sfruttare quelle informazioni.

«Dobbiamo andare in Italia» dissi.

«Prima dobbiamo controllare i tabulati telefonici di Mira e tutte le sue comunicazioni» ribatté. «Perché dubito che in Italia ci sia soltanto Cam. Penso che ci troveremo anche il "signore". Ma quelle informazioni dovrebbero essere in grado di confermare quello che ci serve sapere».

«Oppure possiamo prenderla e obbligarla a rispondere alle nostre domande» suggerì Darius dalla soglia. «Certo, avremo bisogno dell'assistenza di Luka. E potrebbe non essere entusiasta all'idea di interrogare la sua compagna».

«Lo sarà, quando saprà del suo tradimento» dissi, tornando a concentrarmi sul computer. «Dobbiamo scaricare il maggior numero possibile di questi file. E ci è rimasto poco tempo per farlo».

Aspettai di vedere se Calina avesse qualche remora sulla possibilità di rapire e torturare sua madre per avere informazioni, ma non mostrò nemmeno un briciolo di emozione. Per quanto la riguardava, era la cosa giusta da fare.

Anche Darius era d'accordo. E tornò al jet per recuperare tutta l'attrezzatura di cui avremmo avuto bisogno.

Nel frattempo, Calina raggruppò tutti i file e li preparò per l'esportazione.

Io ero in piedi dietro di lei e non riuscivo a smettere di sbirciare verso la telecamera. Ero sicuro che ci stessero osservando. *Perché non stai facendo nulla?*, chiesi a chiunque ci fosse dall'altra parte. *In che ragnatela hai deciso di intrappolarci, adesso?*

Perché lasciarci andare con tutti quei dettagli sembrava quantomeno controproducente.

Sempre che Lilith non avesse sempre voluto che i risultati delle sue ricerche diventassero di pubblico dominio.

Contemplai il potenziale e le implicazioni di quella rivelazione. Dopo qualche minuto Darius si unì di nuovo a noi, avvertendoci che Rae e Juliet stavano tornando ai rispettivi jet per mantenere una distanza di sicurezza. Mi limitai ad annuire, troppo concentrato a tentare di decifrare quale fosse lo scopo della nostra presenza in quel luogo.

Eravamo partiti dal presupposto che le ricerche di Lilith avrebbero turbato l'Alleanza, rendendone quindi la condivisione un'arma a nostro vantaggio.

Cosa ci avrebbe guadagnato, lei, se le avessimo mostrate al mondo?

Caos, sussurrò Calina.

Mi accigliai. I licantropi sarebbero stati furiosi nell'apprendere ciò che Lilith aveva fatto alla loro specie. E scoprire che Mira, la prima licantropa, l'aveva aiutata... quello avrebbe solo peggiorato le cose.

A meno che Mira non ne conoscesse tutti i dettagli. Si era fidata che Lilith continuasse i suoi test, ma avevano degli obiettivi ben distinti.

Puoi cercare i nostri nomi?, chiesi a Calina, curioso di scoprire se io e Darius comparissimo da qualche parte in quei documenti.

L'ho già fatto. Non c'è niente su di voi, qui. Nemmeno nei file che ho trovato su Cam.

«Hai trovato dei file su Cam?». Ero così sorpreso che lo dissi ad alta voce.

«Sì. E anche il dispositivo che Lilith ha usato per soggiogarlo». Mi mostrò un video di lui in ginocchio che urlava, mentre Lilith chiacchierava con aria disinvolta di tutto quello che avrebbe fatto a Izzy.

Le sue provocazioni mi fecero ribollire il sangue; la mia mente aveva sostituito il nome di Izzy con quello di Calina.

E capii che Darius aveva ragione. Se Lilith avesse minacciato Izzy per costringere Cam a collaborare, lui avrebbe accettato. Avrei fatto lo stesso anch'io. Ne rimasi sconcertato.

Nel frattempo, Calina mi fece vedere altri file presenti nella cartella di Cam. La maggior parte consisteva in video abbastanza ripetitivi, in cui Lilith usava il suo marchingegno per torturarlo. Lo teneva rinchiuso in una stanza e lo tormentava.

«Qual è il file più recente su di lui?» chiesi, lanciando un'occhiata all'orologio e accorgendomi che ci restavano dieci minuti.

«L'ultimo rapporto si conclude con le parole: "Protocollo di aggiornamento"» disse. E lesse la data ad alta voce.

«Risale al giorno in cui è morta Lilith».

«Lo so» rispose.

Serrai la mascella. *Che cazzo è un protocollo di aggiornamento?*

Non riuscii a trovare una risposta. Calina aveva terminato di caricare anche gli ultimi file; controllai quanto tempo ci era rimasto, due minuti, e la guardai. «Tutto questo mi ricorda il nostro primo appuntamento».

«Non definirei quell'esperienza un appuntamento».

Sorrisi. «Ti sei ritrovata nuda».

«Non per scelta».

«Ah, già. Dimenticavo. Tutto merito delle mie abilità da vampiro». La afferrai per i fianchi e la sollevai in aria. «Gambe attorno alla vita».

Obbedì. I suoi occhi brillarono. «Se vuoi spogliarmi anche dopo questo appuntamento, hai la mia benedizione».

«Ti devo ancora una doccia» mormorai, avvolgendole le braccia attorno alla schiena. «E ci aspetta un lungo volo».

Prima avrei dovuto fare qualche telefonata, ma sarebbe stata una cosa veloce.

O avrei detto a Darius di occuparsene.

Ma mentre uscivo dal bunker a velocità soprannaturale, decisi che l'avrei fatto io. Luka doveva sentire le ultime novità direttamente da me.

In persona, pensai. L'aria della notte ci avvolse. *Bisogna che veda i file per crederci.*

Calina non rispose. Mi circondò il collo con le braccia e si tenne stretta. Corsi in direzione dei jet, che erano stati spostati su una spiaggia a circa un paio di chilometri da dove eravamo atterrati.

Quando arrivammo, Calina si immobilizzò. Il suo sguardo era rivolto alla luna che aleggiava sull'acqua.

Fu di nuovo come col sole, ma con la differenza che in quel momento potevo udire i suoi pensieri.

Così innocenti, giovani, splendidi.

Non aveva mai visto una spiaggia, per non parlare dell'oceano. E ne era incantata.

Le lasciai il tempo di ammirare il panorama, trasalendo appena quando sentii la terra tremare sotto di noi. Una parte di me era convinta che i laboratori non sarebbero esplosi, che chiunque avesse condotto il gioco stesse bluffando.

Forse non eravamo davvero osservati.

Ma il mio istinto mi diceva che non era così. Che qualcuno ci aveva guardati per tutto il tempo.

E presto avremmo scoperto *chi*.

Appoggiai Calina a terra, conscio che non vedeva l'ora di toccare la sabbia e l'acqua. Mi passò il borsone contenente l'attrezzatura che ci aveva portato Darius e si avviò verso il punto in cui le onde lambivano la spiaggia. Si inginocchiò. I suoi pensieri erano intrisi di felicità e meraviglia.

Adorai quell'immagine, così come il dolce entusiasmo nella sua mente.

Mi fece venire voglia di assicurarmi di essere lì per tutte le sue prime volte, di soddisfare ogni sua curiosità e di far avverare ogni suo sogno.

Una risatina le riempì la mente quando l'acqua le accarezzò le dita. Le sue labbra si curvarono in un sorriso che volevo imprimermi a fuoco nella memoria.

Quella donna era saldamente dentro la mia anima. Il suo viso era l'unico che volevo vedere. Il suo cuore l'unico che avevo bisogno di possedere. Il suo corpo l'unico che desideravo prendere.

A un certo punto, durante il tempo trascorso insieme, ero caduto da un precipizio di lussuria in qualcosa di molto più profondo.

Forse era il nostro legame.

Forse era il destino.

Forse addirittura una combinazione di entrambi.

Ma Calina aveva iniziato a significare qualcosa per me, qualcosa che sfidava la ragione e la comprensione.

Mi fece venire voglia di lasciar cadere la borsa con i dispositivi, correre da lei e trascinarla nell'oceano. Spogliarci. E fare l'amore tra le onde.

Era un desiderio talmente vivido, che catturò ogni

pensiero e ogni senso. Al punto che non mi resi conto della presenza di Kylan finché lui non si schiarì la voce.

«Mmh… è amore, allora» commentò. Aveva le mani infilate nelle tasche dei pantaloni, le maniche della camicia nera arrotolate fino ai gomiti e il colletto sbottonato. «Ti dona, vecchio amico. Congratulazioni per aver trovato il tuo cuore».

Stavo per correggerlo. La mia antica disinvoltura desiderava uno sfogo.

Ma non riuscii a dire nulla.

Perché non volevo mentire. Non volevo svilire quello che c'era tra me e Calina. Non ero sicuro che si trattasse di amore. Sembrava un termine fin troppo blando per il matrimonio in cui si erano legate le nostre menti. Calina era la mia metà. Non riuscivo nemmeno a concepire una vita senza di lei.

Quando era morta, mi ero sentito così perso che avevo ucciso un reale e rovinato un secolo di pianificazione. E se fosse successo di nuovo, avrei fatto lo stesso.

Perché era mio dovere proteggerla.

Non mi sarei mai scusato per averla vendicata.

Kylan si schiarì di nuovo la voce. «Darius ha appena parlato con Damien. A quanto pare, sospettava già di Mira, perché uno dei tecnici del laboratorio l'ha riconosciuta da lontano. Non ci aveva detto niente perché voleva raccogliere almeno qualche prova, ma la sta tenendo sotto controllo».

Annuii. «Allora sembra proprio che ci tocchi far visita al clan Majestic».

«Già. Ryder sta prendendo accordi con Edon, Silas e Luna per incontrarci tutti là».

«Un'altra riunione» dissi, con lo sguardo ancora rivolto verso Calina. «Quasi in tempo per quella originariamente programmata da Lilith».

«Eh, i casi della vita» mormorò Kylan. Mi diede una pacca sulla spalla, poi afferrò il borsone. «Darius e Juliet voleranno con me, così potrai giocare come si deve con il tuo nuovo animaletto».

Normalmente, mi sarei opposto a una tale affermazione e gli avrei ricordato la mia posizione di superiorità.

Ma era più vecchio di me.

E non volevo mettermi a discutere del regalo che mi aveva appena fatto.

Così mi limitai ad annuire con gratitudine e continuai a guardare la mia compagna giocare nell'acqua. Si era tolta le scarpe e aveva arrotolato i pantaloni fino ai polpacci per godersi veramente le onde. Era un gesto così infantile, ma si meritava un momento di leggerezza. L'avrebbe aiutata a rilassarsi e a dimenticare i ricordi portati da quei dossier. L'avrebbe aiutata a fuggire da ciò che aveva scoperto sulla sua ascendenza. E soprattutto la faceva sorridere.

Quell'ultimo aspetto era tutto ciò che avevo bisogno di sapere per capire quanto fosse importante quel momento per lei.

Una nuova esperienza per la sua mente.

Mi sedetti sulla spiaggia lasciandola a sguazzare tra le onde. Il suo sguardo si alzò solo una volta, quando il jet di Kylan decollò. Lungo il tragitto avrebbe dovuto fermarsi per il carburante, mentre noi ci eravamo completamente riforniti all'aeroporto di Lajos City.

Quindi anche se fossimo rimasti un'altra mezz'ora, avremmo comunque raggiunto il territorio del clan Majestic per primi.

Con quella consapevolezza, mi appoggiai all'indietro sui gomiti e osservai la mia piccola ninfa danzare sotto la luna. Rideva e volteggiava su se stessa. I suoi capelli biondi scintillavano a ogni movimento.

«Tanto vale che ti spogli» le dissi. «Sarebbe proprio un bello spettacolo. E ti farò comunque togliere i vestiti, prima di salire sul jet». Erano già tutti fradici.

Smise di piroettare e mi guardò.

Poi, con una lentezza esasperante, si tolse il giubbotto antiproiettile, rivelando la canottiera bianca e aderente.

Mi morsi il labbro, estasiato dalla vista di lei al chiaro di luna. Le delineava perfettamente il seno.

Un'onda le si infranse addosso. L'acqua le schizzò attorno alla vita, bagnando tutto il tessuto.

Reagì liberandosene con un movimento fluido, offrendomi una splendida visuale delle sue tette perfette.

Mmm, che bella vista. Continua a sedurmi, tesoro. Fammelo venire così duro da non riuscire neanche a camminare.

Le sue iridi divennero due anelli dorati che brillavano nel buio. Il suo lato licantropo.

Ciò non fece che eccitarmi ancora di più.

Mi era sempre piaciuta la natura animalesca dei licantropi. E dentro di sé la mia femmina aveva chiaramente una bestia che rivaleggiava con la mia.

Allungai le gambe e le incrociai all'altezza delle caviglie, ammirando dalla mia posizione quasi sdraiata Calina che si sbottonava i jeans e saltellava qui e là per sfilarli.

Era una scena buffa ed erotica al tempo stesso, con lei che cercava di liberarsene mentre il tessuto le si appiccicava alle gambe.

Perse l'equilibrio e finì tra le onde, facendomi mettere a sedere.

Ma riemerse un attimo dopo, con i capelli fradici e le labbra tese in un sorriso enorme.

Finì di calciare via i jeans e rimase completamente nuda. Poi si tuffò di nuovo tra le onde.

Almeno sai nuotare?, le domandai, preoccupato. Non era ancora riapparsa. *Calina?*

Non rispose.

«Merda». L'Oceano Pacifico aveva una forte risacca, che rendeva il bagno in una spiaggia come quella piuttosto pericoloso per un nuotatore inesperto.

Non mi preoccupai di spogliarmi. In un attimo fui in acqua, nel punto in cui l'avevo vista l'ultima volta. Quando sbucò fuori tra le onde, saltandomi addosso, quasi persi l'equilibrio. La afferrai per la vita, col cuore che mancò un battito.

E lei scoppiò a ridere.

Rimasi a bocca aperta.

«Mi hai…?». Non riuscii nemmeno a formulare la domanda. Mi aveva fatto uno scherzo. Se mi fossi preso un attimo per leggerle la mente, l'avrei capito. Ma il mio istinto di salvarla aveva preso il sopravvento. «È una mossa pericolosa, Calina».

Ridacchiò ancora, ubriaca di vita. O forse solo ubriaca di acqua salata. «Sentitevi libero di punirmi, Vostra Altezza».

Sollevai un sopracciglio. «È questo che vuoi?».

Ci pensò su per qualche secondo. Nei suoi splendidi occhi, scorsi il riflesso della luna. «Voglio te». Si sporse verso di me, sfiorandomi le labbra con le sue. «Mi volevi nuda, giusto? Volontariamente? Eccomi qui. E ora io voglio te».

Un ringhio mi solleticò il petto. Il bisogno di prenderla in parola riuscì quasi a far deragliare ogni mio pensiero.

Ma non avevo abbastanza tempo per distruggerla come volevo.

Sul jet, d'altro canto, sì.

E le avevo promesso una doccia.

«Mmm» mormorai, trasportando entrambi sul jet in mezzo secondo, incurante dei vestiti di Calina sperduti tra le onde. «Possiamo andare» dissi a Sal quando le passai accanto. «Se hai bisogno di me, sarò sul retro con Calina».

«Sì, mio principe» rispose puntualmente. Ma colsi un accenno di ilarità nel suo tono. A quanto sembrava, i miei sentimenti erano una fonte di divertimento per tutti.

Considerando il mio passato, probabilmente me lo meritavo.

Ma il mio rapporto con Calina era così giusto. Così perfetto.

Come se fosse esattamente dove avrei dovuto essere.

Calina mi aveva reso più forte. Più felice. Più razionale. *Completo.*

«Sto iniziando a chiedermi chi fossi prima di incontrarti» ammisi, portandola in camera e andando direttamente in bagno. «Mi hai irrimediabilmente cambiato, Calina. Non credo che sarò mai più lo stesso».

«È un male?» chiese. Il suo sorriso era sfumato in un'espressione preoccupata.

«Non ho mai saputo di avere bisogno di cambiare» risposi. «Ma adesso che so chi posso essere, con te, non so come facessi a essere soddisfatto».

La posai sulla panchina all'interno della doccia e mi spogliai. Mi osservò con uno sguardo carico di lussuria; nella sua mente si rincorsero almeno una decina di idee, tutte incentrate sul mio cazzo e ognuna più allettante della precedente.

Ma nessuna illustrava ciò che avevo effettivamente intenzione di farle.

«Alzati, genietto» la esortai, allungando la mano per aprire l'acqua. «C'è una parte di te che non ho ancora reclamato. È ora di rimediare».

CALINA

La promessa racchiusa nel tono di Jace mi fece
rabbrividire.

Quale parte?, volevo chiedergli. Ma l'intenzione sinistra
che gli brillava nello sguardo mi fece obbedire
immediatamente. Ne percepii anche i mormorii nella
mente. Desiderava qualcosa che non avrei mai nemmeno
considerato.

Mi afferrò i fianchi e mi mise sotto il getto d'acqua. Era
una doccia molto ampia, la più grande che avessi mai visto.
Oltre a quella della sua casa a Jace City, in cui anche la
vasca da bagno era stata concepita per ospitare diverse
persone alla volta.

Ma non volevo pensarci; evocava immagini del passato
di Jace a cui non avrei mai voluto assistere.

Mi catturò il mento, costringendomi a guardarlo negli
occhi. «Non ho nessuna intenzione di scusarmi per il mio
passato, Calina».

«Non ti ho mai chiesto di farlo». E non l'avrei mai
fatto. Era solo una parte di lui che dovevo accettare. Del
resto, era il futuro a preoccuparmi.

Inclinò la testa di lato, accentuando la presa sul mio
mento e sul mio fianco. Il jet decollò.

L'acqua continuava a scrosciare su di noi. Il calore lavò

via parte del gelo che mi lambiva le viscere al pensiero di cosa ci avrebbe riservato il futuro.

Il nostro legame era indefinito. Forse avrei potuto andare a letto con altri. Forse no.

Ma Jace sì.

E quell'aspetto non mi piaceva per nulla.

Volevo che fosse mio. Volevo dirlo ad alta voce, come aveva fatto lui. Eppure non mi sentivo in grado di avanzare una simile pretesa, perché lui non era affatto mio.

Da quel punto di vista, il legame di accoppiamento era profondamente ingiusto. Metteva tutto il controllo nelle mani dei vampiri, lasciando i mortali a dipendere dalla connessione, se volevano sopravvivere.

Jace continuò a studiarmi. L'aria tra noi era carica di parole non dette e di una miriade di pensieri. Poteva sentire ognuno dei miei, compresa la mia esitazione riguardo al nostro futuro insieme.

Le sue precedenti esperienze avevano plasmato l'uomo che avevo davanti. Non l'avrei mai biasimato per quello che aveva fatto. Ma mi domandai che impatto avrebbe avuto, a lungo termine, sulla nostra relazione.

Non credeva nella monogamia.

Per me, invece, era l'unica scelta, se non volevo rischiare la mia immortalità.

Considerazione che suscitò una domanda interessante. *Voglio davvero vivere in eterno accanto a un compagno infedele?*

«Non mi hai chiesto nemmeno una volta se voglio esserti fedele» disse Jace dopo qualche istante. L'acqua continuava a scendere, riempiendo il bagno di vapore. L'aumento di altitudine mi tappò le orecchie. Deglutii. «Dai solo per scontato che non lo sarò».

«Non mi hai dato un motivo per credere il contrario» gli feci notare. «E ti leggo nella mente, Jace. So cosa vuoi».

«Sai su cosa ho dei dubbi» mi corresse. «Sai che sto

cercando di determinare cosa desidero. Esattamente come stai facendo tu».

Annuii. «Ma a te è concessa la libertà di scegliere. A me no».

Mi lasciò andare il mento. Le sue dita risalirono lungo il mio viso, fino ai capelli, dove mi sciolse la coda con uno strattone. Il mio collo si inarcò leggermente in risposta, attirando il suo sguardo sulla mia gola. Fu solo dopo qualche istante che lo riportò sui miei occhi. «Vuoi che ti trasformi? Che ci renda uguali?».

«No» risposi. «Il mio sangue ti sostiene. Se mi trasformi, lo perderai».

In più, non volevo essere un vampiro. Preferivo ciò che ero, qualsiasi cosa fossi. La mia unica preoccupazione riguardava il futuro, non il presente.

Si trattava solo di quell'abitudine a pianificare costantemente, a capire cosa sarebbe successo in modo da essere preparata. In modo da poter accettare l'inevitabile.

Che, in quel caso, era il fatto che Jace potesse trovarsi qualcun altro.

E per qualche motivo, faticavo ad accettare quell'eventualità.

«Non pensi che possa rimanerti fedele» disse, osservandomi intensamente, mentre ascoltava i miei ragionamenti.

«Non sono sicura che tu voglia esserlo» precisai. «E non mi piace l'idea di costringerti a essere ciò che non sei». Non avrebbe giovato a nessuno dei due. Lui avrebbe finito per odiarmi. Esattamente come sarebbe successo a me nei suoi confronti, se mi avesse obbligata ad avere un ruolo di inferiorità. Non era una posizione che mi apparteneva. Così come una relazione monogama e potenzialmente eterna non rispecchiava le sue preferenze.

«Non stai cogliendo una cosa molto importante, Calina» disse dolcemente. Prese ad accarezzarmi i capelli umidi, stringendomi a sé con l'altra mano. «Mi hai già cambiato».

«Non so come sia successo, o quando, ma adesso sei dentro di me» mormorò sulle mie labbra. «Non voglio perderlo. Non voglio perdere te. E non voglio nemmeno condividerti; il solo pensiero mi fa venire voglia di uccidere qualcuno».

Mi mostrò i suoi ricordi. La furia che aveva sentito quando Lajos mi aveva toccata. Il suo giuramento di non permettere a nessun altro di farlo. Mai più.

«Quindi capisco che tu ti senta allo stesso modo. Ma se devo essere onesto, dubito che qualcun altro possa suscitare il mio interesse. Non ho distolto lo sguardo da te neanche una volta, Calina. Non ho nemmeno considerato la possibilità che accadesse. Per me ci sei solo tu». Mi prese il viso tra le mani e arretrò appena, per guardarmi dritto negli occhi. «È tutto così nuovo per me. E non è che non mi piaccia la monogamia, è solo che nessuno mi ha mai dato un buon motivo per prenderla in considerazione. Finché non sei arrivata tu».

Mi baciò di nuovo, molto più appassionatamente. Le sue emozioni scaldarono il nostro legame, incantando la mia anima.

Perché sentii la verità nelle sue affermazioni affondare come una freccia nel cuore.

Nessuno di noi sapeva cosa ci avrebbe riservato il futuro, ma ormai eravamo legati per sempre. Avremmo affrontato gli ostacoli man mano che si fossero presentati.

Ma c'era una certezza nella mente di Jace che mi fece tremare le gambe.

Mi voleva a lungo termine. Non per un po'. Non solo in quel momento. Per sempre.

E avrebbe fatto tutto il necessario per assicurarsi che non lo dimenticassi mai.

Non si trattava delle sue precedenti inclinazioni, ma dei suoi nuovi desideri. Del suo desiderio per *me*. La sua *erosita*. La sua compagna. La persona che considerava intellettualmente sua pari.

Mi vedeva come una parte della sua anima che non aveva mai saputo gli mancasse. E non aveva nessuna intenzione di perdermi.

Mi sussurrò con la bocca promesse di eternità. Con la mente mi dimostrò di essere già mio.

Nessuno lo conosceva meglio di me, perché con nessuno aveva mai avuto un tale livello di intimità. Mi aveva dato libero accesso a ogni pensiero e a ogni ricordo. Mi aveva addirittura mostrato quanto sarebbe stato facile escludermi, tagliarmi completamente fuori dalla sua mente.

Eppure, non aveva mai preso in considerazione l'idea di farlo. Nemmeno quando credeva che sarebbe stata la scelta migliore per proteggermi.

No. Mi aveva accolta sempre di più, ogni secondo che passava.

Appartenevo a lui, e lui a me.

Nient'altro contava. Solo quella consapevolezza.

Se avessi voluto un rapporto monogamo, me l'avrebbe dato, perché l'intensità del mio desiderio rivaleggiava col suo. Me lo mostrò nella sua mente. Era aperto a passare tutta l'eternità con me, solo con me.

Sei tutto ciò che voglio, mi sussurrò tra i pensieri. *Sei la persona di cui non avevo mai saputo di avere bisogno. Tutti gli altri erano divertimenti passeggeri nel cammino che mi ha portato a te. La mia pari, la mia compagna. Nulla di tutto questo dovrebbe essere possibile, ma il destino ha fatto in modo che ci trovassimo. E adesso farò di tutto per essere degno di te, Calina. Risolveremo la questione come una squadra. Io e te soltanto. Perché è questo che siamo.*

Ebbi l'impressione che il mio cuore fosse sul punto di esplodere. Era una sensazione nuova, vagamente inquietante. Ma accolsi con gioia il calore che ne seguì, il calore che accarezzò ogni fibra del mio essere quando mi baciò più intensamente.

La sua volontà, espressa sulla spiaggia, di reclamare ogni parte di me si sciolse in un nuovo tipo di bisogno, fondato sull'affetto reciproco e sulla promessa che univa i nostri spiriti.

Avevo la pelle d'oca. Il mio corpo stava reagendo all'assalto di pensieri ed emozioni provenienti dalla sua mente, tutti radicati nei suoi progetti per noi, nei suoi giuramenti di tenermi al sicuro, nel suo desiderio di approfondire ancora di più il nostro legame.

Voleva un futuro.

Voleva esplorare tutte le opportunità che esistevano tra noi.

E soprattutto aveva bisogno di me.

Era tutto così nuovo, eppure così antico. Come se ci fossimo sempre conosciuti, ma ci fossimo appena ritrovati.

Non voglio perderti mai, disse. Le sue mani tornarono sui miei fianchi e mi sollevarono.

Le mie gambe gli circondarono automaticamente la vita. Mi spinse contro la parete. Le piastrelle fredde mi fecero correre un brivido lungo la schiena, contrastato dal calore provocato dal suo inguine premuto sul mio. Gelo e bollore. Ero eccitata e attenta. Pronta e sul punto di implorare di più.

Sei mia, Calina, dichiarò ancora una volta. *E io sono tuo. Anche se il legame richiede che soltanto uno di noi resti fedele all'altro, la connessione è basata sul bisogno di creare un'anima gemella immortale. Non ho nessuna intenzione di svilire quel dono. Nessun desiderio di rovinare le cose tra noi. Ho sempre adorato il sesso, ma non necessariamente il bisogno di sedurre chiunque.*

Con un movimento di bacino, scivolò dentro di me senza preavviso. Mi riempì completamente, facendomi sussultare.

È scopare che mi piace, mi informò. «Più precisamente,» continuò ad alta voce «è scopare *te* che mi piace, Calina. Solo te». Sottolineò quanto detto con una spinta brutale che mi mozzò il fiato, soffocando tra le labbra il gemito che strappò alle mie.

Ogni movimento dei fianchi fu accompagnato da un nuovo pensiero. Una promessa. Una sensazione. Un'emozione. Una benedizione.

Mi disse che non si sarebbe mai stancato di essere dentro di me. Non solo sessualmente, ma anche mentalmente.

Mi disse che voleva tenermi con sé.

Mi disse che voleva che io lo tenessi con me.

Mi disse che eravamo destinati l'uno all'altra.

Mi disse che le nostre anime erano sempre state unite, e che finché non ci eravamo incontrati semplicemente non lo sapevamo.

Mi ringraziò di esistere. Ringraziò il destino per avergli regalato la compagna perfetta. Mi adorò con la mente e il corpo. Le sue labbra accarezzarono le mie, per poi scendere lungo il mio collo, dove leccarono e succhiarono il punto in cui il mio cuore pulsava, ma senza mordermi.

Era dipendente dalla mia essenza.

Mi disse che ero una strega.

Mi disse che ero *sua.*

Le sue mani restarono sui miei fianchi, spostandomi in modo da penetrarmi ancora più in profondità. Il suo corpo mi intimò di venire. Di serrarmi attorno a lui e farlo mio.

Obbedii. Un orgasmo travolgente si propagò nelle mie membra, lasciandomi a fremere e tremare stretta a lui.

Le lacrime mi rigarono le guance. Non solo per il piacere suscitato dalla nostra unione, ma anche per le parole che mi riecheggiavano nella mente, le *sue* parole, e tutte le emozioni che si portavano dietro.

Ci baciammo di nuovo. Furono le nostre lingue a parlare, mentre lui continuava a scoparmi contro la parete. Voleva che venissi di nuovo. Voleva che gli dimostrassi col mio corpo che ero esattamente dove dovevo essere.

Ansimai. Il suo potere e la sua forza mi marchiarono in profondità, costringendomi a ricambiare il suo ardore.

La parte più sensuale di me, quella che lui aveva risvegliato, si destò e si stiracchiò.

Il mio animale interiore.

Il lupo che non mi sarebbe mai stato permesso vedere.

Esisteva soltanto all'interno del mio spirito, ma riconobbe il maschio stretto a lei come suo pari. Come suo compagno. Come la sua metà.

Mi esortò a morderlo.

Ad affondare i denti nel suo collo e marchiarlo, per dimostrare a chiunque che era mio.

Fallo, mi incoraggiò Jace, cogliendo il bisogno all'interno della mia mente. *Mordimi, Calina. E io ricambierò il favore.*

Un incendio divampò dentro di me. Non solo al pensiero di assaporarlo, ma anche per la consapevolezza di come mi facesse sentire il suo morso.

Smisi di pensare. Agii. La mia lingua seguì i contorni del suo collo robusto e mascolino, verso la sua spalla possente. Poi lo morsi più forte che potevo. La mia anima gioì per quell'audace rivendicazione.

Il mio maschio.

Tuo, concordò lui. Le sue dita furono d'un tratto tra i

miei capelli. Il suo ritmo rallentò, i suoi muscoli si tesero. Era come se stesse cercando di lottare contro un'imminente esplosione di piacere.

Volevo gettarlo oltre il limite, come lui faceva sempre con me.

Ma percepii di dover aspettare. Voleva farmi venire di nuovo, prima di lasciarsi andare anche lui. E colsi anche il suo desiderio di voltarmi e prendermi da dietro.

Prima ci sarebbe stato del sapone.

Una sciacquata veloce.

Poi una scopata animalesca, in cui avrebbe dato sfogo alla sua bestia interiore e mi avrebbe montata come voleva.

Fremetti al solo pensiero e mi serrai attorno a lui. Con una mano continuò a stringermi i capelli, ma l'altra abbandonò il mio fianco e si avventurò su quel dolce punto tra le mie cosce.

Una semplice carezza al clitoride fu sufficiente per farmi precipitare in un oblio disseminato di stelle.

Evocò in me un piacere ancestrale, giocando col mio corpo con un'abilità che soltanto lui possedeva. Prolungò la mia beatitudine finché anche lui non si unì a me nell'estasi.

Tremai, urlai e piansi. Era tutto troppo intenso, coronato dalla sensazione della sua essenza ammaliante sulla lingua, del suo sesso immerso in profondità, del suo seme che mi reclamava dall'interno.

La mia vista iniziò a oscurarsi.

Ma le sue zanne affondate nel collo mi strattonarono indietro, riportandomi al presente, mentre precipitavo nell'ennesima, intensa spirale che distrusse completamente la mia capacità di pensare.

Rimase dentro di me mentre ci insaponava entrambi.

Ci tenne connessi intimamente mentre mi lavava i capelli.

Mi resse, appoggiata al muro, usando il soffione della doccia per trovare le angolazioni migliori.

Lo guardai agire con le palpebre sempre più pesanti. Il mio corpo era completamente inutile.

Ma ondate di piacere continuavamo a riscaldarmi internamente. Il mio essere si stava già riprendendo e preparando per averne di più.

Jace era ancora duro.

I suoi occhi d'argento lampeggiavano di intenzioni perverse.

E il suo tocco continuava a evocare fremiti di desiderio.

Era una droga a cui non avrei mai rinunciato. Un esperimento senza fine. Il partner perfetto, che avrei potuto esplorare per l'eternità.

Nella sua testa riecheggiavano gli stessi pensieri. Sorrise alla mia reazione suscitata dalla lussuria.

«Ti terrò in questo stato per tutta la durata del volo» annunciò in sussurro. «Quando avrò finito con te, probabilmente non riuscirai neanche a camminare. Ma va bene. Ti porterò io. Poi ti scoperò di nuovo, perché il pensiero di te delirante e sfiancata dalle mie attenzioni mi farà venire voglia di ripetere tutto da capo».

Rabbrividii e accettai la sua proposta senza esitazioni.

«Ed ecco perché non mi stancherò mai di te» aggiunse. «Dipendo da te tanto quanto tu da me, forse anche di più. Mi fai morire, Calina. Non me lo sarei mai aspettato. Ma non mi opporrò mai neanche a questo. Stiamo troppo bene insieme, amore mio. In tutti i sensi».

Mi baciò di nuovo. La sua lingua perseverò a mormorare promesse deliziose nella mia bocca.

Sentii a malapena le sue dita accarezzarmi il sedere.

Era semplicemente giusto.

E lui aveva ragione.

Voleva possedermi completamente.

Accettai perché ero già sua. E lui era già mio.

«Sì» gli dissi, rispondendo a una decina di domande inespresse. «Sì, Jace».

Le sue labbra catturarono ancora una volta le mie. La pressione dietro di me aumentò; stava usando l'acqua e qualcosa di scivoloso per prepararmi al suo ingresso. Dentro di lui c'era una bramosia bestiale che cresceva ogni secondo. Aveva bisogno di essere lì, dentro di me, prendermi anche così.

Poi c'erano migliaia di altri modi in cui aveva intenzione di scoparmi.

Riversò ogni idea nella mia mente, ognuna più sordida della precedente.

E non fecero altro che farmi bruciare ancora di più per lui.

Alla fine uscì; l'improvviso senso di vuoto mi fece male al cuore. Ma subito mi sollevò un po' più in alto, premendo tra le mie natiche.

Era una posizione innegabilmente intima, resa ancora più intensa dal modo in cui incontrò e incatenò il mio sguardo.

Non ci fu alcuna spinta violenta.

Scivolò dentro di me lentamente. La sua mente mi accompagnò attraverso ogni reazione, dicendomi di rilassarmi, di accettarlo, di permettergli quell'ultima rivendicazione.

Un tremito mi attraversò. La sensazione di pienezza era completamente diversa da quella provata da davanti. Ma rimediò subito, infilandomi due dita tra le cosce e accarezzandomi nel mio punto più sensibile.

«Jace» ansimai, tra lo strazio e la gioia. Lui iniziò a muoversi.

«Come ti senti?» chiese, senza staccare gli occhi dai miei. «Dimmi come ti senti, Calina».

«Piena» mormorai, inarcandomi verso di lui.

Il suo pollice trovò il mio clitoride, le sue dita erano ancora immerse nel mio calore. Con l'altra mano mi strinse il fianco per tenermi saldamente in posizione.

«Mi sento *tua*» aggiunsi con un gemito, mentre lui spingeva fino in fondo. Non ero sicura se volessi piangere o implorarlo di averne di più. Era una sensazione così nuova, così diversa da qualsiasi cosa mi fossi aspettata.

Non si mosse. A parte le sue dita, che continuavano ad accarezzare quel meraviglioso punto dentro di me. Un fremito si agitò nel mio ventre, propagandosi nelle mie membra e facendomi sentire impotente.

«Oh, Calina» mormorò Jace. «Sei così bella. E così dannatamente perfetta». I suoi occhi brillarono con tutta la sincerità contenuta nelle sue parole. Poi mi baciò e ricominciò a muoversi.

Non c'era nulla di delicato o gentile in quello che fece.

Era troppo potente per andarci piano. Mi prese con un bisogno guidato dal predatore dentro di lui. E la mia bestia interiore gli rispose a tono, accogliendolo, serrandosi attorno a lui e incitandolo a lottare. A spingere più forte. Ad affondare ancora più in profondità.

I capezzoli mi dolevano. Duri come il marmo, sfregavano sul suo petto mentre mi divorava la bocca e reclamava il mio corpo.

Mi stava incendiando il sangue.

Marchiando a fuoco la mia anima.

Aveva impresso nella mia mente un giuramento che mi colpì dritto al cuore.

Saremmo stati insieme per sempre. Per l'eternità. Il nostro legame era molto più profondo di qualche frivola convenzione. Era più profondo dell'amore. Non avevo bisogno di quelle parole da lui, perché la sua mente mi aveva già rivelato tutto.

Esistevamo come un'unica entità.

Per sempre.

La sua fronte si posò sulla mia. Il suo respiro caldo si infranse sulle mie labbra. I suoi occhi catturarono ancora una volta i miei. Vi lessi il riflesso di tutto ciò che provavo per lui.

Adorazione.

Rispetto.

Desiderio.

Intelligenza.

Collaborazione.

Era tutto lì. Bollente. Intenso. Appassionato. Stavo andando in frantumi sotto la ferocia delle sue attenzioni e i giuramenti mormorati dal suo cuore.

Mi tremarono le gambe.

Mi si strinse lo stomaco.

I suoi denti affondarono nel mio collo.

E il suo nome abbandonò le mie labbra con un sospiro, mentre precipitavo in un vortice di sensazioni intense. Col fuoco nelle vene e le lacrime sulle guance, annegai in un'incantevole ondata di follia.

Mi aveva distrutta.

Ma ero talmente abbandonata al piacere che non mi importava.

Oscurità. Felicità. Sprazzi di energia. Forza. Un gemito virile. Seme caldo dentro di me. Muscoli tesi, perfezione maschile, il profumo della foresta.

Amore.

Tutto mi avvolse nello stesso momento.

Seguito dal tiepido conforto del cotone.

Un forte corpo maschile che mi abbracciava tra le lenzuola.

Il suo cazzo ancora dentro di me.

Che mi manteneva in quello stato di beata incoscienza.

Piansi. Urlai. Persi la voce.

Bevvi il suo sangue.

E lui il mio.

Compagni che affogavano nella passione e nelle loro essenze condivise.

Così tanto sesso.

Così tanto piacere.

Leccò via le mie lacrime. Seguì ogni centimetro del mio corpo con la lingua. Guidò la mia bocca verso il suo cazzo. Mi riempì col suo seme. Mi costringe a ingoiare. Poi ricambiò il favore scendendo tra le mie cosce.

Ero completamente persa, fluttuavo in una nube di oblio in cui volevo rimanere per sempre.

Finché il mio corpo non ce la fece più.

E alla fine arrivò l'oscurità e mi trascinò in un sogno.

Un sogno in cui lui era rimasto tra le mie gambe. Leccando, succhiando e strappandomi altro piacere, anche mentre dormivo.

Svegliandomi con altri orgasmi.

Per poi ripetere tutto da capo.

A un certo punto, persi completamente il lume della ragione. Gli consegnai la mia mente, affidandomi totalmente a lui, per guidarmi in quell'oceano di passione.

«Ti amo, Calina» mi sussurrò all'orecchio. «Forse non hai bisogno di queste parole, ma voglio che tu le senta. Voglio che tu sappia che non le ho mai dette a nessuno. Solo a te. Sempre e solo a te».

Premette le labbra sulle mie. Io ero troppo esausta per rispondergli in qualsiasi modo.

Mi diede un altro po' del suo sangue, che finalmente mi cullò nel sonno.

Sognami, genietto. Sognaci.

JACE

Mordicchiai il clitoride di Calina, riportandola alla realtà con un orgasmo che le fece sollevare la schiena dal materasso. Era così bella in quello stato, col viso arrossato e l'aria soddisfatta. Era un peccato che presto saremmo atterrati.

«Ooh» gemette, tornando in sé. Le sue gambe fremettero ai lati del mio viso.

La sua mente mi stava implorando contemporaneamente di smettere e di continuare. Sorrisi e accontentai la sua richiesta di proseguire, abbassandomi verso l'arteria femorale e godendomi la sua dolce essenza.

«Jace» sibilò, crollando ancora una volta, sopraffatta dall'estasi.

Ridacchiai, divertito dalla facilità con cui riuscivo a farla venire. La aiutai a rilassarsi leccando la sua carne arrossata.

Si contorse al punto che il letto praticamente tremò.

La mia povera Calina.

Non aveva idea di cosa avrei potuto farle. Perché quello era solo l'inizio, e avevamo tutta l'eternità per testare i suoi limiti.

«Mi scoperai a morte» mi accusò con voce roca.

«Meno male che poi tornerai subito» la presi in giro,

risalendo il suo splendido corpo e sistemandomi tra le sue cosce.

Nel momento in cui la punta del mio cazzo sfiorò il suo clitoride, sussultò. Le sue labbra si schiusero immediatamente in un gemito di piacevole agonia.

La baciai dolcemente, riconoscendo il bisogno del suo corpo di riprendersi. Mi morsi la lingua e gliela offrii. La succhiò avidamente; la sua smania per il mio sangue prevalse sulla sua capacità di pensare. Ma dopo un paio di sorsi si rilassò sotto di me. Era già sulla via del recupero.

Sospirò e trascinò le unghie sulla mia schiena, fino alla nuca, stringendomi forte a sé. Oziammo insieme per qualche altro tenero minuto.

Hai detto che mi ami, si meravigliò.

Le accarezzai il naso col mio e sorrisi sulle sue labbra. «Sì, l'ho fatto». Le mordicchiai il labbro inferiore. Non con violenza, ma con adorazione. «E dicevo sul serio».

I suoi occhi catturarono i miei. Erano ancora azzurri, senza traccia di verde. «Lo so» mormorò. «Lo sento».

«Mmm». Premetti il mio sesso sul suo calore. «Quello è il mio cazzo, tesoro». Alzai appena la testa, abbastanza da guardarla bene in faccia. «No, aspetta, sono solo le mie *abilità da vampiro*».

Alzò gli occhi al cielo e scoppiò a ridere. «Penso che sia più accurato definirle le tue "abilità da Jace"».

«Sì, mi piace come suona».

«Non avevo dubbi. Sei abbastanza arrogante da attribuirti il merito di tutto questo». Agitò la mano, indicandoci alternativamente entrambi. Aveva un sopracciglio inarcato con aria di scherno.

Le rivolsi uno sguardo offeso. «Ti rendi conto che prendo questo tipo di insolenze come una sfida?».

«Sì».

«Beh, allora avrò bisogno di molti più esperimenti» insistetti.

Finse di rifletterci sopra, poi disse: «Accetto».

«Ah, non avevo dubbi» commentai, ripetendo di proposito le sue parole. «Sei esattamente il tipo di ricercatrice che esige una miriade di test». Sospirai teatralmente. «Quando avrai finito, sarà un miracolo se sarò ancora in grado di avere un'erezione».

«Dopo quello che mi hai fatto passare oggi, mi sembra il minimo» ribatté.

«Oh, quello era solo per dimostrarti la mia devozione» dissi. «E per verificare la tua capacità di stare al passo con la mia fame».

«Come sono andata?».

«A meraviglia» ammisi con un sorriso. «Ma avrò bisogno di ulteriori esperimenti per valutare correttamente la tua resistenza».

Annuì, assumendo un'espressione incredibilmente seria. «È saggio testare una teoria più di una volta. Un unico risultato positivo potrebbe essere un caso fortuito».

«Ne dubito, ma sarò felice di continuare a raggiungere gli stessi risultati più e più volte». Fui sul punto di iniziare immediatamente, ma un cambio di pressione mi avvertì che stavamo per atterrare.

Così mi limitai a baciarla.

Stringendola a me finché non toccammo terra.

Poi mi assicurai che tutte le sue ferite fossero guarite e la aiutai a vestirsi. Era un peccato coprire quello splendido corpo, ma non volevo che nessun altro potesse ammirarlo. Le passai una camicia nera a maniche lunghe e un paio di jeans. Indossai anch'io qualcosa di simile, con la differenza che preferii optare per dei pantaloni eleganti.

Percepii la presenza di Damien nella cabina principale

del jet prima ancora che uscissimo dalla camera da letto; il suo aroma di spezie e cuoio era inconfondibile.

Quando lo raggiungemmo si alzò. Intuii dalla sua espressione che quello che stava per dirmi non mi sarebbe piaciuto.

E poteva riguardare solo una cosa.

«Mira» dissi.

«Già, c'è qualcosa che devo mostrarti». Indicò con un cenno il laptop che aveva già sistemato sul tavolo.

Mi avvicinai al computer con lo sguardo già sullo schermo. «Deve essere davvero importante, se non potevi aspettare che sbarcassimo».

«Ho pensato che avresti preferito avere un attimo per esaminare quello che ho trovato prima dell'arrivo di Luka. Che dovrebbe essere qui a momenti» rispose, tornando a sedersi. «Sono entrato nel telefono di Mira. Ho decriptato i messaggi inviati e ricevuti nell'ultima ora. Devi vederli».

Io e Calina ci mettemmo dietro di lui, ansiosi di saperne di più.

«Sicuramente non è chi pensavamo che fosse» commentò Damien. Sullo schermo c'era la conferma. «Ma non è lei che comanda».

Fece comparire un messaggio che diceva semplicemente: "Comunica il tuo stato".

«Questo proviene da qualcuno nel bunker 7, che ho dedotto essere il codice per il loro quartier generale». Mi lanciò un'occhiata. «Sembra che Lilith fosse una fan del numero sette».

L'avevo già capito dopo aver scoperto i nomi dei vari bunker. «Ha risposto?».

«Non fino a cinque minuti fa. Ci sto ancora lavorando. Ma non è quello che volevo mostrarti». Risistemò le finestre sullo schermo, facendo comparire un messaggio risalente al giorno della morte di Lilith.

«Chi l'ha inviato?» chiesi, leggendo la nota che informava il destinatario di quello che era successo.

«Mira» rispose con un accenno di irritazione. «È quello ad aver attivato i protocolli. E questo, invece,» cliccò su un altro messaggio «include le istruzioni su come incastrare un altro membro del clan Majestic, facendo credere loro che sia lui la talpa».

Serrai la mascella. «Spero che Luka non l'abbia ancora punito».

L'espressione di Damien si indurì. «Mira si è offerta di occuparsene».

«Ovviamente». Il che significava che probabilmente quel povero lupo era già morto. «Luka si sta portando dietro anche lei? È una cosa che normalmente farebbe».

«Non lo so» ammise Damien. «Sono stato troppo occupato a cercare di...».

Fu distratto da un suono proveniente dal suo laptop.

«Mira ha appena mandato un altro messaggio» disse. Trascinò col mouse un'accozzaglia di simboli dentro una specie di applicazione.

È un'app di decriptazione, mi spiegò Calina. *Molto affascinante. L'ha creata lui stesso.*

Devo preoccuparmi di quanto tu ne sia affascinata?, le domandai, inarcando un sopracciglio.

I suoi occhi azzurri mi risposero con uno scintillio. *Basta che continui con i tuoi test, e andrà tutto bene.*

Ne prendo nota, replicai divertito.

Ma il ringhio di Damien attirò la mia attenzione sullo schermo.

Il mio cuore si fermò.

Oh, cazzo...

IL SIGNORE

CHE DELUSIONE, pensai, sorseggiando il mio vino. Era un po' troppo dolce per i miei gusti. Il mio palato bramava qualcosa di un po' più saporito. Presto. Prima avevo ancora un po' di rapporti da esaminare.

Svegliarmi dopo aver dormito per un secolo mi aveva incasinato il cervello, rubandomi anche tutti i miei ricordi. Stando ai file, era un effetto collaterale della procedura. Qualcosa che ovviamente dovevo avere accettato, prima di immergermi nel sonno.

Per fortuna, Lilith mi aveva lasciato una serie di registrazioni che contenevano tutto ciò che avevo bisogno di sapere.

Se l'era cavata bene in mia assenza, assicurandosi che la maggior parte dei nostri piani venissero eseguiti alla perfezione.

Era un peccato che Ryder avesse deciso di tagliarle la testa.

Ahimè, soccombere a lui l'aveva automaticamente resa una debole.

E nel mio consiglio non c'era spazio per la debolezza.

A proposito di debolezza... aprii il filmato relativo al bunker 37 con un sospiro, dispiaciuto per quello che vidi. Il mio assistente me l'aveva consegnato qualche ora prima, chiedendomi come volessi procedere.

Sospirai ancora. Un suono che avevo emesso fin troppe volte, quel giorno.

A quanto sembrava, mio fratello aveva avuto un brutto impatto sulle abilità intellettive di Darius e Jace. Il mio assistente mi aveva suggerito un protocollo che avrebbe eliminato definitivamente il problema, ma gli avevo spiegato che il sangue antico era troppo prezioso per essere sprecato.

In più, con la recente dipartita di Lajos e Lilith, non potevamo permetterci di versarne altro.

Avrei lasciato che Darius e Jace scoprissero di più sulle nostre operazioni. Quando fosse giunto il momento, mi sarei occupato personalmente di loro. Forse, nel frattempo, sarebbero rinsaviti.

Un bussare alla porta mi strappò dalle mie considerazioni. Era già passata qualche ora da quando avevo mandato il mio assistente a recuperare i file su mio fratello. Speravo li avesse trovati. «Vieni» gli dissi dalla mia scrivania.

Entrò con un inchino perfettamente eseguito. I suoi lunghi capelli biondi arrivarono a sfiorare il pavimento. «Finalmente ho avuto notizie dalla nostra risorsa».

«Oh?». Interessante. Certo, lo sarebbe stato anche trovare i file perduti. Ma di quello ci saremmo occupati a breve. «E?» esortai il giovane vampiro.

Apparentemente, un tempo gli avevo salvato la vita. Da allora mi aveva servito, anche mentre dormivo. E, stando ai rapporti di Lilith, si era rivelato molto utile.

Attraversò la stanza, passando accanto ai divani e al tavolino da caffè, per poi raggiungere le sedie dall'altro lato della scrivania. Ma non si sedette; si sporse e mi mise davanti un tablet.

Sullo schermo c'era un messaggio.

"La mia posizione qui è stata ufficialmente

compromessa. Sto arrivando, mio signore. E porterò con me la vostra *erosita*".

Lo lessi due volte, poi sospirai. «Suppongo che fosse solo una questione di tempo, prima che la resistenza si rendesse conto della vera lealtà di Mira». Mentre familiarizzavo di nuovo con i nostri alleati, avevo esaminato anche i suoi file. Era la prima licantropa, l'unico membro della sua specie a essere immortale. Ed era votata a migliorare il mondo, rafforzando la nostra superiorità sul genere umano.

Per dimostrarlo, era stata incaricata di sorvegliare la mia *erosita* mentre dormivo.

Da quello che mi era stato riferito, Ismerelda aveva la tendenza a disobbedire. Non riuscivo a ricordare assolutamente nulla di lei; chiaramente non aveva mai significato molto per me.

Ma sospettavo che il sangue che bramavo fosse il suo. Presto ne avrei avuto conferma.

Beh, quella notizia mi tranquillizzò notevolmente.

«Quando saranno qui?» chiesi.

«In circa dieci ore, mio signore».

«Eccellente» risposi, lisciando la cravatta. Poi lanciai un'altra occhiata al filmato della sorveglianza del bunker 37. Era vecchio di ore, ma continuai a guardarlo. C'era qualcosa nel modo in cui Jace aveva fissato la telecamera. Era come se mi potesse vedere. «Presumo questo significhi che la resistenza è al corrente del mio risveglio».

«Sì, è molto probabile» rispose il mio assistente.

Annuii, valutando come sfruttare quell'informazione. Avevo già esaminato la maggior parte delle registrazioni; ero certo di quale percorso seguire.

La domanda era molto semplice: sarei riuscito a convincere i ribelli a unirsi a me? O sarei stato costretto a combattere contro di loro?

Tamburellai con le dita sulla scrivania, considerando le mie opzioni.

Beh, se lo sanno già, non ho altra scelta. Incontrai gli occhi verdi del mio assistente con un sorriso. «Michael, ho bisogno che mi trovi un telefono».

JACE

"La mia posizione qui è stata ufficialmente compromessa. Sto arrivando, mio signore. E porterò con me la vostra *erosita*".

Lessi il messaggio tre volte. La mia mente si rifiutava di accettarlo.

Non poteva riferirsi a Izzy.

Non poteva essere diretto a Cam.

Lui non avrebbe mai fatto nulla del genere. Non si sarebbe mai alleato a Lilith. Lui… lui dava valore al genere umano.

«Dev'esserci un errore» dissi, nonostante la mia mente stesse già rimettendo insieme i pezzi del puzzle.

"Porterò con me la vostra *erosita*"

Mira aveva lavorato per Lilith. Tenendo d'occhio Izzy. *Perché?*

Per Cam.

Solo che lui non avrebbe mai partecipato volontariamente. A meno che Lilith non lo avesse in qualche modo costretto.

Oppure…

Spalancai gli occhi. Si stava presentando una nuova possibilità. Una potenziale spiegazione che mi fece venire la nausea.

Merda. I rapporti. I fottuti protocolli.

«Hai con te i rapporti di Lilith?» chiesi a Damien. «Puoi trovare quello più recente? Ho bisogno di risentirlo».

Ma Calina stava già pensando a un altro rapporto. Quello che aveva dato il via a tutto il resto.

Purtroppo, se stai vedendo questo, qualcosa è andato terribilmente storto e sono state attivate le necessarie procedure di sicurezza. Inclusa quella che stai sperimentando adesso.

La sua memoria era migliore della mia, la voce di Lilith suonava limpida nella sua mente. Principalmente perché quella registrazione rievocava il protocollo "Giorno del giudizio", collegato in qualche modo proprio a quel rapporto.

Calina ripensò a tutti i risultati delle ricerche che aveva esaminato, alle armi per la manipolazione mentale concepite per sottomettere gli immortali e alle loro potenziali applicazioni.

E se…? Calina si prese qualche momento per analizzare l'idea che le era venuta, mentre io seguivo il filo dei suoi ragionamenti. Cominciò a riflettere su cosa avrebbe fatto Lilith, su quali misure di sicurezza avrebbe messo in moto per far sì che i suoi piani potessero procedere senza intoppi.

E Cam era la principale minaccia al loro successo.

Era il volto della resistenza.

Ma avrebbe anche potuto essere la sua più grande arma.

Se solo fosse riuscita a manipolargli la mente, pensò Calina. Poi spalancò gli occhi anche lei. Ci guardammo a bocca aperta.

Facendone tabula rasa, ci rendemmo conto nello stesso momento, ricordandoci dei dispositivi per la cancellazione della memoria menzionati nei file del bunker 37.

Sono state attivate le necessarie procedure di sicurezza. Inclusa quella che stai sperimentando adesso, ripeté di nuovo Calina. *Jace... E se quello fosse stato il modo di spiegargli la perdita di memoria?*

Cazzo, aveva ragione.

Tutto questo... sono i protocolli eseguiti alla morte di Lilith, attivati dalla comunicazione iniziale di Mira, mormorò Calina. *In aggiunta al protocollo "Giorno del giudizio". Così, mentre eravamo occupati a cercare Cam...*

I video di Lilith gli hanno fatto il lavaggio del cervello, terminai per lei.

Perché non era possibile che Cam fosse davvero a capo dell'operazione.

Ma ciò non significava che lui lo sapesse.

Lilith gli aveva cancellato la memoria, per poi parlargli, nelle registrazioni, come se fosse stata tutta una sua idea. Come se stesse obbedendo a lui. E senza alcun ricordo a cui aggrapparsi, non avrebbe avuto alcun motivo di dubitarne.

«*Cazzo*». Mi passai le dita tra i capelli, sperando con tutto il cuore di avere torto, ma consapevole che non fosse così.

Cam è nascosto da qualche parte a guardare queste registrazioni, credendo che sia stata tutta una sua idea. Sembrava quasi impossibile. Eppure, era proprio da Lilith assicurarsi che non avremmo avuto pace nemmeno quando se ne fosse andata, lasciandoci con un Cam a cui era stato fatto il lavaggio del cervello.

Uno dei rapporti cominciò a riecheggiare in sottofondo; Damien lo stava guardando. Ma io non mi voltai nemmeno. Colsi invece il tono e la frequenza con cui usava termini come "voi", "mio signore", "mio re".

Così dannatamente ossequiosa.

Come se stesse venerando una divinità. Come se lo lodasse per tutta quella follia.

Non si trattava di un partner. Non era Michael. Era Cam.

«Quella brutta…».

Il mio telefono iniziò a vibrare, interrompendo le mie imprecazioni.

Mi bastò una rapida occhiata per capire chi fosse.

Nel bunker 37 ci aveva risparmiati perché la sua razionalità gli aveva fatto presente che versare il nostro sangue sarebbe stato uno spreco. Cam avrebbe voluto convincerci a unirci a lui. L'avrebbe vista come una sfida.

Dalla parte sbagliata, cazzo.

Deglutii, poi inspirai profondamente e risposi. «Ciao, Cam» lo salutai non appena il suo viso comparve sullo schermo.

Sorrise. «Jace. Ne è passato di tempo».

«Già» risposi, cercando di evitare che la mia voce riflettesse qualsiasi emozione. Spiegare a Cam che gli era stato fatto il lavaggio del cervello non sarebbe servito a nulla, senza delle prove. E non potevo farlo per telefono.

Certo, se ci stava davvero osservando, quando eravamo nel bunker 37, avrebbe potuto ingrandire l'immagine del video che ritraeva le sue torture. Ma dubitavo che sarei riuscito a indurlo a provarci.

Il Cam che conoscevo era un uomo testardo.

E se i video di Lilith l'avevano convinto di essere a capo di tutto, sarebbe stata dura convincerlo del contrario.

Avevo bisogno di tempo. E di un piano.

Avevo anche bisogno di capire quale fosse esattamente la situazione.

«Com'è stato il tuo pisolino?» gli domandai, stando al gioco.

Alzò le spalle. «Non ricordo molto, ma mi sento abbastanza riposato. D'altro canto, non sono molto contento delle cose che ho scoperto dopo essermi svegliato».

«Oh?». Inarcai un sopracciglio. «Tipo?».

Le sue labbra si curvarono in un sorrisetto. «Sei realmente un maestro della politica».

«Ho imparato dal migliore» ammisi riferendomi a lui.

«Un complimento». Sembrava colpito. «Questo significa che possiamo discutere di tutte le sciocchezze che hai fatto ultimamente, cercando di minare il lavoro di una vita?».

Fui sul punto di digrignare i denti. L'ultimo sfregio di Lilith fu come un pugno nello stomaco.

Come le sarebbe piaciuto sentire Cam pronunciare quelle parole.

Ma per fortuna la stronza era morta.

«Non sono sicuro di cosa intendi» dissi. La mia attenzione era divisa tra la conversazione e la voce di Calina, che mi risuonò improvvisamente nella mente.

Continua a farlo parlare, mi esortò. *Damien sta provando a localizzarlo.*

Non risposi né feci alcun cenno, continuando a sostenere lo sguardo di Cam. I suoi capelli scuri erano stati tagliati di recente, così come la barba. Il Cam che conoscevo amava la sua barba. Quella nuova versione, invece, sembrava preferire un look più pulito.

C'è qualcuno con lui, pensai. Me lo diceva l'istinto. *E non si tratta di Mira.*

L'ennesimo complice di cui non eravamo a conoscenza.

«Su, Jace. Vogliamo davvero fare questo gioco?».

«Se ricordo bene, è un gioco che piace molto a entrambi» ribattei.

Mi lanciò uno sguardo impietosito e scosse la testa. «Mio fratello ha fatto proprio un bel lavoro, eh?».

«Cane?». Era quello che c'era nei rapporti, che era stato Cane a organizzare la resistenza? «Forse dovresti svegliarlo. Scoprire di più». Se, come sospettavamo, Cam era nelle catacombe, allora era vicino a Cane. Risvegliarlo dal suo sonno lungo cinquecento anni gli avrebbe aperto gli occhi e avrebbe smentito qualsiasi cosa Cam pensasse di sapere.

«Prenderò in considerazione l'idea solo dopo aver esaminato i suoi file» rispose con un tono vagamente irritato, lanciando un'occhiata fuori dall'inquadratura.

«Li sto ancora cercando, mio signore» mormorò qualcuno.

Fui sul punto di aggrottare la fronte, ma riuscii invece a stamparmi in faccia un'espressione incuriosita. «Chi c'è là con te, Cam?».

«Nessuno di importante» borbottò Cam. Il suo fastidio era palpabile. «Trovali. Adesso».

«Sì, mio signore» promise la voce maschile. Ma era troppo flebile perché potessi riconoscerla.

Che fosse solo un umano qualsiasi?

O un altro alleato di Lilith?

«In teoria un assistente dovrebbe essere più utile di così» commentò Cam. I suoi occhi azzurri tornarono sui miei. «Soprattutto considerando che prima della rivoluzione gli ho salvato la vita».

L'informazione turbinò nella mia mente, congiungendosi a tutto ciò che avevamo scoperto nel bunker 37.

Il padre di Calina.

Michael.

Cam gli aveva salvato la vita.

Michael era diventato un vampiro.

È lui il suo assistente.

Mi ci volle uno sforzo considerevole per mantenere

un'espressione impassibile, perché avrei soltanto voluto urlare a Cam di riprendersi, scuoterlo, qualunque cosa. Ma era troppo presto.

Avevamo bisogno di un approccio strategico. Con informazioni e prove a portata di mano.

E anche allora, forse non sarebbe stato sufficiente.

L'aria cambiò nel jet. Riconobbi la nuova presenza, ma non distolsi lo sguardo dallo schermo. Dissi invece: «Allora, Cam, quando hai intenzione di annunciare al mondo il tuo risveglio?».

Darius si fermò sulla soglia. Non potevo vederlo, ma lo sentivo.

«Presto» rispose Cam. «Prima ho ancora qualche compito da portare a termine, compreso un incontro con la mia *erosita*. A quanto pare, è diventata un po' troppo indipendente, mentre dormivo».

Il modo in cui lo disse mi fece correre un brivido lungo la schiena. E raggelò Damien.

Grazie al modo in cui tenevo il telefono, Cam non poteva vederlo. Poteva vedere solo me. E forse qualche ciocca di Calina.

Ma non prestò alcuna attenzione a lei.

Perché Lilith gli aveva detto che *erosite* e umani non contavano niente. Non avrebbero avuto alcun valore per lui.

Farà del male a Izzy?, domandò Calina.

Deglutii, ma la verità già mi riecheggiava nella mente. *Non lo so.*

«Sono sicuro che sarai in grado di metterla in riga» dissi ad alta voce, testando i suoi limiti.

Si limitò a stringersi nelle spalle. «Vedremo». Si stiracchiò, allungando le braccia sopra la testa e roteando il collo. «Beh, ti lascio tornare alla tua piccola rivolta. Salutami anche Darius. Ci vedremo molto presto».

E chiuse la telefonata senza che potessi rispondere. Non che avessi saputo cosa dire. Così guardai Darius. «Cam è vivo. E pensiamo sia lui il fantomatico "signore"».

Nell'espressione di Darius c'erano tutto lo shock e lo sgomento che provavo anch'io.

«Beh, questo è un bel problema» commentò Kylan entrando nella cabina. Doveva essere rimasto ad ascoltare sulla soglia. «Non avrebbe dovuto essere il nostro salvatore?».

Lo fissai in silenzio. Il sarcasmo non avrebbe risolto un cazzo.

Sorrise comunque e si avvicinò, con Rae al seguito. «Ma non tutto è perduto» continuò, avvolgendo un braccio attorno alla vita della sua compagna. «Abbiamo ancora Izzy».

Scossi la testa. «No. In questo momento Mira la sta portando da lui».

«Sì, ho sentito quella parte. Vuol dire che la nostra arma sta entrando in terra nemica. È perfetto».

«Perfetto?!» ripetei. «Non si ricorda di lei. Potrebbe ucciderla».

Kylan sospirò. «Stai trascurando il valore di ciò che lega un vampiro alla sua *erosita*». Lanciò un'occhiata a Calina. «Mi dispiace, tesoro. Dagli tempo. Vedrai che prima o poi capirà».

Un ringhio mi salì in gola quando la chiamò "tesoro". Ma poi iniziai a registrare anche il resto. E la comprensione nella mente di Calina.

Stava pensando a cosa avrebbe fatto per riportarmi in me, se qualcuno mi avesse cancellato la memoria.

Ti farei ricordare, disse in tono categorico.

Ti combatterei con tutte le mie forze, ammisi, mettendomi nei panni di Cam.

E io ti terrei testa, ribatté subito. *E vincerei*.

Sembrava così convinta che mi voltai verso di lei. *Davvero?*

Assolutamente. Sentii la sua mente accarezzare la mia, riaffermando il nostro legame attraverso l'unione dei nostri pensieri. *Sei mio, ricordi?*

Mantenni il suo sguardo. Capii che aveva ragione, e quella comprensione si stabilì fermamente nel mio cuore. *Sì. E tu sei mia.*

Visto? Suonava così orgogliosa. *Vincerei.*

Aveva ragione.

Il che significava che Kylan aveva ragione.

Avevamo appena mandato un'arma dietro le linee nemiche.

Potevo mostrare a Cam tutte le prove che volevo, ma non sarebbero mai bastate.

Izzy, invece, aveva mille anni di ricordi condivisi con Cam. Se qualcuno fosse riuscito a risvegliare la sua umanità, quella era lei.

«Ora è tutto nelle mani di Izzy» mi resi conto, incontrando lo sguardo di Kylan, poi quello di Darius. «È l'unica che può farlo tornare in sé».

«È un bene che sia testarda quanto lui» mormorò Darius. Sembrava abbattuto.

«Oh, gli farà passare le pene dell'inferno» promise Damien.

«Sì» concordai, fissando lo schermo su cui fino a poco prima c'era il viso di Cam. Poi guardai Calina. *Anche tu mi faresti passare le pene dell'inferno.*

Indubbiamente. E ti porterei indietro.

Sì. E anche Izzy farà lo stesso con lui. Non volevo nemmeno considerare l'alternativa.

Tutto quello che avevamo fatto era stato per volere di Cam.

Trovarlo, solo per perderlo di nuovo…

No.

Non sarebbe successo.

Cam sarebbe diventato re. Il *nostro* re. E Izzy sarebbe stata la regina che l'avrebbe reso possibile.

Ormai erano loro i pezzi principali rimasti sulla scacchiera.

Okay, Izzy, pensai. *Tocca a te. Fatti valere.*

Mi voltai verso la *mia* regina. La mia mano trovò la sua.

A noi non era rimasto più nulla da fare al riguardo. Ma avevamo ancora la nostra partita da concludere. Quella iniziata quando avevo decapitato Lajos. Anzi, quando Ryder aveva ucciso Lilith.

Quella partita non era ancora finita.

Avevamo una ribellione da portare a termine.

Con la speranza che, quando fosse giunto il momento, il nostro re sarebbe stato pronto a unirsi a noi.

Altrimenti, avrei assunto io quel ruolo.

Con Calina al mio fianco.

Al diavolo l'Alleanza.

Era ora di dare il benvenuto al futuro.

Era ora di combattere.

EPILOGO

IZZY

Hanno trovato Cam, pensai, col cuore che mi batteva all'impazzata.

Quando Mira mi aveva dato la notizia, avevo smesso di respirare. Poi l'avevo seguita immediatamente sul jet. Non mi era venuto in mente di chiederle di Luka e degli altri. Ero talmente concentrata su Cam da non riuscire a vedere o a pensare ad altro.

Dopo alcune ore di volo, però, fui assalita da uno strano disagio.

C'è qualcosa che non va. Non riuscivo a capire di cosa si trattasse. Ma quando avevo chiesto a Mira di Luka, mi aveva risposto che era impegnato a sistemare il casino al bunker 37 e che ci saremmo incontrati tutti da Cam, Jace e Darius compresi.

Semplice e lineare.

Ed era proprio quello il problema.

Se Jace avesse trovato Cam, mi avrebbe chiamata immediatamente. E così avrebbe fatto anche Darius.

Dopo il recente annuncio di Ryder sulla morte di Lilith, non c'era più bisogno di sotterfugi. Non dovevamo più nasconderci.

Allora perché non mi hanno telefonato?, mi domandai. Guardai fuori dal finestrino. Il jet aveva cominciato a scendere.

Mira mi aveva detto che avevano trovato Cam sotto il quartier generale dell'Organizzazione, a Roma. Il solo pensiero delle catacombe mi fece rabbrividire. Tutti quegli immortali gelidi e addormentati. Cripte. Teschi. Luoghi dove si svolgevano antiche cerimonie.

All'epoca della creazione di quella tomba non ero ancora nata.

Ma Cam sì.

E ne avevo visto i ricordi nella sua mente.

C'erano dei rituali millenari che impedivano agli antichi di svegliarsi prima che fossero pronti. Laggiù, però, i loro spiriti erano decisamente vivi. Cam l'aveva definita una misura di sicurezza per tenere alla larga gli umani. Gli avevo confermato che funzionava, perché solo visitare la Città del Vaticano mi aveva lasciata con una sensazione di gelo.

Perché non riesco a sentirti?, pensai, rivolta a Cam. *Perché continui a bloccarmi?*

Sapevo che, originariamente, l'aveva fatto per proteggermi. Ma se ormai era al sicuro, con Darius e Jace, avrebbe dovuto volermi parlare.

Eppure, non riuscivo a percepirlo.

Era come se avesse eretto una barricata tra le nostre menti, tagliandomi fuori dall'altra metà della mia anima.

«Sei sicura che stia bene?» chiesi a Mira per la centesima volta.

«Assolutamente» rispose. La sua attenzione era tutta rivolta al tablet che aveva in mano.

Tamburellai con le dita sui braccioli. La sensazione di disagio era ancora persistente. Forse perché non vedevo né parlavo con Cam da più di un secolo.

L'agonia della separazione si era attenuata nel corso degli ultimi anni, ma il mio cuore continuava a soffrire come il primo giorno. Avevo sognato quel momento così tante volte. Trovare Cam, riaccendere il nostro rapporto...

Ma non mi sarei mai aspettata di sentirmi in quel modo. Come se ci fosse qualcosa di sbagliato.

Dev'essere perché non riesco a sentirti, decisi.

Forse avevamo bisogno di toccarci, per ravvivare il nostro legame.

Aggrottai la fronte. *Non è possibile. Dovrei essere in grado di sentire la nostra connessione, ma non ci riesco. Perché?*

Il mio battito continuava ad accelerare. Sperai che Mira lo interpretasse come agitazione all'idea di rivederlo. Per qualche motivo, il mio istinto mi diceva di non confidarmi con lei. Anche quello era strano. La conoscevo fin da prima della rivoluzione. Ma nel suo comportamento c'era qualcosa di diverso dal solito.

O forse era tutto nella mia testa.

Devo essere semplicemente nervosa, pensai. Il nervosismo sarebbe stata una risposta appropriata, considerando cosa avevo provato per Cam all'inizio. Un enigma dai capelli scuri e penetranti occhi azzurri.

Ero convinta che fosse un dio.

E in un certo senso lo era, con tutti quei secoli alle spalle e le sue abilità da vampiro.

Ripensando al nostro primo incontro, uno sciame di farfalle si scatenò nel mio stomaco. Era buio, ma i suoi occhi praticamente brillavano alla luce della luna. E mi aveva accompagnata a casa, dicendo che le strade erano troppo pericolose perché una ragazza come me vagasse da sola.

Non aveva torto.

Ma anche lui era nelle schiere dei predatori in agguato nella notte, alla ricerca di uno spuntino.

Il suo fascino e la sua bellezza mi avevano letteralmente incantata; il solo pensiero mi fece venire la pelle d'oca.

Non mi aveva morsa. Non mi aveva nemmeno toccata. Si era limitato a proteggermi, qualcosa che continuò a fare per settimane, prima di agire.

Il suo bacio mi aveva incendiato il sangue.

Anche il suo tocco.

E da allora rimasi sempre al suo fianco.

Più di mille anni di amore e devozione.

Mi aveva promesso l'eternità e io avevo accettato.

Ma poi era arrivata la rivoluzione.

Centodiciassette anni di tormenti. Centodiciassette anni di solitudine. Centodiciassette anni a sentire la mancanza di Cam.

Ma è vivo. Quello riuscivo a sentirlo. Ma non riuscivo a sentire *lui*.

Finalmente il jet atterrò. Avevo il cuore in gola. La sensazione di disagio non scemò quando Mira si alzò in piedi e si lisciò la gonna, con i tacchi a spillo che affondavano nella moquette. Io mi ero messa un maglione e un paio di jeans, preferendo la comodità. Ma mi ritrovai a domandarmi se forse avrei dovuto mettere qualcosa di più elegante. O più seducente.

Si tratta di Cam, ricordai a me stessa. *Non ha bisogno di essere sedotto. Ha solo bisogno di me.*

Lanciai un'occhiata fuori dal finestrino; forse sarei riuscita a scorgerlo. Ma dal mio lato la pista di atterraggio era completamente vuota.

Mira si diresse verso la porta con delle falcate sicure.

Cercai di imitarla, ma non riuscii a scrollarmi di dosso la sensazione che qualcosa non andava. Cresceva a ogni passo. L'angoscia mi attanagliava la mente. Era come un peso che rendeva ogni mio movimento sempre più difficoltoso.

Quando uscimmo, l'aria gelida del primo mattino non migliorò la situazione. Anzi.

E nemmeno le due figure che si profilavano minacciosamente nell'ombra poco distante.

Perché Cam non è qui ad accogliermi?, mi domandai, continuando a seguire Mira.

Ogni volta che avevo fantasticato sul nostro congiungimento, le cose andavano in modo *molto* diverso. Mi ero aspettata fiumi di lacrime. Abbracci. Baci. *Amore.*

Ma non accadde niente di tutto ciò.

I miei passi iniziarono a rallentare. La confusione mi imprigionava il respiro.

Poi una delle due figure venne verso di noi, trovandosi finalmente sotto la luce.

E il mio cuore si fermò.

Cam.

Ripresi ad avanzare, aumentando la velocità. La mia mente gioiva alla vista del mio compagno. Avevo trascorso troppo tempo senza la sua forza. Senza il suo tocco. Senza il suo morso.

«Cam» boccheggiai. Ormai stavo correndo.

Ma non spalancò le braccia.

Non sorrise nemmeno.

Mi fissò e basta, con degli occhi azzurri così freddi e intensi che mi ricordarono due zaffiri. Brillavano nella luce fioca del giorno appena iniziato. I suoi zigomi sembravano scolpiti nel marmo. Sia la barba che i capelli erano stati tagliati molto corti, diversi da come era solito portarli.

Ma fu la sua postura a confermare che c'era qualcosa di profondamente sbagliato.

Aveva le gambe rigide, le mani dietro la schiena. Le spalle tese in una linea arrogante.

Non c'era niente di amichevole in lui. Niente di familiare. Niente di... *giusto.*

Rallentai il passo, man mano che mi avvicinavo a lui. Scrutai il suo viso in cerca di risposte. Lui, d'altro canto, si limitò a osservarmi con un'espressione vagamente irritata. «È sempre così irrispettosa?» domandò.

Aggrottai la fronte. «Cosa?».

«Sì» rispose Mira, che ci aveva appena raggiunti. «Ma dovete ricordare che è cresciuta in un'epoca in cui gli umani avevano dei diritti. Sono abitudini difficili da estirpare».

Mi accigliai ancora di più e la guardai. «Di cosa stai parlando?».

«Avete visto?» commentò lei.

«Sì. Purtroppo sì». Sembrava disgustato. E aveva un tono distaccato che non gli avevo mai sentito usare.

«Cam» sussurrai, non capendo più nulla. Non capendo lui. Era sicuramente il mio Cam, ma al tempo stesso non lo era. Non riuscivo a sentirlo. E non mi aveva mai guardata in quel modo, come se non riuscisse neanche a concepire l'idea di toccarmi.

«Perché la tengo con me?» domandò, rivolgendosi ancora una volta a Mira e non a me.

«Vi piace il suo sapore» rispose Mira. «E adorate le sfide».

Cam sbuffò. «A volte metto in dubbio la mia stessa sanità mentale».

«Cosa diavolo sta succedendo?» sbottai, alternando lo sguardo tra lui e Mira. E accorgendomi che c'erano anche altri uomini dietro Cam. «Cosa c'è che non va?».

«Come faccio a farla tacere?» chiese Cam.

«Di solito, con i denti». Anche la voce di Mira suonava diversa, come se non avesse una preoccupazione al mondo. Non sembrava più la donna che conoscevo.

Che sia finita in un universo parallelo? Che sia solo un brutto sogno?

«Mmh. Okay» mormorò Cam, afferrandomi per la nuca. «In effetti, sono affamato».

«Cam!» gridai, cercando di liberarmi dalla sua presa.

«Zitta!» sbottò lui.

Le mie labbra si schiusero in un suono che divenne un urlo, nel momento in cui le sue zanne affondarono nella mia gola.

Non c'era nulla di delicato in quel gesto.

Soltanto un vampiro che assecondava la sua bestia interiore.

Niente endorfine. Solo dolore.

Mi aggrappai alle sue spalle, cercando di costringerlo a tornare in sé, e gridai attraverso il nostro legame. *Cosa stai facendo? Perché ti comporti così? Cam! Fermati!*

Non rispose.

Perché non poteva sentirmi.

Mi aveva esclusa dalla sua mente.

Quando tentai di parlare ad alta voce, usò la mano libera per coprirmi la bocca. E divenne ancora più violento. Non c'era nessuna attenzione da parte sua, nessuna cura. Niente parole dolci. Niente tocchi rassicuranti. Solo delle fauci selvagge che mi stavano dissanguando.

Mi… mi stai… mi stai uccidendo…, gli dissi, sconvolta. *Perché, Cam? Cosa sta succedendo? Parlami!*

Le lacrime iniziarono a scorrermi lungo le guance. La mia vista si annebbiò, costellata di strani puntini bianchi e neri.

Non… non ero mai morta.

Sapevo che il nostro legame mi avrebbe riportata indietro.

Ma continuavo a non capire.

Non mi aveva mai morsa così, trattenendo le endorfine.

Era una sorta di punizione perversa, che non ero in grado di definire.

«P… perché?» mormorai, con la voce soffocata dalla sua mano.

«Perché quello è il tuo scopo» mi rispose Mira. Le sue parole erano intrise di un'oscurità che non riconobbi.

E non avevo le forze di discutere. O anche solo di pensare.

Il mondo stava svanendo.

Vacillavo sul limite della coscienza, mentre Cam continuava a nutrirsi.

Ti prego, implorai. *Ti prego… fa' che… che sia tutto un incubo.*

Ma sapevo che era tutto reale. Lo sentivo nel profondo.

Nel modo in cui Cam mi stringeva.

Nel modo in cui continuò a bere nonostante stesse diventando tutto nero.

Qualcosa era andato terribilmente storto.

Il mio Cam non avrebbe mai…

Rabbrividii. Il mio corpo stava diventando sempre più freddo.

Ormai sentivo a malapena le sue zanne nella pelle.

Ma la mia mente ricordava.

Il mio ultimo respiro… bruciava… la mia mente… svanita… tutto a causa… del suo… morso… crudele.

La serie Alleanza di sangue continua con *Un morso crudele*

UN MORSO CRUDELE

Un tempo, il genere umano governava il mondo, mentre vampiri e licantropi vivevano nell'ombra.
Ma ora non è più così.

Ismerelda

L'uomo a cui sono legata per sempre è diventato un mostro. Una bestia crudele. Un vampiro privo di rimorso, che non ricorda nulla della nostra vita insieme.

Non ha idea di chi sia. Di cosa significhi per lui. Di ciò che eravamo insieme. Ma non ho nessuna intenzione di arrendermi.

Giuro che si ricorderà di me.

Cam

Tranne che da *lei*. La donna che si rifiuta di inchinarsi.

Ho intenzione di spezzarla. Distruggerla. *Rieducarla*. E quando avrà finalmente imparato qual è il suo posto, la finirò.

Perché non ho bisogno di un animaletto disobbediente. Sono destinato a governare l'Alleanza, ed è esattamente ciò che farò.

Benvenuti nel nuovo regno.
Trabocca di sangue, alleanze distrutte e morte.
Il mio regno. Le mie regole. Il mio futuro.

Nota dell'autrice: *Un morso crudele* contiene argomenti di natura molto oscura. Troverai una nota di avvertimento all'interno. Inoltre, per quanto possa essere letta come una storia autoconclusiva, è più piacevole godersi tutta la serie in ordine.

La scrittrice di Bestseller per *USA Today* Lexi C. Foss è un'autrice persa nel mondo della tecnologia. Vive ad Chapel Hill, in North Carolina, con suo marito e i loro figli pelosi. Quando non scrive è impegnata a mettere crocette sulla lista dei posti che vuole visitare. Nella sua scrittura si ritrovano molti dei luoghi in cui è stata, tra cui il mitico mondo di Hydria, basata su Hydra, nelle isole greche. È eccentrica, consuma troppo caffè e ama nuotare.

www.LexiCFoss.com
https://www.facebook.com/LexiCFoss
https://www.twitter.com/LexiCFoss

I LIBRI DI LEXI C. FOSS

Alleanza di Sangue

La Vergine di Sangue

Sangue Reale

Il Morso dell'Alfa

Anime Ribelli

Il re vampiro

Un morso crudele

Serie della Maledizione degli Immortali

Le Leggi del Sangue

Legami Proibiti

Cuore di Sangue

Legami di Sangue

Legami Angelici